T0006237

Más oscuro que la noche

Michael Connelly

Más oscuro que la noche

Traducido del inglés por Javier Guerrero Gimeno

AdN Alianza de Novelas

Título original: *A Darkness More Than Night*

Esta edición ha sido publicada por acuerdo con Little, Brown and Company, New York, New York, USA. Todos los derechos reservados.

Primera edición: marzo de 2022
Primera reimpresión: noviembre de 2022

Diseño de cubierta: Estudio Pep Carrió

Copyright © 2002 by Hieronymus, Inc.
© de la traducción: Javier Guerrero Gimeno, 2022
© AdN Alianza de Novelas (Alianza Editorial, S. A.) Madrid, 2022
   Calle Juan Ignacio Luca de Tena, 15
   28027 Madrid
   www.AdNovelas.com

PAPEL DE FIBRA
CERTIFICADA

ISBN: 978-84-1362-758-8
Depósito legal: M. 3.140-2022
Printed in Spain

SI QUIERE RECIBIR INFORMACIÓN PERIÓDICA SOBRE LAS NOVEDADES DE ALIANZA DE NOVELAS, ENVÍE UN CORREO ELECTRÓNICO A LA DIRECCIÓN:

adn@adnovelas.com

Para Mary y Jack Lavelle, que han demostrado
que existen los segundos actos

Prólogo

Bosch miró a través de la ventanita cuadrada y vio que el hombre estaba solo en la celda. Se sacó la pistola de la cartuchera y se la entregó al sargento de guardia. Procedimiento habitual. La puerta de acero se abrió y el olor a sudor y vómito invadió los orificios nasales de Bosch.

–¿Cuánto tiempo lleva aquí?

–Unas tres horas –dijo el sargento–. Ha dado uno con ocho, así que no sé qué va a sacarle.

Bosch entró en el calabozo y fijó la mirada en el bulto tirado boca abajo en el suelo.

–Muy bien, puedes cerrar.

–Ya me avisará.

La puerta corredera se cerró con un golpetazo discordante y una sacudida. El hombre del suelo se quejó, pero apenas llegó a moverse. Bosch se acercó y tomó asiento en el banco más próximo al borracho. Sacó la grabadora del bolsillo de la chaqueta y la dejó a su lado. Al mirar hacia la ventanita vio que el rostro del sargento retrocedía. Tocó el costado del hombre con la puntera del zapato. El hombre volvió a gruñir.

–Levántate, desgraciado.

El hombre del suelo giró lentamente la cabeza y luego la levantó. Tenía el pelo salpicado de pintura y el vómito se había solidificado en el cuello y la pechera de la camisa. Abrió los ojos, pero de inmediato volvió a cerrarlos al notar la cruda luz cenital del calabozo. Habló en un susurro ronco.

–Otra vez tú.

Bosch asintió.

–Eso es.

–Nuestra cita.

Una sonrisa se abrió paso entre la barba de tres días del rostro del borracho. Bosch advirtió que le faltaba un diente más que la última vez. Se agachó y puso la mano sobre la grabadora, pero no llegó a encenderla.

–Levántate, es hora de hablar.

–Olvídalo, tío. No quiero...

–Te estás quedando sin tiempo. Habla conmigo.

–Déjame en paz de una puta vez.

Bosch levantó la mirada hacia la ventanita. No había nadie. Volvió a mirar al hombre acostado en el suelo.

–Tu salvación está en la verdad. Ahora más que nunca. No podré ayudarte si no me cuentas la verdad.

–¿Ahora eres cura? ¿Has venido a escuchar mi confesión?

–¿Tú has venido a confesarte?

El hombre del suelo no dijo nada. Después de un rato, Bosch pensó que a lo mejor se había quedado dormido otra vez. Volvió a empujarlo con la puntera del zapato en los riñones. El hombre empezó a moverse, agitando brazos y piernas.

–Jódete. Paso de ti. Quiero un abogado.

Bosch se quedó un momento en silencio y se guardó la grabadora en el bolsillo. Luego se inclinó hacia adelante, con los codos en las rodillas, y juntó las manos. Miró al borracho y sacudió lentamente la cabeza.

–Entonces, supongo que no puedo ayudarte –le dijo.

Se levantó y golpeó la ventanilla para llamar al sargento de guardia. El borracho se quedó tumbado en el suelo.

1

−Viene alguien.

Terry McCaleb se volvió hacia su esposa y siguió la mirada de esta por la serpenteante carretera. Vio un cochecito de golf que subía por la empinada y sinuosa calzada hacia la vivienda. El conductor quedaba oculto por el techo del coche.

Estaban sentados en la terraza trasera de la casa que él y Graciela habían alquilado en La Mesa Avenue. La vista se extendía desde la estrecha carretera de curvas hasta abarcar todo Avalon y su puerto, y desde allí toda la bahía de Santa Mónica hasta la neblina de contaminación que señalaba los límites de la gran ciudad. La vista era el principal motivo por el que habían elegido aquella casa para construir su nuevo hogar en la isla. Sin embargo, hasta que su esposa había hablado la mirada de McCaleb había estado en el bebé que tenía en brazos, no en el paisaje. Para él no había otro horizonte que los ojos azules y confiados de su hija. McCaleb vio un número en el coche de golf que pasaba por debajo. Era alquilado. No era ningún vecino. Probablemente se trataba de alguien que había llegado en el *Catalina Express*. Aun así, se preguntaba por qué Graciela sabía que el visitante se dirigía a su casa y no a ninguna de las otras de La Mesa.

No hizo ninguna pregunta; ella ya había tenido premoniciones antes. Se limitó a esperar y poco después de que el cochecito de golf desapareciera de su campo visual, llamaron a la puerta. Graciela fue a abrir y no tardó en regresar a la terraza acompañada de una mujer a la que McCaleb no había visto desde hacía tres años.

La detective de la oficina del sheriff Jaye Winston sonrió al ver al bebé en sus brazos. Era una sonrisa genuina, pero al mismo tiempo era la sonrisa de desconcierto de alguien que no había venido a conocer un bebé. McCaleb sabía que la gruesa carpeta verde que llevaba en una mano y la cinta de vídeo que sostenía en la otra significaban que Winston había venido por trabajo. Trabajo relacionado con la muerte.

–Terry, ¿qué tal?

–No podría estar mejor. ¿Recuerdas a Graciela?

–Claro, y ¿quién es este bebé?

–Es CiCi.

McCaleb nunca utilizaba el nombre formal de la niña con los demás. Solo la llamaba Cielo cuando estaba a solas con ella.

–CiCi –repitió Winston, y vaciló como si estuviera esperando una explicación, pero como no le dieron ninguna agregó–: ¿Qué tiempo tiene?

–Casi cuatro meses. Es grandota.

–Vaya, sí, ya lo veo... Y el niño, ¿dónde se ha metido?

–Raymond –dijo Graciela–. Está con unos amigos hoy. Terry tenía una excursión de pesca y por eso se ha ido al parque a jugar a *softball*.

La conversación era entrecortada y extraña. O bien Winston no estaba interesada o no estaba habituada a ese tipo de charla intrascendente.

–¿Te apetece beber algo? –preguntó McCaleb, al tiempo que le entregaba el bebé a Graciela.

–No, gracias, me he tomado una Coca-Cola en el ferry.

Como si le hubieran dado pie, o tal vez indignada por ser pasada de unos brazos a otros, la niña empezó a llorar y Graciela dijo que se la llevaría adentro. Dejó a Winston y a McCaleb en el porche. McCaleb señaló la mesa redonda y las sillas donde cenaban muchas noches cuando la pequeña dormía.

—Mejor nos sentamos.

Cedió a Winston la silla que ofrecía una mejor perspectiva del puerto. Ella puso en la mesa la carpeta verde, que McCaleb reconoció como el expediente de un asesinato, y encima la cinta de vídeo.

—Es preciosa —dijo ella.

—Sí, es encantadora. Me quedaría mirándola todo el...

McCaleb se detuvo y sonrió al darse cuenta de que ella estaba hablando de la vista y no de su hija. Winston también sonrió.

—La niña es preciosa, Terry. De verdad. Tú también tienes buen aspecto con este bronceado.

—He estado saliendo en el barco.

—¿Y la salud va bien?

—No puedo quejarme de nada más que del montón de pastillas que me hacen tomar. Pero llevo tres años ya, y sin problemas. Creo que estoy a salvo, Jaye. Solo tengo que seguir tomando esas condenadas pastillas y debería seguir así.

McCaleb sonrió y ciertamente parecía la personificación de la salud. El mismo sol que había oscurecido su piel había causado el efecto contrario en su cabello. Cortado muy corto y limpio, parecía casi rubio. El trabajo en el barco también había contribuido a definir los músculos de brazos y hombros. Lo único que lo delataba quedaba oculto por la camisa: la cicatriz de treinta y tres centímetros dejada por el trasplante.

—Enhorabuena —comentó Winston—, parece que te ha ido muy bien. Nueva familia, nueva casa..., apartado de todo.

Winston se quedó callada un momento, volviendo la cabeza como si quisiera asimilar la panorámica y la isla y la vida de McCaleb, todo a la vez. McCaleb siempre había pensado que Jaye Winston era atractiva en un estilo un poco masculino. Tenía el pelo rubio rojizo largo hasta los hombros. Nunca la había visto maquillada en el tiempo que trabajaron juntos, pero tenía unos ojos agudos y conocedores y una sonrisa fácil y en cierto modo triste, como si en todo viera el humor y la tragedia al mismo tiempo. Llevaba vaqueros negros y una camiseta blanca debajo de un *blazer* negro. Tenía aspecto de ser leal y dura, y McCaleb sabía por experiencia que lo era. Solía recogerse el pelo tras la oreja con frecuencia mientras hablaba, y a él le resultaba un gesto atractivo, por alguna razón desconocida. Siempre había pensado que de no haber conectado con Graciela quizá habría tratado de conocer mejor a Jaye Winston. Y también sentía que ella lo sabía de un modo intuitivo.

–En cierto modo, el motivo de mi visita me hace sentir culpable –dijo ella.

McCaleb señaló con la cabeza la carpeta y la cinta de vídeo.

–Has venido por trabajo. Podrías haber llamado, Jaye. Probablemente te habrías ahorrado tiempo.

–No, no enviaste ninguna tarjeta con el cambio de dirección y teléfono. Supongo que no querías que la gente se enterara de dónde te habías instalado. –Winston se recogió el pelo tras la oreja derecha y sonrió de nuevo.

–En realidad, no –dijo él–. Simplemente no pensaba que nadie quisiera saber dónde estaba. Así que ¿cómo me has encontrado?

–Estuve preguntando en el puerto en Cabrillo. Me dijeron en la oficina del puerto que aún conservabas el amarre, pero que te habías trasladado aquí. Así que crucé en el ferry y tomé un taxi acuático por el puerto hasta que lo encontré. Tu amigo estaba allí. Él me explicó cómo llegar hasta aquí.

–Buddy.

McCaleb miró hacia el puerto y localizó el *Following Sea*, a menos de un kilómetro de allí. Veía a Buddy Lockridge inclinado en la popa. Al cabo de unos momentos supo que Buddy estaba limpiando los carretes con la manguera que salía del depósito de agua dulce.

–Bueno, ¿de qué se trata, Jaye? –dijo McCaleb sin mirar a Winston–. Tiene que ser importante para que te hayas tomado tantas molestias en tu día libre. Supongo que libras los domingos.

–Casi todos.

Winston apartó la cinta de vídeo y abrió la carpeta. Esta vez McCaleb miró. Aunque la tenía del revés, sabía que la primera página era un informe de incidencia, por lo general la primera página de cualquier expediente de homicidios que había leído. Era el punto de partida. Se fijó en la dirección. Incluso del revés vio que se trataba de un caso de West Hollywood.

–Tengo aquí un caso y esperaba que pudieras echarle un vistazo. En tu tiempo libre, claro. Creo que puede ser uno de los tuyos. Me gustaría que le dieras una leída, y si puede ser, que me señalaras algo nuevo.

En cuanto había visto la carpeta en manos de Winston, McCaleb ya había adivinado que era eso lo que iba a pedirle. Sin embargo, al oír la pregunta sintió una confusa mezcla de sensaciones. Le entusiasmaba la posibilidad de recuperar una parte de su vida anterior, pero al mismo tiempo se sentía culpable por la idea de traer la muerte a una casa tan llena de vida nueva y felicidad. Miró hacia la corredera abierta para ver si Graciela estaba mirándolos. No era así.

–¿Uno de los míos? –dijo–. Si es un asesino en serie, no pierdas el tiempo. Llama al FBI. Maggie Griffin...

–Ya lo he hecho, Terry, pero sigo necesitándote.

–¿De cuánto tiempo estamos hablando?

–Dos semanas.

Los ojos de Winston se alzaron de la carpeta para mirar a McCaleb.

–¿El día de Año Nuevo?

Ella asintió.

–El primer asesinato del año –dijo–. Al menos en el condado de Los Ángeles. Para alguna gente el milenio no empezó hasta este año.

–¿Crees que es un loco del milenio?

–Creo que el que hizo esto es un loco de alguna clase. Por eso estoy aquí.

–¿Qué dijo el FBI? ¿Le mostraste esto a Maggie?

–No estás al día, Terry. A Maggie la devolvieron a Quantico. Las cosas se han calmado en los últimos años y los de Ciencias del Comportamiento la recuperaron. Ya no hay oficina en Los Ángeles. Así que sí, hablé con ella. Pero en una llamada telefónica a Quantico. Metió la información en el PDCV y no salió nada.

McCaleb sabía que se refería al ordenador del Programa de Detención de Criminales Violentos.

–¿Y han hecho algún perfil? –preguntó él.

–Estoy en lista de espera. ¿Sabes que en todo el país hubo treinta y cuatro asesinatos relacionados con el nuevo milenio entre Nochevieja y Año Nuevo? Así que por el momento tienen las manos llenas; y los grandes departamentos como nosotros estamos al final de la lista, porque el FBI supone que los departamentos pequeños, con menos experiencia, medios y recursos humanos, necesitan más su ayuda.

Esperó un momento mientras dejaba que McCaleb reflexionara sobre el asunto. Él comprendió que la filosofía del FBI era la que se aplicaba para determinar las prioridades médicas cuando se produce una catástrofe.

–No me importa esperar más o menos un mes hasta que Maggie o algún otro pueda prepararme algo, pero mi instinto me dice que en este caso el tiempo es importante, Terry. Si es un asesino en serie, un mes puede ser demasiado. Por eso pensé en venir a verte. Estoy dándome cabezazos contra la pared y tú puedes ser nuestra última esperanza para sacar algo que nos sirva de punto de partida. Todavía me acuerdo del Sepulturero y el Asesino del Código. Sé lo que puedes hacer con unos informes y algunas cintas de la escena del crimen.

McCaleb pensó que el último comentario estaba de más y constituía su único movimiento en falso hasta el momento. Por lo demás, creía que ella era sincera al confiarle su convicción de que el asesino al que estaba buscando podía actuar de nuevo.

–Ha pasado mucho tiempo para mí, Jaye –empezó McCaleb–. Al margen del caso de la hermana de Graciela, no he participado en...

–Vamos, Terry, no me quieras engañar. Puedes estar ahí sentado con un bebé en el regazo todos los días de la semana, pero eso no borra lo que eres ni lo que haces. Te conozco. No nos hemos visto ni hemos hablado en mucho tiempo, pero te conozco. Y sé que no pasa un día sin que pienses en tus casos. Ni uno solo. –Winston hizo una pausa y lo miró–. Cuando te quitaron el corazón no te quitaron lo que te hace latir, ¿me explico?

McCaleb desvió la mirada y volvió a fijarla en su barco. Buddy se había sentado en la silla de pesca, con los pies levantados y apoyados en el espejo de popa. McCaleb suponía que tenía una cerveza en la mano, pero estaba demasiado lejos para determinarlo.

—Si eres tan buena interpretando a la gente, ¿para qué me necesitas?

—Puede que yo sea buena, pero tú eres el mejor que he conocido nunca. Joder, aunque no estuvieran liados hasta Pascua en Quantico, te preferiría a cualquiera de esos perfiladores criminales. Lo digo en serio. Tú eras...

—Vale, Jaye, ahórrame el discursito, ¿quieres? Mi ego está satisfecho con todo el...

—Entonces, ¿qué necesitas? Volvió a mirarla.

—Solo un poco de tiempo. Tengo que pensarlo.

—He venido porque mi instinto me dice que no tenemos mucho tiempo.

McCaleb se levantó y se acercó a la barandilla. Su mirada se dirigió al mar. Un transbordador *Catalina Express* estaba entrando a puerto. Sabía que estaría medio vacío. Los meses de invierno atraían a escasos visitantes.

—Está entrando el barco —dijo—. Estamos en horario de invierno, Jaye. Será mejor que lo tomes cuando se vaya o tendrás que pasar aquí la noche.

—Pediré un helicóptero si hace falta. Terry, todo lo que necesito de ti es un día a lo sumo. Incluso una noche. Te sientas, lees el expediente, miras la cinta y me llamas por la mañana para contarme lo que has visto. A lo mejor no es nada o al menos nada nuevo. Pero a lo mejor ves algo que se nos ha pasado o se te ocurre una idea que a nosotros aún no se nos había ocurrido. No quiero nada más. No me parece pedir mucho.

McCaleb apartó la mirada del barco que entraba y se volvió, de manera que apoyó la espalda en la barandilla.

—No te parece mucho, porque tú estás metida en esta vida, Jaye. Yo no, yo estoy fuera. Bastaría con que volviera a meterme un día para que cambiaran cosas. Vine aquí para empezar de nuevo y olvidarme de todo aquello en lo que era bueno para ser bueno siendo otra cosa. Un padre y un marido, para empezar.

Winston se levantó y se acercó a la barandilla. Se quedó de pie al lado de él, pero contempló la vista mientras que McCaleb estaba de cara a su casa. Habló en voz baja. Si Graciela estaba escuchando desde dentro, no iba a poder oírla.

–¿Recuerdas lo que me contaste sobre la hermana de Graciela? Me dijiste que te habían dado una segunda oportunidad en la vida y que tenía que haber alguna razón para eso. Ahora has construido esta vida con su hermana y su hijo e incluso con vuestra propia hija. Es maravilloso, Terry, lo creo de verdad. Pero esa no puede ser la razón que estabas buscando. Puede que te lo parezca, pero no lo es. Y en el fondo lo sabes. Tú eras bueno atrapando a esta gente. Al lado de eso, ¿qué significa pescar?

McCaleb asintió levemente, y se sintió incómodo consigo mismo por hacerlo con tanta facilidad.

–Deja el material –dijo–. Te llamaré en cuanto pueda.

De camino a la puerta Winston buscó a Graciela, pero no la vio.

–Debe de estar dentro con el bebé –dijo McCaleb.

–Bueno, despídeme de ella.

–Claro.

Se produjo un silencio incómodo en el resto del camino hasta la puerta. Al final, cuando McCaleb abrió, Winston dijo:

–Bueno, Terry, ¿qué tal es eso de ser padre?

–Es lo mejor y lo peor.

Era su respuesta habitual. Entonces pensó un momento y añadió algo en lo que había pensado, pero que nunca había compartido con nadie, ni siquiera con Graciela.

–Es como tener una pistola en la cabeza permanentemente.

Winston pareció sorprendida, un poco preocupada incluso.

–¿Cómo es eso?

–Porque sé que si alguna vez le pasa algo a ella, mi vida se habrá terminado.

Winston asintió.

–Creo que puedo entenderlo.

La detective salió. Se sentía bastante estúpida al alejarse: una detective de homicidios experimentada bajando en un cochecito de golf.

2

El almuerzo del domingo con Graciela y Raymond fue silencioso. Comieron corvina, que McCaleb había pescado con el grupo de aquella mañana al otro lado de la isla, cerca del istmo. Sus grupos siempre querían devolver al mar los peces que capturaban, pero muchas veces cambiaban de opinión a última hora, cuando volvían a puerto. McCaleb lo veía como algo relacionado con el instinto asesino masculino. No bastaba con capturar las presas. Había que matarlas. La consecuencia era que a menudo se servía pescado en el almuerzo en La Mesa.

McCaleb había asado la corvina y mazorcas de maíz en la barbacoa del porche. Graciela había preparado una ensalada y ambos tenían una copa de vino blanco delante. Raymond bebía leche. La comida era buena, pero el silencio resultaba incómodo. McCaleb miró a Raymond y se dio cuenta de que el niño había captado la tensión entre los adultos y se había contagiado de ella. McCaleb recordó que él hacía lo mismo cuando era niño y sus padres se dedicaban a arrojarse silencio el uno al otro. Raymond era hijo de la hermana de Graciela, Gloria. El padre del chico nunca había pintado nada y cuando Gloria había muerto asesinada tres años antes, Raymond se había ido a vivir con Graciela. McCaleb los conoció a los dos en la investigación del crimen.

–¿Qué tal ha ido el *softball* hoy? –preguntó al final McCaleb.

—Supongo que bien.

—¿Has ganado alguna base?

—No.

—Ya lo harás, no te preocupes. Sigue intentándolo. Sigue practicando.

McCaleb asintió. Al niño no le habían dejado salir en el barco esa mañana. La excursión de pesca era para seis personas de Los Ángeles. Con McCaleb y Buddy sumaban ocho en el *Following Sea*, y ese era el límite que el barco podía transportar según las normas de seguridad. McCaleb nunca infringía esas normas.

—Bueno, oye, hasta el sábado no hay otra salida. De momento solo hay cuatro personas, y ahora en invierno no creo que se apunte nadie más. Si no se apunta nadie más, puedes venir.

Los rasgos oscuros del niño parecieron iluminarse y asintió vigorosamente mientras cortaba la carne blanca del pescado que tenía en el plato. El tenedor parecía grande en la mano de Raymond y McCaleb sintió un rapto de tristeza por el chico. Era demasiado pequeño para tener diez años. Este hecho preocupaba mucho a Raymond, que a menudo preguntaba a McCaleb que cuándo crecería. Él siempre le contestaba que lo haría pronto, pero pensaba para sí que el chaval siempre sería bajito. Sabía que la madre era de estatura normal, pero Graciela le había contado que el padre era de baja estatura (e integridad). Había desaparecido antes de que Raymond naciera. A Raymond siempre lo elegían el último cuando formaban los equipos, porque era demasiado pequeño para competir con niños de su edad. Por eso se interesaba por pasatiempos distintos de los deportes de equipo. La pesca le apasionaba y, en los días libres, McCaleb solía llevarlo a la bahía en busca de fletanes. Cuando tenía una excursión, el chico siempre suplicaba que lo dejaran ir, y si había espacio le permitían jugar a ser segundo oficial. Para McCaleb era todo un placer darle al niño un sobre con un billete de cinco dólares al final del día.

–Te necesitaremos en la cofa –dijo McCaleb–. Este grupo quiere ir al sur en busca de marlines. Será un día muy largo.

–¡Genial!

McCaleb sonrió. A Raymond le encantaba hacer de oteador en la cofa, buscando marlines negros durmiendo o jugando en la superficie del agua. Y, con sus prismáticos, se estaba convirtiendo en un experto. McCaleb miró a Graciela para compartir el momento, pero ella tenía la mirada fija en el plato. No sonreía.

Transcurridos unos minutos más, Raymond había terminado de comer y había pedido permiso para ir a su habitación a jugar en el ordenador. Graciela le dijo que pusiera el volumen bajo para que no despertara al bebé. El chico se llevó el plato a la cocina y Graciela y McCaleb se quedaron solos.

Él comprendía el silencio de su mujer y ella, por su parte, sabía que no podía dar voz a su objeción de que se implicara en un caso, porque había sido su propia solicitud de que investigara la muerte de su hermana lo que los había unido tres años antes. Sus sentimientos estaban atrapados en esta ironía.

–Graciela –empezó McCaleb–. Ya sé que no quieres que haga esto, pero...

–Yo no he dicho eso.

–No hace falta que lo digas. Te conozco y con solo verte la cara desde que ha venido Jaye...

–Lo que no quiero es que esto cambie. Nada más.

–Lo entiendo. Yo tampoco quiero que cambie. Y no va a cambiar. Lo único que voy a hacer es mirar el expediente y la cinta y darle mi opinión a Jaye.

—Será más que eso. Te conozco. Te he visto en acción y sé que te quedarás enganchado. Es tu especialidad.

—No quiero implicarme. Solo voy a hacer lo que me ha pedido. Ni siquiera lo haré aquí. Voy a llevarme lo que me ha dado al barco, ¿vale? No quiero tenerlo en casa.

McCaleb sabía que iba a hacerlo con el consentimiento de Graciela o sin él, pero deseaba su aprobación de todos modos. La relación entre ambos era todavía tan reciente que él siempre buscaba la aprobación de ella. Había pensado en el asunto y se preguntaba si tenía algo que ver con su segunda oportunidad. El sentimiento de culpa lo había acosado en los últimos tres años, y todavía surgía cuando menos se lo esperaba, como un control de carretera. De alguna manera sentía que si aquella mujer le daba el permiso para seguir viviendo, todo estaría bien. Su cardióloga lo había llamado la culpa del superviviente. Él vivía porque otra persona había muerto y por eso debía ganarse la redención. Pero McCaleb pensaba que esa explicación era demasiado simple.

Graciela puso mala cara, aunque a McCaleb le seguía pareciendo hermosa. Tenía la piel cobriza y un pelo castaño oscuro que enmarcaba un rostro con ojos de un marrón tan oscuro que apenas se distinguía el iris de la pupila. La belleza de su esposa era otra de las razones por las que buscaba siempre su aprobación. Había algo purificador en sentirse bañado por la luz de su sonrisa.

—Terry, he escuchado lo que hablabais en el porche, después de que la niña se durmiera. Oí lo que dijo Jaye acerca de qué era lo que hacía latir tu corazón y de que no pasa un día sin que pienses en tu trabajo. Solo te pido que me digas si tenía razón.

McCaleb se quedó un momento en silencio. Miró el plato vacío y luego hacia el puerto y las luces de las casas que trepaban por la otra colina, hasta el hotel de la cima del monte Ada. Asintió muy despacio y luego volvió a mirarla.

—Sí, tenía razón.

—Entonces, todo esto, lo que hacemos aquí, la niña, ¿es una mentira?

—No, claro que no. Esto lo es todo para mí y lo protegería con todo lo que tengo. Pero la respuesta es que sí, pienso en lo que era y en lo que hacía. Cuando estaba en el FBI salvaba vidas, Graciela, así de simple. Luchaba contra el mal para que este mundo fuera un poco menos oscuro. —Levantó la mano e hizo un gesto hacia el puerto—. Ahora tengo una vida maravillosa contigo y con Cielo y con Raymond. Y pesco para la gente rica que no tiene otra cosa en la que gastar el dinero.

—O sea que quieres las dos cosas.

—No sé lo que quiero, pero sé que cuando Jaye estuvo aquí yo le hablaba porque sabía que me estabas escuchando. Decía lo que querías escuchar, pero sabía que no era lo que de verdad quería yo. Lo que quería era abrir ese expediente y ponerme a trabajar en ese mismo instante. Jaye no se equivocaba conmigo, Gracie. No me había visto en tres años, pero me tenía bien calado.

Graciela se levantó y rodeó la mesa para ir a sentarse en el regazo de su marido.

—Es solo que estoy asustada por ti —dijo, y se abrazó a él.

McCaleb sacó dos vasos altos del armario y los puso en la encimera. Llenó el primero con agua mineral y el segundo con zumo de naranja. Entonces empezó a tragar las veintisiete pastillas que había alineado en la mesa, acompañándolas con sorbitos de agua y de zumo para ayudar a pasarlas. Tomarse las píldoras —dos veces al día— era su ritual, y lo detestaba. No era por el sabor, eso era algo que ya había superado con creces en los úl-timos tres años, sino porque el ritual constituía un recor-datorio de la extrema dependencia de factores externos que tenía su vida. Las pastillas eran una correa. No po-dría vivir mucho tiempo sin ellas. Buena parte de su mundo giraba en torno a asegurar que siempre las ten-dría. Hacía planes acerca de ellas, las acaparaba. A veces incluso aparecían en sus sueños.

Cuando hubo acabado, McCaleb fue a la sala de estar, donde Graciela estaba leyendo una revista. No levantó la mirada cuando él entró, otra señal de que no le hacía gracia lo que de repente estaba sucediendo en su casa. Él se quedó allí un momento, pero al ver que nada cambia-ba se fue a la habitación de la niña, al fondo del pasillo.

Cielo continuaba dormida en su cuna. La luz del te-cho estaba atenuada y subió la intensidad lo justo para verla con claridad. Se acercó a la cuna y se inclinó para sen-tir la respiración del bebé y percibir su olor. Cielo tenía la piel y el pelo oscuros, como su madre, pero los ojos eran azules como el océano. Sus manitas estaban cerradas en puños, como si quisiera mostrar que estaba dispuesta a luchar por la vida. McCaleb sentía un profundo amor por ella cuando la veía dormir. Pensó en toda la prepara-ción que había tenido que pasar, en los libros y los con-sejos de las amigas de Graciela que eran enfermeras de pediatría en el hospital. Todo para estar preparados para cuidar de una vida frágil y extremadamente dependien-te de ellos. Nadie le dijo nada, ni él lo leyó en ningún si-tio, para prepararlo para lo contrario: la certeza que tuvo en el mismo instante de tenerla en brazos por primera vez, la certidumbre de que su propia vida dependía de la de la niña.

Estiró el brazo y cubrió la espalda de la niña con la mano. Ella no se movió. McCaleb sentía el latido del minúsculo corazón. Parecía acelerado y desesperado, como una plegaria susurrada. En ocasiones ponía la mecedora al lado de la cuna y se quedaba observando a la pequeña hasta muy tarde. Esa noche era diferente. Tenía que irse. Tenía trabajo que hacer y no estaba seguro de si estaba allí para darle las buenas noches a Cielo o si de algún modo también buscaba obtener de la niña inspiración o aprobación. Bien pensado no tenía sentido, sin embargo, sabía que tenía que observarla y tocarla antes de ponerse a trabajar.

McCaleb caminó por el embarcadero y luego bajó las escaleras hasta el muelle de los esquifes. Encontró su zódiac entre las otras pequeñas lanchas y subió a bordo, con cuidado de poner la cinta de vídeo y el expediente de la investigación bajo la protección de la proa inflable. Tiró dos veces de la cuerda hasta que el motor se puso en marcha y se dirigió hacia el carril central del puerto. En Avalon no había atracaderos, las embarcaciones estaban atadas a boyas dispuestas en líneas que seguían la forma cóncava del puerto natural. Como era invierno, había pocos barcos, pero de todos modos McCaleb no cortó camino pasando entre las boyas. Siguió los pasillos, del mismo modo que cuando uno conduce por las calles del barrio no pasa por encima de los jardines de los vecinos. Hacía frío en el agua y McCaleb se abrochó el chubasquero. Al aproximarse al *Following Sea* distinguió el brillo de la televisión detrás de las cortinas del salón. Eso significaba que Buddy Lockridge no había terminado a tiempo de tomar el último transbordador y se iba a quedar a pasar la noche.

McCaleb y Lockridge trabajaban juntos el negocio de las excursiones de pesca. El barco estaba puesto a nombre de Graciela y la titularidad de la licencia para las excursiones y del resto de la documentación relacionada con el negocio era de Lockridge. Los dos hombres se habían conocido más de tres años antes, cuando McCaleb tenía atracado el *Following Sea* en el puerto deportivo de Cabrillo, en Los Ángeles, y vivía a bordo mientras se dedicaba a restaurarlo. Buddy residía en un barco vecino y ambos habían desarrollado una amistad que en los últimos tiempos se había convertido en sociedad.

Durante las agitadas temporadas de primavera y verano, Lockridge se quedaba muchas noches en el *Following Sea*, pero en temporada baja solía tomar un transbordador hasta su barco amarrado en el puerto deportivo de Cabrillo. Al parecer tenía más éxito en los bares de la ciudad que en los escasos locales de la isla. McCaleb supuso que volvería a la mañana siguiente, puesto que no tenían ninguna otra salida hasta al cabo de cinco días.

McCaleb chocó con la zódiac en la bovedilla del *Following Sea*. Paró el motor y salió con la cinta y la carpeta. Ató la lancha a la cornamusa y se dirigió a la puerta del salón. Buddy estaba esperándolo allí, porque habría oído la zódiac o habría notado el golpe en la popa. Abrió la puerta corredera, con una novela de bolsillo en la mano. McCaleb echó un vistazo a la tele, pero no pudo distinguir qué estaba viendo.

—¿Qué pasa, Terror? —preguntó Lockridge.

—Nada. Necesito trabajar un poco. Usaré el camarote de proa, ¿vale?

Entró en el salón. Hacía calor. Lockridge tenía el calefactor encendido.

—Claro. ¿Puedo ayudarte en algo?

—No, no tiene nada que ver con el negocio.

—¿Tiene que ver con la mujer que vino antes, la ayudante del sheriff?

McCaleb había olvidado que Winston había pasado en primer lugar por el barco para pedirle la dirección a Buddy.

–Sí.

–¿Estás trabajando en uno de sus casos?

–No –se apresuró a decir McCaleb, con la esperanza de limitar el interés de Lockridge y su implicación–. Solo necesito mirar unas cosas y hacerle una llamada.

–Qué amable, colega.

–No tanto, es solo un favor. ¿Qué estás viendo?

–Ah, nada. Es un programa sobre ese equipo que va detrás de los *hackers*. ¿Por qué? ¿Lo has visto?

–No, pero pensaba llevarme la tele un rato. McCaleb levantó la cinta de vídeo y los ojos de Lockridge se iluminaron.

–¿Quieres ser mi invitado? Adelante, pon la cinta.

–No, aquí no, Buddy. Esto es... La detective Winston me pidió que hiciera esto de modo confidencial. Te devolveré la tele en cuanto termine.

El rostro de Lockridge reveló su decepción, pero McCaleb no iba a preocuparse por eso. Se acercó a la barra que separaba la cocina del salón y dejó allí la carpeta y la cinta. Desenchufó la televisión y la sacó del mueble que la mantenía fija para que no se cayera cuando el barco navegaba en mares agitados. El aparato tenía un reproductor de vídeo incorporado y pesaba bastante. McCaleb lo cargó, lo bajó por la estrecha escalera y lo llevó al camarote de proa, que había sido parcialmente convertido en despacho. Había dos literas en dos de las paredes. La cama de debajo de la izquierda había sido sustituida por un escritorio y McCaleb utilizaba las dos camas superiores para almacenar los viejos archivos del FBI, porque Graciela no los quería en casa, al alcance de Raymond. El único problema era que McCaleb estaba seguro de que en más de una ocasión Buddy había abierto las cajas para fisgonear en los archivos. Le molestaba, porque suponía una especie de invasión. McCaleb había pensado en cerrar con llave el camarote de proa, pero llegó a la conclusión de que eso habría sido un error irreparable. La única escotilla de la cubierta inferior estaba en el camarote de proa y no podía bloquearse el acceso a ella por si era necesaria una evacuación de emergencia por esa parte.

Dejó la tele sobre el escritorio y la enchufó. Iba a regresar al salón para coger la cinta y la carpeta cuando vio a Buddy bajando la escalera con el vídeo en la mano y hojeando el expediente.

—Eh, Buddy...

—Está como una cabra, tío.

McCaleb estiró el brazo y cerró la carpeta, y a continuación cogió la cinta de la mano de su socio y compañero de pesca.

—Solo estaba echando un vistazo.

—Te he dicho que es confidencial.

—Sí, pero ya sabes que trabajamos bien juntos.

Era cierto que, por casualidad, Lockridge había sido de gran ayuda para McCaleb cuando este investigó la muerte de la hermana de Graciela. Pero eso había sido una investigación de calle activa. Esta vez solo se trataba de revisar una documentación y no necesitaba a nadie mirando por encima de su hombro.

—Esto es distinto, Buddy. Es cuestión de unas horas. Solo voy a echar un vistazo y ya está. Ahora deja que empiece a trabajar. No quiero pasarme aquí toda la noche.

Lockridge no dijo nada y McCaleb no esperó. Cerró la puerta del camarote de proa y se volvió hacia el escritorio. Al bajar la mirada hacia el expediente sintió un estremecimiento unido a la familiar sensación de terror y culpa.

McCaleb sabía que era el momento de sumergirse de nuevo en la oscuridad, de explorarla y conocerla, porque solo así podría atravesarla. Asintió con la cabeza, aunque estaba solo. Era una manera de reconocer que había estado mucho tiempo esperando ese momento.

3

La imagen del vídeo era clara y estable, la iluminación buena. Los aspectos técnicos de la grabación de la escena de un crimen habían mejorado mucho desde sus días en el FBI. El contenido era el mismo. La cinta que McCaleb estaba viendo mostraba el retablo crudamente iluminado de un asesinato. Finalmente congeló la imagen y la examinó. El camarote estaba en silencio, y la única intrusión del exterior era el suave batir del mar contra el casco del barco.

En el centro de la pantalla se hallaba el cuerpo desnudo de un hombre que había sido atado con cuerda de empacar. Tenía los brazos y las piernas firmemente sujetas detrás del torso, hasta tal extremo que la postura del cadáver parecía el reverso de la posición fetal. El cuerpo estaba boca abajo sobre una moqueta vieja y sucia. La cámara enfocaba el cadáver demasiado de cerca para determinar en qué clase de sitio había sido hallado. McCaleb suponía que la víctima era un hombre basándose solo en la masa corporal y la musculatura, porque un cubo de fregar gris colocado sobre la cabeza impedía ver la cara. Un trozo de cuerda ataba los tobillos de la víctima, le subía por la espalda, pasaba entre los brazos y por debajo del reborde del cubo, donde estaba enrollado al cuello. A primera vista daba la sensación de que era una ligadura de estrangulación en la cual la palanca de piernas y pies tensaba la cuerda en torno al cuello de la víctima, causándole asfixia. En efecto, la víctima había sido atada de tal modo que en última instancia se había provocado su propia muerte al ser incapaz de mantener las piernas flexionadas en una posición tan antinatural.

McCaleb continuó con su examen de la escena. Una pequeña cantidad de sangre se había derramado sobre la moqueta desde el cubo, lo cual indicaba que iba a ver alguna herida en la cabeza cuando se retirara el cubo.

McCaleb se arrellanó en su vieja silla de escritorio y reflexionó sobre su primera impresión. Todavía no había abierto el expediente. Prefería ver en primer lugar la cinta a fin de estudiar la escena del crimen de la forma más parecida posible a como lo habían hecho los investigadores originalmente. Ya estaba fascinado por lo que observaba. Advirtió la implicación del ritual en la escena de la pantalla del televisor. También sintió la descarga de adrenalina en la sangre. Pulsó el botón del mando a distancia y el vídeo continuó reproduciéndose.

El ángulo de visión se amplió cuando Jaye Winston entró en el encuadre. McCaleb vio una parte más grande de la habitación y observó que se trataba de una casa o apartamento pequeño y escasamente amueblado.

Por pura coincidencia, Winston iba vestida con el mismo conjunto que en su visita de esa mañana. Llevaba puestos guantes de látex que se había subido por encima de los puños del *blazer*. La placa de detective colgaba de un cordón atado alrededor del cuello. Winston se situó a la izquierda del cadáver mientras su compañero, un detective que McCaleb no reconoció, se movía hacia la derecha. Por primera vez se escuchó una conversación.

–La víctima ya ha sido examinada por un ayudante del forense y cedida para la investigación de la escena del crimen –dijo Winston–. La víctima ha sido fotografiada *in situ*. Ahora vamos a proceder a quitar el cubo para continuar con el examen.

McCaleb sabía que Winston estaba eligiendo cuidadosamente sus palabras y actitud con el futuro en mente, un futuro que podría incluir un proceso por asesinato en el que un jurado vería la cinta de la escena del crimen. Tenía que mostrarse profesional y objetiva, completamente desapegada emocionalmente de lo que estaba descubriendo. Cualquier desviación de esta postura podía ser aprovechada por un abogado defensor para pedir la retirada del vídeo del catálogo de pruebas.

Winston se recogió el cabello detrás de las orejas y luego colocó ambas manos en los hombros de la víctima. Giró el cadáver con la ayuda de su compañero, de manera que el cuerpo quedó de espaldas a la cámara.

Entonces la cámara enfocó el hombro de la víctima y se aproximó, al tiempo que Winston retiraba con suavidad el asa del cubo de la barbilla del hombre y procedía a levantarlo cuidadosamente para descubrir la cabeza.

–Bueno –dijo.

La detective mostró el interior del cubo a la cámara –la sangre se había coagulado en el interior– y a continuación lo puso en una caja de cartón para almacenar pruebas. Luego se volvió y miró a la víctima.

Habían enrollado cinta aislante gris alrededor de la cabeza de la víctima para formar una mordaza muy apretada en torno a la boca. Los ojos estaban abiertos e hinchados, a punto de salirse de sus órbitas. Había hemorragias en ambas córneas y la piel que rodeaba los ojos también estaba roja.

–PC –dijo el compañero, señalando los ojos.

–Kurt –dijo Winston–. Hay sonido.

–Perdón.

Estaba diciéndole a su compañero que se ahorrase las observaciones. De nuevo, estaba salvaguardándose de cara al futuro. McCaleb sabía que Kurt había reparado en la hemorragia, o petequias conjuntivas, que siempre acompañaban a una muerte por estrangulación. Aun así, la observación tenía que realizarla un forense al jurado, no un detective de homicidios en la escena del crimen.

La sangre había apelmazado el pelo algo largo de la víctima y se había acumulado en la parte del cubo en contacto con la mejilla izquierda. Winston empezó a mover la cabeza del cadáver y pasar los dedos por el cabello en busca del origen de la sangre. Al final encontró la herida en la coronilla. Retiró el pelo al máximo para verla.

–Barney, haz un primer plano de esto si es que puedes –dijo.

La cámara se acercó. McCaleb vio una herida pequeña y circular que no parecía perforar el cráneo. Sabía que la cantidad de sangre no siempre tenía relación con la gravedad de la herida, incluso heridas sin importancia en el cuero cabelludo podían derramar gran cantidad de sangre. En cualquier caso el informe de la autopsia le proporcionaría una descripción exhaustiva de la herida.

–Barn, graba esto –dijo Winston desviándose levemente del anterior tono monocorde–. Parece que hay algo escrito en la cinta que hace de mordaza.

Ella lo había observado al manipular la cabeza. La cámara se acercó. McCaleb distinguió unas letras ligeramente marcadas en la cinta aislante, allá donde esta cruzaba la boca. Las letras parecían escritas en tinta, pero el mensaje estaba tapado por la sangre. McCaleb logró leer lo que parecía una palabra del mensaje.

–Cave –leyó en voz alta–. ¿Cave?

Pensó que tal vez era solo parte de una palabra, pero no podía pensar: la única palabra más larga que se le ocurría era «caverna».

McCaleb congeló la imagen y se limitó a mirar, cautivado. Lo que estaba viendo lo transportaba a los lejanos días en que se dedicaba a trazar perfiles psicológicos, a una época en la que casi todos los casos que le asignaban le planteaban la misma pregunta: «¿Qué alma oscura y torturada es capaz de hacer esto?».

Las palabras de un asesino siempre eran significativas y situaban el caso en un plano superior. Por lo general, indicaban que el asesinato era una declaración, un mensaje transmitido del asesino a la víctima y de los investigadores al mundo.

McCaleb se levantó y bajó de la litera superior uno de los viejos archivadores. Levantó rápidamente la solapa y empezó a pasar los expedientes en busca de una libreta con algunas páginas en blanco. Empezar cada uno de los casos que le asignaban con una libreta de espiral nueva formaba parte de su ritual en el FBI. Al final encontró un expediente en el que solo había un FSA y una libreta. Con tan pocos papeles en el expediente, sabía que sería un caso breve y que la libreta tendría muchas hojas en blanco.

McCaleb pasó las hojas de la libreta y vio que esta apenas había sido usada. Entonces leyó la primera página del Formulario de Solicitud de Asistencia y enseguida reconoció el caso. Lo recordó de inmediato, porque lo había solucionado con una sola llamada telefónica. La solicitud había llegado de un detective de la pequeña localidad de White Elk, Minnesota, hacía casi diez años, cuando McCaleb todavía trabajaba en Quantico. El informe del detective decía que dos hombres se habían enzarzado en una pelea de borrachos en la casa que compartían, se habían desafiado a un duelo y ambos habían resultado muertos al abrir fuego al mismo tiempo desde una distancia de diez metros. El detective no necesitaba ninguna ayuda con el doble homicidio, porque era evidente, pero había algo que lo desconcertaba. En el curso del registro del domicilio de las víctimas, los investigadores se habían encontrado con algo extraño en el congelador del sótano. En un esquina del congelador había bolsas de plástico que contenían varias decenas de tampones usados. Los había de distintas marcas y los estudios preliminares de una muestra de los tampones revelaron que la sangre menstrual correspondía a mujeres distintas.

El detective del caso no sabía qué tenía entre manos, pero se temía lo peor. Lo que solicitaba a la Unidad de Ciencias del Comportamiento del FBI era una idea acerca del posible significado de los tampones y de cómo proceder. Más concretamente, quería saber si los tampones podían ser recuerdos de las víctimas de uno o varios asesinos en serie que habían pasado desapercibidos hasta que se habían matado el uno al otro.

McCaleb sonrió al recordar el caso. Ya se había encontrado antes con tampones en un congelador. Llamó al detective y le formuló tres preguntas. ¿A qué se dedicaban los dos hombres? Además de las armas de fuego, ¿había armas largas o alguna licencia de caza en el apartamento? Y, por último, ¿cuándo empezaba la temporada de la caza del oso en Minnesota?

Las respuestas del detective resolvieron rápidamente el misterio. Ambos hombres trabajaban en el aeropuerto de Minneapolis para una empresa subcontratada encargada de suministrar personal de limpieza para los aviones comerciales. Se encontraron varios rifles en la casa, pero ninguna licencia. Y, por último, faltaban tres semanas para que se abriera la temporada de caza del oso.

McCaleb explicó al detective que en su opinión los hombres no eran asesinos múltiples, sino que habían estado recogiendo el contenido de los receptáculos para tirar tampones de los lavabos que habían limpiado. Se llevaban los tampones a casa y los congelaban. Cuando se iniciara la temporada de caza probablemente los descongelarían y los utilizarían para atraer a los osos, que eran capaces de oler la sangre desde una larga distancia. La mayoría de los cazadores utilizaban basura como cebo, pero no había nada mejor que la sangre.

Terry McCaleb recordó que el detective se había mostrado decepcionado de no tener ningún asesino o asesinos en serie entre manos. O bien estaba avergonzado porque un agente del FBI hubiera resuelto tan rápidamente el misterio sentado en un despacho de Quantico, o simplemente molesto al darse cuenta de que su caso no iba a atraer la atención de los medios de comunicación nacionales. Colgó sin despedirse y McCaleb no volvió a saber nada más de él.

McCaleb arrancó las pocas páginas de notas del caso de la libreta, las puso en el expediente, junto con el FSA, y devolvió el archivador a su lugar en la litera convertida en estantería. Empujó el archivador hasta el fondo y este resonó en el mamparo.

McCaleb volvió a sentarse, miró la imagen congelada de la pantalla de la televisión y acto seguido la página en blanco de la libreta. Al final, sacó el bolígrafo del bolsillo de la camisa y estaba a punto de empezar a escribir cuando la puerta del camarote se abrió de repente y apareció Buddy Lockridge.

–¿Estás bien?

–¿Qué?

–Estoy bien, Buddy. Solo...

–Joder, ¿qué coño es eso?

Buddy estaba mirando la tele. McCaleb levantó inmediatamente el mando a distancia y apagó el aparato.

–Mira, Buddy, ya te he dicho que esto es confidencial y no puedo...

–Vale, vale, ya lo sé. Solo estaba asegurándome de que no te hubieras desmayado o algo así.

–Muy bien, gracias. Estoy bien.

–Me quedaré arriba un rato más, por si necesitas algo.

–No necesitaré nada, pero gracias.

–¿Sabes?, estás consumiendo un montón de energía. Mañana tendrás que poner el generador.

–No hay problema. Lo haré. Te veo más tarde, Buddy.

Buddy señaló la pantalla azul del televisor.

–Este es de los raros.

–Adiós, Buddy –dijo McCaleb, impaciente.

Se levantó y cerró la puerta, aunque Buddy seguía en el umbral. Esta vez pasó la llave. Volvió a su asiento y empezó a escribir una lista en la libreta.

ESCENA DEL CRIMEN
1. Ligadura
2. Desnudo
3. Herida en la cabeza
4. Cinta/mordaza – ¿Cave?
5. ¿Cubo?

Examinó la lista durante unos momentos, esperando que se le ocurriera una idea, pero no surgió nada. Era demasiado pronto. Instintivamente, sabía que las palabras de la mordaza constituían una pista que no iba a poder descifrar hasta que contara con el mensaje completo. Sintió la urgencia de abrir el expediente y buscarlo, pero en lugar de hacerlo, volvió a encender la tele y continuó reproduciendo la cinta desde el punto donde la había detenido. La cámara enfocaba de cerca la boca del cadáver y la cinta que la mantenía cerrada con fuerza.

–Dejaremos esto para el forense –dijo Winston–. ¿Has grabado todo lo posible, Barn?

–Sí –contestó el invisible cámara.

–Muy bien, retrocede y enfoca estas ligaduras.

La cámara siguió la cuerda desde la cabeza hasta los pies. Esta formaba un nudo corredizo alrededor del cuello. Luego seguía por la columna vertebral y había sido enrollada repetidas veces alrededor de los tobillos, tirando de ellos con tanta tensión que la víctima tenía los talones en las nalgas.

Las muñecas estaban atadas con otro trozo de cuerda enrollado seis veces y luego asegurado con un nudo. Las ligaduras habían causado profundas marcas en la piel de muñecas y tobillos, lo cual indicaba que la víctima se había resistido durante un buen rato antes de sucumbir.

Una vez completada la grabación del cadáver, Winston pidió al invisible cámara que hiciera un inventario en vídeo de las distintas estancias del apartamento.

La cámara se alejó del cuerpo y enfocó el resto del salón comedor. La casa parecía amueblada en una tienda de muebles usados. No había ninguna uniformidad, los muebles eran de estilos completamente diferentes. Las escasas reproducciones de pinturas enmarcadas de las paredes parecían sacadas de una habitación de un hotel Howard Johnson de diez años atrás: todo en naranja y tonos pastel. Al fondo de la sala había una vitrina de porcelanas sin porcelana. Había algún que otro libro en los estantes, pero la mayoría estaban vacíos. Encima de la vitrina, McCaleb vio algo que le resultó curioso. Se trataba de una lechuza de cincuenta centímetros de alto que parecía pintada a mano. McCaleb había visto muchas parecidas antes, sobre todo en el puerto de Avalon y en el de Cabrillo. En la mayoría de los casos, las lechuzas o los búhos estaban hechos de plástico hueco y situados en lo alto de los mástiles o en los puentes de los barcos a motor, en un intento, por lo general infructuoso, de mantener alejadas de los barcos las gaviotas y otras aves. La teoría se basaba en que al ver a la lechuza como un depredador las otras aves no se acercarían, y por tanto no ensuciarían las embarcaciones con sus deposiciones.

McCaleb también había visto que las usaban en el exterior de edificios públicos en los que las palomas eran un incordio. Pero lo que le interesaba de la lechuza de plástico era que nunca había visto ninguna como elemento decorativo en el interior de una casa. Sabía que la gente coleccionaba todo tipo de cosas, lechuzas incluidas, pero hasta el momento no había visto en el apartamento ninguna más, solo la situada encima de la vitrina. Abrió con rapidez la carpeta y encontró el informe de identificación de la víctima. Según ese informe, el oficio de la víctima era pintar casas. McCaleb cerró la carpeta y consideró por un momento la posibilidad de que la víctima se hubiera traído la lechuza de un trabajo o la hubiera sacado de una estructura mientras la preparaba para pintarla.

Rebobinó la cinta y miró de nuevo el momento en que el cámara hacía un barrido desde el cadáver hasta la vitrina encima de la cual se hallaba la lechuza. A McCaleb le pareció que el cámara había realizado un giro de ciento ochenta grados, lo cual significaba que la lechuza había estado directamente enfrente de la víctima, espectadora privilegiada de la escena de asesinato.

Aunque existían otras posibilidades, el instinto de McCaleb le decía que la lechuza de plástico era, de algún modo, parte de la escena del crimen. Cogió la libreta y convirtió la lechuza en la sexta entrada de su lista.

El resto de la videograbación de la escena del crimen revistió escaso interés para McCaleb. Documentaba las otras habitaciones del apartamento de la víctima: el dormitorio, el baño y la cocina. No vio ninguna otra lechuza ni tomó más notas. Al llegar al final de la cinta, la rebobinó y volvió a verla en su totalidad una vez más. Nada nuevo captó su atención. Extrajo la cinta y la guardó de nuevo en la funda de cartulina. Luego devolvió la televisión al salón, donde la aseguró en el armazón.

Buddy estaba tirado en el sofá leyendo su novela. No dijo ni una palabra, y McCaleb se dio cuenta de que se sentía ofendido porque le había cerrado la puerta del camarote en las narices. Pensó en disculparse, pero lo dejó estar. Buddy era demasiado entrometido con el pasado y el presente de McCaleb. Tal vez el desaire se lo haría saber.

—¿Qué estás leyendo? –preguntó.

—Un libro –contestó Lockridge sin levantar la mirada.

McCaleb sonrió para sus adentros. Ya estaba seguro de que había ofendido a Buddy.

—Bueno, aquí está la tele por si quieres ver las noticias o algo.

—Las noticias se han acabado.

McCaleb miró su reloj. Era medianoche. Se le había pasado el tiempo volando. Esto era algo habitual en él; en el FBI, cuando estaba ensimismado en un caso, solía trabajar sin parar a comer o sin darse cuenta de que se hacía muy tarde.

Dejó a Buddy enfurruñado y volvió al camarote. Cerró de nuevo la puerta, ruidosamente, y echó la llave.

4

Después de pasar a una página en blanco de la libreta, McCaleb abrió el expediente del asesinato. Abrió las anillas, sacó los documentos y los apiló ordenadamente sobre el escritorio. Era un capricho, pero nunca le había gustado revisar los casos pasando las hojas de un archivador. Le complacía sostener cada uno de los documentos en sus manos. Le gustaba cuadrar las esquinas de toda la pila. Dejó la carpeta a un lado y empezó a leer los informes del caso en orden cronológico. Enseguida estuvo completamente inmerso en la investigación.

A mediodía del lunes, 1 de enero, una llamada anónima a la comisaría de West Hollywood del Departamento del Sheriff del Condado de Los Ángeles había avisado del crimen. El informante, un hombre, comunicó que había un cadáver en el apartamento 2B del complejo Grand Royale, en Sweetzer, cerca de Melrose. El informante colgó sin decir su nombre ni dejar ningún otro mensaje. Puesto que la llamada no se realizó a una línea de emergencias no fue grabada, y el teléfono no contaba con ninguna función para identificar la procedencia de la llamada.

Se envió al apartamento una patrulla de dos ayudantes del sheriff, y estos encontraron la puerta entreabierta. Al no recibir respuesta a sus llamadas, los agentes entraron en el apartamento, y pronto descubrieron que la información de la persona que había llamado era correcta. Había un hombre muerto en el interior. Los agentes salieron del apartamento y llamaron a una brigada de homicidios. El caso fue asignado a Jaye Winston y Kurt Mintz, con Winston como detective al mando.

El informe identificaba a la víctima como Edward Gunn, un pintor de casas de cuarenta y cuatro años. Había vivido solo en el apartamento de la avenida Sweetzer desde hacía nueve años.

La búsqueda de antecedentes o actividad delictiva conocida determinó que Gunn tenía un historial de condenas por delitos menores que iban desde solicitar servicios de prostitución hasta repetidos arrestos por intoxicación pública o conducir borracho. Lo habían detenido en dos ocasiones por conducir con una elevada tasa de alcoholemia en los tres meses previos a su muerte, la última la noche del 30 de diciembre. El treinta y uno pagó la fianza y quedó en libertad. Menos de veinticuatro horas después estaba muerto. Los registros también mostraban una detención por un crimen que no resultó en condena. Seis años antes Gunn había sido detenido por el Departamento de Policía de Los Ángeles e interrogado por un homicidio. Más tarde quedó en libertad sin cargos.

De acuerdo con los informes de investigación que Winston y su compañero habían incluido en el expediente de asesinato, no se había robado nada, por lo cual se desconocía el móvil del asesinato. Otros residentes del bloque de ocho apartamentos declararon que no habían oído ruidos ni alboroto procedente del apartamento de Gunn en la noche de fin de año. Si surgió algún sonido del apartamento durante el crimen, este quedó ahogado por el rumor de una fiesta organizada por un inquilino que vivía justo debajo. La fiesta había durado hasta bien entrada la mañana del 1 de enero. Gunn, según varios asistentes a la velada que habían sido interrogados, no había sido invitado ni había asistido a la fiesta.

Una batida por el barrio, formado fundamentalmente por pequeños edificios de apartamentos similares al Grand Royale, no encontró testigos que recordaran haber visto a Gunn en los días inmediatamente anteriores a su muerte.

Todo parecía señalar que el asesino había ido a buscar a Gunn. La ausencia de desperfectos en las puertas y ventanas del apartamento indicaba que no se había producido un allanamiento y que probablemente Gunn conocía a su asesino. Con esto en mente, Winston y Mintz interrogaron a todos los compañeros de trabajo y asociados, así como al resto de los inquilinos y a todas las personas que habían asistido a la fiesta en el complejo, en un intento de encontrar algún sospechoso. Su esfuerzo no obtuvo recompensa.

También revisaron todos los datos financieros de la víctima en busca de una pista para un posible móvil monetario, pero no encontraron nada. Gunn no tenía empleo fijo. Acostumbraba a rondar por una tienda de pintura y diseño de Beverly Boulevard y ofrecía sus servicios a los clientes cobrando por jornada de trabajo. Vivía al día, ganaba lo justo para pagar y mantener su apartamento y una furgoneta pequeña en la que llevaba el material de pintura.

Gunn tenía un único pariente vivo, una hermana que residía en Long Beach. Hacía más de un año que no veía a su hermano, aunque él la había llamado la noche del 30 de diciembre desde el calabozo de la comisaría de Hollywood, donde se hallaba retenido a consecuencia de su detención por conducir bajo los efectos del alcohol. La hermana declaró que le había dicho a su hermano que no podía seguir ayudándolo a pagar fianzas y le había colgado el teléfono. La mujer no pudo ofrecer a los investigadores ninguna información útil en relación con el asesinato.

El incidente en el que Gunn había sido detenido seis años antes fue revisado a fondo. Gunn había matado a una prostituta en la habitación de un motel de Sunset Boulevard. La había acuchillado con una navaja de la víctima cuando ella intentaba robarle, según su declaración recogida en el expediente de la División de Hollywood del Departamento de Policía de Los Ángeles. Había inconsistencias menores entre la declaración inicial de Gunn a los oficiales de patrulla y las pruebas físicas, pero no lo suficiente para que el fiscal del distrito presentara cargos contra él. En última instancia, el caso fue calificado de legítima defensa y cerrado.

McCaleb se fijó en que el jefe de la investigación había sido el detective Harry Bosch. Años antes, McCaleb había trabajado con Bosch en un caso, una investigación en la que todavía pensaba con frecuencia. Bosch había sido brusco y reservado a veces, pero sin duda era un buen policía, con intuición, instinto y excelentes dotes de investigador. De hecho, habían conectado de algún modo en la agitación emocional que el caso había provocado en ambos. McCaleb anotó el nombre de Bosch en la libreta para acordarse de llamar al detective por si tenía alguna idea sobre el caso.

Volvió a leer los resúmenes. Considerando el historial de Gunn de relación con una prostituta, el siguiente paso de Winston y Mintz fue investigar el registro de llamadas telefónicas de la víctima, así como los cheques y las compras con tarjeta de crédito en busca de indicaciones de que hubiera seguido manteniendo tratos con prostitutas. No había nada. Patrullaron tres noches por Sunset Boulevard junto con dos agentes de la brigada antivicio del Departamento de Policía de Los Ángeles, deteniéndose a interrogar a las prostitutas callejeras, pero ninguna admitió reconocer al hombre en las fotos que la hermana de Gunn había prestado a los detectives.

Los detectives revisaron los anuncios de contactos de la prensa local en busca de anuncios de Gunn. Una vez más se encontraron en un callejón sin salida.

Finalmente, los detectives siguieron la remota pista de investigar a la familia y las compañeras de la prostituta muerta seis años antes. Aunque Gunn no llegó a ser acusado, existía la posibilidad de que alguien no creyera que había actuado en defensa propia; alguien interesado en ajustarle las cuentas.

Pero esto también era un callejón sin salida. La familia de la víctima era de Filadelfia y había perdido el contacto con la joven años antes. Ningún pariente se había presentado siquiera a reclamar el cadáver antes de que fuera incinerado a cargo de los contribuyentes. No había ninguna razón para que buscaran venganza por un asesinato de seis años antes cuando ni siquiera se habían preocupado por él.

La investigación se había topado con la pared una vez tras otra. Un caso que no se resolvía en las primeras cuarenta y ocho horas tenía menos de un cincuenta por ciento de posibilidades de solucionarse. Un caso no resuelto en dos semanas era como un cadáver sin reclamar en el depósito: iba a quedarse en la nevera durante mucho tiempo. Y por eso Winston había acudido finalmente a McCaleb. Él era el último recurso en un caso sin esperanza.

Después de terminar con los resúmenes, McCaleb decidió tomarse un descanso. Miró el reloj y vio que eran casi las dos. Abrió la puerta del camarote y subió al salón. Las luces estaban apagadas. Buddy, al parecer, se había ido a acostar en el camarote principal sin hacer ningún ruido. McCaleb abrió la nevera y miró en el interior. Había un retráctil de seis cervezas que habían quedado de la excursión de pesca, pero no le apetecía. Había también un brik de zumo de naranja y agua mineral. Cogió el agua y atravesó el salón para ir al puente de mando. Siempre hacía frío en el agua, pero esa noche parecía especialmente gélida. Cruzó los brazos ante el pecho y miró a través del puerto y hacia la colina hasta la casa donde su familia dormía. Solo había una bombilla encendida en la terraza de atrás.

Sintió una punzada de culpa. Sabía que a pesar del profundo amor que sentía por la mujer y los dos niños que descansaban tras aquella solitaria luz, prefería estar en el barco con el expediente de un asesinato que durmiendo en la casa. Trató de apartar esta idea y las preguntas que planteaba, pero no logró ocultarse a sí mismo la conclusión esencial de que había algo que fallaba en él, algo que faltaba. Era algo que le impedía aceptar aquello por lo que luchan la mayoría de los hombres.

Volvió al interior de la embarcación. Sabía que sumergirse en los informes del caso le haría olvidar la sensación de culpa.

El informe de la autopsia no contenía sorpresas. La causa de la muerte era, como McCaleb había adivinado al ver el vídeo, hipoxia cerebral debida a la compresión de las arterias carótidas por estrangulación por ligadura. La hora de la muerte se fijó entre la medianoche y las tres de la madrugada del 1 de enero.

El ayudante del forense que realizó la autopsia señaló que las lesiones internas en la garganta eran mínimas. Ni el hueso hioide ni el cartílago tiroideo presentaban roturas. Este hecho, unido a las múltiples marcas de atadura en la piel, llevaron al forense a concluir que Gunn se había estrangulado lentamente a sí mismo mientras intentaba desesperadamente mantener la posición de los pies detrás de la espalda, a fin de que el nudo no se cerrara con fuerza en torno a su cuello. Las conclusiones de la autopsia sugerían que la víctima podía haberse debatido en esa posición durante unas dos horas.

McCaleb pensó en ello y se preguntó si el asesino habría permanecido en el apartamento durante todo ese tiempo, contemplando la agonía desesperada de la víctima. O tal vez había preparado la ligadura y se había ido, posiblemente para poner en marcha algún tipo de coartada; quizá había acudido a una fiesta de fin de año, con objeto de tener numerosos testigos dispuestos a declarar que estaba con ellos en el momento de la muerte de la víctima.

Entonces recordó el cubo y decidió que el asesino se había quedado. Cubrir la cabeza de la víctima era algo frecuente en los asesinatos con motivación sexual o de rabia: el agresor cubre la cara de la víctima como forma de deshumanizar a esta y evitar el contacto visual. McCaleb había trabajado en decenas de casos en los que había notado este fenómeno: mujeres que habían sido violadas y asesinadas con un camisón o una almohada tapándoles la cara, niños con la cabeza envuelta en una toalla... Habría podido llenar la libreta con una lista de ejemplos, pero, en lugar de eso, se limitó a escribir una línea en la página, debajo del nombre de Bosch.

SUDES se quedó todo el tiempo observando.

El sujeto desconocido, pensó McCaleb. Nos volvemos a encontrar.

Antes de seguir adelante, McCaleb buscó dos datos más en el informe de la autopsia. El primero era la lesión en la cabeza. Encontró una descripción de la herida en los comentarios del forense. La laceración *perimortem* era circular y superficial. La herida era mínima y fue, según el informe, posiblemente defensiva.

McCaleb desechó la posibilidad de que se tratara de una herida defensiva. La única sangre de la moqueta en la escena del crimen era la que había salpicado del cubo después de que este fuera colocado sobre la cabeza de la víctima. Además, la sangre había resbalado desde la coronilla hasta el rostro de la víctima, lo cual indicaba que la cabeza estaba inclinada hacia adelante. La conclusión de McCaleb fue que Gunn ya estaba atado y en el suelo cuando le asestaron el golpe en la cabeza y cubrieron esta con el cubo. Su instinto le decía que podía tratarse de un golpe asestado con el objetivo de acelerar el fallecimiento; un impacto en la cabeza que debilitaría a la víctima y reduciría su resistencia contra las ataduras.

Anotó estas reflexiones en el cuaderno y continuó con el informe de la autopsia. Localizó lo hallado en el examen del ano y el pene. Las muestras recogidas revelaron que no se había registrado actividad sexual en el tiempo anterior a la muerte. McCaleb anotó «Sin sexo» en la libreta. Debajo escribió la palabra «Rabia» y la rodeó con un círculo.

McCaleb se dio cuenta de que muchas de las sospechas y conclusiones a las que estaba llegando, si no todas, probablemente ya habrían sido alcanzadas antes por Jaye Winston. De todos modos, él seguía su rutina en el análisis de las escenas del crimen. En primer lugar, realizaba sus propios juicios, solo después miraba cómo se correspondían con las conclusiones de los primeros detectives.

Del informe de la autopsia pasó a los de análisis de indicios. Para empezar leyó la lista y notó que la lechuza de plástico que había visto en la cinta no había sido requisada y etiquetada. Estaba seguro de que tendría que haberse hecho y tomó nota de ello. El informe tampoco mencionaba ninguna recuperación de armas. Al parecer el asesino se había llevado consigo el objeto con el que había herido a Gunn en el cuero cabelludo. McCaleb también tomó nota de esto, porque era otro elemento que contribuía a la definición del perfil del asesino como alguien organizado, concienzudo y cauto.

El informe sobre el análisis de la cinta utilizada para amordazar a la víctima estaba doblado en otro sobre que McCaleb encontró en uno de los bolsillos del archivador. Junto con el informe y una adenda había varias fotografías que mostraban la extensión total de la cinta después de que fuera cortada y despegada de la cabeza y la cara del cadáver. El primer conjunto de fotos documentaba el derecho y el envés de la cinta tal y como se encontró, con una significativa cantidad de sangre coagulada oscureciendo el mensaje escrito en ella. El siguiente conjunto de fotos mostraba ambos lados de la cinta después de que la sangre hubiera sido limpiada con una solución de agua jabonosa. McCaleb se quedó un buen rato mirando el mensaje, a pesar de que sabía que nunca lograría descifrarlo por sí mismo.

Cave Cave Dus Videt

Al final dejó las fotos a un lado y cogió los informes que las acompañaban. La cinta no contenía huellas dactilares, pero se había recogido una buena cantidad de fibras de la parte adhesiva. El pelo pertenecía a la víctima. Las fibras se habían guardado a la espera de análisis posteriores. McCaleb sabía que esto significaba que había una limitación de tiempo y presupuesto. Las fibras no se analizarían hasta que la investigación llegara a un punto en el que se dispusiera de fibras de las posesiones del sospechoso para analizar y comparar. De otro modo, el análisis, costoso en tiempo y dinero, no serviría de nada. McCaleb ya había visto establecer prioridades de este tipo en la investigación con anterioridad. Era rutinario en las agencias del orden locales no dar pasos que supusieran gastos hasta que fuera necesario. Aun así, le sorprendía que no se hubiera juzgado necesario en ese caso. Concluyó que los antecedentes de Gunn como sospechoso de asesinato lo ponían en una categoría inferior de víctima, una por quien el paso extra no se da. Quizá, pensó McCaleb, por ese mismo motivo Jaye Winston había acudido a él. Ella no había mencionado la posibilidad de pagarle por su tiempo; aunque él tampoco podía aceptar una remuneración monetaria.

Continuó con la adenda al informe que había archivado Winston. La detective había llevado una fotografía de la cinta y el mensaje a un profesor de lingüística de la UCLA, quien había identificado las palabras como latín.

Él la remitió a un sacerdote católico retirado que vivía en la rectoría de St. Catherine, en Hollywood, y que había dado clases de latín en la escuela parroquial durante dos décadas, hasta que la asignatura fue eliminada del plan de estudios a principios de los setenta. El sacerdote tradujo con facilidad el mensaje para Winston.

Cuando McCaleb leyó la traducción sintió que el cosquilleo de la adrenalina le subía por la espalda hasta el cuello. Su piel se tensó y experimentó una sensación próxima al mareo.

Cave Cave Dus Videt
Cave Cave D(omin)us Videt
Cuidado, cuidado, Dios te ve

—Mierda sagrada —dijo McCaleb para sí.

No lo dijo a modo de exclamación. Se trataba más bien de una frase que él y sus compañeros, el resto de los perfiladores criminales del FBI, habían usado para referirse a los casos en que las insinuaciones religiosas formaban parte de las pruebas. Cuando se descubría que Dios formaba parte del probable móvil de un crimen, este se convertía en un caso de «mierda sagrada» cuando se hablaba de él en la charla informal. También cambiaba significativamente las cosas, porque el trabajo de Dios nunca se completaba. Cuando había un asesino suelto usando el nombre de Dios como parte del sello del crimen, normalmente significaba que se producirían más crímenes. En las oficinas del FBI dedicadas a trazar perfiles psicológicos se decía que quienes asesinaban en nombre de Dios nunca se detenían por voluntad propia. Había que detenerlos. McCaleb entendió la aprehensión de Jaye Winston a que el caso amontonara polvo. Si Edward Gunn era la primera víctima conocida, entonces probablemente había alguien más en el punto de mira del asesino en ese mismo momento.

McCaleb anotó la traducción del mensaje del asesino y alguna otra idea. Anotó «Adquisición de la víctima» y lo subrayó dos veces.

Volvió a mirar el informe de Winston y se dio cuenta de que en la parte inferior de la página que contenía la traducción había un párrafo marcado con un asterisco:

* El padre Ryan afirma que la palabra «Dus» que se leía en la cinta era una abreviatura de

«Deus» o «Dominus» que se hallaba sobre todo en Biblias medievales, así como en grabados de las iglesias y otras obras de arte.

McCaleb se reclinó en su silla y tomó un trago de agua de la botella. Este párrafo final le pareció lo más interesante de todo el paquete. La información que contenía podía proporcionar un medio para restringir los sospechosos a un pequeño grupo y encontrar al asesino. Al principio el pozo de potenciales sospechosos era enorme: esencialmente incluía a cualquiera que tuviera acceso a Edward Gunn en Nochevieja. En cambio, la información aportada por el padre Ryan lo reducía significativamente a aquellos con conocimiento de latín medieval o alguien que hubiera leído la palabra «Dus» y posiblemente todo el mensaje en algún sitio.

Quizá en una iglesia.

5

McCaleb estaba demasiado excitado por lo que había leído y visto para plantearse la posibilidad de dormir. Eran las cuatro y media y sabía que pasaría el resto de la noche despierto y en el despacho. Probablemente era demasiado temprano para que hubiera alguien en la Unidad de Ciencias del Comportamiento del FBI en Quantico, Virginia, pero decidió llamar de todos modos. Subió al salón, sacó el móvil del cargador y marcó el número de memoria. Cuando la operadora general contestó, pidió que le pasaran con el despacho de la agente especial Brasilia Doran. Había muchas personas por las que podía haber preguntado, pero se había decidido por Doran porque había trabajado con ella –y con frecuencia desde la distancia– cuando pertenecía al FBI. Además, Doran estaba especializada en la identificación de símbolos e iconos.

Le saltó el contestador con el mensaje grabado de Doran y McCaleb tuvo que decidir rápidamente si dejar un mensaje o limitarse a volver a llamar. Inicialmente, pensó que sería preferible colgar y tratar de pillar a Doran más tarde, porque una llamada personal es mucho más difícil de eludir que un mensaje grabado. Sin embargo, pronto decidió confiar en su anterior camaradería, aunque llevaba casi cinco años fuera del cuerpo.

–Brass, soy Terry McCaleb. Hace mucho que no nos vemos. Bueno, escucha, te llamo porque necesito un favor. Te agradecería mucho que me llamaras en cuanto tengas un momento.

Dejó su número de móvil, le dio las gracias y colgó. Podía llevarse el teléfono a la casa y esperar la llamada, pero eso suponía que Graciela podría oír la conversación con Doran y eso no le gustaba. Volvió al camarote de proa y empezó de nuevo con el expediente del asesinato. Revisó cada una de las páginas en busca de algo que llamara la atención por su inclusión o exclusión. Tomó unas cuantas notas más e hizo una lista de cosas que le faltaban por hacer antes de trazar un perfil psicológico. Pero sobre todo estaba esperando a Doran. Ella finalmente le devolvió la llamada a las cinco y media.

—Hace mucho, es verdad —dijo a modo de saludo.

—Demasiado, ¿cómo estás, Brass?

—No puedo quejarme, porque nadie me escucha.

—He oído que estáis buscando el desatascador ahí.

—Tienes razón, tenemos un buen tapón. No sé si sabes que el año pasado enviamos a la mitad del equipo a Kosovo para ayudar en las investigaciones de crímenes de guerra. En turnos de seis semanas. Eso nos mató. Estamos tan atrasados que la situación empieza a ser crítica.

McCaleb se preguntó si se estaba quejando para que no le pidiera el favor mencionado en el mensaje. Decidió seguir adelante de todos modos.

—Bueno, entonces no te va a gustar tener noticias mías —dijo.

—Vamos, chico, ya me estoy asustando. ¿Qué te hace falta, Terry?

—Estoy haciéndole un favor a una amiga de la brigada de homicidios del departamento del sheriff. Estoy echando un vistazo a un asesinato y...

—¿Ya lo pasó por aquí?

–Sí, lo envió al PDCV y no obtuvo ningún resultado. Eso es todo. Le han llegado noticias de lo desbordados que estáis con los perfiles y acudió a mí. Yo le debía una, así que le dije que sí.

–Y ahora quieres pillar un atajo, ¿no?

McCaleb sonrió y deseó que su interlocutora también lo estuviera haciendo al otro extremo de la línea.

–Algo así. Pero no creo que te ocupe mucho tiempo. Solo quiero una cosa.

–Pues adelante.

–Quiero una orientación iconográfica. Estoy siguiendo una corazonada.

–De acuerdo, no parece muy comprometido. ¿Cuál es el símbolo?

–Una lechuza.

–¿Una lechuza? ¿Solo una lechuza?

–Concretamente, es una lechuza de plástico. Pero una lechuza de todos modos. Quiero saber si os ha surgido antes y qué significa.

–Bueno, me acuerdo de la lechuza que está detrás de la bolsa de patatas. ¿Cuál es la marca?

–Sí, Wise. La recuerdo. Es una marca de la Costa Este.

–Bueno, ahí lo tienes. La lechuza es lista. Es sabia.

–Brass, esperaba algo un poco más...

–Ya sé, ya sé. ¿Sabes qué? Veré qué puedo encontrar, pero no olvides que los símbolos cambian. Lo que en una época significa una cosa puede significar algo completamente distinto en otra época. ¿Solo buscas usos y ejemplos contemporáneos?

McCaleb pensó un momento en el mensaje escrito en la cinta.

–¿Puedes incluir la época medieval?

–Parece que tienes a uno de los raros, aunque, claro, todos lo son. Deja que lo adivine, un caso de mierda sagrada.

–Podría ser. ¿Cómo lo sabes?

–Ah, ya he visto antes todo ese rollo medieval y de la Inquisición. Tengo tu número. Intentaré llamarte hoy.

McCaleb pensó en pedirle que analizara el mensaje de la cinta, pero decidió no abusar de su suerte. Además, Jaye Winston ya habría incluido el mensaje en la búsqueda informática. Le dio las gracias a Doran y ya estaba a punto de colgar cuando la agente de Quantico le preguntó por su salud y él le contestó que estaba bien.

–¿Aún vives en ese barco?

–No, ahora vivo en una isla, pero conservo el barco. También me he casado y tengo una hija.

–¡Vaya! ¿Estoy hablando con el Terry McCaleb que yo conozco?

–El mismo, supongo.

–Bueno, parece que has puesto orden en tu vida.

–Creo que al final sí lo he hecho.

–Pues ten cuidado. ¿Qué estás haciendo, trabajando otra vez en un caso?

McCaleb dudó antes de responder.

–No estoy seguro.

–No me vengas con cuentos. Los dos sabemos por qué lo haces. ¿Sabes qué?, deja que vea qué puedo descubrir y te vuelvo a llamar.

–Gracias, Brass. Estaré esperando.

McCaleb fue al camarote principal y zarandeó a Buddy Lockridge para despertarlo. Su amigo se sobresaltó y empezó a sacudir los brazos desenfrenadamente.

–Soy yo, tranquilo.

Antes de calmarse, Buddy golpeó a McCaleb en la sien con un libro con el que se había quedado dormido.

–¿Qué estás haciendo? –exclamó Buddy.

–Estoy intentando despertarte, tío.

–¿Para qué? ¿Qué hora es?

–Son casi las seis. Quiero cruzar.

–¿Ahora?

–Sí, ahora. Así que levántate y ayúdame. He de coger el ferry.

–¿Joder, ahora? Vamos a encontrar niebla, ¿por qué no esperas a que se disipe?

–Porque no tengo tiempo.

Buddy se estiró para encender la lámpara de lectura que estaba fijada a la pared del camarote, justo encima del cabezal. McCaleb se fijó en que el libro de Buddy se titulaba *Temeridad absoluta*.

–Tratar contigo sí que es una temeridad –dijo mientras se frotaba la oreja que Buddy le había golpeado con el libro.

–Lo siento. ¿Por qué tienes tanta prisa por cruzar? Es por el caso, ¿no?

–Estaré arriba. Pongámonos en marcha.

McCaleb salió del camarote. No le sorprendió en absoluto que Buddy lo llamara.

–¿Vas a necesitar un chófer?

–No, Buddy. Ya sabes que hace dos años que conduzco.

–Sí, pero puede que necesites ayuda con el caso.

–No te preocupes. Date prisa, Buddy, quiero llegar pronto.

McCaleb descolgó la llave del gancho que había junto a la puerta del salón, salió y subió al puente de mando. El aire seguía siendo muy frío y los primeros rayos del alba se abrían paso entre la niebla matinal. Conectó el radar Raytheon y puso en marcha los motores a la primera; Buddy había llevado el barco a Marina del Rey la semana anterior para una puesta a punto.

McCaleb dejó el motor al ralentí mientras volvía a bajar y se encaminaba a la bovedilla. Desató el cabo de popa y luego la zódiac y condujo esta hasta la proa. Ató la lancha a la boya de amarre después de soltar el cabo que la unía a la cornamusa de proa. El barco estaba suelto. Se volvió y miró hacia el puente de mando justo en el momento en que Buddy se metía en el asiento del piloto con el pelo todavía revuelto. McCaleb le indicó que el barco estaba suelto. Buddy empujó la palanca de aceleración y el *Following Sea* empezó a moverse. McCaleb cogió de la cubierta el arpón de dos metros y medio y lo usó para mantener la boya alejada de la proa mientras realizaba el giro hacia el carril y lentamente se dirigía a la bocana del puerto.

McCaleb permanecía en la proa, apoyado en la barandilla y observando cómo la isla iba quedando atrás. Levantó la mirada una vez más hacia su casa y vio que todavía había una única luz encendida. Era demasiado temprano para que su familia se despertara. Pensó en el error que acababa de cometer a conciencia. Tenía que haber subido a casa, decirle a Graciela lo que estaba haciendo y tratar de explicarse. Pero sabía que si lo hacía perdería mucho tiempo y, además, nunca lograría convencerla. Decidió irse sin más. Llamaría a su esposa después de cruzar y más tarde se enfrentaría a las consecuencias de su decisión.

El aire frío del gris amanecer le había puesto la piel tirante en las manos y el cuello. Se volvió y miró hacia adelante, hacia donde la ciudad se agazapaba tras la bruma marina. El hecho de no poder ver lo que sabía que estaba allí le dio una sensación ominosa y bajó la mirada. El agua que cortaba la proa estaba plana y era de un color azul oscuro, como la piel de un marlín. McCaleb sabía que tenía que subir al puente de mando para ayudar a Buddy. Uno de los dos pilotaría y el otro controlaría el radar para seguir un rumbo seguro hasta el puerto de Los Ángeles. Pensó que era una lástima que no existiera ningún radar para guiarlo una vez en tierra y ayudarlo a resolver el caso que le obsesionaba. Una niebla diferente lo esperaba en tierra. Y esos pensamientos de intentar buscar el camino a través de ella llevaron su mente hacia el aspecto del caso que más lo había atrapado.

Cuidado, cuidado, Dios te ve

Las palabras danzaban en su cerebro como un nuevo mantra. En la capa de niebla que se extendía ante él se ocultaba alguien que había escrito esas palabras. Alguien había actuado guiado por ellas al menos en una ocasión y probablemente actuaría de nuevo. McCaleb iba a encontrar a esa persona. Y se preguntó de quién serían las palabras que lo guiarían a él al hacerlo. ¿Había un Dios verdadero que lo enviaba por ese camino?

Sintió que le tocaban el hombro y se volvió tan sobresaltado que el arpón estuvo a punto de caérsele por la borda. Era Buddy.

–Joder, tío, no me hagas esto.

–¿Estás bien?

–Lo estaba hasta que me has pegado este susto. ¿Qué estás haciendo? Tendrías que estar pilotando.

McCaleb miró por encima de su hombro para asegurarse de que ya habían salido de los límites del puerto y estaban en la bahía.

–No sé –dijo Buddy–. Parecías el capitán Ahab aquí de pie con ese arpón. Pensé que te pasaba algo. ¿Qué estás haciendo?

–Estaba pensando. ¿Te molesta? No me pegues estos sustos.

—Bueno, creo que estamos empatados.

—Ve a pilotar el barco, Buddy. Subiré en un momento. Y controla el generador.

Cuando Buddy se alejó, McCaleb sintió que las pulsaciones de su corazón recuperaban la normalidad. Salió del púlpito y volvió a fijar el arpón en la cubierta con la abrazadera. De pronto notó que el barco se elevaba y caía al atravesar una ola de más de un metro. Se enderezó para ver el origen de la ola, pero no vio nada. Había sido un fantasma moviéndose por la superficie lisa de la bahía.

6

Harry Bosch levantó su maletín a modo de escudo y lo utilizó para abrirse camino a través de la multitud de periodistas y cámaras reunidos en el exterior de la sala.

–Déjenme pasar, por favor, déjenme pasar.

La mayoría de los corresponsales no se movían hasta que Bosch usaba el maletín para apartarlos. Se estaban congregando desesperadamente y levantando grabadoras y cámaras hacia el centro del enjambre humano donde se hallaba el abogado defensor.

Bosch logró finalmente alcanzar la puerta, donde un ayudante del sheriff estaba apretado contra el pomo. El hombre reconoció a Bosch y dio un paso hacia un lado para permitirle abrir la puerta.

–Esto –dijo Bosch al ayudante– va a pasar todos los días. Este tipo tiene más cosas que decir fuera de la sala que dentro. No estaría mal que pusieran algunas normas para que la gente pueda entrar y salir.

Mientras Bosch franqueaba la puerta oyó que el ayudante del sheriff le decía que hablara con el juez sobre el tema.

Bosch recorrió el pasillo central y abrió la puerta que daba acceso a la mesa de la acusación. Era el primero en llegar. Apartó la tercera silla y tomó asiento. Abrió el maletín sobre la mesa, extrajo la gruesa carpeta azul y la dejó a un lado. Luego cerró el maletín de combinación y lo dejó en el suelo, junto a su silla.

Bosch estaba listo. Se inclinó hacia adelante y cruzó los brazos sobre la carpeta. La sala estaba tranquila, casi vacía a excepción del alguacil y un periodista que se estaban preparando para el día que se avecinaba. A Bosch le gustaba esa calma que precede la tormenta. Y no le cabía ninguna duda de que se avecinaba tormenta. Estaba dispuesto a bailar con el diablo una vez más. Se dio cuenta de que su misión en la vida eran los momentos así. Momentos que tendría que saborear y recordar, pero que siempre le causaban un nudo en el estómago.

Se produjo un fuerte ruido metálico y la puerta del calabozo adjunto se abrió. Dos alguaciles condujeron al acusado a la sala del juzgado. Era joven, seguía bronceado a pesar de los tres meses que llevaba entre rejas y vestía un traje que cubriría con creces los sueldos semanales de los hombres que lo flanqueaban. Tenía las manos esposadas a una cadena de cintura que parecía incongruente con aquel traje azul. En una mano llevaba un bloc de dibujo y en la otra un rotulador negro de punta de fibra, el único instrumento de escritura autorizado en prisión.

El hombre fue conducido hasta la mesa de la defensa y situado en el asiento central. Sonrió y miró hacia adelante cuando le quitaron las esposas y la cadena. Un alguacil colocó una mano en el hombro del acusado y lo empujó hacia abajo para que se sentara. A continuación los alguaciles retrocedieron y tomaron posición en las sillas situadas detrás del hombre.

Inmediatamente el individuo abrió el bloc de dibujo y empezó a trabajar. Bosch lo observaba. Oía el ruido de la punta del rotulador arañando el papel furiosamente.

–No me dejan usar carboncillo, Bosch. ¿Te lo puedes creer? ¿Qué clase de amenaza puede significar el carboncillo?

No había mirado a Bosch al decirlo. Bosch no respondió.

–Son esos pequeños detalles los que más me molestan –dijo el hombre.

–Será mejor que te acostumbres –dijo Bosch.

El hombre se rio, pero continuó sin mirarle.

–No sé por qué, pero sabía que ibas a decir precisamente eso.

Bosch guardó silencio.

–Eres tan predecible, Bosch. Todos vosotros lo sois. La puerta trasera de la sala se abrió y Bosch apartó la mirada del acusado. Estaban entrando los abogados. El juicio estaba a punto de empezar.

7

McCaleb llegó a su cita con Jaye Winston en el Farmer's Market con treinta minutos de retraso. Él y Buddy habían cruzado en una hora y media, y McCaleb había llamado a la detective del sheriff después de atracar en el puerto deportivo de Cabrillo. Tras quedar con Winston, McCaleb descubrió que el Cherokee se había quedado sin batería porque llevaba dos semanas sin ponerlo en marcha. Tuvo que pedirle a Buddy que lo empujara con su viejo Taurus para poner el coche en marcha y eso lo había retrasado.

Entró en Dupar's, el restaurante de la esquina del mercado, pero no vio a Winston en la barra ni en ninguna de las mesas. Esperaba que no se hubiera marchado ya. Eligió sentarse en un reservado desocupado que les ofrecía el máximo de intimidad. No le hacía falta mirar el menú. Habían elegido el Farmer's Market porque estaba cerca del domicilio de Edward Gunn y porque McCaleb quería desayunar en Dupar's. Le había dicho a Winston que lo que más echaba de menos de Los Ángeles eran los crepes de Dupar's. Cuando una vez al mes viajaba con Graciela y los niños a Los Ángeles para comprar ropa y artículos que no encontraban en Catalina, solían comer en Dupar's. No importaba si se trataba de un desayuno, un almuerzo o una cena. McCaleb siempre pedía crepes. Raymond, también, aunque al chico le gustaban los de frambuesa, mientras que McCaleb prefería el tradicional jarabe de arce.

McCaleb le dijo a la camarera que estaba esperando a otra persona, pero pidió un zumo de naranja y un vaso de agua. Cuando le trajeron los dos vasos abrió la bolsa de cuero y sacó el pastillero. En el barco mantenía un suministro de pastillas para una semana y otro para dos días en la guantera del Cherokee. Había preparado el pastillero después de amarrar. Alternando tragos de zumo de naranja y agua se tomó las veintisiete pastillas de su dosis matinal. Conocía los nombres de cada una por las formas, colores y gustos: Prilosec, Imuran, digoxina. Mientras se las iba tragando metódicamente, advirtió que una mujer del reservado contiguo lo estaba observando, con las cejas arqueadas.

Nunca se libraría de las pastillas. Eran algo tan inevitable para él como la muerte o los impuestos. A lo largo de los años algunas cambiarían, otras se eliminarían y se agregarían nuevas, pero sabía que tendría que estar el resto de su vida tragando pastillas y quitándose el gusto espantoso con tragos de zumo de naranja.

—Veo que no me has esperado para pedir.

McCaleb levantó la mirada de las últimas tres pastillas de ciclosporina que estaba a punto de tomarse cuando Jaye Winston se sentó al otro lado de la mesa.

—Siento llegar tan tarde. El tráfico en la Diez era una locura.

—No importa, yo también he llegado tarde. Me he quedado sin batería.

—¿Cuántas te tomas ahora?

—Cincuenta y cuatro al día.

—Es increíble.

—Tuve que convertir el armarito de la entrada en un botiquín. Todo entero.

–Bueno, al menos sigues aquí.

Ella sonrió y McCaleb asintió con la cabeza. La camarera se acercó a la mesa con un menú para Winston, pero ella dijo que ya iban a pedir.

–Yo tomaré lo mismo que él.

McCaleb pidió una pila de crepes grande con mantequilla fundida. Le dijo a la camarera que compartirían una porción de beicon muy hecho.

–¿Café? –preguntó la camarera. Tenía cara de haber tomado nota de un millón de pedidos de crepes.

–Sí, por favor –dijo Winston–. Solo.

McCaleb dijo que tenía bastante con el zumo de naranja.

Cuando se quedaron solos, McCaleb miró a Winston.

–Bueno, ¿has encontrado al conserje?

–He quedado con él a las diez y media. El apartamento sigue vacante, pero lo han limpiado. Después de que nos fuimos, la hermana de la víctima pasó a ver las pertenencias de Gunn y se llevó lo que quiso.

–Sí, me temía algo parecido.

–El conserje cree que no se llevó gran cosa. El tipo no tenía gran cosa.

–¿Y la lechuza?

–No se acordaba de la lechuza. Francamente, yo tampoco hasta que tú lo has mencionado esta mañana.

–Es solo una corazonada. Me gustaría echarle un vistazo.

–Bueno, ya veremos si está. ¿Qué más quieres hacer? Espero que no hayas venido hasta aquí solo para ver el apartamento del tipo.

–Estaba pensando en hablar con la hermana. Y tal vez también con Harry Bosch.

Winston permaneció en silencio, pero él sabía por la actitud de ella que estaba esperando una explicación.

–Para hacer un perfil del sujeto desconocido es importante conocer a la víctima. Su rutina, su personalidad, todo. Ya conoces el método. La hermana y, en menor medida, Bosch pueden ayudar.

–Solo te pedí que echaras un vistazo al expediente y la cinta, Terry. Vas a hacer que empiece a sentirme culpable. McCaleb hizo una pausa mientras la camarera traía el café a Winston y dejaba sobre la mesa dos jarritas de cristal con frambuesa y jarabe de arce. Después de que ella se hubo alejado, McCaleb dijo:

–Ya sabías que me iba a enganchar, Jaye. «Cuidado, cuidado, Dios te ve.» Vamos. ¿No irás a decirme que pensabas que iba a mirarlo todo y darte mi opinión por teléfono? Además, no me estoy quejando. Estoy aquí porque quiero estar. Si te sientes culpable, te dejo pagar los crepes.

–¿Qué opina tu mujer?

–Nada. Sabe que es algo que tengo que hacer. La llamé desde el puerto después de cruzar. Ya era demasiado tarde para que pudiera decir algo. Solo me pidió que comprara una bolsa de tamales de maíz verdes en El Cholo antes de volver. Los venden congelados.

Llegaron los crepes. Ambos dejaron de hablar y McCaleb esperó educadamente a que Winston eligiera un jarabe antes, pero ella estaba dando vueltas a los crepes con el tenedor y a él se le acabó la paciencia. Vertió jarabe de arce sobre su pila y empezó a comer. La camarera regresó y dejó la nota. Winston se apresuró a cogerla.

–Esto lo pagará el sheriff.

–Dale las gracias.

–La verdad, no sé qué esperas de Harry Bosch. Me dijo que solo tuvo unos pocos contactos con Gunn en los seis años transcurridos desde el caso de la prostituta.

–¿Cuándo se produjeron? ¿Cuándo lo detenían?

Winston asintió al tiempo que se servía jarabe de frambuesa sobre los crepes.

–Eso significaría que vio a la víctima la noche anterior al asesinato. No leí nada al respecto en el expediente.

–No lo escribí. No hay mucho que decir. El sargento de guardia lo llamó y le dijo que Gunn estaba en la celda de borrachos por conducir ebrio.

McCaleb asintió.

–¿Y?

–Y él vino a visitarlo. Eso es todo. Dijo que ni siquiera hablaron porque Gunn estaba demasiado borracho.

–Bueno..., sigo queriendo hablar con Harry. Una vez trabajé con él en un caso. Es un buen policía. Intuitivo y observador. Puede que sepa algo que me sirva.

–Eso si puedes hablar con él.

–¿Qué quieres decir?

–¿No lo sabes? Está en el banco del fiscal por el caso de asesinato de David Storey. En Van Nuys. ¿No has visto las noticias?

–Maldita sea, lo había olvidado. Recuerdo haber leído su nombre en los periódicos después de la detención de Storey. Eso fue… ¿qué, en octubre? ¿Ya están en juicio?

–Y tanto. No hubo ningún retraso y no hizo falta vista preliminar porque fueron al jurado de acusación. Lo último que oí era que ya tenían sala, así que las primeras sesiones serán esta semana, puede que incluso hoy.

–Mierda.

–Eso, buena suerte con Bosch. Estoy segura de que está deseando hablar de esto.

–¿Me estás diciendo que no quieres que hable con él, Jaye?

Winston se encogió de hombros.

–No, no estoy diciendo eso. Haz lo que tengas que hacer. Es solo que pensaba que vas a tener que perseguirlo bastante. Puedo pedirle al capitán una tarifa de consultor para ti, pero...

–No te preocupes por eso. El sheriff paga el desayuno. Con eso basta.

–No me lo parece.

No le dijo que estaba dispuesto a trabajar gratis en el caso solo por volver a la vida activa durante unos días. Y tampoco le dijo que de todos modos no podía aceptar dinero. Si obtenía algún ingreso «oficial», perdería la asistencia sanitaria que le pagaba las cincuenta y cuatro pastillas que tomaba cada día. Las pastillas eran tan caras que si tuviera que pagarlas él mismo estaría arruinado al cabo de seis meses, a no ser que le ofrecieran un sueldo millonario. Ese era el desagradable secreto que se escondía tras el milagro médico que le había salvado la vida. Tenía una segunda oportunidad siempre y cuando no la utilizara para intentar ganarse la vida. Por este motivo el negocio de las excursiones de pesca estaba a nombre de Buddy Lockridge. Oficialmente, McCaleb era un marinero no remunerado. Buddy alquilaba el barco a Graciela para hacer las excursiones y el alquiler era el sesenta por ciento de los ingresos netos.

–¿Qué tal tus crepes? –preguntó Winston.

–Son los mejores.

–Ni que lo digas.

8

El Grand Royale era una monstruosidad de dos plantas, una caja de estuco deteriorada cuyo intento de tener estilo empezaba y acababa en el diseño a la moda de las letras del nombre clavadas sobre la entrada. Las calles de West Hollywood y algunos otros lugares llanos de la ciudad eran una sucesión de diseños así de banales. Los apartamentos apiñados desplazaron a los pequeños bungalós en los años cincuenta y sesenta, reemplazando la auténtica clase con falsos ornamentos y nombres que reflejaban exactamente lo que no eran.

McCaleb y Winston entraron en el apartamento del segundo piso que había pertenecido a Edward Gunn junto con el conserje, un hombre llamado Rohrshak («como el del test, pero se escribe de otra forma»).

Si no hubiese sabido adónde mirar, McCaleb no habría visto lo que quedaba de la mancha de sangre en el lugar de la moqueta donde Gunn había muerto. No habían sustituido la moqueta, la habían lavado y solo había quedado una pequeña mancha de color marrón claro que seguramente el siguiente inquilino tomaría por una salpicadura de café.

El lugar había sido limpiado y preparado para alquilar, pero los muebles eran los mismos. McCaleb los reconoció por el vídeo de la escena del crimen.

Miró la vitrina situada al lado de la habitación, pero estaba vacía. No había ninguna lechuza en lo alto. Miró a Winston.

–No está.

Winston se volvió hacia el conserje.

–Señor Rohrshak. Creemos que la lechuza que estaba encima de la vitrina es importante. ¿Está seguro de que no sabe dónde está?

Rohrshak separó los brazos y luego los dejó caer a los costados.

–No, no lo sé. Me lo preguntó antes y pensé: «No recuerdo ninguna lechuza», pero si usted lo dice...

Se encogió de hombros e hizo un gesto con la barbilla, luego asintió como si aceptara de mala gana que había habido una lechuza encima de la vitrina.

A McCaleb el lenguaje corporal y las palabras del conserje le parecieron el clásico manierismo de un mentiroso. Si niegas la existencia del objeto robado, niegas el hurto. Supuso que Winston también se había dado cuenta.

–¿Tienes un teléfono, Jaye? ¿Puedes llamar a la hermana para confirmarlo?

–Me resisto a llevar móvil hasta que el condado me compre uno.

McCaleb quería mantener su número libre por si Brass Doran le devolvía la llamada, pero de todos modos dejó su bolsa de piel sobre un sofá excesivamente mullido, sacó el móvil y se lo tendió a Winston.

Ella tuvo que buscar el número de la hermana de la víctima en un bloc de su bolso. Mientras Winston hacía la llamada, McCaleb caminó lentamente por el apartamento, tratando de obtener una sensación del lugar. Se detuvo en el comedor, enfrente de la mesa redonda con cuatro sillas de respaldo recto dispuestas a su alrededor.

El informe analítico de la escena del crimen aseguraba que tres de las sillas tenían numerosas manchas con huellas dactilares parciales y completas, todas ellas pertenecientes a la víctima, Edward Gunn. La cuarta silla, la que se halló en el lado norte de la mesa, carecía por completo de huellas dactilares. La habían limpiado. Lo más probable era que lo hubiera hecho el asesino después de coger la silla por alguna razón.

McCaleb se orientó y se acercó a la silla situada en el lado norte de la mesa. La agarró por debajo del asiento, con cuidado de no tocar el respaldo, y la aproximó a la vitrina. La colocó en el centro y se subió a ella. Entonces levantó los brazos como para colocar algo encima de la vitrina. La silla se tambaleó sobre sus patas desiguales y McCaleb, instintivamente, alargó el brazo hacia el borde superior de la vitrina para mantener el equilibrio. Estaba a punto de agarrarse, pero en el último momento apoyó el antebrazo en el marco de una de las puertas de cristal de la vitrina.

—No te caigas, Terry.

McCaleb miró hacia abajo y vio a Winston a su lado. Tenía el teléfono cerrado en la mano.

—No voy a caerme. ¿Y? ¿Tenía la lechuza?

—No, no sabía de qué le estaba hablando.

McCaleb se puso de puntillas y miró la parte superior de la vitrina.

—¿Te ha dicho ella qué es lo que se llevó?

—Solo algunas prendas y unas fotos de cuando los dos eran niños. No quería nada más.

McCaleb asintió, seguía examinando la parte superior de la vitrina, donde había una gruesa capa de polvo.

—¿Le has comentado que iré a hablar con ella?

—Me he olvidado. Puedo volver a llamarla.

—¿Llevas una linterna, Jaye?

Ella rebuscó en el bolso y sacó una linternita. McCaleb la encendió y la sostuvo en un ángulo bajo en la parte superior de la vitrina. Con la luz se distinguía claramente una forma octogonal dejada por algo situado sobre el polvo. La base de la lechuza.

A continuación movió la linterna por los bordes de la parte superior del mueble, luego la apagó y se la devolvió a Winston.

–Gracias. Creo que tendrías que mandar un equipo de huellas aquí.

–¿Por qué? La lechuza no está ahí arriba, ¿no?

McCaleb miró un momento a Rohrshak.

–No, ya no está. Pero el que la puso aquí usó esa silla y cuando se tambaleó se agarró.

Sacó un bolígrafo del bolsillo y lo utilizó para señalar la esquina frontal de la vitrina, en la zona donde había visto huellas dactilares en el polvo.

–Hay mucho polvo, pero puede que haya huellas.

–¿Y si son del que se llevó la lechuza?

McCaleb miró fijamente a Rohrshak cuando respondió.

–Lo mismo digo. Puede haber huellas.

Rohrshak apartó la mirada.

–¿Puedo usarlo otra vez? –Winston levantó el móvil.

–Adelante.

Mientras Winston llamaba a un equipo de huellas, McCaleb arrastró la silla hasta el centro de la sala y la situó a medio metro de la mancha de sangre. Entonces se sentó y examinó la estancia. En esa posición la lechuza habría estado mirando directamente al asesino y a la víctima. McCaleb sabía por instinto que esa era la configuración que el asesino buscaba. Miró la mancha de sangre e imaginó que estaba viendo a Edward Gunn debatiéndose por su vida y perdiendo lentamente la batalla. Pensó en el cubo. Todo encajaba menos el cubo. El asesino había montado el escenario, pero luego no había podido presenciar la función. Necesitaba el cubo para no ver el rostro de su víctima, y a McCaleb le preocupaba que no encajara.

Winston se acercó y devolvió el teléfono a McCaleb.

–Hay un equipo que está acabando con el robo de un piso en Kings. Llegarán en quince minutos.

–Ha habido suerte.

–Mucha. ¿Qué estás haciendo?

–Pensar, nada más. Creo que se sentó aquí a observar, pero no pudo soportarlo. Golpeó a la víctima en la cabeza para acelerar el proceso y luego le puso el cubo para no tener que mirar.

Winston asintió.

–¿De dónde salió el cubo? No decía nada en el...

–Creemos que lo sacó de debajo del fregadero. Hay un círculo de agua en el estante que coincide con la base del cubo. Está en un informe complementario de Kurt. Habrá olvidado archivarlo.

McCaleb asintió y se levantó.

–Vas a esperar al equipo de huellas, ¿no?

–Sí, no creo que tarden.

–Voy a dar un paseo. –Se dirigió a la puerta abierta.

–Lo acompañaré –dijo Rohrshak. McCaleb se volvió.

–No, señor Rohrshak, usted tiene que quedarse aquí con la detective Winston. Necesitamos un testigo independiente que controle lo que estamos haciendo en el apartamento.

McCaleb miró a Winston por encima del hombro del conserje. Ella le hizo un guiño, para decirle que había entendido el propósito del engaño.

–Sí, señor Rohrshak. Quédese aquí, por favor, si no le importa.

Rohrshak se encogió de hombros otra vez y levantó las manos.

McCaleb bajó las escaleras hasta el patio interior situado en el centro del edificio de apartamentos. Describió una circunferencia completa y su mirada ascendió hasta el techo plano. Al no ver la lechuza en ningún sitio, se volvió y salió a la calle por el vestíbulo principal.

Cruzando la calle Sweetzer estaba el Braxton Arms, un edificio de apartamentos de tres plantas en forma de ele, con pasarela y escalera exteriores. McCaleb cruzó y se encontró con una puerta de seguridad de metro ochenta y una valla, cuyo sentido era más figurativo que disuasorio. Se sacó el chubasquero, lo dobló y lo pasó entre dos barrotes de la verja. Luego subió un pie a la manecilla de la puerta, comprobó que resistía su peso y se impulsó por encima de la valla. Cayó al otro lado y miró en torno para asegurarse de que nadie lo había visto. Agarró el chubasquero y se encaminó a la escalera.

Subió hasta la tercera planta y recorrió la pasarela hasta llegar a la fachada. Estaba agitado por el esfuerzo de trepar por la verja y subir la escalera. Cuando llegó a la fachada, apoyó las manos en la barandilla y se inclinó hasta que recuperó el aliento. Luego miró al tejado plano del edificio en el que había vivido Edward Gunn, al otro lado de la calle Sweetzer. Tampoco vio la lechuza. McCaleb volvió a apoyar los antebrazos en la barandilla y trató de recuperar el aliento. Escuchó la cadencia de su corazón hasta que finalmente se calmó. Sentía gotas de sudor formándose en su cuero cabelludo. Sabía que no era el corazón lo que tenía débil. Era el cuerpo el que se había debilitado a causa de todos los fármacos que tomaba para mantener el corazón fuerte. Se sintió frustrado. Sabía que no volvería a ser fuerte, que se pasaría el resto de su vida escuchando su corazón, del mismo modo que un ladrón nocturno escucha el crujido del suelo.

Miró hacia abajo al oír un vehículo y vio que una furgoneta blanca con el escudo de la oficina del sheriff en la puerta del conductor se detenía enfrente del edificio de apartamentos del otro lado de la calle. El equipo de huellas había llegado.

McCaleb miró por última vez al tejado de enfrente y luego se dirigió de nuevo hacia abajo, derrotado. Se detuvo de repente. Allí estaba la lechuza, encima de un compresor del sistema centralizado de aire acondicionado, en el tejado de la extensión en forma de ele del edificio en que se hallaba.

Se acercó rápidamente a la escalera y subió al rellano del tejado. Tuvo que abrirse camino entre algunos muebles almacenados en el descansillo, pero la puerta no estaba cerrada con llave. Trotó por el suelo de grava del tejado hasta el aparato de aire acondicionado.

McCaleb observó la lechuza antes de tocarla. Coincidía con su recuerdo de la grabación de la escena del crimen y la base era octogonal. Sabía que era la lechuza que estaba buscando. Quitó el alambre que habían enrollado en la base para unirlo a la parrilla de entrada de aire del aparato. Se fijó en que la parrilla y las tapas metálicas de la unidad estaban cubiertas de deposiciones secas de pájaros. Supuso que los excrementos de pájaros constituían un problema de mantenimiento y Rohrshak, que al parecer se encargaba también de aquel edificio, se había llevado la lechuza del apartamento de Gunn y la había utilizado para mantener alejadas a las aves.

McCaleb sacó el alambre y lo enrolló en torno al cuello de la lechuza, a fin de poder transportarlo sin necesidad de tocarlo, aunque no creía que fueran a encontrar ninguna huella ni fibras de ningún tipo. Lo levantó del aparato de aire acondicionado y regresó a la escalera.

Cuando McCaleb entró de nuevo en el apartamento de Edward Gunn, vio a dos técnicos sacando su instrumental de un maletín. Había una escalera de mano delante de la vitrina.

—Creo que tendríais que empezar por esto. McCaleb vio que los ojos de Rohrshak se abrían como platos cuando él entraba en el salón y dejaba la lechuza de plástico sobre la mesa.

—También se encarga del edificio de enfrente, ¿verdad, señor Rohrshak?

—Eh...

—No se preocupe. Es muy fácil de averiguar.

—Ya te lo digo yo —intervino Winston, doblándose para mirar la lechuza—. Estaba allí cuando lo necesitamos el día del asesinato. Vive allí.

—¿Tiene alguna idea de cómo fue a parar al tejado? —preguntó McCaleb.

Rohrshak siguió sin contestar.

—Supongo que se fue volando, ¿no?

Rohrshak no podía apartar la mirada de la lechuza.

—Ahora puede irse, señor Rohrshak, pero no se aleje demasiado. Si hay alguna huella en el pájaro o en la vitrina, tendremos que tomarle las suyas para compararlas.

Esta vez Rohrshak miró a McCaleb y sus ojos se abrieron todavía más.

—Puede marcharse, señor Rohrshak.

El conserje se volvió y lentamente salió del apartamento.

—Y cierre la puerta, por favor —le gritó McCaleb.

Cuando la puerta se cerró, Winston casi soltó una carcajada.

—Te has pasado, Terry. En realidad no ha hecho nada malo. Nosotros nos fuimos y él dejó que la hermana se llevara todo lo que quisiera. ¿Qué se suponía que tenía que hacer, alquilar el apartamento con esa estúpida lechuza ahí encima?

McCaleb negó con la cabeza.

–Nos mintió. Eso estuvo mal. Casi reviento subiendo a ese edificio del otro lado de la calle. Podía habernos dicho que estaba allí.

–Bueno, ahora está más que asustado. Creo que ha aprendido la lección.

–Da igual. –Retrocedió para que uno de los técnicos pudiera trabajar con la lechuza mientras el otro se subía a la escalera para examinar la parte superior de la vitrina.

McCaleb examinó la figura mientras el técnico aplicaba un polvo negro con un pincelito. Al parecer la lechuza estaba pintada a mano. Era marrón oscuro y tenía la cabeza y la espalda negras. Su pecho era de un marrón más claro con algunos detalles amarillos y los ojos de un negro brillante.

–¿Ha estado a la intemperie? –preguntó el técnico.

–Por desgracia –respondió McCaleb, recordando las lluvias que habían caído en el continente y en Catalina la semana anterior.

–Bueno, no hay nada.

–Lo suponía.

McCaleb miró a Winston, y en sus ojos se reflejaba una renovada animadversión por Rohrshak.

–Aquí tampoco hay nada –dijo el otro técnico–. Demasiado polvo.

9

El juicio de David Storey se celebraba en el juzgado de Van Nuys. El crimen que se juzgaba no estaba conectado ni remotamente con Van Nuys ni con el valle de San Fernando, pero la fiscalía había elegido ese juzgado porque el Departamento N estaba disponible y era la única sala grande del condado; había sido construido varios años antes, uniendo dos salas para albergar cómodamente a los dos jurados y a la aglomeración de medios de comunicación atraídos por el caso de asesinato de los hermanos Menendez. Los hermanos Menendez habían asesinado a sus padres, y el caso había sido uno de los que captó el interés de la prensa en la década de los noventa y, por tanto, la atención del público. Cuando terminó, la oficina del fiscal no se molestó en desmontar la enorme sala. Alguien había tenido la previsión suficiente para darse cuenta de que en Los Ángeles siempre habría algún caso capaz de llenar el Departamento N.

Y en ese momento era el caso de David Storey.

El director de cine de treinta y ocho años –conocido por películas que exploraban los límites de la violencia y el sexo, aunque mantenían la clasificación para salas comerciales– estaba acusado del asesinato de una joven actriz a la que se había llevado a casa después del estreno de su película más reciente. El cuerpo de la joven de veintitrés años había sido hallado a la mañana siguiente en el pequeño bungaló de Nichols Canyon que compartía con otra aspirante a actriz. La víctima había sido estrangulada y su cuerpo desnudo colocado en la cama en una postura que los investigadores consideraban parte de un cuidadoso plan del asesino para evitar ser descubierto.

Si se sumaba a los ingredientes del caso –poder, fama, sexo y dinero– la conexión con Hollywood, la máxima atención de los medios estaba garantizada. David Storey trabajaba detrás de la cámara y eso le impedía ser una auténtica celebridad, pero su nombre era conocido y poseía el formidable poder de un hombre que había obtenido siete éxitos de taquilla en otros tantos años. La prensa estaba centrada en el juicio de Storey del mismo modo en que los jóvenes se sentían atraídos por el sueño de Hollywood. La cobertura previa definía claramente el caso como una parábola de la avaricia y el exceso sin límites de la meca del cine.

El caso también tenía un grado de confidencialidad poco habitual en los juicios por asesinato. Los fiscales asignados habían llevado sus pruebas a un jurado de acusación para presentar cargos contra Storey. Ese movimiento les permitió saltarse una vista preliminar, donde la mayor parte de las pruebas acumuladas contra un acusado se hacen públicas. Al carecer de esa fuente de información, los medios estaban abocados a buscar carnaza tanto en el campo de la acusación como en el de la defensa. Aun así, solo se habían filtrado algunas generalidades del caso. Las pruebas que la fiscalía pensaba usar para vincular a Storey con el crimen se mantenían en secreto, y eso contribuía a azuzar la desesperación de los medios con el caso.

Era esa desesperación la que había convencido al fiscal del distrito a trasladar el juicio a la enorme sala del Departamento N, en Van Nuys. La segunda tribuna del jurado se utilizaría para acomodar a más miembros de los medios, y la sala de deliberaciones no usada se convertiría en una sala de prensa donde los periodistas podrían ver los vídeos desde la segunda y la tercera gradas. La jugada, que daría a todos los medios –desde el *National Enquirer* a *The New York Times*– acceso pleno al juicio y a sus protagonistas garantizaba que el proceso se convertiría en el primer circo mediático sangriento del milenio.

En el centro de la arena del circo, sentado ante la mesa de la acusación, estaba Harry Bosch, el detective encargado del caso. Todos los análisis previos al juicio que había hecho la prensa llegaban a la misma conclusión, que los cargos contra David Storey empezaban y terminaban en Bosch. Las pruebas que cimentaban la acusación de asesinato eran circunstanciales; la construcción del caso la aportaría Bosch. La única prueba sólida que se había filtrado a los medios de comunicación era que Bosch iba a testificar que, en privado y sin testigos ni ningún tipo de grabación, Storey se había jactado de que había cometido el crimen y había fanfarroneado con que saldría en libertad.

McCaleb sabía todo esto cuando entró en la sala de Van Nuys poco antes de mediodía. Estaba en la cola para pasar por el detector de metales y eso le sirvió de recordatorio de todo lo que había cambiado en su vida. Cuando era agente del FBI, lo único que tenía que hacer era mostrar la placa y pasar, pero ya solo era un simple ciudadano y tenía que esperar.

La sala de la cuarta planta estaba repleta de gente pululando. McCaleb advirtió que muchos tenían en sus manos revistas ilustradas con fotos de estrellas que estarían presentes en el juicio, ya fuera como testigos o como espectadores que apoyaban al acusado. Se acercó a las puertas dobles que daban acceso al Departamento N, pero uno de los ayudantes del sheriff allí apostado le explicó que la sala estaba llena. El ayudante señaló a una larga fila de personas situadas detrás de una cuerda y le dijo que era gente que aguardaba para entrar. Cada vez que una persona abandonaba la sala se permitía el acceso a otra. McCaleb asintió y se retiró.

Vio que más allá había una puerta abierta con gente merodeando. Reconoció a un periodista del informativo de la televisión local. Supuso que era la sala de prensa y se dirigió hacia allí.

Al llegar a la puerta abierta advirtió que en el interior habían instalado en alto dos grandes pantallas de televisión, una en cada esquina. Había muchas personas reunidas en torno a una mesa de jurado. Eran periodistas escribiendo sus crónicas en ordenadores portátiles, tomando notas en blocs o comiendo sándwiches. El centro de la mesa estaba lleno de vasos de plástico con café o soda.

Miró a una de las pantallas y vio que la sesión continuaba, a pesar de que ya era más de mediodía. La cámara captó un ángulo amplio y McCaleb reconoció a Harry Bosch, sentado con un hombre y una mujer ante la mesa de la acusación. No parecía prestar mucha atención a la sesión. En el estrado situado entre la mesa de la acusación y la de la defensa, McCaleb reconoció a J. Reason Fowkkes, el abogado defensor. El acusado, David Storey, estaba sentado ante la mesa que quedaba a su izquierda.

McCaleb no oía lo que decía Fowkkes, pero sabía que no estaba pronunciando su exposición de apertura. Estaba mirando al juez, no a la mesa del jurado. Seguramente los letrados estaban presentando mociones de última hora antes de las preliminares. Los monitores cambiaron entonces a una nueva cámara, enfocada directamente al juez, quien empezó a hablar, en apariencia exponiendo su resolución. McCaleb se fijó en la placa con el nombre del juez: Juez del Tribunal Superior John A. Houghton.

–¿Agente McCaleb?

McCaleb se volvió y vio a su lado a un hombre al que reconoció, pero a quien no pudo situar de inmediato.

–Solo McCaleb, Terry McCaleb.

El hombre percibió la dificultad del ex agente y le tendió la mano.

–Jack McEvoy. Lo entrevisté en una ocasión. Fue muy breve. En el caso del Poeta.

–Ah, sí. Ahora lo recuerdo. Ha pasado mucho tiempo.

McCaleb le estrechó la mano. Se acordaba de McEvoy. Se había visto envuelto en el caso del Poeta y luego escribió un libro sobre él. McCaleb había tenido un papel muy periférico en el caso, cuando la investigación se trasladó a Los Ángeles. No leyó el libro de McEvoy, pero sabía que su aportación no había sido relevante y seguramente el periodista ni siquiera lo había mencionado.

–Creía que era usted de Colorado –dijo, al acordarse de que McEvoy trabajaba en uno de los diarios de Denver–. ¿Lo han enviado a cubrir el juicio?

McEvoy asintió.

–Buena memoria. Yo soy de Denver, pero ahora vivo aquí. Trabajo por mi cuenta.

McCaleb asintió, y se preguntó qué más decir.

–¿Para quién cubre el caso?

–He estado escribiendo una columna semanal sobre el caso en el *New Times*. ¿Lo ha leído?

McCaleb asintió. Conocía el *New Times*, sabía que era un diario sensacionalista aficionado a destapar escándalos y con una postura contraria a las autoridades. Al parecer sobrevivía por los anuncios de ocio que llenaban el dorso de sus páginas, desde las películas hasta las señoritas de compañía. Era una publicación gratuita y Buddy siempre dejaba algún ejemplar en el barco. McCaleb lo hojeaba de vez en cuando, pero no se había fijado en el nombre de McEvoy.

–También hago un artículo general para *Vanity Fair* –dijo McEvoy–. Algo con más estilo sobre el lado oscuro de Hollywood. También estoy pensando en escribir otro libro. ¿Qué le trae por aquí? ¿Ha... participado de algún modo en el...?

–¿Yo? No. Estaba por aquí cerca y tengo un amigo que está implicado. Pensaba que tendría ocasión de saludarlo.

Mientras soltaba su mentira, McCaleb apartó la mirada del periodista y se fijó de nuevo en las televisiones. Estaban mostrando un plano general de la sala. Por lo visto Bosch estaba recogiendo las cosas en su maletín.

–¿Harry Bosch?

McCaleb volvió a centrar su atención en el periodista.

–Sí, Harry. Colaboramos en un caso y... Eh, ¿qué está pasando ahora?

–Son las mociones finales antes de que empiecen. Han empezado con una sesión cerrada y ahora están poniendo un poco de orden. No vale la pena estar dentro. Todo el mundo cree que el juez terminará antes de la hora del almuerzo y que dará a los letrados el resto del día para que preparen la apertura. Empezarán mañana a las diez. Si le parece que esto está lleno hoy, espere a mañana.

McCaleb asintió.

–Ah, bueno, de acuerdo entonces. Ah, encantado de verlo otra vez, Jack. Buena suerte con el artículo. Y el libro, si es que sale.

–¿Sabe?, me habría encantado escribir su historia. Lo del corazón y eso.

McCaleb asintió.

—Bueno, le debía una a Keisha Russell, y la verdad es que hizo un buen trabajo.

McCaleb vio que la gente empezaba a abrirse paso para salir de la sala de prensa. En las pantallas situadas tras los periodistas vio que el juez había abandonado el estrado. Se había levantado la sesión.

—Será mejor que vaya a ver si encuentro a Harry. Me alegro de haberle visto, Jack.

McCaleb tendió la mano a McEvoy. Este se la estrechó y luego siguió a los otros periodistas hasta las puertas de la sala.

Dos agentes abrieron las puertas principales y empezó a fluir al Departamento N la marea de afortunados ciudadanos que habían tenido la suerte de tener asientos para la sesión, la cual con toda probabilidad había sido mortalmente aburrida. Los que no habían logrado entrar empujaron para acercarse y vislumbrar a algún famoso, pero no tuvieron suerte. Los famosos no iban a empezar a aparecer hasta el día siguiente. Los discursos de apertura eran como los créditos del principio de la película. Era allí donde les iba a gustar aparecer.

Al final de la multitud iban los letrados y sus equipos. Storey había sido conducido de nuevo a la celda, pero su abogado caminó derecho al semicírculo de periodistas y empezó a ofrecer su punto de vista sobre lo sucedido en el interior. Un hombre alto, con pelo negro azabache, un intenso bronceado y unos ojos verdes y vivaces se situó justo detrás del abogado para cubrirle la espalda. Era un hombre atractivo y McCaleb pensó que lo conocía, aunque no sabía de dónde. Parecía uno de los actores que Storey solía utilizar en sus películas.

Los fiscales salieron y pronto tuvieron su propio grupo de periodistas con los que lidiar. Sus respuestas eran más lacónicas que las del abogado defensor y se negaron a responder preguntas relacionadas con las pruebas que pensaban presentar.

McCaleb buscó a Bosch y al final lo vio salir. El detective eludía a la multitud avanzando hacia los ascensores siempre pegado a la pared. Se le acercó una periodista, pero él levantó la mano y no hizo declaraciones. La mujer se detuvo y retrocedió como una molécula perdida que se reintegra al núcleo congregado en torno a J. Reason Fowkkes.

McCaleb siguió a Bosch por el pasillo y lo alcanzó cuando se detuvo a esperar un ascensor.

–Harry Bosch, hola.

Bosch se volvió con la cara de «sin comentarios», pero entonces vio que se trataba de McCaleb.

–Hola, McCaleb. –Sonrió.

Los dos hombres se dieron la mano.

–Parece el peor caso hollywoodesco –comentó McCaleb.

–A mí me lo vas a contar. ¿Qué estás haciendo aquí? No me digas que vas a escribir un libro sobre esto.

–¿Qué?

–Ahora todos los retirados del FBI escriben libros.

–No, yo no soy así. Aunque estaba pensando que a lo mejor podía invitarte a comer. Hay algo de lo que quiero que hablemos.

Bosch miró el reloj y estaba tomando una decisión.

–Edward Gunn.

Bosch miró a McCaleb.

–¿Jaye Winston?

McCaleb asintió.

–Me pidió que echara un vistazo.

Llegó el ascensor y entraron en él junto con una muchedumbre que había estado en la sala. Todos parecían estar mirando a Bosch, aunque intentaban disimularlo.

McCaleb decidió no continuar hasta que estuvieran fuera.

En la planta baja se dirigieron a la salida.

—Le dije que haría un perfil de él. Algo rápido. Para hacerlo necesito conocer a Gunn. Pensaba que a lo mejor podías hablarme de aquel viejo caso y de qué clase de tipo era.

—Era un cabrón. Mira, tengo tres cuartos de hora como máximo. Tengo que ponerme en marcha. He de visitar a los testigos para asegurarme de que todos están preparados antes de la apertura.

—Acepto los tres cuartos de hora. ¿Conoces algún sitio para comer por aquí cerca?

—Olvídate de la cafetería de aquí. Es espantosa. Hay un Cupid's en Victory.

—Vosotros los polis siempre coméis en los mejores sitios.

—Por eso hacemos lo que hacemos.

10

Se comieron los perritos calientes en la calle, en una mesa con sombrilla. Aunque era un día de invierno de temperatura suave, McCaleb estaba sudando. Solía haber entre seis y diez grados más en el valle de San Fernando que en Catalina y McCaleb no estaba acostumbrado al cambio. Su termostato interno no había vuelto a ser el mismo después del trasplante y con frecuencia se ponía a sudar o tenía escalofríos.

Empezó con un poco de charla intrascendente sobre el juicio.

–¿Estás preparado para convertirte en una estrella de Hollywood con este caso?

–No, gracias –dijo Bosch entre mordiscos de lo que les cobraron como un Chicago Dog–. Más bien creo que terminaré en el turno de noche de la Setenta y Siete.

–Bueno, ¿crees que lo tienes?

–Nunca se sabe. La fiscalía no ha ganado un caso importante desde hace mucho. No sé cómo irá este. Los abogados dicen que todo depende del jurado. Yo creía que dependía del peso de las pruebas, pero siempre he sido un detective idiota. John Reason contrató a los asesores para elegir el jurado del caso de O. J. Simpson y están muy a gusto con los doce. Joder, John Reason. Incluso lo llamo con el nombre que le pusieron los periodistas. Eso demuestra lo bueno que es controlando las cosas, esculpiendo las cosas. –Negó con la cabeza y le dio otro mordisco al Chicago Dog.

–¿Quién era ese tío alto que lo acompaña? –preguntó McCaleb–. El que estaba detrás de él como un matón.

–Es su investigador, Rudy Valentino.

–¿Se llama así?

–No, se llama Rudy Tafero. Trabajaba en el departamento. Estuvo con los detectives de Hollywood hasta hace unos años. En la comisaría lo llamaban Valentino por la pinta. Le encantaba. Es igual, la cuestión es que se hizo detective privado. Tiene licencia para depositar fianzas y no me preguntes cómo lo hizo, pero empezó a tener contratos de seguridad con un montón de gente de Hollywood. Apareció en esto en cuanto trincaron a Storey. De hecho, Rudy fue quien presentó a Fowkkes y Storey. Probablemente se llevó una buena comisión por eso.

–¿Y el juez? ¿Qué tal lo ves?

Bosch asintió, como si hubiera encontrado algo bueno en la conversación.

–El pistolero. Houghton no se anda con chiquitas. Le soltará un bofetón a Fowkkes si es preciso. Al menos tenemos eso a nuestro favor.

–¿El pistolero?

–Debajo de esa toga negra, el tío va calzado; o al menos eso cree la gente. Hace cinco años llevaba el caso de un mafioso mexicano y cuando el jurado lo declaró culpable, un grupo de colegas y familiares del acusado se pusieron como locos y casi empezaron un motín en la sala. Houghton sacó una Glock y disparó al techo. En un momento se calmaron los ánimos. Desde entonces es el juez titular al que reeligen con más votos. Mira el techo cuando entres en su sala. El agujero de bala sigue allí. No va a dejar que nadie lo tape.

Bosch dio otro mordisco y consultó su reloj. Cambió de tema hablando con la boca llena.

—No es nada personal, pero supongo que han llegado a un callejón sin salida con Gunn si ya han pedido ayuda de fuera.

McCaleb asintió.

—Algo así.

Miró la salchicha picante que tenía delante y lamentó no tener un cuchillo y un tenedor.

—¿Qué pasa? No hacía falta que viniéramos aquí.

—No pasa nada. Solo estaba pensando que entre los crepes de Dupar's de esta mañana y esto a lo mejor me hace falta un corazón nuevo a la hora de cenar.

—Si quieres parar tu corazón, la próxima vez, después de que vayas a Dupar's, pásate por Bob's Donuts. Está allí mismo, en el Farmer's Market. El glaseado. Un par de esos y sentirás que las arterias se te endurecen y se parten como carámbanos colgados de una casa. Nunca han dado con un sospechoso, ¿verdad?

—Eso es. Nada.

—¿Por qué te interesa tanto?

—Por lo mismo que a Jaye. Puede que el que ha hecho esto solamente esté empezando.

Bosch se limitó a asentir, porque tenía la boca llena. McCaleb estudió a su interlocutor. Tenía el pelo más corto de lo que él recordaba. También más canoso, pero eso era de esperar. Seguía conservando el mismo bigote y los mismos ojos. Le recordaron a los de Graciela, tan oscuros que apenas había límite entre el iris y la pupila. Pero los ojos de Bosch estaban cansados y con los párpados caídos y con arrugas en las comisuras. Aun así, siempre se estaban moviendo, observando. Estaba sentado ligeramente inclinado hacia adelante, como si estuviera a punto de salir corriendo. McCaleb recordó que con Bosch siempre había sentido que estaba ante un resorte, que en cualquier momento o por cualquier razón Bosch podía llevar la aguja a la zona roja.

Bosch buscó en el interior de su chaqueta, sacó unas gafas de sol y se las puso. McCaleb se preguntó si lo hacía porque se había dado cuenta de que lo estaba evaluando. Cogió la salchicha picante y finalmente le dio un mordisco. Tenía un gusto delicioso y mortal al mismo tiempo. Volvió a dejar la salchicha goteante en el plato de papel y se limpió la mano con una servilleta.

–Bueno, háblame de Gunn. Me has dicho que era un cabrón, ¿qué más?

–¿Qué más? Eso es todo. Era un depredador. Usaba a las mujeres, las compraba. Asesinó a aquella chica en el motel, no tengo ninguna duda.

–Pero la fiscalía dejó el caso.

–Sí, Gunn alegó defensa propia. Dijo cosas que no encajaban, pero no lo suficiente para presentar cargos. Alegó defensa propia y no iba a haber suficientes pruebas para ir contra él en un juicio. Así que no presentaron cargos. Fin de la historia, siguiente caso.

–¿Sabía que no lo creíste?

–Sí, claro. Lo sabía.

–¿Trataste de presionarle?

Bosch lanzó a McCaleb una mirada que él pudo leer a través de las gafas de sol. La pregunta ponía en cuestión la profesionalidad de Bosch como detective.

–Quiero decir –se apresuró a decir McCaleb– que qué pasó cuando trataste de presionarle.

–La verdad es que nunca tuvimos ocasión. Hubo un problema. Verás, lo preparamos. Lo llevamos a comisaría y lo pusimos en una de las salas. Mi compañero y yo pensábamos dejarlo un rato allí. Íbamos a hacer todo el número, tomarle declaración y luego intentar encontrar contradicciones. Pero nunca tuvimos ocasión de hacerlo bien.

–¿Qué ocurrió?

–Edgar y yo (me refiero a mi compañero Jerry Edgar) fuimos a tomar un café para hablar de cómo pensábamos llevar el caso. Mientras estábamos allí, el teniente ve a Gunn sentado en la sala de interrogatorios y no sabe qué coño hace allí. Así que decide entrar y asegurarse de que le han leído sus derechos.

McCaleb vio la rabia en el rostro de Bosch, incluso seis años después de sucedido el hecho.

–¿Entiendes?, Gunn había llegado como testigo y aparentemente como la víctima de un delito. Dijo que ella lo amenazó con un cuchillo y que él se defendió. Así que no necesitábamos leerle ningún derecho. El plan era entrar y sacudir su historia hasta que cometiera un error. Después ya le leeríamos sus derechos. Pero ese teniente subnormal no tenía ni idea, así que entró y avisó al tipo. Después ya no había nada que hacer. Sabía que íbamos a por él. Pidió un abogado en cuanto entramos en la sala. Bosch negó con la cabeza y miró hacia la calle. McCaleb siguió su mirada. Al otro lado de Victory Boulevard había un aparcamiento de coches usados con banderines rojos, blancos y azules ondeando al viento. Para McCaleb, Van Nuys siempre había sido sinónimo de coches en venta. Los había por todas partes, nuevos y usados.

–¿Y qué le dijiste al teniente? –preguntó.

–¿Decirle? No le dije nada. Solo lo empujé por la ventana de su despacho. Me gané una suspensión: baja involuntaria por estrés. Jerry Edgar llevó el caso a la fiscalía. Lo estudiaron durante un tiempo, pero al final lo dejaron.

–Bosch asintió. Mantenía los ojos fijos en el plato de papel vacío–. Yo me cargué el caso. Sí, me lo cargué.

McCaleb esperó un momento antes de hablar. Una ráfaga de viento se llevó el plato de Bosch y el detective observó cómo resbalaba hasta la zona de pícnic. No hizo ningún movimiento para detenerlo.

—¿Todavía trabajas para ese teniente?

—No. Ya no está entre nosotros. Poco después de aquello salió una noche y no volvió a casa. Lo encontraron en su coche en un túnel de Griffith Park, cerca del observatorio.

—¿Se suicidó?

—No, alguien lo mató. El caso sigue abierto. Técnicamente.

Bosch volvió a mirar a McCaleb. Este bajó la mirada y se fijó en que el alfiler de corbata de Bosch eran unas esposas minúsculas.

—¿Qué más puedo decirte? —preguntó Bosch—. Nada de esto tiene ninguna relación con Gunn. Él era solo una mosca más en esta mierda a la que llaman sistema judicial.

—No parece que tuvieras mucho tiempo de investigarlo.

—De hecho, nada. Todo lo que te he contado ocurrió en un espacio de ocho o nueve horas. Después, con lo que pasó, me apartaron del caso y el tipo salió libre.

—Pero tú no te rendiste. Jaye me dijo que lo visitaste en la celda de borrachos la noche anterior a su asesinato.

—Sí, lo detuvieron por conducir borracho mientras buscaba una puta en Sunset. Estaba en el calabozo y me avisaron. Fui a verlo, a tirar un poco de la cuerda para ver si al final hablaba. Pero el tío estaba como una cuba, tirado encima del vómito. Así que eso fue todo. Digamos que no nos comunicamos.

Bosch miró la salchicha a medio comer de McCaleb y luego su reloj.

—Lo siento, pero es todo lo que tengo. ¿Vas a comerte eso o podemos marcharnos?

—Un par más de bocados, un par más de preguntas. ¿No quieres fumarte un cigarrillo?

–Lo dejé hace un par de años. Solo fumo en ocasiones especiales.

–No me digas que fue por lo del hombre Marlboro de Sunset que se quedó impotente.

–No, mi mujer quería que lo dejáramos los dos. Y lo hicimos.

–¿Tu mujer? Estás cargado de sorpresas, Harry.

–No te entusiasmes. Llegó y se fue. Pero al menos he dejado de fumar. Ella no sé.

McCaleb se limitó a asentir, percibiendo que se había adentrado demasiado en la vida personal del detective. Volvió a centrarse en el caso.

–Entonces, ¿alguna teoría sobre quién lo mató? McCaleb tomó otro bocado mientras Bosch respondía.

–Supongo que se encontró con alguien como él. Alguien que cruzó la línea en alguna ocasión. No me interpretes mal, espero que tú y Jaye encontréis a ese tipo. Pero, por el momento, quienquiera que sea él o ella no ha hecho nada que me preocupe demasiado. ¿Me explico?

–Es curioso que digas «ella». ¿Crees que puede haber sido una mujer?

–No sé lo suficiente del caso. Pero ya te he dicho que explotaba a las mujeres. Quizá alguna le paró los pies.

McCaleb asintió otra vez. No se le ocurría ninguna pregunta más. De todos modos, hablar con Bosch había sido buscar una posibilidad remota. Quizá McCaleb ya sabía que la cosa terminaría así y quería volver a conectar con Bosch por otros motivos. Habló con la vista clavada en el plato de papel.

–¿Aún piensas en la chica de la colina, Harry?

No quería decir en voz alta el nombre que Bosch le había puesto.

Bosch asintió.

–De vez en cuando. Me pasa con todos. No me abandona.

McCaleb asintió.

–Sí. Así que nada..., ¿nadie preguntó por ella?

–No. Lo intenté una vez más con Seguin, fui a verlo a Q el año pasado, una semana antes de que lo ejecutaran. Intenté una última vez que me dijera algo, pero lo único que hizo fue sonreírme. Era como si sintiera que era la victoria final. Sé que estaba disfrutando, así que me levanté para irme y le dije que disfrutara en el infierno, y ¿sabes qué me dijo él? Dijo: «He oído que es un calor seco».

Bosch negó con la cabeza.

–Hijo de puta. Fui y volví en mi día libre. Doce horas conduciendo y encima el aire acondicionado no funcionaba.

Miró directamente a McCaleb e incluso entre las sombras, McCaleb volvió a sentir el vínculo que había tenido con aquel hombre mucho tiempo atrás.

Antes de que pudiera decir nada oyó que su teléfono empezaba a sonar en el bolsillo del chubasquero, que estaba doblado en el banco junto a él. Le costó encontrar el bolsillo, pero al final contestó antes de que colgaran. Era Brass Doran.

–Tengo algo para ti. No es mucho, pero puede ser un punto de partida.

–¿Estás en algún sitio al que te pueda llamar en unos minutos?

–En realidad estoy en la sala de reuniones. Vamos a discutir un caso y yo lo presento. Pueden pasar un par de horas antes de que esté libre. Puedes llamarme esta noche a casa si...

–No, espera un momento.

Bajó el teléfono y miró a Bosch.

–Será mejor que conteste. Te llamaré más tarde si surge algo, ¿de acuerdo?

–Claro.

Bosch empezó a levantarse. Iba a llevarse lo que le quedaba de Coca-Cola.

–Gracias –dijo McCaleb, tendiendo la mano–. Buena suerte con el juicio.

Bosch le estrechó la mano.

–Gracias, nos va a hacer falta.

McCaleb observó cómo se alejaba de la zona de pícnic y hacia la acera que conducía de nuevo al juzgado. McCaleb volvió a levantar el teléfono.

–¿Brass?

–Aquí estoy. Bueno, estabas hablando de lechuzas en general, ¿no? No conoces el tipo específico ni la variedad, ¿verdad?

–Exacto, una lechuza común o un búho, no sé.

–¿De qué color es?

–Eh, es marrón, sobre todo. Tiene la espalda y las alas marrones.

Mientras hablaba sacó un par de hojas de bloc dobladas y un boli de uno de sus bolsillos. Apartó la salchicha a medio comer y se preparó para tomar notas.

–Muy bien, la iconografía moderna es lo que cabía esperar. La lechuza es símbolo de sabiduría y verdad, denota conocimiento, la visión de la escena global opuesta al detalle. La lechuza ve en la oscuridad. En otras palabras, ver a través de la oscuridad es ver la verdad, es aprender la verdad, y por consiguiente es conocimiento. Y del conocimiento viene la sabiduría, ¿de acuerdo?

McCaleb no necesitó tomar notas. Lo que Doran le había dicho era obvio. De todos modos, para mantenerse en activo, escribió una línea:

Ver en la oscuridad = <u>sabiduría</u>

Subrayó la última palabra.

—Muy bien. ¿Qué más?

—Esto es básicamente lo que hay en cuanto a la aplicación contemporánea. Pero si vamos hacia atrás, se pone muy interesante. Las lechuzas, los búhos y los mochuelos han mejorado notablemente su reputación. Antes eran chicos malos.

—Cuéntame, Brass.

—Saca el bolígrafo. La lechuza se ha visto repetidamente en arte e iconografía religiosa desde la Alta Edad Media hasta el final del Renacimiento. A menudo aparece en las alegorías religiosas: pinturas, paneles de las iglesias y en las estaciones de la cruz. La lechuza era...

—Vale, Brass, pero ¿qué significa?

—Estoy llegando a eso. Su significado puede variar en las distintas representaciones según la especie dibujada. Pero esencialmente su representación es el símbolo del mal.

McCaleb anotó la palabra.

—El mal. De acuerdo.

—Esperaba escucharte más entusiasmado.

—No me estás viendo. Estoy dando saltos. ¿Qué más tienes?

—Deja que repase la lista. Son datos sacados de fragmentos de crítica del arte del periodo. Las referencias a las descripciones de las lechuzas surgen como símbolos de (y cito) la fatalidad, el enemigo de la inocencia, el diablo mismo, la herejía, la locura, la muerte y la desgracia, el ave de la oscuridad y, finalmente, el tormento del alma humana en su inevitable viaje a la condena eterna. Bonito, ¿eh? Me gusta esta última. Supongo que no venderían muchas bolsas de patatas fritas con lechuzas en la parte de atrás en el siglo xv.

McCaleb no contestó. Estaba demasiado ocupado anotando las descripciones que ella acababa de leerle.

–Vuelve a leerme la última línea.

Ella así lo hizo y McCaleb la copió al pie de la letra.

–Ahora, aún hay más –dijo Doran–. También hay una interpretación de la lechuza como el símbolo de la ira y el castigo del mal. Así que obviamente es algo que significó cosas diferentes en diferentes épocas y para gente diferente.

–El castigo del mal –dijo McCaleb mientras lo anotaba.

Miró la lista que acababa de escribir.

–¿Algo más?

–¿No tienes bastante?

–Probablemente. ¿Tienes algún libro que muestre algo de esto o los nombres de los artistas o escritores que usaron la llamada «ave de la oscuridad» en sus obras?

McCaleb oyó que pasaban algunas páginas al otro lado de la línea mientras Doran permanecía unos instantes en silencio.

–Aquí no tengo mucho. No hay libros, pero puedo darte el nombre de algunos de los artistas mencionados y seguramente encontrarás algo en Internet o en la biblioteca de la UCLA.

–De acuerdo.

–Tengo que darme prisa. Estamos a punto de empezar.

–Dime.

–Muy bien. Tengo un pintor llamado Bruegel que pintó una enorme cara como la puerta del infierno. Había una lechuza marrón en la ventana de la nariz de ese rostro. –Se echó a reír–. No me preguntes. Yo solo te digo lo que encuentro.

–Vale –dijo McCaleb, al tiempo que anotaba la descripción–. Sigue.

—Muy bien. Otros dos artistas destacados por el uso de la lechuza como símbolo del mal fueron Van Oostanen y Durero. No sé concretamente en qué pinturas.

McCaleb oyó que pasaba más hojas. Pidió que le deletreara los nombres de los artistas y los anotó.

—Vale, aquí lo tengo. La obra de este tipo está repleta de búhos y lechuzas. No puedo pronunciar su nombre de pila. Te lo deletreo: H-i-e-r-o-n-y-m-u-s. Era holandés, y forma parte del Renacimiento del norte de Europa. Creo que allí las lechuzas eran grandes.

McCaleb miró la hoja que tenía delante. El nombre que acababan de leerle le resultaba familiar.

—¿Has olvidado el apellido? ¿Cuál es el apellido?

—Ah, perdón. Es Bosch. Como las bujías.

McCaleb se quedó de piedra. No se movió, no respiró siquiera. Miró fijamente el nombre escrito en la página, incapaz de escribir la última parte que Doran acababa de darle. Finalmente volvió la cabeza y miró más allá de la zona de pícnic, al lugar de la acera por donde había visto alejarse a Harry Bosch.

—Terry, ¿estás ahí?

McCaleb salió de su ensueño.

—Sí.

—En realidad es todo lo que tengo. Y he de dejarte. Vamos a empezar.

—¿Algo más sobre Bosch?

—No. Y no me queda tiempo.

—Muy bien, Brass. Oye, muchas gracias. Te debo una.

—Un día te lo cobraré. Cuéntame cómo termina esto, ¿vale?

—Claro.

—Y envíame una foto de tu niña.

—Te la mandaré.

Ella colgó y McCaleb cerró lentamente su móvil. Escribió una nota en la parte inferior de la página para acordarse de enviar a Brass una foto de su hija. Era un ejercicio para evitar el nombre del pintor que acababa de escribir.

—Mierda —susurró.

Se sentó a solas con sus pensamientos durante un buen rato. La coincidencia de recibir la misteriosa información minutos después de almorzar con Harry Bosch era inquietante. Examinó unos momentos sus notas, aunque sabía que no contenían la información inmediata que necesitaba. Finalmente abrió de nuevo el teléfono y marcó el número de información. Un minuto después llamó a la oficina de personal del Departamento de Policía de Los Ángeles. Al cabo de nueve timbrazos contestó una mujer.

—Sí, llamo de parte del Departamento del Sheriff del Condado de Los Ángeles y necesito contactar con un agente en concreto del departamento de policía. El problema es que no sé dónde trabaja. Solo sé su nombre.

Esperaba que la mujer no le preguntara qué quería decir «de parte del». Hubo lo que le pareció un largo silencio y luego oyó que tecleaban en un ordenador.

—¿Apellido?

—Ah, es Bosch.

McCaleb lo deletreó y miró sus notas, preparado para decir el nombre.

—¿Y el nombre? Ya está, solo hay uno. Haironimous. ¿Es así? No sé pronunciarlo.

—Hieronymus. Es él.

McCaleb deletreó el nombre y preguntó si coincidía. Coincidía.

—Bueno, es detective de grado tres y trabaja en la División de Hollywood. ¿Necesita el número?

McCaleb no contestó.

–Señor, necesita el...

–No, lo tengo. Muchas gracias.

Cerró el móvil, miró el reloj y luego volvió a abrir el teléfono. Llamó al número directo de Jaye Winston y ella respondió de inmediato. McCaleb preguntó si le habían dicho algo del laboratorio respecto al examen de la lechuza de plástico.

–Todavía no. Solo han pasado un par de horas, y una era la del almuerzo. Esperaré hasta mañana antes de reclamarles.

–¿Tienes tiempo para hacer un par de llamadas y hacerme un favor?

–¿Qué llamadas?

McCaleb le habló de la búsqueda del icono de Brass Doran, pero no mencionó a Hieronymus Bosch. Dijo que quería hablar con un experto en pintura renacentista del norte de Europa, pero que pensaba que resultaría más fácil establecer la cita y que la cooperación sería más franca si la petición surgía de una detective de homicidios oficial.

–Lo haré –dijo Winston–. ¿Por dónde empiezo?

–Yo probaría en el Getty. Ahora estoy en Van Nuys. Si alguien me recibe, llegaré en media hora.

–Veré lo que puedo hacer. ¿Has hablado con Harry Bosch?

–Sí.

–¿Alguna novedad?

–En realidad, no.

–Lo suponía. Espera. Te volveré a llamar.

McCaleb tiró lo que quedaba de su almuerzo en uno de los cubos de basura y se encaminó al juzgado, donde había dejado aparcado el Cherokee en una calle lateral, junto a las oficinas de la condicional. Mientras caminaba pensó en cómo había mentido a Winston por omisión. Sabía que tendría que haberle hablado de la conexión de Bosch o de la coincidencia, o de lo que fuera. Trató de entender por qué se lo había reservado, pero no encontró respuesta.

Su teléfono sonó justo cuando él llegaba al Cherokee. Era Winston.

—Tienes una cita en el Getty a las dos. Pregunta por Leigh Alasdair Scott. Es un conservador del museo.

McCaleb sacó sus notas y anotó el nombre, utilizando el capó del Cherokee después de pedirle a Winston que lo deletreara.

—Esto sí que es rapidez, Jaye. Gracias.

—Me encanta complacer. He hablado directamente con Scott y me ha dicho que si no puede ayudarte personalmente encontrará a alguien que pueda.

—¿Has mencionado la lechuza?

—No, es tu entrevista.

—Sí.

McCaleb sabía que tenía otra oportunidad para hablarle de Hieronymus Bosch. Pero de nuevo la dejó pasar.

—Te llamaré después, ¿de acuerdo?

—Hasta luego.

McCaleb cerró el teléfono y abrió el coche. Miró por encima del techo a las oficinas de la condicional y vio una gran pancarta blanca con letras azules colgada de la fachada, sobre la entrada principal.

¡Bienvenida, Thelma!

Entró en el coche preguntándose si la Thelma a la que daban la bienvenida era una convicta o una empleada. Condujo en dirección a Victory Boulevard. Tomaría la 405 y luego se dirigiría hacia el sur.

11

Cuando la autovía se empinaba para cruzar las montañas de Santa Mónica por el paso de Sepúlveda, McCaleb vio el Getty surgiendo enfrente de él, en la cima de la colina. La estructura del museo era tan impresionante como cualquiera de las obras de arte que en él se exhibían. Parecía un castillo encaramado en una colina medieval. Uno de los dos tranvías subía lentamente por la ladera, entregando otro grupo al altar de la historia y el arte.

Cuando aparcó al pie de la colina y tomó su propio tranvía, McCaleb ya llevaba quince minutos de retraso para su cita con Leigh Alasdair Scott. Después de que un guardia del museo le indicara el camino, McCaleb caminó apresuradamente por la plaza de piedra travertina hasta una entrada de seguridad. Se registró en el mostrador y esperó a que Scott saliera a recibirlo.

Scott tenía poco más de cincuenta años y hablaba con un acento que a McCaleb le pareció de Australia o Nueva Zelanda. Se mostró feliz y contento de ayudar a la oficina del sheriff del condado de Los Ángeles.

—Ya hemos tenido ocasión de ofrecer nuestra ayuda y experiencia a detectives con anterioridad. Normalmente en relación con autentificar piezas de arte o proporcionar un contexto histórico a algunas obras —dijo mientras recorrían un largo pasillo que conducía a su despacho—. La detective Winston me dijo que en esta ocasión sería distinto. Necesita usted información general sobre el Renacimiento en el norte de Europa.

Abrió una puerta y condujo a McCaleb a una zona de oficinas. Entraron en la primera oficina después del mostrador de seguridad. Era un despacho pequeño, con una amplia ventana con vistas a las casas de las colinas de Bel Air a través del paso de Sepúlveda. La oficina daba una sensación de pesadez por las estanterías de libros alineadas en dos de las paredes y la atestada mesa de trabajo. Apenas había espacio para dos sillas. Scott invitó a McCaleb a sentarse en una de ellas y él ocupó la otra.

—De hecho, las cosas han cambiado un poco desde que la detective Winston habló con usted —dijo McCaleb—. Ahora puedo ser más específico respecto a lo que quiero. Puedo centrar mis preguntas en un pintor en concreto de ese periodo. Si pudiera hablarme de él y tal vez mostrarme algunas de sus obras, sería de gran ayuda para mí.

—¿Y de qué pintor estamos hablando?

—Se lo mostraré.

McCaleb sacó sus notas plegadas y le mostró el nombre. Scott leyó el nombre en voz alta con manifiesta familiaridad.

—Su obra es muy conocida. ¿No lo conoce?

—No. Nunca he estudiado demasiado arte. ¿Hay alguna de sus obras en el museo?

—El Getty no tiene ninguna de sus pinturas, pero hay un cuadro de un discípulo suyo en un estudio de conservación. Lo están restaurando a fondo. La mayoría de sus obras autentificadas están en Europa, las más significativas en el Prado. Otras están dispersas. De todos modos, yo no soy la persona con la que tendría que estar hablando.

McCaleb arqueó las cejas a modo de pregunta.

–Ya que ha limitado su petición específicamente a Bosch, aquí hay alguien que le ilustrará mejor que yo. Es una ayudante de conservador. Se da la circunstancia de que está trabajando en un catálogo explicativo del Bosco; es un proyecto a largo plazo. Una obra de amor.

–¿Está aquí? ¿Puedo hablar con ella?

Scott levantó el teléfono y pulsó el botón del altavoz. Consultó una lista de extensiones pegada a la mesa adjunta y marcó un número de tres dígitos. Una mujer contestó al tercer timbrazo.

–Lola Walter.

–Lola, soy el señor Scott. ¿Está ahí Penelope?

–Esta mañana está trabajando en el *Infierno*.

–Ya veo. Bueno, nos encontraremos con ella allí.

Scott pulsó el botón del altavoz, desconectando la llamada, y se dirigió a la puerta.

–Tiene suerte –dijo.

–¿El infierno? –preguntó McCaleb.

–Es la pintura del discípulo de Bosch. Si hace el favor de acompañarme.

Scott lo condujo al ascensor y descendieron a la planta baja. Por el camino, Scott le explicó que el museo tenía uno de los mejores talleres de restauración del mundo, y, en consecuencia, las obras de arte de otros museos y colecciones privadas solían enviar obras al Getty para su reparación y restauración. En ese momento se estaba restaurando para un coleccionista una pintura que según se creía pertenecía a un discípulo de Bosch o a uno de los pintores de su estudio. El cuadro se llamaba *Infierno*.

El estudio de conservación era una enorme sala dividida en dos secciones principales. Una sección era un taller en el que se restauraban los marcos. En la otra, dedicada a la restauración de lienzos, había varios bancos de trabajo distribuidos a lo largo de una pared de cristal, con las mismas vistas que Scott tenía en su despacho.

McCaleb fue conducido al segundo banco, donde había una mujer de pie detrás de un hombre sentado ante una pintura colocada en un caballete. El hombre llevaba camisa y corbata debajo del delantal y unas lentes de aumento de joyero. Estaba inclinado hacia el lienzo y aplicaba lo que parecía pintura plateada sobre la superficie. Ni el hombre ni la mujer miraron a McCaleb ni a Scott. Este levantó las manos en un gesto de «un momento» mientras el hombre sentado completaba la pincelada. McCaleb miró el cuadro. Era de metro veinte por dos metros y mostraba un siniestro panorama. Un pueblo era saqueado por la noche mientras sus habitantes eran torturados y ejecutados por diversas criaturas de otro mundo. Los paneles superiores de la pintura, que describían principalmente el arremolinado cielo nocturno, estaban salpicados de pequeños puntos dañados en los que había saltado la pintura. La mirada de McCaleb se fijó en un segmento inferior de la pintura, donde un hombre desnudo y con los ojos tapados era obligado a subir al patíbulo por un grupo de criaturas con aspecto de ave armadas con lanzas.

El hombre del pincel completó su trabajo y dejó el pincel en el sobre de cristal de la mesa de trabajo que tenía a su izquierda. Luego contempló su trabajo. Scott se aclaró la garganta. Solo se volvió la mujer.

–Penelope Fitzgerald, le presento al detective McCaleb. Participa en una investigación y necesita hacer unas preguntas sobre Hieronymus Bosch. –Hizo un gesto hacia la pintura–. Le he dicho que tú eras el miembro del equipo más preparado para hablar de este tema.

McCaleb observó que los ojos de ella registraban sorpresa e inquietud, una reacción normal a la presentación repentina de un policía. El hombre que estaba sentado ni siquiera se volvió. Eso no era una respuesta normal. Se limitó a coger el pincel y continuar con su trabajo sobre el lienzo. McCaleb tendió la mano a la mujer.

–En realidad, oficialmente no soy detective. El departamento del sheriff me ha pedido ayuda en esta investigación.

Se estrecharon las manos.

–No lo entiendo –dijo ella–. ¿Han robado una pintura de Bosch?

–No, nada de eso. ¿Este cuadro es de Bosch? –McCaleb señaló el lienzo.

–No exactamente. Puede ser una copia de una de sus obras. Si es así, entonces el original se ha perdido y esto es lo único que tenemos. El estilo y el concepto es suyo. Pero hay un consenso general en que se trata de la obra de un estudiante de su taller. Probablemente está pintado después de la muerte de Bosch.

Mientras habló, los ojos de la mujer no se apartaron de la pintura. Tenía una mirada astuta y agradable, que delataba su pasión por Bosch. Supuso que rondaría los sesenta y que probablemente había dedicado su vida al estudio y el amor por el arte. La mujer le había sorprendido. La breve descripción de Scott como una ayudante que trabajaba en un catálogo de la obra de Bosch había llevado a McCaleb a pensar en una joven estudiante de arte. Se recriminó a sí mismo en silencio haber hecho semejante suposición.

El hombre sentado volvió a dejar el pincel y cogió un trapo blanco limpio de la mesa de trabajo para limpiarse las manos. Giró en su silla y levantó la mirada al reparar en McCaleb y Scott. Fue entonces cuando McCaleb se dio cuenta de su segunda suposición errónea. No era que el hombre no les hubiera hecho caso, sino que simplemente no los había oído.

El hombre se levantó las lentes de aumento mientras buscaba bajo su delantal y se ajustaba un audífono.

—Lo siento —dijo—. No sabía que teníamos visita.

Habló con acento alemán.

—Doctor Derek Vosskuhler, le presento al señor McCaleb —dijo Scott—. Es investigador y necesita robarle a la señora Fitzgerald unos minutos.

—Entiendo. No hay problema.

—El doctor Vosskuhler es uno de nuestros expertos en restauración —aclaró Scott.

Vosskuhler asintió y miró a McCaleb, observándolo probablemente del mismo modo que estudiaba un cuadro.

—¿Una investigación? ¿Relacionada con Hieronymus Bosch?

—De un modo tangencial. Solo quiero aprender lo posible sobre él. Me han dicho que la doctora Fitzgerald es un experta en el tema. —McCaleb sonrió.

—No hay ningún experto en Bosch —dijo Vosskuhler sin sonreír—. Era un alma atormentada, un genio atormentado... ¿Cómo vamos a saber qué hay de verdadero en el corazón de un hombre?

McCaleb asintió. Vosskuhler volvió a mirar el lienzo.

—¿Qué es lo que ve, señor McCaleb?

McCaleb miró la pintura, pero no contestó durante un rato.

—Mucho dolor.

Vosskuhler asintió. Entonces se levantó y miró de cerca el cuadro, bajándose las gafas y acercándose al panel superior, con las lentes a solo centímetros del cielo nocturno que dominaba la ciudad arrasada.

—Bosch conocía todos los demonios —dijo sin apartar la mirada del cuadro—. Algo oscuro... —Hizo una larga pausa—. Más oscuro que la noche.

Se produjo otro prolongado silencio hasta que Scott lo puntuó abruptamente diciendo que tenía que regresar a su despacho. Scott salió y al cabo de unos segundos Vosskuhler por fin apartó la mirada del cuadro. No se molestó en subirse las lentes cuando miró a McCaleb. Lentamente buscó en su delantal y desconectó el audífono.

–Yo también tengo que trabajar. Buena suerte en su investigación, señor McCaleb.

McCaleb asintió cuando Vosskuhler se volvió a sentar en su silla giratoria y cogió de nuevo el pincel.

–Podemos ir a mi despacho –dijo Fitzgerald–. Allí tengo todos los libros de reproducciones. Le mostraré las obras de Bosch.

–Eso sería fantástico. Gracias.

Ella se dirigió a la puerta. McCaleb se demoró un momento y echó un último vistazo a la pintura. Tenía la vista clavada en los paneles superiores, en la turbulenta oscuridad que se cernía sobre las llamas.

El despacho de Penelope Fitzgerald era una pecera de dos por dos en una sala compartida por varios conservadores adjuntos. Acercó una silla de un despacho próximo en el que no había nadie trabajando e invitó a McCaleb a tomar asiento. El escritorio de Fitzgerald tenía forma de ele, con un ordenador portátil en el lado corto y un espacio de trabajo lleno de cosas a su derecha. Había muchos libros apilados en el escritorio. Detrás de las pilas, McCaleb vio una reproducción en color de un estilo muy similar al del lienzo en el que estaba trabajando Vosskuhler. McCaleb apartó ligeramente los libros y se inclinó para admirar la reproducción. Se trataba de un tríptico con decenas de figuras en los tres paneles. Escenas de libertinaje y tortura.

–¿Lo conoce? –dijo Fitzgerald.

–Creo que no, pero es de Bosch, ¿no?

–Es su obra maestra. El tríptico se llama *El jardín de las delicias*. Está en el Prado, en Madrid. Una vez me quedé cuatro horas mirándolo, y no tuve tiempo de asimilarlo todo. ¿Quiere un café o agua o algo, señor McCaleb?

–No, gracias. Puede llamarme Terry, si no le molesta.

–Y usted puede llamarme Nep.

McCaleb puso cara de desconcierto.

–Es un apodo infantil.

McCaleb asintió.

–Bueno –dijo ella–, en estos libros tengo todas las obras identificadas de Bosch. ¿Es una investigación importante?

Él volvió a asentir.

–Eso creo. Un homicidio.

–¿Y usted es un asesor?

–Trabajaba en el FBI, aquí en Los Ángeles. La detective de la oficina del sheriff asignada al caso me pidió mi opinión. Y la investigación me ha llevado hasta aquí. A Bosch. Lo siento, pero no puedo exponerle los pormenores del caso y supongo que eso le molestará. Quiero hacer preguntas, pero no puedo contestar ninguna de las que usted me haga.

–Caray. –Sonrió–. Esto suena muy interesante.

–¿Sabe qué le digo? Si al final esto se resuelve, se lo contaré.

–Muy bien.

McCaleb inclinó la cabeza.

–Por lo que ha dicho el doctor Vosskuhler deduzco que no se sabe mucho del hombre que pintó estos cuadros.

Fitzgerald asintió.

–Es cierto que Hieronymus Bosch es considerado un enigma, y probablemente nunca deje de serlo.

McCaleb desdobló sus hojas de notas en la mesa y empezó a escribir mientras la mujer hablaba.

—Tenía una de las imaginaciones menos convencionales de su época. O de cualquier época, en realidad. Su trabajo es extraordinario y casi cinco siglos después de su muerte sigue siendo objeto de estudio y reinterpretación. Sin embargo, la mayoría de los análisis críticos publicados hasta la fecha lo consideran un agorero. Su obra está repleta de los portentos del infierno y los castigos del pecado. Para decirlo de un modo más sucinto, sus pinturas principalmente son variaciones sobre un mismo tema: que la locura de la humanidad nos conduce a todos al infierno, nuestro destino final.

McCaleb escribía deprisa, tratando de no perderse nada. Lamentó no haberse traído una grabadora.

—Un tipo simpático, ¿no cree? —dijo Fitzgerald.

—Eso parece. —McCaleb señaló la reproducción del tríptico—. Sería divertido un sábado por la noche.

Fitzgerald sonrió.

—Eso es exactamente lo que pensé yo cuando estuve en el Prado.

—¿Alguna buena cualidad? ¿Adoptaba huérfanos, era bueno con los perros, cambiaba los neumáticos a las viejecitas...?

—Tiene que recordar su lugar y su tiempo para comprender lo que pretendía con su arte. Aunque su obra está salpicada de escenas violentas y representaciones de tortura y angustia, este tipo de cosas no eran extrañas en su tiempo. Vivió en una época violenta y su obra lo refleja con claridad. Los lienzos también reflejan la creencia medieval en la existencia omnipresente de los demonios. El mal acecha en todos sus cuadros.

—¿La lechuza?

Ella miró a McCaleb con cara de no entender.

–Sí, las lechuzas y los búhos eran símbolos que utilizaba. Creía que me había dicho que desconocía la obra de Bosch.

–Y la desconozco. Lo que me trajo hasta aquí fue una lechuza. Pero no debería haber mencionado ese detalle, ni tampoco tendría que haberla interrumpido. Continúe, por favor.

–Solo iba a añadir que es algo revelador si tenemos en cuenta que Bosch era contemporáneo de Leonardo, Miguel Ángel y Rafael. En cambio, si uno mira sus obras una junto a otra, tendría que pensar que Bosch (con todos sus símbolos y la fatalidad medievales) vivió un siglo antes.

–Pero no es así.

Ella negó con la cabeza como si sintiera pena por Bosch.

–Él y Leonardo da Vinci se llevaban un año o dos. Hacia el final del siglo xv, Da Vinci estaba creando obras llenas de esperanza, celebración de los valores humanos y espiritualidad, mientras que Bosch solo pensaba en oscuridad y condena eterna.

–Eso la entristece, ¿no?

Fitzgerald se apoyó en el libro de encima de la pila, pero no lo abrió. Solo llevaba una etiqueta en el lomo que ponía «Bosch» y no tenía ninguna ilustración en la encuadernación de piel.

–No puedo evitar pensar en qué habría pasado si Bosch hubiera trabajado codo con codo con Leonardo o Miguel Ángel, qué habría ocurrido si hubiera usado su capacidad e imaginación en la celebración del mundo y no en su condena. –Bajó la mirada al libro y luego volvió a fijarla en McCaleb–. Pero esa es la belleza del arte y por eso lo estudiamos y lo admiramos. Cada pintura es una ventana al alma y la imaginación del artista. No importa lo oscura y perturbadora que sea, su visión es lo que lo separa de los demás y lo que hace que sus pinturas sean únicas. Lo que me ocurre a mí con las obras de Bosch es que me arrastran hasta el alma del artista y puedo sentir su tormento.

McCaleb asintió y ella desvió la mirada y abrió el libro.

Descubrir el mundo de Hieronymus Bosch fue para McCaleb tan asombroso como inquietante. Los paisajes de sufrimiento que se desdoblaban en las páginas que Penelope Fitzgerald iba pasando no eran muy distintos de algunas de las escenas del crimen más terribles que él había presenciado, con la diferencia de que en aquellas pinturas los protagonistas aún estaban vivos y sufriendo. El rechinar de los dientes y la carne desgarrada eran algo activo y real. Los lienzos del artista estaban llenos de condenados, seres humanos atormentados a causa de sus pecados por demonios visibles y criaturas que cobraban imagen de la mano de una imaginación horrible.

Al principio, McCaleb examinó en silencio las reproducciones en color de las pinturas, asimilándolo todo del mismo modo que cuando observaba por vez primera la fotografía de la escena de un crimen. Pero luego pasaron una página y él vio un cuadro que mostraba a tres personas reunidas en torno a un hombre sentado. Uno de los que estaban de pie utilizaba lo que parecía un escalpelo primitivo para abrir una herida en la coronilla del hombre sentado. La imagen estaba encerrada en un círculo y había palabras escritas por encima y por debajo del círculo.

–¿Cómo se llama este?

–Se llama *La extracción de la piedra de la locura* –dijo Fitzgerald–. En la época existía la creencia común de que la estupidez y la demencia se podían curar sacando una piedra de la cabeza de aquel que sufría el mal.

McCaleb se acercó al hombro de ella y miró la pintura desde más cerca, en concreto a la localización exacta de la incisión quirúrgica. Estaba en el mismo sitio que la herida de la cabeza de Edward Gunn.

—Muy bien, puede continuar.

Las lechuzas estaban por todas partes. Fitzgerald no tenía que señalárselas en la mayoría de ocasiones, pues sus posiciones eran muy obvias. Sí que explicó parte de su simbología. En muchos de los cuadros, la lechuza estaba representada encima de un árbol, encima de una rama gris y sin hojas: la muerte.

Fitzgerald pasó la página a una pintura de tres paneles.

—Esta obra se llama *El Juicio Final*. El panel de la izquierda se llama «El jardín del Edén», y el de la derecha, simple y obviamente «El infierno».

—Le gustaba pintar el infierno.

Nep Fitzgerald no sonrió. Sus ojos examinaron el libro.

El panel de la izquierda era una escena del jardín del Edén con Adán y Eva en el centro tomando la fruta que la serpiente le ofrecía desde el manzano. En una rama sin vida de un árbol cercano había una lechuza que observaba la transacción. En el panel opuesto, el infierno era representado como un lugar tenebroso, donde criaturas con aspecto de pájaros destripaban a los condenados, despedazaban sus cuerpos y los colocaban en parrillas para luego ponerlos sobre hogueras ardientes.

—Todo esto salió de la mente de ese hombre —dijo McCaleb—. No puedo... —No terminó la frase, porque no estaba seguro de lo que quería decir.

—Era un alma atormentada —dijo Fitzgerald y pasó la página.

La siguiente pintura era otra imagen circular con siete escenas separadas representadas en el borde exterior y una representación de Dios en el centro. En una circunferencia dorada que rodeaba la imagen de Dios y la separaba de las otras escenas había cuatro palabras en latín que McCaleb reconoció de inmediato.

–Cuidado, cuidado, Dios te ve.

Fitzgerald levantó la mirada hacia McCaleb.

–Es obvio que lo ha visto antes. O resulta que sabe latín medieval. Ese caso en el que está trabajando tiene que ser de lo más raro.

–Se está volviendo así. Pero yo solo conozco las palabras, no la pintura. ¿Qué es?

–En realidad es un tablero de mesa. Probablemente lo hizo para una iglesia o la casa de una persona santa. Es el ojo de Dios. Él está en el centro y lo que ve cuando mira hacia abajo son estas imágenes: los siete pecados capitales.

McCaleb asintió. Al mirar las diferentes escenas logró distinguir algunos de los pecados más obvios: gula, lujuria y orgullo.

–Y ahora su obra maestra –dijo su guía de museo personal al volver la página.

Se trataba del mismo tríptico que tenía colgado en la pared, *El jardín de las delicias*. McCaleb lo examinó de cerca en esta ocasión. El panel izquierdo era una bucólica escena de Adán y Eva que eran puestos en el jardín por el Creador. A su lado se alzaba un manzano. El panel del centro, el más grande, mostraba decenas de personas desnudas fornicando y bailando en una desinhibida lujuria, montando caballos, hermosos pájaros y criaturas completamente imaginarias del lago situado en primer plano. Y luego el último panel, el más oscuro, era el precio que había que pagar: el infierno, un lugar de tormento y angustia administrado por aves monstruosas y otras horribles criaturas. El lienzo era tan detallado y fascinante que

McCaleb comprendió que alguien pudiera pasarse cuatro horas ante el original y aun así no terminar de verlo todo.

–Estoy segura de que ya ha captado las ideas de los temas repetitivos de Bosch –dijo Fitzgerald–, pero esta se considera su obra más coherente, y también la más bellamente imaginada y realizada.

McCaleb asintió y señaló los tres paneles mientras hablaba.

–Aquí están Adán y Eva, la buena vida hasta que comen esa manzana. Luego, en el centro, tenemos lo que ocurre después de la caída de la gracia: la vida sin reglas. El libre albedrío conduce a la lujuria y el pecado. ¿Y adónde nos lleva todo esto? Al infierno.

–Muy bien. Si me lo permite, señalaré algunos aspectos específicos que quizá le interesen.

–Por favor.

Fitzgerald empezó con el primer panel.

–El paraíso en la tierra. Tiene razón en que representa a Adán y Eva antes de la Caída. El estanque y la fuente del centro representan la promesa de vida eterna. Ya se ha fijado en el manzano de la izquierda.

El dedo de Fitzgerald se movió por el libro hasta la estructura de la fuente, una torre de lo que parecían pétalos de flores que de algún modo vertían agua en cuatro chorros diferentes al estanque que había debajo. Entonces él lo vio. El dedo de Fitzgerald se detuvo debajo de una pequeña entrada oscura en el centro de la estructura de la fuente. El rostro de una lechuza acechaba desde la oscuridad.

–Usted ha mencionado la lechuza antes. Aquí está su imagen. Ya ve que no todo está bien en este paraíso. El mal acecha y, como sabemos, terminará por vencer. Según Bosch. Y si pasamos al otro panel vemos que la imaginería se repite una y otra vez.

Ella señaló dos representaciones distintas de lechuzas y otras dos de criaturas semejantes. McCaleb se fijó en un hombre desnudo que abrazaba una gran lechuza marrón de ojos negros y brillantes. Los colores de la lechuza y los ojos coincidían con los del ave de plástico encontrada en el apartamento de Edward Gunn.

–¿Ha visto algo, Terry?

Señaló la lechuza.

–Esta. No puedo entrar en detalles con usted, pero esta coincide exactamente con la razón que me ha traído hasta aquí.

–Hay muchos símbolos en juego en este panel. Ese es uno de los más obvios. Después de la Caída, el libre albedrío del hombre conduce a la disipación, la gula, la locura y la avaricia, y el peor de los pecados en el mundo de Bosch: la lujuria. El hombre cierra sus brazos en torno a la lechuza; abraza al mal.

McCaleb asintió.

–Y luego ha de pagar por ello.

–Ha de pagar. Como ve en el último panel, esta es una representación del infierno sin fuego. Es más bien el lugar de una infinidad de tormentos y de dolor sin fin. Un lugar oscuro.

McCaleb observó en silencio durante largo rato, moviendo los ojos por el paisaje de la pintura. Recordó lo que había dicho el doctor Vosskuhler.

Más oscuro que la noche.

12

Bosch ahuecó las manos y las mantuvo apoyadas en la ventana situada junto a la puerta del apartamento. Estaba mirando la cocina. La encimera estaba impecable. No había nada por lavar, ni cafetera, ni siquiera una tostadora. Le invadió un mal presentimiento. Se acercó a la puerta y golpeó una vez más. Luego caminó adelante y atrás, esperando. Al bajar la mirada vio en el suelo la marca dejada por una alfombrilla de bienvenida que ya no estaba.

—Maldición —dijo.

Buscó en su bolsillo y sacó una bolsita de cuero. Abrió la cremallera y extrajo dos ganzúas de acero que se había fabricado a partir de sierras de arco. Miró en torno para asegurarse de que nadie lo veía. Estaba en un rellano protegido de un gran complejo de apartamentos, en Westwood. Probablemente, la mayoría de los residentes todavía estaban trabajando. Se puso a trabajar en la cerradura con las ganzúas. Al cabo de noventa segundos, había abierto la puerta. Entró.

Supo al momento que el apartamento estaba desocupado, pero de todos modos revisó las habitaciones. Todas estaban vacías. Incluso abrió el botiquín del baño. Había una cuchilla de afeitar de plástico rosa. Nada más.

Retrocedió hasta la sala y sacó el teléfono. El día anterior había puesto el número de móvil de Janis Langwiser en las teclas de marcado rápido. Ella era una de las fiscales del caso y habían estado preparando el testimonio de Bosch durante el fin de semana anterior. La llamada encontró a Langwiser en el despacho provisional del juzgado de Van Nuys.

–Escucha, no quiero aguar la fiesta, pero Annabelle Crowe se ha ido.

–¿Qué quiere decir que se ha ido?

–Eso, quiere decir que se ha ido. Estoy en su apartamento ahora, y está vacío.

–¡Mierda! La necesitábamos de verdad, Harry. ¿Cuándo se ha largado?

–No lo sé, acabo de descubrirlo.

–¿Has hablado con el conserje?

–Todavía no. Pero no va a saber mucho más, aparte de cuánto hace que se fue. Si está huyendo del juicio, no habrá dejado ninguna dirección al conserje.

–Bueno, ¿cuándo fue la última vez que hablaste con ella?

–El jueves. La llame aquí. Pero hoy la línea está desconectada y no hay ningún desvío de llamada.

–¡Mierda!

–Sí, ya lo habías dicho.

–Recibió la citación, ¿verdad?

–Sí, la recibió el jueves. Para eso la llamé, para asegurarme.

–Muy bien, entonces a lo mejor se presenta mañana.

Bosch observó el apartamento vacío.

–Yo no contaría con eso.

Miró su reloj. Eran más de las cinco. Había estado tan seguro de Annabelle Crowe que había sido el último testigo al que había ido a visitar. Ninguna pista indicaba que fuera a marcharse. Sabía que tendría que pasarse la noche tratando de encontrarla.

–¿Qué puedes hacer? –preguntó Langwiser.

–Tengo información de ella que puede servirme. Tiene que estar en la ciudad. Es actriz, ¿a qué otro sitio podría ir?

–¿A Nueva York?

–Allí van los actores de verdad. Ella es solo una cara. Se quedará aquí.

–Encuéntrala, Harry. La necesitaremos la semana que viene.

–Lo intentaré.

Se produjo un momento de silencio mientras ambos consideraban la situación.

–¿Crees que Storey ha contactado con ella? –preguntó finalmente Langwiser.

–No lo sé. Puede haberle ofrecido lo que necesita: un trabajo, un papel, dinero. Cuando la encuentre se lo preguntaré.

–Vale, Harry. Buena suerte. Si la encuentras esta noche, dímelo. Si no, te veré por la mañana.

–De acuerdo.

Bosch cerró el móvil y lo dejó en la encimera. Luego sacó una fina pila de tarjetas de ocho por trece. En cada tarjeta tenía anotados el nombre de uno de los testigos de los que era responsable de investigar y preparar para el juicio, así como sus direcciones personales y del trabajo y números de teléfono y de busca. Revisó la tarjeta correspondiente a Annabelle Crowe y luego marcó el número de su busca. Un mensaje grabado decía que el busca ya no estaba en servicio.

Cerró el teléfono y volvió a mirar la ficha. Abajo figuraba el nombre y número de teléfono de la agente de Annabelle Crowe. Decidió que el lazo que la unía con su agente podría ser el que no había roto.

Volvió a guardarse el teléfono y las fichas en el bolsillo. La averiguación iba a hacerla en persona.

13

McCaleb cruzó solo en el *Following Sea* y llegó al puerto de Avalon a la caída de la noche. Buddy Lockridge se había quedado en Cabrillo, porque no había surgido ninguna nueva salida de pesca y no iban a necesitarlo hasta el sábado. Cuando llegó a la isla, McCaleb llamó por el canal 16 de la radio al capitán de puerto y recibió ayuda para atracar el barco.

El peso añadido de dos voluminosos tomos que había encontrado en la sección de libros usados de la librería Dutton, en Brentwood, y la neverita con los tamales congelados hicieron que la subida hasta su casa resultara extenuante. Tuvo que detenerse dos veces para descansar. En ambas ocasiones se sentó en la nevera y sacó uno de los libros de la bolsa de cuero para poder estudiar una vez más la oscura obra de Hieronymus Bosch; incluso en las sombras del anochecer.

Desde su visita al Getty, las imágenes de los cuadros de Bosch no se habían alejado de sus pensamientos. Nep Fitzgerald le había dicho algo al final de su reunión en el despacho. Justo antes de cerrar el libro con las láminas que reproducían *El jardín de las delicias* lo miró con una tímida sonrisa, como si tuviera algo que decir y no se atreviera.

–¿Qué? –preguntó él.

–No, no es nada, solo una observación.

–Adelante. Me gustaría escucharla.

–Iba a mencionar que muchos de los críticos y estudiosos han visto en la obra de Bosch un corolario de los tiempos contemporáneos. Esa es la marca de un gran artista, que su obra resista la prueba del tiempo. Si tiene poder para conectar con la gente... e incluso influir en ella.

McCaleb asintió. Sabía que ella quería que le explicara en qué estaba trabajando.

–Entiendo lo que me dice. Lo siento, pero por el momento no puedo hablarle del caso. Quizá algún día lo haré, o simplemente usted sabrá de qué se trataba. Pero gracias. Creo que me ha ayudado mucho. Aún no estoy seguro.

McCaleb recordó esta conversación sentado sobre la nevera. Un corolario de los tiempos contemporáneos, pensó. Y de los crímenes. Abrió el mayor de los dos libros que había comprado por la ilustración en color de la obra maestra de Bosch. Examinó la lechuza de ojos negros y su instinto le dijo que estaba cerca de algo significativo. Algo muy oscuro y peligroso.

Cuando llegó a casa, Graciela abrió la neverita en la cocina. Sacó tres de los tamales de maíz verde y los puso en un plato para descongelarlos en el microondas.

–Voy a hacer chiles rellenos también –dijo–. Suerte que has llamado desde el barco; si no, habríamos cenado sin ti.

McCaleb dejó que se desahogara. Sabía que estaba enfadada por lo que estaba haciendo. Se acercó a la mesa donde estaba apoyada la gandulita de Cielo. La niña estaba mirando al ventilador del techo y moviendo las manitas ante sus ojos, acostumbrándose a ellas. McCaleb se inclinó y le besó las manos y luego la frente.

–¿Dónde está Raymond?

–En su habitación, con el ordenador. ¿Por qué has traído solo diez?

McCaleb la miró cuando ella se sentaba al lado de Cielo. Estaba poniendo el resto de los tamales en un táper para congelarlos.

–Llevé la neverita y le pedí que me la llenara. Supongo que no cabían más.

Graciela sacudió la cabeza, enfadada con él.

–Nos sobra uno.

–Pues tíralo o invita a cenar a un amigo de Raymond la próxima vez. ¿Qué importa eso, Graciela? Es un tamal.

Graciela se volvió y miró a su marido en la oscuridad, con ojos disgustados que pronto se calmaron.

–Estás sudando.

–Acabo de subir la colina. Ya había pasado el último autobús.

Ella abrió un armarito y sacó una cajita de plástico que contenía un termómetro. Había termómetros en todas las habitaciones de la casa. Graciela sacó este y lo agitó mientras se acercaba a McCaleb.

–Abre la boca.

–Usemos el electrónico.

–No, no me fío.

Ella le puso la punta del termómetro debajo de la lengua y luego utilizó la mano para levantarle suavemente la mandíbula y cerrarle la boca. Muy profesional. Graciela era enfermera en la sala de urgencias cuando ambos se conocieron y en ese momento trabajaba de enfermera en una escuela primaria de Catalina. Se había reincorporado al trabajo después de las vacaciones de Navidad. McCaleb sentía que lo que ella prefería era ser madre a tiempo completo, pero nunca sacó el tema a relucir porque no podían permitírselo. Él tenía la esperanza de que en un par de años el negocio de las excursiones de pesca se habría asentado y quizá entonces tendrían la oportunidad de elegir. A veces lamentaba no haberse quedado con parte del dinero que habían cobrado por los derechos de un libro y una película, pero también sabía que su decisión de honrar a la hermana de Graciela no haciendo negocio con lo que había ocurrido había sido correcta. Habían donado la mitad del dinero a una fundación infantil y la otra mitad la habían puesto en un fondo fiduciario para Raymond. Serviría para pagar la universidad, si decidía estudiar.

Graciela levantó la muñeca de su marido y le comprobó el pulso, mientras él permanecía sentado en silencio, observándola.

–Vas acelerado –dijo, al tiempo que le soltaba la muñeca–. Abre.

Él abrió la boca y Graciela sacó el termómetro y lo leyó. Después de lavarlo, lo puso en el estuche y lo guardó en el armario. Como no dijo nada, McCaleb concluyó que no tenía fiebre.

–Te habría gustado que tuviera fiebre, ¿no?

–¿Estás loco?

–Sí, te habría gustado. Así podrías haberme pedido que lo dejara.

–¿Qué quieres decir con pedirte que lo dejaras? Anoche dijiste que solo era cosa de una noche. Luego esta mañana me has dicho que terminabas hoy. ¿Qué me estás diciendo ahora, Terry?

Miró a Cielo y estiró un dedo para que la niña lo agarrara.

–Aún no ha terminado. –Esta vez miró a Graciela–. Hoy han surgido algunas cosas.

–¿Algunas cosas? Sea lo que sea pásaselo a la detective Winston. Es su trabajo, no el tuyo.

–No puedo. Todavía no. No hasta que esté seguro.

Graciela se volvió y caminó de nuevo hasta la encimera. Puso el plato con los tamales en el microondas y empezó a descongelarlos.

–¿Puedes llevarla adentro y cambiarla? Hace rato que no la cambio. Y dale un biberón mientras preparo la cena.

McCaleb levantó cuidadosamente a su hija de la gandulita y se la apoyó en el hombro. La niña hizo unos ruiditos inquietos y él le dio unos golpecitos en la espalda para calmarla. Se acercó a Graciela por la espalda, le pasó el brazo por delante y la atrajo hacia él. La besó en la coronilla y dejó la cara entre el pelo de su esposa.

–Pronto todo volverá a la normalidad.

–Eso espero.

Ella tocó el brazo que la enlazaba por debajo de sus pechos. El roce de los dedos de Graciela era la aprobación que él estaba buscando. Era un momento difícil, pero estaban bien. McCaleb la apretó un poco más y la besó en la nuca antes de soltarla.

Cielo observaba el lento movimiento de las estrellas y medias lunas de cartulina que colgaban por encima del cambiador mientras su padre le ponía un pañal limpio. Raymond había hecho el móvil con Graciela como regalo de Navidad. Una corriente de aire hizo girar suavemente las figuras y los ojos azules de Cielo se fijaron en ellas. McCaleb se inclinó para besar a la niña en la frente.

Después de envolverla en dos mantas blancas, se la llevó al porche y le dio el biberón mientras se hamacaba suavemente en la mecedora. Al mirar al puerto vio que se había dejado encendidas las luces del puente del *Following Sea*. Podría haber llamado al capitán de puerto al muelle y el encargado de la vigilancia nocturna se habría acercado a apagarlas. Sin embargo, sabía que iba a volver después de cenar. Ya apagaría las luces entonces.

Miró a Cielo. La niña tenía los ojos cerrados, pero su padre sabía que estaba despierta. El biberón iba bajando rápidamente. Graciela había dejado de amamantarla en exclusiva cuando se había reincorporado al trabajo. Dar el biberón era algo nuevo y a él le parecía uno de los mayores placeres de su reciente paternidad. Con frecuencia hablaba a su hija en voz baja en esas ocasiones. Sobre todo le susurraba promesas, promesas de que siempre la querría y siempre estaría con ella. Le dijo que nunca se asustara ni se sintiera sola. Algunas veces, cuando la niña abría los ojos de repente y lo miraba, él sentía que le estaba comunicando las mismas cosas a él. Y sentía un tipo de amor que nunca había sentido antes.

–Terry.

Levantó la cabeza al oír el susurro de Graciela.

–La cena está lista.

Él miró el biberón y vio que estaba casi vacío.

–Voy en un momento –contestó en otro susurro.

Después de que Graciela hubo salido, McCaleb miró a su hija. El susurro había hecho que abriera los ojos. Levantó la vista hacia él. Él la besó en la frente y luego le sostuvo la mirada.

–Tengo que hacerlo, pequeña –susurró.

Hacía frío dentro del barco. McCaleb encendió las luces del salón, colocó el calefactor en el centro de la sala y lo puso al mínimo. Quería calentarse, pero no demasiado. Seguía cansado por el ejercicio del día y no quería que le entrara el sueño.

Estaba en el camarote de proa, revisando sus viejos archivos, cuando oyó que el móvil empezaba a sonar en la bolsa de cuero del salón. Cerró el archivo que estaba estudiando y se lo llevó consigo mientras subía las escaleras hacia el salón y sacaba el teléfono de la bolsa. Era Jaye Winston.

–Bueno, ¿qué tal te ha ido en el Getty? Pensaba que ibas a llamarme.

–Ah, bueno, se hizo tarde y quería volver al barco y cruzar antes de que oscureciera. Olvidé llamar.

–¿Has vuelto a la isla? –Sonó decepcionada.

–Sí, esta mañana le dije a Graciela que volvería. Pero no te preocupes, todavía estoy trabajando en un par de cosas.

–¿Qué pasó en el Getty?

–Casi nada –mintió–. Hablé con un par de personas y vi unos cuadros.

–¿Has visto alguna lechuza como la nuestra? –Winston se rio al formular la pregunta.

–Algunas bastante parecidas. Tengo un par de libros que quiero mirar esta noche. Iba a llamarte por si podíamos vernos mañana.

–¿Cuándo? Tengo una reunión a las diez y otra a las once.

–Estaba pensando en la tarde. Yo también tengo algo que hacer por la mañana.

No quería decirle que quería ver las exposiciones preliminares del juicio contra Storey. Sabía que lo transmitirían en directo en Court TV, y podría verlo desde casa gracias al satélite.

–Bueno, es probable que pueda conseguir un helicóptero para ir hasta allí, pero tengo que consultarlo.

–No, yo voy a volver.

–Ah, ¿sí? Genial. ¿Quieres pasarte por aquí?

–No, estaba pensando en algo más tranquilo y privado.

–¿Cómo es eso?

–Te lo contaré mañana.

–Te estás poniendo misterioso. No será ningún truco para que el sheriff vuelva a invitarte a unos crepes, ¿no?

Ambos rieron.

–No hay ningún truco. ¿Hay alguna posibilidad de que vengas a Cabrillo y nos encontremos en mi barco?

–Allí estaré. ¿A qué hora?

McCaleb la citó a las tres en punto, pensando que eso le daría a él tiempo para preparar un perfil y pensar en cómo decirle lo que pensaba decirle. También le daría tiempo a prepararse para lo que esperaba que ella le dejara hacer esa noche.

–¿Algo sobre la lechuza? –preguntó después de establecida la cita.

–Poca cosa, y nada bueno. Dentro estaba la marca del fabricante. El molde de plástico está hecho en China. La empresa tiene dos importadores aquí, uno en Ohio y el otro en Tennessee. Probablemente desde allí las distribuyen a todas partes. Es una posibilidad remota y mucho trabajo.

–Entonces ¿vas a dejarlo?

–No, yo no he dicho eso. Pero no es una prioridad. Se lo he dejado a mi compañero. Ha hecho unas llamadas. Veremos qué es lo que saca de los distribuidores, lo evaluaremos y decidiremos por dónde seguir.

McCaleb asintió. Establecer prioridades en las líneas de investigación e incluso entre unas investigaciones y otras era un mal necesario, aunque no por eso dejaba de molestarle. Estaba seguro de que la lechuza era clave y que todo lo que supieran de ella resultaría útil.

–Bueno, ¿entonces estamos listos? –preguntó ella.

–¿Para mañana? Sí, está todo.

–Te vemos a las tres.

–¿Vemos?

–Kurt y yo. Es mi compañero. Todavía no lo conoces.

–Eh, oye, podríamos quedar solos mañana. No tengo nada contra tu compañero, pero me gustaría hablar a solas contigo mañana, Jaye.

Se produjo un momento de silencio antes de que ella respondiera.

–Terry, ¿qué te pasa?

–Nada. Solo quiero hablar contigo de esto. Tú me metiste y quiero darte lo que tengo. Si después quieres traer a tu compañero, adelante. Me parece bien.

Se produjo otra pausa.

–Hay algo en todo esto que no me gusta, Terry.

–Lo siento, pero es así como yo lo quiero. Creo que tienes que tomarlo o dejarlo.

Su ultimátum la dejó en silencio más tiempo todavía.

McCaleb aguardó.

–De acuerdo, tío –dijo ella al final–. Acepto tus condiciones.

–Gracias, Jaye. Nos vemos entonces.

Ambos colgaron. McCaleb miró el viejo archivador que había sacado y que todavía tenía en la mano. Dejó el teléfono en la mesita, se recostó en el sofá y abrió el archivador.

14

Al principio la llamaron «la niña perdida», porque la víctima no tenía nombre. La joven tendría unos catorce o quince años. Era latina –probablemente mexicana– y su cuerpo fue hallado entre los arbustos y los desperdicios, debajo de uno de los miradores de Mulholland Drive. El caso se lo habían asignado a Bosch y a su compañero de entonces, Frankie Sheehan. Fue antes de que Bosch trabajara en homicidios en la División de Hollywood. Él y Sheehan formaban un equipo de Robos y Homicidios y había sido Bosch quien había contactado con McCaleb en el FBI. Terry McCaleb acababa de regresar a Los Ángeles desde Quantico y estaba estableciendo una oficina de la Unidad de Ciencias del Comportamiento y el Programa de Detención de Criminales Violentos. El caso de la niña perdida fue uno de los primeros que le llegaron.

Bosch acudió a él, llevando el expediente y unas fotos de la escena del crimen a su pequeña oficina de la decimotercera planta del edificio federal, en Westwood. Se presentó sin Sheehan, porque los dos compañeros no se habían puesto de acuerdo en la necesidad de solicitar la participación del FBI en el caso: la típica rivalidad entre cuerpos de seguridad. Pero todo eso a Bosch le importaba bien poco. A él solo le preocupaba la investigación. El caso estaba haciendo mella en él y la angustia se reflejaba en sus ojos.

El cuerpo había sido hallado desnudo y violado de múltiples maneras. La niña había sido estrangulada por las manos enguantadas del asesino. No se encontró ninguna prenda de ropa ni ningún bolso en la colina. Las huellas dactilares no coincidieron con ningún registro del ordenador. La niña no coincidía con ninguna descripción de personas desaparecidas ni en el condado de Los Ángeles ni en los sistemas informatizados de escala nacional. Un dibujo del rostro de la víctima apareció en las noticias de la tele y en los periódicos, pero ningún familiar respondió. Los dibujos enviados a quinientos departamentos de policía de todo el suroeste y a la policía judicial de México tampoco sirvieron de nada. La víctima siguió sin ser reclamada ni identificada y su cadáver permaneció en el refrigerador del forense mientras Bosch y su compañero trabajaban en el caso.

No se encontraron pruebas físicas en el cadáver. Además de haber sido abandonada desnuda y sin ningún objeto que sirviera para identificarla, al parecer habían lavado a la víctima con un jabón industrial antes de arrojarla por la noche cerca de Mulholland.

Solo había una pista en el cadáver. Una marca en la piel de la cadera izquierda. La lividez *post mortem* indicaba que la sangre del cuerpo se había asentado en la parte izquierda, lo cual significaba que el cadáver había yacido sobre ese lado en el tiempo transcurrido entre que el corazón se detuvo y el cuerpo fue arrojado colina abajo, donde terminó descansando boca abajo sobre una pila de latas de cerveza y botellas vacías de tequila. La prueba revelaba que durante el tiempo en que la sangre se asentaba, el cuerpo estuvo apoyado sobre un objeto que dejó la marca en la cadera. La impresión consistía en el número 1, la letra J y parte de una tercera letra que podía ser el palo izquierdo de una H, una K o una L. Se trataba de parte de una matrícula.

La hipótesis de Bosch era que el asesino de la chica sin nombre había ocultado el cadáver en el maletero de un vehículo hasta que llegó el momento de deshacerse de él. Después de limpiar cuidadosamente el cadáver, el asesino lo había puesto en el maletero de su coche, y sin darse cuenta había quedado sobre una placa de matrícula que también había sido sacada del coche y guardada en el maletero. Bosch pensaba que la matrícula había sido sacada y probablemente reemplazada por una falsa como medida adicional de seguridad que ayudaría al asesino a no ser detectado si alguien que pasara por el mirador de Mulholland lo veía.

Aunque la huella de la placa de matrícula no aclaraba a qué estado pertenecía el vehículo, Bosch decidió trabajar con porcentajes. Del departamento de tráfico obtuvo una lista de todos los coches registrados en el condado de Los Ángeles que tenían una placa que comenzaba por 1JH, 1JK y 1JL. La lista contenía los nombres de más de tres mil propietarios. Él y su compañero eliminaron al cuarenta por ciento descontando a las mujeres. El resto de los nombres fueron procesados lentamente en el ordenador del Índice Nacional de Delitos y los detectives obtuvieron una lista de cuarenta y seis hombres con antecedentes de todo tipo.

Fue en este punto cuando Bosch decidió acudir a McCaleb. Quería un perfil del asesino. Necesitaba saber si él y Sheehan iban por buen camino al sospechar que el asesino tenía un historial delictivo, y quería saber cómo abordar y evaluar a los cuarenta y seis hombres de la lista.

McCaleb estudió el caso durante casi una semana. Miraba cada una de las fotos de la escena del crimen dos veces al día –era lo primero que hacía por la mañana y lo último que hacía por la noche– y también estudiaba los informes con frecuencia. Al final le dijo a Bosch que pensaba que él y su compañero iban bien encaminados. Utilizando datos acumulados en cientos de crímenes similares analizados por el programa PDCV, logró trazar el perfil de un hombre de casi treinta años, con un historial de haber cometido delitos cada vez más graves, incluidos los de naturaleza sexual. La escena del crimen sugería el trabajo de un exhibicionista, un asesino que deseaba que su crimen se hiciera público y que causara pavor en la población. En consecuencia, la elección del lugar en el que había sido abandonado el cadáver se había hecho por estas razones y no por razones de conveniencia.

Al comparar el perfil con la lista de cuarenta y seis nombres, Bosch restringió las posibilidades a dos sospechosos: el encargado de mantenimiento de un edificio de oficinas de Woodland Hills, que tenía antecedentes por haber provocado un incendio y por indecencia pública, y un constructor de escenarios que trabajaba en un estudio de Burbank y que había sido detenido por el intento de violación de una vecina cuando era adolescente. Ambos hombres estaban cerca de la treintena.

Bosch y Sheehan se inclinaban por el encargado de mantenimiento, porque tenía acceso a limpiadores industriales como el que se había utilizado para lavar el cuerpo de la víctima. Sin embargo, McCaleb prefería como sospechoso al constructor de escenarios, porque el intento de violación de la vecina en su juventud indicaba una acción impulsiva más acorde con el perfil del perpetrador del crimen que les ocupaba.

Bosch y Sheehan decidieron entrevistar de manera informal a ambos individuos e invitaron a McCaleb a que les acompañara. El agente del FBI insistió en la necesidad de abordar a los hombres en sus propios domicilios, para que él tuviera la oportunidad de estudiarlos en su entorno y pudiese buscar pistas entre sus pertenencias.

Empezaron por el constructor de escenarios. Su nombre era Victor Seguin. Pareció sobresaltado al ver a los tres hombres en la puerta y por la explicación que dio Bosch de su visita. No obstante, los invitó a entrar. Mientras Bosch y Sheehan planteaban preguntas con tranquilidad, McCaleb se sentó en un sofá y examinó los muebles limpios y bien cuidados del apartamento. Transcurridos cinco minutos supo que tenían a su hombre y le hizo a Bosch la señal previamente convenida.

Le leyeron sus derechos a Victor Seguin y lo detuvieron. Lo metieron en el coche de detectives y su casita situada cerca del aeropuerto de Burbank fue precintada hasta que se obtuvo una orden de registro. Cuando dos horas después volvieron a entrar con la orden de registro encontraron a una chica de dieciséis años atada y amordazada, pero viva, en un espacio similar a un ataúd e insonorizado, construido por el escenógrafo bajo una trampilla que quedaba tapada por su cama.

Solo después de que la excitación y la subida de adrenalina que suponía haber resuelto un caso y salvado una vida empezaran a bajar, Bosch preguntó finalmente a McCaleb cómo había sabido que tenían a su hombre. El agente del FBI condujo al detective a la estantería del salón y señaló un ejemplar ajado de un libro titulado *El coleccionista*, una novela acerca de un hombre que secuestra a varias mujeres.

Seguin fue acusado del asesinato de la niña no identificada y del secuestro y violación de la joven a quien los investigadores habían rescatado. Él negó su participación en el asesinato y buscó un trato por el cual se declararía culpable del secuestro y la violación de la superviviente. La oficina del fiscal rechazó cualquier trato y acudió a juicio con lo que tenían: el sobrecogedor testimonio de la superviviente y la impresión de la placa de matrícula en la cadera de la chica muerta.

El jurado lo condenó por todos los cargos después de menos de cuatro horas de deliberación. La fiscalía propuso entonces un posible trato a Seguin: la promesa de no solicitar la pena de muerte en la segunda fase del juicio si accedía a contar a los investigadores quién había sido su primera víctima y de dónde la había secuestrado. Para aceptar el trato, Seguin debería haber abandonado su pose de inocencia. No aceptó. El fiscal solicitó la pena capital y la consiguió. Bosch nunca averiguó quién era la chica y McCaleb sabía que le atormentaba que aparentemente a nadie le hubiera importado lo suficiente para dar un paso al frente.

A McCaleb también le atormentaba. El día que fue a la fase penal del juicio para testificar, almorzó con Bosch y se fijó en que había escrito un nombre en las pestañas de sus archivos del caso.

–¿Qué es eso? –preguntó McCaleb entusiasmado–. ¿La has identificado?

Bosch bajó la mirada, vio el nombre en las pestañas de la carpeta y les dio la vuelta.

–No, todavía no.

–Bueno, ¿y qué es eso?

–Es solo un nombre. Supongo que le he puesto un nombre.

Bosch parecía avergonzado. McCaleb se acercó y dio la vuelta a las carpetas para leer el nombre.

–¿Cielo Azul?

–Sí, era hispana, así que le he puesto un nombre español. Yo, eh...

McCaleb aguardó. Nada.

–¿Qué?

–Bueno, no soy demasiado religioso, no sé si me explico.

–Sí.

–El caso es que pensé que si nadie quería reclamarla aquí abajo, bueno, espero que... haya alguien allí arriba que sí la quiera. –Bosch se encogió de hombros y apartó la mirada.

McCaleb advirtió que empezaba a ponerse colorado.

–Es difícil encontrar la mano de Dios en lo que hacemos. En lo que vemos.

Bosch se limitó a asentir con la cabeza y nunca más volvieron a hablar del nombre.

McCaleb pasó la última página de la carpeta marcada como «Cielo Azul» y miró en la cara interior de la tapa trasera. Durante su época en el FBI había adquirido la costumbre de tomar notas en la tapa trasera, donde difícilmente podían ser vistas porque había páginas grapadas o sujetas con un clip. Eran notas que tomaba acerca de los investigadores que solicitaban perfiles para sus casos. McCaleb se había dado cuenta de que su *feeling* con los investigadores era a veces tan importante como la información contenida en el archivo, porque muchos aspectos del crimen McCaleb los veía en primer lugar a través de los ojos del detective.

Su caso con Bosch había surgido hacía más de diez años, antes de que empezara a realizar perfiles más extensos de los detectives junto con los de los casos. En este archivo había escrito el nombre de Bosch y solo cuatro palabras debajo.

Concienzudo. Listo. HM. AV.

McCaleb miró las dos últimas anotaciones. También formaba parte de su rutina utilizar abreviaturas escritas a mano cuando tomaba notas que quería mantener confidenciales. Las dos últimas anotaciones eran su interpretación de lo que motivaba a Bosch. Había llegado a la conclusión de que los detectives de homicidios eran de una raza aparte, que tenían profundas emociones y motivaciones internas para aceptar llevar a cabo la siempre difícil tarea de su trabajo. Normalmente podían encuadrarse en dos categorías, aquellos que veían su trabajo como una habilidad o un oficio, y aquellos que lo veían como una misión en la vida. Diez años atrás había encuadrado a Bosch en esa última categoría. Era un hombre en misión.

La motivación de los detectives podía seguir analizándose hasta llegar a lo que verdaderamente daba ese sentido de propósito a su misión. Para algunos el trabajo era visto casi como un juego; tenían alguna carencia interior que los empujaba a demostrar que eran mejores, más listos y más astutos que sus presas. Sus vidas se resumían en un ciclo continuo de validarse a sí mismos, de hecho, invalidando a los asesinos que buscaban para ponerlos entre rejas. Otros, aunque cargaban con cierto grado de esta misma carencia interna, también veían en ellos mismos la dimensión adicional de ser portavoces de los muertos. Existía un vínculo sagrado entre la víctima y el policía, un vínculo que se formaba en la escena del crimen y no podía cortarse. Esto era lo que en última instancia los empujaba a salir a cazar al asesino y les permitía superar todos los obstáculos que surgían en su camino. McCaleb calificaba a estos policías de ángeles vengadores. Su experiencia le decía que estos polis ángeles eran los mejores investigadores con los que había trabajado. También llegó a la conclusión de que se aproximaban peligrosamente a ese filo invisible bajo el cual se hallaba el abismo.

Diez años antes, había clasificado a Harry Bosch de ángel vengador y ahora tenía que considerar si el detective se había acercado demasiado al abismo. Tenía que considerar la posibilidad de que Bosch hubiera caído en él. Cerró el archivo y sacó los dos libros de arte de su bolsa. Ambos estaban titulados simplemente *Bosch*. El más grande, con reproducciones en color de los cuadros, era de R. H. Marijnissen y P. Ruyffelaere. El segundo volumen, que a primera vista contenía más análisis de las pinturas que el anterior, estaba escrito por Eric Larsen. McCaleb empezó con el libro más pequeño y comenzó a hojear las páginas. Enseguida aprendió que, como le había dicho Penelope Fitzgerald, había muchos puntos de vista diferentes e incluso antagónicos de Hieronymus Bosch. El libro de Larsen citaba a estudiosos que consideraban a Bosch un humanista, e incluso a uno que creía que el artista formaba parte de una secta herética que pensaba que la tierra era literalmente un infierno regido por Satán. Había disputas entre eruditos acerca de los supuestos significados de algunas de las pinturas, acerca de si algunos cuadros podían atribuirse realmente a Bosch, acerca de si el pintor había viajado en alguna ocasión a Italia y si había visto la obra de sus contemporáneos renacentistas.

Finalmente, McCaleb cerró el libro al darse cuenta de que, al menos para su propósito, las palabras acerca de Hieronymus Bosch podían carecer de importancia. Si la obra del pintor era objeto de múltiples interpretaciones, entonces la única interpretación que le interesaba era la de la persona que había matado a Edward Gunn. Lo que importaba era lo que esa persona vio y tomó de los cuadros de Hieronymus Bosch.

Abrió el volumen más grande y empezó a examinar lentamente las reproducciones. La visión de láminas de las pinturas en el Getty había sido apresurada y obstruida por el hecho de no estar solo.

McCaleb puso su libreta en el brazo del sofá con el propósito de contabilizar el número de lechuzas y búhos que veía en los cuadros, así como la descripción de cada ave. Pronto se dio cuenta de que las pinturas eran tan minuciosamente detalladas que podría perderse cosas significativas en las reproducciones a menor escala. Bajó al camarote de proa y cogió la lupa que siempre guardaba en el escritorio del FBI para examinar las escenas del crimen.

Cuando estaba doblado sobre una caja llena de artículos de oficina que había sacado de su escritorio cinco años antes, McCaleb sintió un pequeño golpe contra el barco y se enderezó. Había atado la zódiac a la popa, de manera que no podía haber sido su propio bote. Estaba pensando en eso cuando sintió el inconfundible movimiento vertical del barco que indicaba que alguien acababa de subir a bordo. Su mente se concentró en la puerta del salón. Estaba seguro de que no la había cerrado con llave.

Miró en la caja en la que acababa de estar revolviendo y agarró un abrecartas.

Mientras subía las escaleras que llevaban a la cocina, McCaleb revisó el salón y no echó nada en falta. Resultaba difícil ver más allá del reflejo del interior en la puerta corredera, pero fuera, en el puente de mando, había un hombre cuya silueta se dibujaba por las luces de las farolas de Crescent Street. Se hallaba de pie de espaldas al salón, como si estuviera admirando las luces de la ciudad que trepaban por la colina.

McCaleb se movió con rapidez hacia la corredera y la abrió. Mantuvo el abrecartas bajo, pero con la punta de la cuchilla preparada. El hombre que estaba en el puente de mando se volvió.

McCaleb bajó su arma cuando el hombre la miró con los ojos muy abiertos.

–Señor McCaleb, yo...

–No pasa nada, Charlie, no sabía quién era.

Charlie era el vigilante nocturno de la oficina del puerto. McCaleb no conocía su apellido, pero sabía que visitaba con frecuencia a Buddy Lockridge en las noches en que este se quedaba a dormir. McCaleb supuso que Buddy era un compañero para una cerveza rápida de cuando en cuando en las largas noches. Probablemente por ese motivo Charlie había remado con su esquife desde el muelle.

–He visto las luces y he pensado que quizá Buddy estaba aquí –dijo–. Solo quería hacerle una visita.

–No, Buddy está en Los Ángeles esta noche. Probablemente no volverá hasta el viernes.

–De acuerdo. Entonces me voy. ¿Está bien usted? La señora no lo ha mandado a dormir al barco, ¿no?

–No, Charlie, todo está en orden. Solo estaba trabajando un poco. –Levantó el abrecartas como si eso explicara lo que estaba haciendo.

–Bueno, entonces me voy yendo.

–Buenas noches, Charlie. Gracias por preguntar por mí.

McCaleb volvió al despacho. Encontró la lupa con un aplique de luz en el fondo de la caja de artículos de oficina.

Durante las siguientes dos horas revisó las pinturas. Los paisajes espectrales de demonios y fantasmas que rodeaban a sus presas humanas lo conmovieron una vez más. A medida que examinaba cada una de las obras, iba marcando descubrimientos particulares como las lechuzas con post-its amarillos, para poder volver a ellos con facilidad.

McCaleb contabilizó dieciséis representaciones directas de lechuzas y otra docena de representaciones de criaturas y estructuras con aspecto de lechuza. Las lechuzas estaban pintadas de oscuro y acechaban en todas las pinturas como centinelas del juicio y la muerte. Las miró y no pudo evitar pensar en las analogías de la lechuza con el detective. Ambas criaturas de la noche, ambos observadores y cazadores; espectadores de primera fila del mal y el dolor que humanos y animales se infligían entre sí. El hallazgo más significativo de McCaleb durante el estudio de los cuadros no fue una lechuza, sino una figura humana. Hizo el descubrimiento cuando estaba usando la lupa con luz para examinar el panel central de *El Juicio Final*. Alrededor de la representación de la hoguera del infierno, donde arrojaban a los pecadores, había víctimas que aguardaban para ser desmembradas y quemadas. Entre ese grupo, McCaleb encontró la imagen de un hombre desnudo con los brazos y piernas detrás del cuerpo; las extremidades del pecador forzadas a una posición fetal invertida. La imagen reflejaba fielmente lo que él había visto en el vídeo y las fotos de la escena del crimen de Edward Gunn.

McCaleb señaló el hallazgo con un post-it y cerró el libro. Justo entonces sonó el móvil en el sofá que tenía al lado y él saltó como un resorte. Consultó el reloj antes de contestar y vio que era exactamente medianoche.

Era Graciela.

—Pensaba que ibas a volver esta noche.

—Sí. Acabo de terminar. Voy hacia allá.

—Te has llevado el cochecito, ¿no?

—Sí, no te preocupes.

—Bueno, hasta pronto.

–Sí.

McCaleb decidió dejarlo todo en el barco, pensando que iba a necesitar despejarse antes del día siguiente. Cargar con los archivos y los libros solo le recordaría los pesados pensamientos que acarreaba. Cerró con llave el barco y fue en la zódiac hasta el amarre de los botes. Al final del muelle cogió el cochecito de golf. Subió por el desierto barrio comercial y colina arriba hasta la casa. A pesar de sus esfuerzos, sus pensamientos volvían siempre al abismo: un lugar donde criaturas de pico afilado, garras y cuchillos atormentaban a los caídos hasta la eternidad. En este punto algo sabía con seguridad. El pintor Bosch habría sido un buen perfilador criminal. Conocía su trabajo. Comprendía las pesadillas que rondaban en el interior de las mentes de la mayoría de las personas. Y también las que a veces salían de ellas.

15

Las exposiciones preliminares del juicio contra David Storey se habían retrasado mientras los letrados debatían las mociones finales con el juez a puerta cerrada. Bosch se sentó en la mesa de la acusación y aguardó. Trató de despejar la cabeza de digresiones superfluas, incluida su infructuosa búsqueda de Annabelle Crowe la noche anterior.

Finalmente, a las diez cuarenta y cinco, los letrados entraron en la sala y ocuparon sus respectivos lugares. Entonces el acusado –que ese día llevaba un traje con aspecto de costar más que las nóminas de tres ayudantes del sheriff– fue conducido a la sala desde el calabozo, y por último el juez Houghton ocupó el estrado.

Era la hora de empezar y Bosch sintió que la tensión en la sala aumentaba de manera considerable. Los Ángeles había elevado –o quizá degradado– los juicios a la categoría de espectáculos de escala internacional, pero quienes participaban en la sala nunca lo veían de esa forma. Se estaban jugando mucho y en este juicio, quizá más que en cualquier otro, había una animadversión palpable entre los dos bandos enfrentados.

El juez dio instrucciones al ayudante del sheriff que actuaba como su alguacil para que hiciera entrar al jurado. Bosch se levantó junto con los demás y se volvió para observar cómo los miembros del jurado entraban en silencio y ocupaban sus asientos. Pensó que podía ver la excitación en algunas de las caras. Habían esperado durante dos semanas de elección de jurado y mociones hasta que todo se puso en marcha. La mirada de Bosch se elevó por encima de ellos hasta las dos cámaras montadas en la pared situada sobre la tribuna.

Después de que todos se hubieron sentado, Houghton se aclaró la garganta y se inclinó hacia el micrófono, mientras miraba al jurado.

–Señoras y señores, ¿cómo están ustedes esta mañana?

Se produjo una respuesta entre murmullos y Houghton asintió con la cabeza.

–Pido disculpas por el retraso. Les ruego que recuerden que el sistema judicial está regido en esencia por abogados. Y por tanto funciona muy despaaaaacio.

Hubo risas educadas en la sala. Bosch se fijó en que los letrados –tanto los de la acusación como los de la defensa– se sumaban diligentemente, un par de ellos incluso de manera exagerada. Sabía por experiencia que en el curso de un juicio era imposible que un juez hiciera una broma y los abogados no le rieran la gracia.

Bosch miró a su izquierda, más allá de la mesa de la defensa, y vio que los periodistas llenaban la otra tribuna del jurado. Reconoció a muchos de los reporteros por las noticias de la tele y por pasadas conferencias de prensa. Echó un vistazo al resto de la sala y vio que los bancos del público estaban abarrotados, salvo la fila de detrás de la mesa de la defensa. Allí se habían sentado, con bastante espacio entre uno y otro, varias personas con pinta de haberse pasado la mañana en pruebas de maquillaje. Bosch supuso que eran famosos de algún tipo, pero no era un campo que conociera y no pudo identificar a ninguno de ellos. Estuvo a punto de inclinarse hacia Janis Langwiser para preguntarle, pero se lo pensó mejor.

–Hemos tenido que solucionar algunos detalles de última hora en mi despacho –continuó el juez, dirigiéndose al jurado–. Pero ahora ya estamos preparados para empezar. Comenzaremos con las exposiciones de apertura y debo advertirles que no se trata de exposiciones de hechos, sino de la exposición de lo que cada parte piensa que son los hechos y lo que se esforzarán por probar en el curso del juicio. Ustedes no deben considerar que estas afirmaciones son hechos probados. Eso vendrá después. De manera que escuchen con atención, pero mantengan una actitud abierta, porque aún queda mucho por ver. Ahora vamos a empezar con la acusación y, como siempre, daremos al acusado la última palabra. Señor Kretzler, puede empezar.

El fiscal se levantó y se acercó al atril situado entre las dos mesas de letrados. Saludó al jurado con la cabeza y se presentó como Roger Kretzler, ayudante del fiscal del distrito asignado a la sección de crímenes especiales. Era un hombre alto y demacrado, con una barba rojiza bajo un pelo negro corto y gafas sin montura. Tenía al menos cuarenta y cinco años. A Bosch no le parecía particularmente agradable, aunque sí muy capaz en su trabajo. Y el hecho de que siguiera en la trinchera, ejerciendo de fiscal cuando otros de su edad ya habían abandonado en busca del mundo mejor pagado de la defensa de empresa o criminal, lo hacía más admirable. Bosch sospechaba que carecía de vida privada. En las noches anteriores al juicio, siempre que había surgido una pregunta y lo habían llamado al busca, el número de origen siempre era el de la oficina de Kretzler, sin importar la hora que fuera.

Kretzler presentó a su ayudante, Janis Langwiser, también de la unidad de crímenes especiales, y al investigador encargado del caso, el detective de tercer grado Harry Bosch.

–Voy a tratar de que esto sea breve y sencillo, para poder empezar lo antes posible con los hechos, como el juez Houghton ha señalado acertadamente. Señoras y señores, el caso que se va a juzgar en esta sala cuenta, ciertamente, con la ceremonia de la fama. Tiene la categoría de evento. Sí, el acusado, David N. Storey, es un hombre que goza de poder y posición en esta comunidad, en esta época regida por la fama en la que vivimos. Pero, si se olvidan del boato y el oropel del poder y nos fijamos en los hechos (que es lo que prometo que haremos en los próximos días), lo que tienen aquí es algo tan básico como demasiado habitual en nuestra sociedad. Un simple caso de asesinato.

Kretzler hizo una pausa para causar efecto. Bosch miró al jurado y vio que todas las miradas estaban en los ojos del fiscal.

–El hombre que ven sentado en el banquillo de los acusados, David N. Storey, salió con una mujer de veintitrés años llamada Jody Krementz en la noche del pasado 12 de octubre. Y después de una velada que incluyó el estreno de su última película y una recepción, se la llevó a su casa de las colinas de Hollywood, donde practicaron sexo consentido. No creo que la defensa objete ninguno de estos hechos. No estamos aquí para eso. Fue lo que ocurrió durante o después del acto sexual lo que nos ha traído hasta aquí hoy. En la mañana del 13 de octubre, el cadáver de Jody Krementz fue hallado estrangulado en su propia cama, en la pequeña casa que compartía con otra actriz.

Kretzler pasó una página del bloc que tenía ante él en el atril, a pesar de que Bosch, y probablemente todo el mundo, tenía muy claro que había memorizado y ensayado su exposición.

–En el curso de este juicio, el estado de California probará más allá de toda duda razonable que fue David

N. Storey quien acabó con la vida de Jody Krementz en un momento de brutal furia sexual. Entonces llevó o hizo que llevaran el cadáver al domicilio de la víctima y colocó el cuerpo de manera que la muerte pudiera parecer accidental. Y después, utilizó su poder y posición para tratar de frustrar la investigación del crimen por parte de la policía de Los Ángeles. El señor Storey, que como verán tiene un historial de comportamiento abusivo con las mujeres, estaba tan seguro de salir impune del crimen que en un momento de...

Kretzler eligió ese momento para mirar con desdén al banco del acusado. Storey miró de frente, sin pestañear, y el fiscal finalmente se volvió hacia el jurado.

—... digamos franqueza, se vanaglorió ante el investigador del caso, el detective Bosch, de que haría justamente eso, salir libre de su crimen.

Kretzler se aclaró la garganta, una señal de que estaba a punto de concluir.

—Estamos aquí, señoras y señores del jurado, para encontrar justicia para Jody Krementz. Para poner nuestro empeño en que su asesino no escape impune de este crimen. El estado de California pide, y yo personalmente solicito, que escuchen con atención durante el juicio y que sopesen las pruebas de manera justa. Si lo hacen, podemos estar seguros de que se hará justicia. Para Jody Krementz y para todos nosotros.

Cogió el bloc del estrado y se volvió para regresar a su asiento. Pero luego se detuvo, como si acabara de ocurrírsele otra cosa. Bosch supo que se trataba de un movimiento bien ensayado. Pensó que el jurado también lo vería de ese modo.

—Estaba pensando que todos sabemos que cuestionar al Departamento de Policía de Los Ángeles en estos casos de altos vuelos ha sido una costumbre en nuestra historia reciente. Si no te gusta el mensaje, entonces usa todos los medios para matar al mensajero. Este es el truco favorito de la defensa. Quiero que todos ustedes se prometan permanecer vigilantes y mantener la atención en el objetivo, que no es otro que la verdad y la justicia. No se dejen engañar. No se dejen despistar. Confíen en la verdad y encontrarán el camino.

El fiscal se acercó a su sitio y se sentó. Bosch vio que Langwiser se acercaba y agarraba el antebrazo de Kretzler en un gesto de felicitación. Esto también estaba ensayado. El juez dijo a los miembros del jurado que, debido a la brevedad de la exposición de la acusación, se procedería con la exposición de la defensa sin más dilación. No obstante, la pausa no tardó en producirse de todos modos cuando Fowkkes se levantó, se acercó al estrado y dedicó incluso menos tiempo que Kretzler en dirigirse al jurado.

–Ustedes ya conocen, damas y caballeros, toda esa charla sobre matar al mensajero, no matar al mensajero, bueno, les diré algo sobre eso. Esas bonitas palabras del señor Kretzler al final de su exposición, bueno, permítanme que les diga que es algo que repiten todos los fiscales de este edificio al inicio de un juicio. Me refiero a que seguramente lo llevan impreso en tarjetas que llevan en la billetera.

Kretzler se levantó y protestó por lo que él calificó de «exageración absurda». Houghton amonestó a Fowkkes, pero luego aconsejó al fiscal que hiciera un mejor uso de sus objeciones. Fowkkes continuó rápidamente.

–Si me he excedido, lo lamento. Sé que es un tema delicado para los fiscales y la policía. Sin embargo, lo único que estoy diciendo, amigos, es que donde hay humo suele haber fuego. Y en el curso de este juicio vamos a tratar de abrirnos paso entre el humo. Puede que encontremos fuego y puede que no, pero de lo que estoy seguro es de que llegaremos a la conclusión de que este hombre... –Se volvió y señaló a su cliente–. Este hombre, David N. Storey, es sin ninguna sombra de duda no culpable del crimen que se le imputa. Sí, es un hombre de poder y posición, pero recuerden que eso no es un crimen. Sí, conoce a unos cuantos famosos, pero la última vez que leí la revista *People* eso todavía no era un crimen. También supongo que algunos detalles de la vida privada y los apetitos del señor Storey les resultarán ofensivos. Lo sé. Pero recuerden que eso no constituye el crimen del que se le acusa en esta vista. El crimen es asesinato. Nada más y nada menos. Y ese es un crimen del que David Storey es no culpable. Y no importa lo que el señor Kretzler, la señora Langwiser y el detective Bosch y todos sus testigos les digan, no hay ninguna prueba de culpabilidad en este caso.

Después de que Fowkkes saludara con la cabeza al jurado y se sentara, el juez Houghton anunció que el juicio se interrumpía para un almuerzo temprano antes de que los testimonios empezaran por la tarde.

Bosch vio que los miembros del jurado desfilaban por la puerta contigua a la tribuna. Algunos miraban por encima del hombro a la sala. El último miembro del jurado, una mujer negra de unos cincuenta años, miró directamente a Bosch. Él bajó la mirada e inmediatamente se arrepintió de haberlo hecho. Cuando volvió a mirar, ella ya se había ido.

16

McCaleb apagó la televisión cuando el juicio se interrumpió para el almuerzo. No quería escuchar los análisis de los comentaristas. Pensó que el punto ganador se lo había anotado la defensa. Fowkkes había hecho un buen movimiento al comunicar al jurado que él también consideraba ofensiva la vida privada y las costumbres de su cliente. Estaba diciéndoles que si él podía soportarlo, ellos también. Les estaba recordando que lo que se juzgaba era haber acabado con una vida, no cómo uno la vivía.

McCaleb volvió a concentrarse en la preparación de su reunión de esa tarde con Jaye Winston. Había vuelto al barco después de desayunar y había recogido los archivos y los libros. En ese momento, con unas tijeras y un poco de cinta adhesiva, estaba ultimando una presentación con la cual esperaba no solo impresionar a Winston, sino también convencerla de algo que a él mismo le estaba costando mucho trabajo creer. En cierto modo, preparar la presentación era un ensayo general para organizar el caso. En ese sentido, a McCaleb le parecía muy útil el tiempo empleado en elaborar lo que iba a mostrarle y decirle a Winston. Le permitía ver los agujeros en la lógica y preparar respuestas para las preguntas que sin duda Winston iba a formularle.

Mientras consideraba qué decirle exactamente a Winston, ella lo llamó al móvil.

–Quizá tengamos una pista sobre la lechuza. Puede ser, no estoy segura.

–¿Cuál es?

–El distribuidor en Middleton, Ohio, cree que sabe de dónde viene. Se trata de un lugar aquí en Carson, llamado Bird Barrier.

–¿Por qué piensa eso?

–Porque Kurt envió por fax fotos de nuestra lechuza, y el hombre con el que trataba en Ohio se fijó en que la parte de debajo de la figura estaba abierta.

–Muy bien, ¿y eso qué significa?

–Bueno, parece ser que los mandan con la base incluida para que puedan llenarlos de arena, así el pájaro se sostiene en pie con el viento y la lluvia.

–Entiendo.

–Bueno, tienen aquí un subdistribuidor que pide las lechuzas con la parte de abajo perforada. Bird Barrier. Los quieren sin la base porque los montan encima de un artilugio que grita.

–¿Qué quieres decir con que grita?

–Ya sabes, como una lechuza de verdad. Supongo que eso contribuye a que los pájaros se asusten en serio. ¿Sabes cuál es el eslogan de Bird Barrier? «Los mejores contra las aguas mayores.» Gracioso, ¿no? Es así como contestan el teléfono.

El cerebro de McCaleb iba demasiado deprisa para captar la nota de humor. No se rio.

–¿Ese sitio está en Carson?

–Sí, cerca de tu puerto. Tengo que ir a una reunión ahora, pero voy a pasarme antes de ir a verte. ¿Prefieres que nos encontremos allí? ¿Puedes llegar a tiempo?

–Estaría bien. Allí estaré.

Ella le dio la dirección, que estaba a un cuarto de hora del puerto deportivo de Cabrillo y acordaron encontrarse a las dos. Winston dijo que el presidente de la compañía, un hombre llamado Cameron Riddell, había aceptado recibirlos.

—¿Vas a llevar la lechuza? —preguntó McCaleb.

—¿Sabes qué, Terry? Hace doce años que soy detective y tengo cerebro desde bastante antes.

—Perdón.

—Nos vemos a las dos.

Tras colgar el teléfono, McCaleb sacó del congelador el tamal que había sobrado y lo cocinó en el microondas. Después lo envolvió en papel de plata y se lo guardó en la bolsa de cuero para comérselo mientras cruzaba la bahía. Fue a ver a su hija, que estaba con su niñera de tiempo parcial, la señora Perez. Tocó la mejilla del bebé y se fue.

Bird Barrier se hallaba en un barrio comercial y de almacenes mayoristas que se extendía junto al lado este de la autovía 405, justo antes del aeródromo al que estaba amarrado el zepelín de Goodyear. El zepelín estaba en su lugar y McCaleb vio que las cuerdas que lo sujetaban se tensaban por la fuerza del viento que soplaba desde el mar. Cuando aparcó en el estacionamiento de Bird Barrier se fijó en un LTD con tapacubos de serie que sabía que tenía que ser de Jaye Winston. No se equivocó. En cuanto entró por la puerta de cristal, vio a la detective sentada en una pequeña sala de espera. A su lado, en el suelo, había un maletín y una caja de cartón cerrada con cinta roja en la que se leía la palabra «Pruebas».

Winston se levantó de inmediato y fue a una ventanilla de recepción, a través de la cual McCaleb vio a un joven sentado con un auricular de telefonista.

—¿Puede decirle al señor Riddell que estamos los dos aquí?

El joven, que al parecer estaba atendiendo una llamada, le dijo que sí con la cabeza.

Al cabo de unos momentos los condujeron hasta el despacho de Cameron Riddell. McCaleb cargó con la caja. Winston hizo las presentaciones, refiriéndose a McCaleb como su colega. Era cierto, y al mismo tiempo evitaba mencionar el hecho de que carecía de placa.

Riddell, un hombre de aspecto afable de unos treinta y cinco años, parecía ansioso por colaborar en la investigación. Winston se puso unos guantes de látex que sacó del maletín y luego rasgó la cinta con una llave para abrir la caja. Sacó la lechuza y la dejó en el escritorio de Riddell.

—¿Qué puede decirnos de esto, señor Riddell?

Riddell permaneció de pie detrás de su escritorio y se inclinó para mirar la lechuza.

—¿Puedo tocarla?

—Claro, pero póngase esto.

Winston abrió el maletín y sacó otro par de guantes de la caja de cartulina. McCaleb se limitó a mirar, porque había decidido no intervenir a no ser que Winston se lo pidiera o cometiera una omisión obvia durante la entrevista. A Riddell le costó lo suyo ponerse los guantes.

—Lo siento —dijo Winston—. Son de talla mediana. Supongo que la suya es la grande.

Una vez puestos los guantes, Riddell levantó la lechuza con ambas manos y examinó la base inferior. Miró el interior hueco del molde de plástico y luego sostuvo el ave enfrente de él, al parecer examinando los ojos pintados. Luego la dejó en la esquina de su escritorio y volvió a su silla. Se sentó y pulsó un botón del intercomunicador.

—Monique, soy Cameron. ¿Puedes ir al fondo y traer una de las lechuzas que chillan? La necesito ahora.

–Ya voy.

Riddell se sacó los guantes y desentumeció los dedos. Entonces miró a Winston, porque había captado que la importante era ella. Señaló a la lechuza.

–Sí, es una de las nuestras, pero ha sido... No sé qué palabra utilizarían ustedes. Ha sido cambiada, modificada. Nosotros no las vendemos así.

–¿Le importaría explicarse?

–Bueno, Monique va a traernos una para que puedan verla, pero esencialmente a esta la han repintado un poco y le han quitado el mecanismo que la hace chillar. También tenemos una etiqueta de la empresa que pegamos aquí en la base, y no está. –Señaló la parte posterior de la base.

–Empecemos con la pintura –dijo Winston–. ¿Qué es lo que han hecho?

Antes de que Riddell respondiera, alguien llamó una sola vez a la puerta y entró una mujer que llevaba una lechuza envuelta en plástico. Riddell le pidió que la dejara en el escritorio y le quitara el plástico. McCaleb advirtió que la mujer hizo una mueca al ver los ojos pintados de negro de la lechuza que había traído Winston. Riddell le dio las gracias y ella salió del despacho.

McCaleb examinó las dos lechuzas situadas una junto a la otra. La figura de Bird Barrier tenía más colores en las plumas, así como ojos de plástico con las pupilas bordeadas con un efectista color ámbar. Además, esta nueva lechuza estaba encima de una base de plástico negro.

–Como ven, la lechuza que han traído está repintada –dijo Riddell–, sobre todo los ojos. Al pintarlos encima se pierde gran parte del efecto. Los llaman ojos con reflejo metálico. La capa metálica que lleva el plástico capta la luz y produce una sensación de movimiento.

–Así los pájaros creen que es real.

–Exactamente. Si lo pinta así, eso se pierde.

–No creemos que a la persona que los pintó le preocuparan los pájaros. ¿Qué más ha cambiado?

Riddell sacudió la cabeza.

–Solo que las plumas han sido oscurecidas un poco. Ya lo ve.

–Sí. Antes ha dicho que le han quitado el mecanismo. ¿Qué mecanismo?

–Nos los traen de Ohio, y los pintamos y les ponemos dos mecanismos. Lo que ve aquí es nuestro modelo estándar.

Riddell levantó la lechuza y mostró la parte inferior. La base de plástico negro giró al darle la vuelta a la pieza. Se escuchó un fuerte sonido semejante a un grito.

–¿Ha oído el chillido?

–Sí, ya basta, señor Riddell.

–Lo siento. Pero ya ve que la lechuza se asienta en esta base y reacciona al viento. Al girar emite un chillido y suena como un depredador. Funciona bien, siempre que sople el viento. También tenemos un modelo de lujo con un mecanismo electrónico en la base. Contiene un altavoz que emite sonidos grabados de aves de presa como el halcón. No depende del viento.

–¿Se pueden comprar sin ninguno de los mecanismos?

–Sí, se puede adquirir un recambio que encaja sobre nuestras bases, por si la lechuza se rompe o se pierde. A la intemperie, sobre todo en los puertos, la pintura dura de dos a tres años, después la lechuza puede perder parte de su efectividad. Hay que repintarla o sencillamente comprar otra. La realidad es que el molde es la parte más barata del conjunto.

Winston miró a McCaleb. Él no tenía nada que añadir o preguntar en la línea de interrogatorio que ella estaba siguiendo. Se limitó a asentir y ella se volvió hacia Riddell.

–De acuerdo, creo que nos gustaría saber si hay alguna forma de seguir la pista a esta lechuza desde este punto a su propietario final.

Riddell miró la lechuza un rato largo, como si la figura fuera capaz de responder la pregunta por sí misma.

–Bueno, eso puede ser difícil. Vendemos varios miles de unidades de este artículo en un año. Lo enviamos a minoristas, y también a través de catálogos de venta por correo o desde nuestro sitio web en Internet. –Chascó los dedos–. Sin embargo, hay algo que puede reducir bastante la búsqueda.

–¿Qué es?

–El año pasado cambiaron el molde en China. Hicieron una investigación y decidieron que los pájaros consideraban a la lechuza gavilana una amenaza mayor que la lechuza común. Cambiaron a estas.

–No lo estoy siguiendo, señor Riddell.

Levantó un dedo como para decirle que aguardara un momento. Entonces abrió un cajón del escritorio y rebuscó entre unos papeles. Sacó un catálogo y empezó a pasar páginas con rapidez. McCaleb vio que el negocio principal de Bird Barrier no estaba en las lechuzas de plástico, sino en sistemas para ahuyentar pájaros a gran escala, entre los que se incluían los rollos de tela metálica y las púas para colocar en las cornisas. Riddell encontró la página de las lechuzas de plástico y giró el catálogo para que Winston y McCaleb lo vieran.

–Este es el catálogo del año pasado –dijo–. Ve que la lechuza tenía la cara en forma de corazón. El fabricante cambió el pasado junio, hace unos siete meses. Ahora tenemos estos bichos. –Señaló a las dos lechuzas de la mesa–. La forma del pico también es diferente. El representante de ventas dijo que a este tipo de lechuzas a veces las llamaban lechuzas demoníacas.

Winston miró a McCaleb, que alzó las cejas un instante.

—Así que nos está diciendo que esta lechuza fue pedida o comprada desde junio —dijo la detective a Riddell.

—Más bien desde agosto o quizá septiembre. Cambiaron el molde en junio, pero probablemente no empezamos a recibirlas hasta final de julio. Además, antes venderíamos todas las existencias de cabeza redondeada. Winston preguntó entonces a Riddell acerca de informes de ventas y averiguó que la información relativa a las ventas por correo y a través de Internet se mantenían registradas por completo y al día en los archivos informáticos de la empresa. En cambio, los puntos de venta de los envíos a grandes almacenes y minoristas de productos para el hogar y los barcos obviamente no se habían registrado.

Se volvió al ordenador que tenía en su escritorio y escribió algunas órdenes. Luego giró la pantalla, aunque McCaleb y Winston no estaban en un ángulo que les permitiera verla.

—Muy bien, he pedido las ventas de estos códigos internos desde el 1 de agosto —dijo.

—¿Códigos internos?

—Sí, del modelo estándar y del de lujo y de los moldes de sustitución. Hemos vendido directamente cuatrocientos catorce. También hemos servido otros seiscientos a minoristas.

—Y lo que nos está diciendo es que solo podemos seguir la pista, al menos a través de usted, a los cuatrocientos catorce.

—Eso es.

—¿Tiene los nombres de los compradores y las direcciones a las que se enviaron las lechuzas?

—Sí, los tenemos.

—¿Y está dispuesto a compartir esta información con nosotros sin necesidad de una orden judicial?

Riddell frunció el ceño como si la pregunta fuera completamente absurda.

—Ha dicho que están trabajando en un caso de asesinato, ¿no?

—Exacto.

—No necesitamos una orden judicial. Si podemos ayudar, queremos hacerlo.

—Eso es muy refrescante, señor Riddell.

Estaban sentados en el coche de Winston, revisando el material que Riddell había impreso para ellos. La caja de pruebas que contenía la lechuza estaba entre los dos. Había tres listados de ventas: modelos de lujo, estándar y repuestos. McCaleb propuso que empezaran por este último, porque su instinto le decía que la lechuza encontrada en el apartamento de Edward Gunn había sido vendida con el expreso propósito de desempeñar un papel en la escena del crimen, y por tanto no hacía falta ningún mecanismo. Además, la lechuza de repuesto era la más barata.

—Será mejor que encontremos algo aquí –dijo Winston mientras examinaba la lista de compradores del modelo estándar–, porque buscar a los compradores a través de tiendas de Home Depot y otros minoristas va a suponer órdenes judiciales y abogados y..., eh, aquí está el Getty. Encargaron cuatro.

McCaleb miró a Winston y pensó en ello. Finalmente se encogió de hombros y volvió a su lista. Winston también siguió adelante y continuó con su enumeración de las dificultades a las que tendrían que enfrentarse si tenían que recurrir a los minoristas que habían vendido la lechuza gavilana. McCaleb dejó de escucharla cuando llegó al antepenúltimo nombre de su lista. Había reconocido un nombre y siguió con el dedo la línea que detallaba la dirección a la cual habían enviado la lechuza, la forma de pago, el origen de la orden de compra y el nombre de la persona que tenía que recibirla si no era el mismo que el del comprador. Seguramente contuvo el aliento, porque Winston captó su agitación.

–¿Qué?

–Tengo algo aquí.

Le pasó el listado a ella y señaló la línea.

–Este comprador. Jerome van Aeken. Le enviaron una el día de Nochebuena a la dirección de Gunn. Pagaron mediante un giro postal.

Ella cogió el listado y empezó a leer la información.

–Enviado a la dirección de Sweetzer, pero a Lubbert Das en casa de Edward Gunn. Lubbert Das. Nadie con ese nombre surgió en la investigación. Tampoco recuerdo ese nombre de la lista de residentes del edificio. Llamaré a Rohrshak para ver si Gunn tuvo alguna vez un compañero de piso con ese nombre.

–No te molestes. Lubbert Das nunca vivió allí.

Winston levantó la mirada y miró a McCaleb.

–¿Conoces a Lubbert Das?

–Algo así.

Las cejas de ella se enarcaron más todavía.

–¿Algo así? ¿Algo así? ¿Qué me dices de Jerome van Aeken?

McCaleb asintió. Winston dejó caer las hojas en la caja que estaba entre ellos. Miró a McCaleb con una expresión que reflejaba curiosidad y enfado.

–Bueno, Terry, creo que va siendo hora de que empieces a contarme lo que sabes.

McCaleb volvió a asentir y puso la mano en la manija de la puerta.

–¿Por qué no vamos a mi barco? Allí podremos hablar.

–¿Por qué no hablamos aquí mismo, de una puta vez?

McCaleb trató de sonreír.

–Porque es lo que llamarías una representación audiovisual.

Abrió la puerta y salió, luego se volvió a mirar a Winston.

–Te veo allí, ¿de acuerdo?

Ella negó con la cabeza.

–Más te vale que tengas un buen perfil preparado para mí.

Esta vez fue McCaleb quien sacudió la cabeza.

–Todavía no tengo listo un perfil, Jaye.

–Entonces, ¿qué es lo que tienes?

–Un sospechoso.

Cerró la puerta en ese momento y pudo oír las maldiciones sordas mientras se dirigía a su coche. Al cruzar el aparcamiento una sombra lo cubrió a él y a todo lo demás. Levantó la cabeza y vio el zepelín de Goodyear cruzando por encima, eclipsando totalmente el sol.

17

Se reunieron de nuevo al cabo de un cuarto de hora en el *Following Sea*. McCaleb sacó unas Coca-Colas e invitó a Winston a sentarse en la silla acolchada que había al extremo de la mesa de café del salón. En el aparcamiento le había pedido que trajera la lechuza de plástico al barco. Utilizó dos toallas de papel para sacarla de la caja y colocarla en la mesa enfrente de ella. Winston lo observó, con los labios fruncidos por el enfado. McCaleb le dijo que comprendía su rabia por haber sido manipulada en su propio caso, pero añadió que volvería a quedar a cargo de la situación en cuanto le presentara sus hallazgos.

–Lo único que puedo decirte, Terry, es que más vale que esto sea de puta madre.

McCaleb recordó que en una ocasión, en el primer caso en el que habían trabajado juntos, él había anotado en la tapa interior de la carpeta que ella tendía a utilizar lenguaje grosero cuando estaba tensa. También había anotado que era lista e intuitiva. Esperaba que esos rasgos no hubieran cambiado.

Se acercó a la encimera, donde había dejado la carpeta de la presentación. La abrió y se llevó la hoja superior a la mesita de café. Apartó los listados de Bird Barrier y dejó la hoja junto a la base de la lechuza.

–¿Crees que este es nuestro pájaro?

Winston se acercó para examinar la imagen en color que él había traído. Era un detalle ampliado del cuadro de Bosch *El jardín de las delicias* que mostraba a un hombre desnudo abrazando la oscura lechuza de ojos negros y brillantes. Había recortado ese y otros detalles del libro de Marijnissen. Observó mientras los ojos de Winston se movían constantemente de la lechuza de plástico al detalle del cuadro.

–Diría que coinciden –dijo por fin–. ¿De dónde has sacado esto? ¿Del Getty? Tendrías que haberme hablado de esto ayer, Terry. ¿Qué coño está pasando?

McCaleb levantó las manos para solicitar calma.

–Te lo explicaré todo. Solo te pido que me dejes que te enseñe esto como yo quiero. Después contestaré a todas tus preguntas.

Ella hizo una señal con la mano para indicarle que podía continuar. McCaleb se acercó de nuevo a la encimera para coger la segunda hoja. La puso delante de ella.

–El mismo pintor, otra obra.

Ella lo miró. Era un detalle de *El Juicio Final* en el que se representaba al pecador atado en posición fetal invertida, a la espera de ser enviado al infierno.

–No me hagas esto. ¿Quién es el pintor?

–Te lo diré en un momento. –Regresó al archivo de la encimera.

–¿Sigue vivo este tipo? –preguntó ella a su espalda.

McCaleb acercó la tercera hoja y la puso en la mesa junto a las otras dos.

–Murió hace quinientos años.

–¡Dios mío!

Ella cogió la tercera hoja y la miró atentamente. Era la reproducción completa de *Los siete pecados capitales*.

–Se supone que es el ojo de Dios que ve todos los pecados del mundo –explicó McCaleb–. ¿Reconoces las palabras del centro que rodean el iris?

—Cuidado, cuidado... —Winston murmuró la traducción—. Dios mío, este tío está completamente loco. ¿Quién es?

—Uno más. Ahora esta pieza sí que encaja.

Volvió al fichero por cuarta vez y regresó con otra reproducción de una pintura del libro de Bosch. Se la tendió a ella.

—Se llama *La extracción de la piedra de la locura*. En la Edad Media algunos creían que una operación para extraer una piedra del cerebro era la solución para la estupidez y la demencia. Fíjate en la localización de la incisión.

—Me he fijado. Igual que nuestro hombre. ¿Qué es todo esto de alrededor?

Winston trazó con el dedo el borde circular de la pintura. En el margen exterior negro había palabras que en su momento habían estado pintadas en dorado, pero el tiempo las había deteriorado y resultaban casi indescifrables.

—La traducción es «Maestro, quite la piedra. Me llamo Lubbert Das». Los libros de crítica sobre el autor de esta obra señalan que Lubbert era un nombre ridículo que se aplicaba a los pervertidos o a los estúpidos.

Winston dejó la hoja al lado de las otras y levantó las manos con las palmas hacia afuera.

—Muy bien, Terry, ya basta. Dime quién era el pintor y quién es el sospechoso que dices que te ha surgido.

McCaleb asintió. Era el momento.

—El nombre del pintor era Jerome van Aeken. Era holandés y está considerado uno de los grandes maestros del Renacimiento en el norte de Europa. Sin embargo, sus obras eran oscuras, llenas de monstruos y fantasmas demoníacos. Lechuzas también. Muchas lechuzas. La crítica dice que las lechuzas de sus obras lo simbolizan todo, desde el mal a la muerte y la caída de la humanidad.

Buscó entre las hojas colocadas sobre la mesita y levantó el detalle del hombre que abrazaba a la lechuza.

–Este lo dice todo de él. El hombre abraza el mal (la lechuza demoníaca, por usar la descripción del señor Riddell) y eso conduce al inevitable destino del infierno. Esta es la pintura completa.

Volvió al fichero y trajo la reproducción completa de *El jardín de las delicias*. McCaleb observó los ojos de Winston mientras ella estudiaba las imágenes. Vio repulsión mezclada con fascinación. McCaleb señaló las cuatro lechuzas que había encontrado en la pintura, incluido el detalle que ya le había mostrado a ella.

Ella de repente apartó la hoja y lo miró.

–Espera un momento. Sé que he visto este cuadro antes. En algún libro o quizá en las clases de arte que tomaba en la Universidad de California. Pero nunca había oído mencionar a este Van Aeken, no me suena. ¿Fue él quien pintó esto?

McCaleb asintió.

–*El jardín de las delicias*. Van Aeken lo pintó, pero no has oído hablar de él porque no era conocido por su nombre verdadero. Usaba la versión latina de Jerome y adoptó el nombre de su ciudad natal por apellido. Se lo conocía como Hieronymus Bosch.

Ella se limitó a mirarlo por un momento al tiempo que todo encajaba en su mente, las imágenes que él le había mostrado, los nombres del listado, su propio conocimiento del caso de Edward Gunn.

–Bosch –dijo ella, casi como si expulsara el aire–. ¿Hieronymus es el...?

Ella no terminó. McCaleb asintió.

–Sí, es el verdadero nombre de Harry.

Ambos estaban paseando por el salón con la cabeza baja, aunque con cuidado de no chocar. Hablaban atropelladamente.

—Esto es ir demasiado lejos, McCaleb. ¿Sabes lo que dices?

—Sé exactamente lo que estoy diciendo. Y no creas que no me lo he pensado mucho antes de decirlo. Yo lo considero un amigo, Jaye. En una ocasión... No sé, hubo un tiempo en que pensé que éramos muy parecidos. Pero mira esto, mira las conexiones, los paralelismos. Encaja. Todo encaja.

Se detuvo y la miró. Ella siguió paseando.

—Es un policía. Un poli de homicidios. ¡Por el amor de Dios!

—¿Qué vas a decirme, que es totalmente imposible porque es un poli? Esto es Los Ángeles, el moderno jardín de las delicias. Con las mismas tentaciones y los mismos demonios. Ni siquiera tienes que traspasar los límites de la ciudad para buscar ejemplos de policías que han cruzado la línea, que trafican con drogas, que cometen atracos a mano armada, que asesinan incluso.

—Lo sé, lo sé. Es solo que... —Ella no terminó.

—Como mínimo encaja lo bastante bien como para que sepas que hemos de investigarlo a fondo.

Ella se detuvo y volvió a mirarlo.

—¿Hemos? Olvídalo, Terry. Te pedí que echaras un vistazo a los archivos, no que investigaras sospechosos. Te quedas fuera después de esto.

—Mira, si yo no me hubiera metido no tendrías nada. La lechuza todavía estaría encima de ese otro edificio de Rohrshak.

—Eso te lo concedo. Y te lo agradezco mucho. Pero eres un civil. Estás fuera.

–No me voy a apartar, Jaye. Soy yo el que puso a Bosch en el punto de mira, y no voy a apartarme.

Winston se sentó pesadamente en su silla.

–De acuerdo, ¿podemos hablar de eso cuando llegue el momento? Si es que llega, yo todavía no estoy segura.

–Bien, yo tampoco.

–Bueno, sin duda has hecho una buena actuación al enseñarme los cuadros y construir el caso.

–Lo único que estoy diciendo es que Harry Bosch está conectado con esto. Y eso tiene dos lecturas. Una es que él lo hizo y la otra que alguien le ha tendido una trampa. Hace mucho tiempo que es policía.

–Veinticinco, treinta años. La lista de gente que ha enviado a prisión tiene que tener un metro de largo. Y los que han entrado y salido probablemente son la mitad de la lista. Costaría un año entero investigarlos a todos.

McCaleb asintió.

–Y no creas que él no lo sabe.

Winston miró a McCaleb. Él empezó a pasear de nuevo, con la cabeza baja. Después de un largo silencio, él levantó la cabeza y vio que ella continuaba mirándolo.

–¿Qué?

–Estás convencido de que puede ser Bosch, ¿no? Sabes algo más.

–No. Trato de permanecer abierto. Hay que seguir todos los caminos posibles.

–Tonterías, estás siguiendo un único camino.

McCaleb no respondió. Ya se sentía bastante culpable sin necesidad de que Winston echara más leña al fuego.

–Vale –dijo ella–. Entonces, ¿por qué no te apartas? Y no te preocupes. No voy a tenértelo en cuenta cuando se descubra que estás equivocado.

Él se detuvo y la miró.

—Vamos, déjamelo a mí —insistió Winston. McCaleb negó con la cabeza.

—Yo todavía no estoy convencido. Lo único que sé es que lo que tenemos aquí excede con mucho el ámbito de la coincidencia. De modo que tiene que haber una explicación.

—Entonces dime la explicación que afecta a Bosch. Te conozco y sé que has estado pensando en eso.

—De acuerdo, pero recuerda que de momento es solo teoría.

—Lo recordaré. Adelante.

—Lo primero. Empezamos con el detective Hieronymus Bosch creyendo (no, digamos sabiendo) que ese tipo, Edward Gunn, salió impune de un homicidio. De acuerdo, entonces tenemos a Gunn que aparece estrangulado y con aspecto de ser una figura sacada de un cuadro del pintor Hieronymus Bosch. Añadimos la lechuza de plástico y al menos otra media docena de elementos de conexión entre los dos Bosch, aparte del nombre, y aquí está.

—¿Qué hay aquí? Estas coincidencias no significan que fue Bosch quien lo hizo. Tú mismo has dicho que alguien pudo preparar todo esto para que lo descubriéramos y se lo cargáramos a Bosch.

—No sé qué es. Instinto, supongo. Hay algo acerca de Bosch, algo que se sale de la norma.

Recordó la forma en que Vosskuhler había descrito las pinturas.

—Más oscuro que la noche.

—¿Qué se supone que significa eso?

McCaleb descartó la pregunta. Se acercó y cogió la reproducción del detalle del hombre que abrazaba la lechuza. La sostuvo ante la cara de Winston.

—Mira la oscuridad aquí. En los ojos. En Harry hay algo que es igual.

–Ahora me estás empezando a asustar, Terry. ¿Qué me estás diciendo, que en una vida anterior Harry Bosch era pintor? Vamos, escucha lo que estás diciendo.

Él dejó la hoja de nuevo en la mesita y se alejó de ella, sacudiendo la cabeza.

–No sé cómo explicarlo –dijo–. Solo sé que hay algo ahí. Una conexión de algún tipo entre ellos que va más allá del nombre.

Hizo un gesto como para apartar esa idea de su cabeza.

–De acuerdo, entonces sigamos adelante –dijo Winston–. ¿Por qué ahora, Terry? Si es Bosch, ¿por qué ahora? ¿Y por qué Gunn? Él se escapó de Bosch hace seis años.

–Es interesante que digas que escapó de él y no de la justicia.

–No quería decir nada con eso. Siempre estás...

–¿Por qué ahora? ¿Quién sabe? Pero hubo ese reencuentro la noche anterior en el calabozo y antes hubo otra ocasión en octubre y podríamos ir remontándonos. Siempre que ese tipo acababa en la celda, Bosch estaba allí.

–Pero esa última noche Gunn estaba demasiado borracho para hablar.

–¿Quién lo dice?

Ella asintió. Solo tenían el testimonio de Bosch del encuentro en la celda de borrachos.

–Vale, muy bien, pero ¿por qué Gunn? O sea, no quiero hacer juicios cualitativos sobre los asesinos o sus víctimas, pero, vamos, el tipo acuchilló a una prostituta en un hotel de Hollywood. Todos sabemos que algunos cuentan más que otros y este no puede haber contado demasiado. Si lees el expediente verás que ni siquiera la familia de la víctima se preocupó por ella.

–Entonces hay algo que se nos escapa, algo que no sabemos. Porque a Harry le importaba. Y de todos modos no creo que sea de los que piensan que un caso, una persona, es más importante que otra. Pero hay algo de Gunn que aún no sabemos. Tiene que haberlo. Hace seis años bastó para que Bosch empujara a su teniente y le hiciera romper la ventana. Se ganó una suspensión por eso. Bastó para que visitara a Gunn siempre que lo detenían y acababa en una celda. —McCaleb asintió para sí–. Tenemos que encontrar el detonante, lo que forzó la acción ahora y no hace un año, dos o cuando fuera.

Winston se levantó abruptamente.

–¿Vas a parar de hablar en plural? Y sabes que hay algo que estás olvidando convenientemente. ¿Por qué iba este hombre, este policía veterano y detective de homicidios a matar a este tipo y dejar todas estas pistas que conducen hacia él? No tiene sentido, no con Harry Bosch. Es demasiado listo para eso.

–Solo visto desde este lado. Estas cosas solo parecen obvias ahora que las hemos descubierto. Y estás olvidando que el acto mismo de cometer un asesinato es prueba de pensamiento aberrante, de personalidad desestructurada. Si Harry Bosch se ha desviado del camino y ha caído en la cuneta (en el abismo), entonces hemos de suponer cualquier cosa en su pensamiento o en su forma de planear un asesinato. El hecho de que dejara estas pistas puede ser sintomático.

Ella hizo un gesto con la mano como para desestimar la explicación.

–Ya estamos con ese rollo de Quantico.

Winston cogió la reproducción de *El jardín de las delicias* y la estudió.

–Hablé de este caso con Harry Bosch hace dos semanas –dijo–. Tú hablaste con él ayer. No me pareció que estuviera subiéndose por las paredes o echando espuma por la boca. Y fíjate en el juicio que está llevando. Está tranquilo, calmado y no pierde los papeles. ¿Sabes cómo lo llaman en la oficina los que lo conocen? El Hombre Marlboro.

–Sí, bueno, ha dejado de fumar. Y quizá el caso Storey ha sido el detonante. Demasiada presión. Tiene que salir por algún sitio.

McCaleb sabía que ella no lo estaba escuchando. Tenía la vista fija en algo del cuadro. Dejó caer la lámina y cogió la reproducción del detalle del hombre desnudo que abrazaba la lechuza oscura.

–Deja que te pregunte algo –dijo ella–. Si nuestro hombre mandó la lechuza directamente desde el almacén a nuestra víctima, entonces ¿cómo coño tiene este precioso trabajo de pintura?

McCaleb asintió.

–Buena pregunta. Debió de pintarla allí mismo, en el apartamento. Quizá mientras observaba a Gunn tratando de seguir vivo.

–No se encontró pintura así en el apartamento. Y miramos también en el basurero del edificio. No vi pintura.

–Se la llevó y se deshizo de ella en algún otro sitio.

–O a lo mejor piensa usarla en el siguiente.

Winston se detuvo y se quedó pensativa un buen rato. McCaleb aguardó.

–Entonces, ¿qué hacemos?

–Así que ahora es «hacemos».

–Por ahora. He cambiado de opinión. No puedo llevar esto al capitán. Es demasiado peligroso. Si me equivoco, ya puedo empezar a despedirme de todo.

McCaleb asintió.

–¿Tu compañero y tú tenéis otros casos?

–Tenemos tres expedientes abiertos, incluido este.

–Bueno, ponlo a él con uno de los otros mientras tú trabajas en este. Conmigo. Trabajamos en Bosch hasta que tengamos algo sólido (en un sentido o en otro), entonces podrás hacerlo oficial.

—¿Y qué hago, llamo a Harry Bosch y le digo que necesito hablar con él porque es sospechoso de asesinato?

—Empezaré yo. Será menos obvio si yo hago el primer intento. Deja que esté un rato con él y, quién sabe, quizá mi intuición actual esté equivocada. O quizá encuentre el detonante.

—Es más fácil decirlo que hacerlo. Si nos acercamos mucho, lo sabrá. No quiero que esto nos estalle en la cara, en particular en la mía.

—Ahí es donde yo puedo tener ventaja.

—Sí, ¿cómo es eso?

—Yo no soy poli. Podré acercarme más a él. Tengo que ir a su casa, ver cómo vive. Mientras tanto tú...

—Un momento. ¿No estarás hablando de irrumpir en su casa? Yo no voy a participar en eso.

—No, nada ilegal.

—Entonces, ¿cómo piensas entrar?

—Llamaré a la puerta.

—Buena suerte. ¿Qué piensas decirle? Mientras tanto, ¿qué hago yo?

—Tú trabajas la línea externa, lo habitual. Investigas el giro postal para comprar la lechuza. Averiguas algo más sobre Gunn y el asesinato de hace seis años. Investigas el incidente entre Harry y su antiguo teniente, e investigas qué pasó con el teniente. Harry me dijo que el tipo salió una noche y acabó muerto en un túnel.

—Maldición. Lo recuerdo. ¿Tuvo que ver con Gunn?

—No lo sé. Pero Bosch hizo una especie de referencia elíptica ayer.

—Obtendré información sobre eso y haré preguntas sobre lo demás, pero Bosch puede llegar a enterarse de cualquiera de esos movimientos.

McCaleb asintió. Pensó que era un riesgo que había que asumir.

—¿Sabes de alguien que lo conozca? —dijo. Ella negó con la cabeza, enfadada.

—¿No te acuerdas? Los polis son gente paranoica. En cuanto haga una pregunta sobre Harry Bosch, todo el mundo va a saber qué estamos haciendo.

—No necesariamente. Usa el caso Storey. Está en boca de todos. Puede que hayas visto al tipo por la tele y que no tenga buen aspecto. «¿Está bien? ¿Qué le está pasando?» Algo así. Haz ver que estás cotilleando.

Winston no pareció calmarse. Se acercó a la puerta corredera y miró hacia el puerto. Apoyó la frente en el cristal.

—Conozco a su antigua compañera —dijo—. Hay un grupo informal de mujeres que se reúne una vez al mes. Todas trabajamos en homicidios en los distintos departamentos locales. Somos una docena. La antigua compañera de Harry, Kiz Rider, acaba de pasar de Hollywood a Robos y Homicidios. El estrellato. Pero creo que estaban muy próximos. Harry era una especie de mentor para Kiz. Puede que logre hablar con ella si uso un poco de delicadeza.

McCaleb asintió y se le ocurrió algo.

—Harry me dijo que estaba divorciado. No sé cuánto tiempo hace, pero puedes preguntarle a Rider como si…, ya sabes, como si estuvieras interesada en cómo es, ese tipo de cosas. Si haces preguntas así, puede que ella te ponga al tanto de la verdad.

Winston apartó la mirada de la corredera y fijó la vista en McCaleb.

—Sí, eso nos hará buenas amigas cuando descubra que era todo mentira y que estaba tendiendo una trampa a su excompañero, a su mentor.

—Si es una buena policía, lo entenderá. Tienes que exonerarlo o culparlo y en cualquier caso quieres hacerlo de la forma más discreta posible.

Winston volvió a mirar por la puerta.

—Voy a necesitar la posibilidad de negarlo.

—¿Qué?

—Quiero decir que si hacemos esto y tú vas allí y todo se va a la mierda, necesito poder salir airosa.

McCaleb asintió. Lamentaba que ella lo hubiera dicho, pero entendía su necesidad de protegerse.

—Te lo estoy diciendo de frente, Terry. Si todo se va al carajo, va a parecer que tú te has excedido, que yo te pedí que echaras un vistazo al expediente y tú seguiste por libre. Lo siento, pero tengo que protegerme.

—Lo entiendo, Jaye. Puedo aceptarlo. Correré mis riesgos.

18

Winston se quedó un rato en silencio mientras miraba por la puerta del salón. McCaleb notaba que estaba tomando una decisión y se limitó a esperar.

–Te contaré una historia sobre Harry Bosch –dijo ella al fin–. Lo conocí hace cuatro años en un caso conjunto. Dos secuestros con asesinato. El de Hollywood lo llevaba él, el de West Hollywood era mío. Chicas jóvenes, niñas en realidad. Las pruebas físicas relacionaron los dos casos. Básicamente los dos trabajábamos por separado, pero nos reuníamos a comer cada miércoles para compartir notas.

–¿Hicisteis un perfil?

–Sí, fue cuando Maggie Griffin todavía estaba aquí con el FBI. Preparó algo para nosotros. Lo habitual. Es igual, la cosa se calentó cuando hubo una tercera desaparecida. Esta vez era una chica de diecisiete años. Las pruebas de los dos primeros casos indicaban que el tipo las mantenía vivas cuatro o cinco días hasta que se cansaba de ellas y las mataba. Así que íbamos contra reloj. Pedimos refuerzos y estábamos investigando denominadores comunes.

McCaleb asintió. Estaban siguiendo los pasos habituales para detener a un asesino en serie.

–Surgió una posibilidad remota –dijo ella–. Las tres víctimas utilizaban la misma lavandería de Santa Mónica, cerca de La Ciénaga. La última chica tenía un trabajo de verano en Universal y llevó sus uniformes allí para que los lavaran en seco. El caso es que antes incluso de que acudiéramos a la dirección fuimos al aparcamiento de empleados y apuntamos los nombres de los carnets de los empleados por si encontrábamos algo antes de entrar y anunciarnos. Y lo encontramos. El jefe mismo. Lo habían detenido diez años antes por escándalo público. Tiramos del hilo y resultó que era un caso de exhibicionismo. Se acercaba en coche a una parada de autobús y abría la puerta para que la mujer de la parada pudiera verle el rabo. Resultó que era una poli camuflada; sabían que había un exhibicionista en el barrio y pusieron señuelos. Da igual, le pusieron condicional y orientación psicológica. Lo ocultó cuando solicitó el empleo y con los años llegó a ser director del negocio.

–Un puesto más alto, más nivel de estrés, delito más grave.

–Eso es lo que pensamos. Pero no teníamos ninguna prueba. Así que Bosch tuvo una idea. Dijo que todos nosotros (él, yo y nuestros compañeros) iríamos a ver a ese tipo, Hagen se llamaba, a su casa. Dijo que un agente del FBI le había dicho en una ocasión que siempre había que abordar al sospechoso en casa si era posible, porque a veces obtenías más información del entorno que de lo que decían.

McCaleb contuvo una sonrisa. Esa era una lección que Bosch había aprendido del caso Cielo Azul.

–Así que seguimos a Hagen a su casa. Vivía en Los Feliz, en una casa en decadencia cerca de Franklin. La tercera chica llevaba cuatro días desaparecida, así que sabíamos que nos estábamos quedando sin tiempo. Llamamos a la puerta y el plan era actuar como si no supiéramos nada de su historial y hubiéramos llegado allí para pedirle ayuda sobre los empleados de la tienda. Ya sabes, ver cómo reaccionaba o si metía la pata.

–Sí.

–Bueno, estábamos allí en el salón de ese tipo y yo llevaba el peso del interrogatorio, porque Bosch quería ver cómo se tomaba el tío que una mujer llevara el control. Y no habían pasado ni cinco minutos cuando Bosch, de repente, se levantó y dijo: «Es él, ella está aquí, en algún sitio». Y cuando lo dijo, Hagen se levantó y corrió hacia la puerta. No llegó muy lejos.

–¿Era un farol o parte del plan?

–Ni una cosa ni otra. Bosch lo supo. En la mesita de al lado del sofá había uno de esos monitores de bebés, ¿sabes? Bosch lo vio y lo entendió todo. Era la parte equivocada. El transmisor. Eso quería decir que el receptor estaba en algún otro sitio. Si tienes un niño lo pones al revés. Escuchas desde el salón los ruidos de la habitación del bebé. Pero este estaba al revés. El perfil de Griffin decía que al tipo le gustaba tener el control, que probablemente ejercía coacción verbal sobre su víctima. Bosch vio el transmisor y algo hizo clic; el tipo la tenía en algún sitio y se corría hablándole.

–¿Tenía razón?

–Dio en el clavo. La encontramos en el garaje, en un congelador desconectado con tres agujeros para que entrara el aire hechos con un taladro. Era como un ataúd. El receptor del aparato estaba allí con ella. Luego la chica nos explicó que Hagen no dejaba de hablarle siempre que estaba en casa. También le cantaba. Éxitos de los cuarenta. Cambiaba las letras y cantaba que iba a violarla y matarla.

McCaleb asintió. Lamentó no haber participado en el caso, porque sabía lo que Bosch había sentido, ese repentino momento de fusión en que los átomos chocan entre sí. Ese instante en que sencillamente lo sabes. Un momento tan emocionante como aterrador. El momento para el que viven secretamente todos los detectives de homicidios.

–La razón por la que te cuento esta historia es por lo que Bosch hizo y dijo después. En cuanto tuvimos a Hagen en el asiento trasero de un coche patrulla y empezamos a registrar la casa, Bosch se quedó en la sala con el avisador del bebé. Lo conectó y no dejó de hablar a la chica. Decía: «Jennifer, estamos aquí. Todo irá bien, Jennifer, ya vamos. Estás a salvo y vamos a buscarte. Nadie va a hacerte daño». No paró de hablar así, de calmarla de esta forma.

Winston hizo una larga pausa y McCaleb vio que su mirada estaba perdida en aquel recuerdo.

–Después de que la encontramos todos nos sentimos muy bien. Es lo mejor que me ha pasado en este trabajo. Me acerqué a Bosch y le dije: «Debes de tener hijos. Le has hablado como si fuera hija tuya». Y él solo sacudió la cabeza y dijo que no. Dijo: «Solo sé lo que es estar solo en la oscuridad». Y luego se marchó.

Ella miró a McCaleb desde la puerta.

–Cuando has hablado de la oscuridad me lo has recordado.

Él asintió.

–¿Qué haremos si llegamos a un punto en que sepamos seguro que fue él? –preguntó Winston, con la cara vuelta hacia el cristal.

McCaleb respondió rápidamente para no tener que pensar en la pregunta.

–No lo sé –dijo.

Después de que Winston hubo puesto la lechuza de plástico de nuevo en la caja de las pruebas, recogió todas las páginas que le había mostrado y salió. McCaleb se quedó de pie en la puerta corredera y observó cómo la detective subía por la rampa hasta la verja. McCaleb consultó el reloj y vio que le quedaba mucho tiempo antes de prepararse para la noche. Decidió ver parte del juicio en Court TV.

Miró de nuevo hacia afuera y vio a Winston guardando la caja de pruebas en el maletero de su coche. Detrás de él, alguien se aclaró la garganta. McCaleb se volvió abruptamente y allí estaba Buddy Lockridge en la escalera, mirándolo desde la cubierta inferior. Tenía un montón de ropa entre las manos.

—Buddy, ¿qué coño estás haciendo?

—Tío, estás trabajando en un caso raro.

—He dicho qué coño estás haciendo.

—Iba a hacer la colada y pasé por aquí, porque tenía la mitad de mis cosas en el camarote. Entonces aparecisteis vosotros dos y cuando tú te pusiste a hablar supe que no podía salir.

Mantuvo en las manos el montón de ropa como prueba de lo que estaba diciendo.

—Así que me senté en la cama y esperé.

—Y has escuchado todo lo que hemos dicho.

—Es una locura de caso, tío. ¿Qué vas a hacer? He visto a ese Bosch en Court TV. Parece que está un poco tenso.

—Yo sé lo que no voy a hacer. No voy a hablar contigo de esto. —McCaleb señaló la puerta de cristal—. Vete, Buddy, y no digas ni una palabra de esto a nadie. ¿Me has entendido?

—Claro, entendido. Yo solo estaba...

—Marchándome.

—Lo siento, tío.

—Yo también.

McCaleb abrió la corredera y Lockridge salió como un perro con el rabo entre las piernas. McCaleb tuvo que contenerse para no darle una patada en el trasero. En lugar de eso corrió la puerta con cara de pocos amigos y esta tembló en su marco. Se quedó allí mirando a través del cristal hasta que vio a Lockridge subir toda la rampa y entrar en el edificio donde había un servicio de lavandería con monedas.

Su escucha había comprometido la investigación. McCaleb sabía que debería llamar al busca de Winston de inmediato y contárselo para ver cómo quería manejarlo ella. Pero lo dejó estar. Lo cierto era que no quería hacer ningún movimiento que pudiera apartarlo de la investigación.

19

Después de poner la mano sobre la Biblia y prometer decir toda la verdad, Harry Bosch se sentó en la silla de los testigos y levantó la vista hacia la cámara instalada sobre la tribuna del jurado. La mirada del mundo estaba puesta en él, y lo sabía. El juicio estaba siendo trasmitido en directo por Court TV y localmente por Channel 9. Trató de no aparentar nerviosismo, pero sabía que los miembros del jurado no eran los únicos que estarían estudiándolo y juzgando su actuación y su personalidad. Era la primera vez después de muchos años de testificar en juicios penales que no se sentía completamente a gusto. Estar del lado de la verdad no le reconfortaba cuando sabía que la verdad tendría que recorrer una traicionera carrera de obstáculos cuidadosamente dispuestos por un acusado rico y bien conectado y por su rico y bien conectado abogado.

Dejó la carpeta azul –el expediente de la investigación de asesinato– en la repisa del estrado de los testigos y se acercó el micrófono. Sonó un agudo chirrido que hirió los oídos de todos los presentes en la sala.

–Detective Bosch, le ruego que no toque el micrófono –entonó el juez Houghton.

–Disculpe, señoría.

Un ayudante del sheriff que actuaba como alguacil del juez se acercó al estrado, apagó el micrófono y ajustó la posición. Cuando Bosch hizo una señal con la cabeza desde su nueva posición, el alguacil volvió a encenderlo. El ayudante del juez pidió entonces a Bosch que dijera su nombre completo y que lo deletreara para el acta.

—Muy bien —dijo el juez después de que Bosch concluyó—. ¿Señora Langwiser?

La ayudante del fiscal del distrito Janis Langwiser se levantó de la mesa de la acusación y se acercó al atril del letrado. Llevaba un bloc amarillo con las preguntas escritas. Ocupaba el segundo lugar en la mesa de la acusación, pero había trabajado con los investigadores desde el inicio del caso y se había decidido que ella llevaría el testimonio de Bosch.

Langwiser era una fiscal joven y prometedora de la fiscalía del distrito. En el curso de unos pocos años había pasado de preparar casos para fiscales más experimentados a manejarlos y llevarlos a juicio ella misma. Bosch había trabajado con ella con anterioridad en un caso políticamente delicado conocido como los asesinatos del Angels Flight. La experiencia resultó en su recomendación como segunda de Kretzler. Después de trabajar con ella de nuevo, Bosch había comprobado que su primera impresión estaba bien fundada. Langwiser tenía un control y una memoria absolutos sobre los hechos del caso. Mientras que otros fiscales habrían tenido que rebuscar entre los informes de pruebas para localizar un dato, ella había memorizado la información y su localización exacta. Pero su capacidad no se reducía a las minucias. Nunca perdía de vista el panorama completo, el hecho de que sus esfuerzos estaban puestos en retirar definitivamente de la circulación a David Storey.

—Buenas tardes, detective Bosch —empezó ella—. ¿Tendría la amabilidad de explicar brevemente al jurado su carrera como oficial de policía?

Bosch se aclaró la garganta.

–Sí, llevo veintiocho años en el Departamento de Policía de Los Ángeles. He pasado más de la mitad de ese tiempo investigando homicidios. Soy detective de grado tres asignado a la brigada de homicidios de la División de Hollywood.

–¿Qué significa detective de grado tres?

–Es el rango más alto de un detective, equivalente a sargento, pero no hay sargentos detectives en la policía de Los Ángeles. Desde el grado tres el siguiente puesto sería el de teniente de detectives.

–¿Cuántos homicidios diría que ha investigado a lo largo de su carrera?

–No llevo la cuenta, pero diría que al menos unos cuantos cientos en quince años.

–Unos cuantos cientos. –Langwiser miró al jurado cuando recalcó la última palabra–. Y como detective de grado tres es actualmente jefe de una brigada de homicidios.

–Tengo algunas labores de supervisor. También soy el oficial al mando de un equipo de tres personas que lleva las investigaciones de homicidios.

–Como tal estuvo usted a cargo del equipo que fue llamado a la escena de un homicidio el 13 de octubre del pasado año, ¿correcto?

–Es correcto.

Bosch miró hacia la mesa de la defensa. David Storey tenía la cabeza baja y estaba usando su rotulador de fibra para dibujar en un bloc. Llevaba haciendo lo mismo desde que se había iniciado la selección del jurado. La mirada de Bosch fue hasta el abogado defensor y se clavó en los ojos de J. Reason Fowkkes. Bosch sostuvo la mirada hasta que Langwiser formuló la siguiente pregunta.

–¿Era el homicidio de Donatella Speers?

Bosch miró de nuevo a Langwiser.

–Exacto. Ese es el nombre que utilizaba.

–¿No era su nombre real?

–Era su nombre artístico, supongo que podríamos llamarlo así. Ella era actriz y se cambió el nombre. Su verdadero nombre era Jody Krementz.

El juez interrumpió y pidió a Bosch que deletreara los nombres para el estenógrafo. Luego Langwiser continuó.

–Cuéntenos las circunstancias del aviso. Explíquenoslo, detective Bosch. ¿Dónde estaba usted, qué estaba haciendo, cómo es que este se convirtió en su caso?

Bosch se aclaró la garganta y estaba a punto de aproximarse el micrófono cuando recordó lo que había ocurrido la vez anterior. Dejó el micrófono en su sitio y se inclinó hacia adelante.

–Mis dos compañeros y yo estábamos almorzando en un restaurante llamado Musso and Frank's, en Hollywood Boulevard. Era viernes y solemos comer allí si tenemos tiempo. A las once y cuarenta y ocho sonó mi busca. Reconocí el número de mi supervisora, la teniente Grace Billets. Mientras la estaba llamando, también sonaron los buscas de mis compañeros, Jerry Edgar y Kizmin Rider. En ese momento supimos que probablemente había surgido un caso. Me puse en contacto con la teniente Billets y ella envió a mi equipo al 1001 de Nichols Canyon Road, donde los patrulleros ya habían acudido junto con una ambulancia porque se había producido una llamada de emergencia. Ellos me explicaron que una joven había sido hallada muerta en su cama en circunstancias extrañas.

–¿Entonces fue usted a esa dirección?

–No. Los tres habíamos ido en mi coche a Musso's, así que los llevé otra vez a la comisaría de Hollywood, que está a unas manzanas de distancia, y dejé a mis compañeros para que pudieran coger sus respectivos vehículos. Entonces los tres nos dirigimos por separado a esa dirección. Nunca se sabe adónde tendrá que ir uno desde la escena del crimen. El procedimiento habitual es que cada detective lleve su propio coche.

–¿En ese momento conocía ya la identidad de la víctima o cuáles eran las circunstancias extrañas de su fallecimiento?

–No, no las conocía.

–¿Con qué se encontró al llegar allí?

–Era una casa pequeña de dos habitaciones con vistas al cañón. Había dos coches patrulla en la escena. La ambulancia ya se había ido una vez certificada la defunción de la víctima. En el interior de la casa había dos oficiales y un sargento de patrulla. En la sala de estar vi a una mujer sentada en el sofá. Estaba llorando. Me la presentaron como Jane Gilley. Compartía la casa con la señorita Krementz.

Bosch hizo una pausa y esperó a la siguiente pregunta. Langwiser estaba doblada sobre la mesa de la acusación, hablando en susurros con el otro fiscal, Roger Kretzler.

–Señora Langwiser, ¿concluye con esto su interrogatorio del detective Bosch? –preguntó el juez Houghton.

Langwiser se irguió de golpe; no se había dado cuenta de que Bosch se había detenido.

–No, señoría. –Volvió al estrado–. Continúe, detective Bosch, cuéntenos qué ocurrió cuando entró en la casa.

–Hablé con el sargento Kim y él me informó de que había una mujer joven muerta en la cama de su dormitorio, en la parte posterior derecha de la casa. Me presentó a la mujer del sofá y me dijo que su gente se había retirado de la habitación sin tocar nada en cuanto el médico había certificado que la víctima había fallecido. Entonces recorrí el corto pasillo que llevaba a la habitación y entré.

–¿Qué encontró allí?

–Vi a la víctima en la cama. Era una mujer blanca delgada y de pelo rubio. Posteriormente se confirmó que se trataba de Jody Krementz, de veintitrés años.

Langwiser solicitó permiso para mostrar a Bosch unas fotografías. Houghton lo autorizó y el detective identificó las fotos tomadas por la policía en la escena del crimen como las de la víctima *in situ*, es decir, tal y como la había encontrado la policía. El cuerpo estaba boca arriba. La ropa de cama estaba apartada hacia un lado y revelaba el cuerpo desnudo, con las piernas separadas unos sesenta centímetros a la altura de las rodillas. Los grandes pechos mantenían su forma a pesar de que el cuerpo se hallaba en posición horizontal, una indicación de implantes mamarios. El brazo izquierdo se hallaba extendido sobre el vientre. La palma de la mano izquierda cubría la zona púbica y dos de los dedos de esa mano penetraban en la vagina.

Los ojos de la víctima estaban cerrados y su cabeza descansaba en la almohada, pero con el cuello en un ángulo cerrado. Había un pañuelo amarillo fuertemente apretado alrededor del cuello. El pañuelo rodeaba la barra superior del cabezal de la cama y su extremo se hallaba en la mano derecha de la víctima, colocada en la almohada que tenía sobre la cabeza. El extremo del pañuelo de seda estaba enrollado varias veces alrededor de la muñeca.

Las fotografías eran en color. Se apreciaba un moretón rojo púrpura en el cuello de la víctima, donde el pañuelo se había tensado sobre la piel. Había una decoloración rojiza en el globo ocular. También se apreciaba una decoloración azulada que recorría todo el costado izquierdo de la víctima, incluidos el brazo y la pierna izquierdos.

Después de que Bosch identificara las fotografías como las de Jody Krementz *in situ*, Langwiser solicitó que fueran mostradas al jurado. J. Reason Fowkkes hizo una objeción, asegurando que las imágenes influirían en el ánimo del jurado y serían perjudiciales para ellos. El juez no admitió la protesta, pero pidió a Langwiser que eligiera una sola foto que representara al conjunto. Langwiser eligió la que había sido tomada desde más cerca y se la tendieron al hombre que se sentaba más a la izquierda en la tribuna del jurado. Mientras la foto iba pasando lentamente entre los miembros del jurado y luego a los suplentes, Bosch observó que sus rostros se estremecían por la impresión y el horror. El detective se apoyó en el respaldo de su asiento y tomó agua del vaso de plástico. Se la bebió toda, miró al ayudante del sheriff y le hizo una señal para que volviera a llenarlo. Entonces se acercó al micrófono.

Después de que la foto completara su recorrido fue entregada al alguacil, quien la devolvería de nuevo al jurado, junto con el resto de las pruebas presentadas, cuando tuviera que deliberarse el veredicto.

Bosch observó que Langwiser regresaba al estrado para continuar con el interrogatorio. Sabía que estaba nerviosa. Habían almorzado juntos en la cafetería del sótano del otro edificio de justicia y ella había expresado sus preocupaciones. Aunque era la segunda de Kretzler, se trataba de un juicio importante que podía tener consecuencias muy positivas o muy negativas en las carreras de ambos. Langwiser consultó su bloc antes de seguir adelante.

—Detective Bosch, después de examinar el cadáver, ¿hubo un momento en que declaró que la muerte debía ser objeto de una investigación por homicidio?

–De inmediato, antes incluso de que llegaran mis compañeros.

–¿Por qué? ¿No parecía una muerte accidental?

–No...

–Señora Langwiser –interrumpió el juez Houghton–. Haga las preguntas de una en una, por favor.

–Disculpe, señoría. Detective, ¿no le pareció que la mujer se había causado accidentalmente su propia muerte?

–No. Me pareció que alguien pretendía simularlo. Langwiser bajó la mirada hacia sus notas durante un largo momento antes de continuar. Bosch estaba convencido de que la pausa estaba planeada, una vez que la fotografía y su testimonio habían captado toda la atención del jurado.

–Detective, ¿conoce usted el término *asfixia autoerótica*?

–Sí, lo conozco.

–¿Podría hacer el favor de explicárselo al jurado?

Fowkkes se levantó y protestó.

–Señoría, el detective Bosch puede ser muchas cosas, pero no se ha presentado al jurado ninguna prueba de que sea experto en sexualidad humana.

Se produjo un murmullo de risas contenidas en la sala. Bosch vio que un par de los miembros del jurado reprimían la sonrisa. Houghton golpeó una vez con el mazo y miró a Langwiser.

–¿Qué tiene que decir al respecto, señora Langwiser?

–Señoría, puedo presentar esas pruebas.

–Proceda.

–Detective Bosch, ha dicho que ha trabajado en cientos de homicidios. ¿Ha investigado muertes que han resultado no ser causadas por un homicidio?

–Sí, probablemente cientos de ellas también. Muertes accidentales, suicidios, incluso muertes por causas naturales. Es rutinario que los agentes de las patrullas pidan a un detective de homicidios que acuda al escenario de una muerte para ayudarles a determinar si esa defunción debe ser investigada como un homicidio. Esto es lo que sucedió en este caso. Los patrulleros y su sargento no estaban seguros de a qué se enfrentaban. Dijeron que era sospechoso y mi equipo recibió la llamada.

–¿Lo han llamado alguna vez o ha investigado una muerte que haya sido calificada por usted o por la oficina del forense como muerte accidental por asfixia autoerótica?

–Sí.

Fowkkes se levantó de nuevo.

–Reitero mi protesta, señoría. Estamos yendo a un terreno en el que el detective Bosch no es un experto.

–Señoría –dijo Langwiser–, se ha establecido con claridad que el detective Bosch es un experto en la investigación de la muerte; y eso incluye todas sus variedades. Ha visto esto antes y puede testificar.

Había una nota de exasperación en su voz. Bosch pensó que iba dirigida al jurado, no a Houghton. Era una forma de comunicar de manera subliminal a los doce que ella quería llegar a la verdad, mientras que otros pretendían poner piedras en el camino.

–Estoy de acuerdo, señor Fowkkes –dijo Houghton tras una breve pausa–. Las protestas contra esta línea de interrogatorio son rechazadas. Proceda, señora Langwiser.

–Gracias, señoría. Así pues, detective Bosch, ¿está familiarizado con casos de asfixia autoerótica?

–Sí, he trabajado en tres o cuatro casos. También he estudiado la bibliografía sobre la materia. Se hace referencia a ello en libros sobre técnicas de investigación de homicidios. También he leído resúmenes de estudios en profundidad llevados a cabo por el FBI y otros.

–¿Esto fue antes de que se produjera este caso?

–Sí, antes.

–¿Qué es la asfixia autoerótica? ¿Cómo se produce?

–Señora Langwiser –empezó el juez.

–Disculpe, señoría. Lo reformulo. ¿Qué es la asfixia autoerótica, detective Bosch?

Bosch tomó un trago de agua, y aprovechó el momento para ordenar sus ideas. Habían repasado estas preguntas durante el almuerzo.

–Es una muerte accidental. Ocurre cuando la víctima intenta incrementar las sensaciones sexuales durante la masturbación cortando o interrumpiendo el flujo de sangre arterial al cerebro. Suele hacerse mediante una ligadura en torno al cuello. Al apretar la ligadura se produce hipoxia, disminución de la oxigenación del cerebro. La gente que, eh..., practica esto cree que la hipoxia (y el mareo que produce) eleva las sensaciones masturbatorias. Sin embargo, puede provocar la muerte accidental si él va demasiado lejos y daña la arteria carótida o bien se desmaya con la ligadura todavía apretada y se asfixia.

–Ha dicho «él», detective. Pero en este caso la víctima era una mujer.

–Este no es un caso de asfixia autoerótica. Los casos que he visto e investigado de esta forma de muerte siempre han sido de víctimas masculinas.

–¿Está diciendo que en este caso se hizo que la muerte pareciera causada por asfixia autoerótica?

–Sí, esa fue mi conclusión inmediata. Y continúo pensando lo mismo.

Langwiser asintió e hizo una pausa. Bosch bebió un poco más de agua. Al llevarse el vaso a la boca miró a la tribuna del jurado. Todos parecían muy atentos.

–Explíquese, detective. ¿Qué lo llevó a esa conclusión?

—¿Puedo consultar mis informes?

—Por favor.

Bosch abrió la carpeta. Las cuatro primeras páginas eran el IIO, el informe del incidente original. Pasó a la cuarta página que contenía el resumen del oficial al mando. En realidad el informe lo había escrito Kiz Rider, aunque Bosch era el oficial al mando del caso. Bosch revisó rápidamente el resumen para refrescar la memoria y luego miró al jurado.

—Varias cosas contradicen la hipótesis de una muerte accidental causada por asfixia autoerótica. Para empezar, desconfié porque estadísticamente es raro que la víctima sea una mujer. No es que el ciento por ciento de las víctimas sean hombres, pero casi. Esta certeza hizo que mirara con mucha atención el cadáver y la escena del crimen.

—¿Sería correcto decir que fue usted inmediatamente escéptico de la escena del crimen?

—Sí, sería correcto.

—Muy bien, continúe. ¿Qué más le provocó desconfianza?

—La ligadura. En casi todos los casos de los que he tenido noticia de manera directa o a través de la bibliografía sobre el tema, la víctima utiliza algún tipo de almohadilla alrededor del cuello para prevenir los moretones o los arañazos. Por lo general se enrolla al cuello una prenda de ropa como un jersey o bien una toalla. Luego se hace la ligadura por encima de este acolchado. De esta forma se evita que la ligadura deje una marca en el cuello. En este caso no había almohadilla.

—¿Y qué significado le dio?

—Bueno, no tenía sentido si se miraba desde el punto de vista de la víctima. Es decir, si suponíamos que ella estaba llevando a cabo esta actividad, el escenario carecía de sentido. Supondría que no utilizó ningún tipo de protección, porque no le importaba tener moretones en el cuello. Y eso para mí era una contradicción entre lo que allí teníamos y el sentido común. Si añadimos que era una actriz (lo cual supe al momento, porque tenía una pila de primeros planos en el escritorio), la contradicción era aún mayor. Ella confiaba en su presencia física y en sus atributos para buscar trabajo de actriz. Que voluntariamente hubiera participado en una actividad, sexual o no, que podía dejarle moretones en el cuello era algo que no me creía. Eso y otras cosas me llevaron a concluir que la escena era un montaje.

Bosch miró al sector de la defensa. Storey continuaba cabizbajo y estaba trabajando en el bloc de dibujo, como si estuviera sentado en el banco de un parque cualquiera. Bosch se fijó en que Fowkkes estaba tomando notas. Harry se preguntó si había dicho algo en su última declaración que pudiera volverse en su contra. Sabía que Fowkkes era un experto en elegir frases de los testimonios y darles nuevos significados al sacarlas de contexto.

–¿Qué otras cosas lo llevaron a esta conclusión? –le preguntó Langwiser.

Bosch miró de nuevo la página del resumen del IIO.

–El dato particular más importante fue que la lividez *post mortem* indicaba que el cadáver había sido trasladado.

–En términos sencillos, detective, ¿qué es la lividez *post mortem*?

–Cuando el corazón deja de latir, la sangre se asienta en la mitad inferior del cuerpo, según la posición de este. Al transcurrir el tiempo causa un efecto similar a un moretón en la piel. Si se mueve el cadáver, los moretones permanecen en la posición original, porque la sangre se ha coagulado. Con el tiempo, los moretones se hacen más evidentes.

–¿Qué ocurrió en este caso?

–En este caso había una clara indicación de que la sangre se había asentado en el lado izquierdo del cuerpo, lo que significa que la víctima estaba tumbada sobre el costado izquierdo en el momento, o poco después del momento, de la muerte.

–Sin embargo, no es así como se encontró el cadáver. ¿Cierto?

–Cierto. El cadáver se encontró en posición supina, boca arriba.

–¿Qué conclusiones sacó de este hecho?

–Que el cadáver había sido movido después de la muerte, que la mujer había sido colocada boca arriba como parte del montaje para que la muerte pareciera una asfixia autoerótica.

–¿Cuál cree que fue la causa de la muerte?

–En ese momento no estaba seguro. Solamente pensaba que no era tal y como aparentaba. El moretón en el cuello me hizo pensar que estaba ante un caso de estrangulación, solo que esta no había sido causada por las manos de la víctima.

–¿En qué momento llegaron sus compañeros a la escena del crimen?

–Cuando yo estaba realizando las observaciones iniciales del cadáver y la escena.

–¿Ellos llegaron a las mismas conclusiones que usted?

Fowkkes protestó, alegando que la respuesta a esa pregunta por fuerza tendría que basarse en un testimonio indirecto. El juez aceptó la protesta. Bosch sabía que se trataba una cuestión menor. Si Langwiser quería que constasen en acta las conclusiones de Edgar y Rider, bastaba con que los llamara a declarar.

—¿Asistió usted a la autopsia de Jody Krementz?

—Sí, lo hice. —Pasó hojas hasta que encontró el protocolo de la autopsia—. El 17 de octubre. La llevó a cabo la doctora Teresa Corazon, jefa de la oficina del forense.

—¿La doctora Corazon determinó la causa de la muerte durante la autopsia?

—Sí, la causa de la muerte fue la asfixia. La víctima fue estrangulada.

—¿Por ligadura?

—Sí.

—¿No contradice esto su teoría de que la muerte no fue causada por asfixia autoerótica?

—No, lo confirma. La representación de la asfixia autoerótica fue utilizada para ocultar la muerte por estrangulación de la víctima. La lesión interna de las dos arterias carótidas, del tejido muscular del cuello y el hueso hioide llevaron a la doctora Corazon a confirmar que la muerte fue provocada por otra persona. La lesión era demasiado grande para haber sido autoinfligida de manera consciente. —Bosch se dio cuenta de que estaba agarrándose el cuello con una mano mientras describía las heridas. Dejó caer la mano al regazo.

—¿La forense encontró alguna prueba independiente de homicidio?

Bosch asintió.

—Sí, el examen de la boca de la víctima determinó la existencia de una profunda laceración provocada al morderse la lengua. Esta herida es común en casos de estrangulamiento.

Langwiser pasó una hoja de su bloc.

—Muy bien, detective Bosch, volvamos a la escena del crimen. ¿Interrogó usted o sus compañeros a Jane Gilley?

—Sí, yo lo hice. Junto con la detective Rider.

–Ese interrogatorio les permitió establecer el paradero de la víctima en las veinticuatro horas anteriores al descubrimiento del cadáver.

–Sí, en primer lugar determinamos que ella había conocido al acusado varios días antes en un *coffee shop*. Él la invitó a asistir al estreno de una película en su cita de la noche del 12 de octubre en el Teatro Chino de Hollywood. Él pasó a recogerla entre las siete y las siete y media de esa tarde. La señorita Gilley observó desde una ventana de la casa e identificó al acusado.

–¿La señorita Gilley sabía cuándo había regresado la señorita Krementz esa noche?

–No. La señorita Gilley salió poco después de que se marchara la señorita Krementz y pasó la noche en otro lugar. En consecuencia, ella no sabía cuándo regresó a casa su compañera de piso. Cuando la señorita Gilley regresó a su domicilio a las once de la mañana del 13 de octubre descubrió el cadáver de la señorita Krementz.

–¿Cuál es el título de la película que se presentó esa noche?

–Se llamaba *Punto muerto*.

–¿Y quién la dirigió?

–David Storey.

Langwiser hizo una larga pausa antes de mirar el reloj y luego al juez.

–Señoría –dijo–. Voy a iniciar una nueva línea de interrogatorio con el detective Bosch. Si le parece oportuno, esta podría ser la mejor ocasión para suspender la sesión.

Houghton se levantó la manga de la toga y consultó su reloj. Bosch miró el suyo. Eran las cuatro menos cuarto.

–Muy bien, señora Langwiser, reanudaremos la sesión mañana a las nueve.

Houghton le dijo a Bosch que podía bajar del estrado.

A continuación recordó a los miembros del jurado que no podían leer la información de los diarios ni ver los resúmenes de la televisión sobre el juicio. Todos se levantaron cuando el jurado abandonó la sala. Bosch, que en ese momento estaba de pie junto a Langwiser en la mesa de la acusación, miró al sector de la defensa. David Storey lo estaba mirando. A pesar de que su rostro no delataba ninguna emoción, Bosch creyó ver algo en sus ojos azul pálido. No estaba seguro, pero le pareció regocijo.

Bosch fue el primero en apartar la mirada.

20

Una vez que se hubo vaciado la sala, Bosch consultó con Langwiser y Kretzler acerca de la testigo desaparecida.

–¿Todavía nada? –preguntó Kretzler–. Según el tiempo que te tenga allí John Reason, vamos a necesitarla mañana por la tarde o pasado mañana.

–Aún no tengo nada –dijo Bosch–, pero estoy trabajando. De hecho es mejor que me vaya.

–No me gusta nada –dijo Kretzler–. Esto puede estallar. Si no se ha presentado tiene que haber una razón. Nunca me he creído al ciento por ciento su historia.

–Storey puede haber llegado hasta ella –sugirió Bosch.

–La necesitamos –dijo Langwiser–. Muestra procedimiento. Tienes que encontrarla.

–Estoy en ello. –Se levantó de la mesa para salir.

–Buena suerte, Harry –dijo Langwiser–. Y, por cierto, de momento lo has hecho muy bien allí arriba.

Bosch asintió.

–Es la calma que precede a la tormenta.

En su camino por el pasillo hasta los ascensores, uno de los periodistas se acercó a Bosch. El detective de homicidios no conocía su nombre, pero lo reconoció por haberlo visto en la tribuna de prensa de la sala.

–¿Detective Bosch?

Bosch continuó caminando.

—Mire, ya se lo he dicho a todos. No voy a hacer comentarios hasta que termine el juicio. Lo siento. Tendrá que...

—No es por eso. Quería saber si ha llegado a un acuerdo con Terry McCaleb.

Bosch se detuvo y miró al periodista.

—¿Qué quiere decir?

—Ayer. Lo estaba buscando aquí.

—Ah, sí. Lo vi. ¿Conoce a Terry?

—Sí, escribí un libro sobre el FBI hace unos años. Lo conocí entonces. Antes de su trasplante.

Bosch asintió y estaba a punto de seguir adelante cuando el periodista le tendió la mano.

—Jack McEvoy.

Bosch le estrechó la mano a regañadientes. Reconoció el nombre. Cinco años antes, el FBI había perseguido a un asesino en serie hasta Los Ángeles, donde se creía que iba a atacar a su siguiente víctima, un detective de homicidios de Hollywood llamado Ed Thomas. El FBI había utilizado información de McEvoy, un periodista del *Rocky Mountain News* de Denver, para localizar al asesino conocido como el Poeta y la vida de Thomas no llegó a estar amenazada. El policía se había retirado y había puesto una librería en el condado de Orange.

—Sí, lo recuerdo —dijo Bosch—. Ed Thomas es amigo mío.

Ambos hombres se estudiaron mutuamente.

—¿Está cubriendo esto? —preguntó Bosch, una pregunta obvia.

—Sí, para el *New Times* y para *Vanity Fair*. También estoy pensando en un libro, así que cuando esto termine quizá podamos hablar.

—Sí, puede ser.

—A no ser que esté haciendo algo con Terry.

–¿Con Terry? No, lo de ayer no tenía nada que ver con esto. Nada de libros.

–Muy bien, entonces téngame en cuenta.

McEvoy sacó la billetera del bolsillo y extrajo una tarjeta.

–Trabajo desde mi casa en Laurel Canyon. Llámeme si lo desea.

Bosch levantó la tarjeta.

–Muy bien. Bueno, tengo que irme. Supongo que ya nos veremos por aquí.

–Sí.

Bosch se alejó y pulsó el botón de llamada del ascensor. Miró de nuevo la tarjeta mientras esperaba y pensó en Ed Thomas. Luego se guardó la tarjeta en el bolsillo del traje.

Antes de que llegara el ascensor, vio que McEvoy seguía en el pasillo, esta vez hablando con Rudy Tafero, el investigador de la defensa. Tafero era un hombre alto y estaba inclinado hacia McEvoy, como si se tratara de algún tipo de cita conspiratoria. McEvoy estaba escribiendo en una libreta.

El ascensor se abrió y Bosch entró. Miró a Tafero y McEvoy hasta que las puertas se cerraron.

Bosch subió la colina por Laurel Canyon Boulevard y bajó a Hollywood antes del atasco de la tarde. En Sunset dobló a la derecha y aparcó a unas cuantas manzanas del límite de West Hollywood. Echó unas monedas en el parquímetro y se metió en un edificio de oficinas blanco y sin gracia al otro de un *strip bar* de Sunset. El edificio de dos plantas con patio ofrecía oficinas y servicios a pequeñas productoras. Las empresas iban de película en película. Entremedias no había necesidad de oficinas opulentas y espacio.

Bosch consultó su reloj y vio que llegaba justo a tiempo. Eran las cinco menos cuarto y la audición se había fijado a las cinco. Subió por la escalera hasta el segundo piso y entró por una puerta con un cartel que decía: «Nuff Said Productions». Era un piso con tres salas, uno de los más grandes del edificio. Bosch había estado allí antes y conocía la distribución: una sala de espera con un escritorio para la secretaria, la oficina del amigo de Bosch, Albert *Nuff* Said, y al fondo una sala de conferencias. La mujer de detrás del escritorio de la secretaria levantó la cabeza cuando Bosch entró.

–Soy Harry Bosch. He venido a ver al señor Said.

Ella asintió, levantó el teléfono y marcó un número.

Bosch lo oyó sonar en la otra sala y reconoció la voz de Said.

–Está aquí Harry Bosch –dijo la secretaria.

Bosch oyó que Said decía que lo hiciera pasar y se encaminó en aquella dirección antes de que la secretaria colgara.

–Puede pasar –dijo ella a su espalda.

Bosch entró en un despacho que estaba sencillamente amueblado con una mesa, dos sillas, un sofá de cuero negro y una consola de televisión y vídeo. Las paredes estaban cubiertas de carteles enmarcados de películas de Said y otros recuerdos, como los respaldos de las sillas de los directores con los nombres de las películas escritos en ellas. Bosch conocía a Said desde hacía al menos quince años, desde que el hombre, mayor que él, lo había contratado como asesor técnico en una película basada vagamente en uno de sus casos. En la década siguiente habían mantenido un contacto esporádico. Por lo general, había sido Said quien llamaba a Bosch cuando tenía una pregunta técnica acerca del procedimiento policial para una película. La mayoría de las películas de

Said no estaban destinadas a la pantalla grande, sino que eran películas para televisión y canales de cable.

Albert Said se levantó tras el escritorio y Bosch le tendió la mano.

–Hola, Nuff, ¿cómo va eso?

–Va bien, amigo. –Señaló a la televisión–. He visto tu actuación de hoy en Court TV. ¡Bravo!

Said aplaudió educadamente. Bosch hizo un gesto con la mano para que se interrumpiera y volvió a mirar su reloj.

–Gracias. ¿Está todo preparado aquí?

–Eso creo. Marjorie hará que me espere en la sala de reuniones. A partir de ahí es cosa tuya.

–Te lo agradezco, Nuff. Ya me dirás cómo puedo devolverte el favor.

–Puedes salir en mi próxima película. Tienes presencia, amigo. Lo he visto todo hoy. Y lo he grabado, por si quieres verlo.

–No, creo que no. De todos modos no creo que tengamos tiempo. ¿Qué tienes entre manos ahora?

–Bah, ya sabes, esperando que el semáforo se ponga verde. Tengo un proyecto que creo que está a punto de arrancar con financiación extranjera. Es acerca de un poli al que mandan a la cárcel y el trauma de perder la placa y el respeto y todo le da amnesia. Así que está en prisión y no se acuerda de a quién metió él allí dentro y a quién no. Es una lucha constante por sobrevivir. El presidiario que se hace amigo suyo resulta que es un asesino en serie al que él envió allí. Es un *thriller*, Harry. ¿Qué te parece? Steven Seagal se está leyendo el guion.

Las pobladas cejas de Said estaban arqueadas en ángulos agudos en su frente. Estaba claramente excitado por la promesa de la película.

–No sé, Nuff –dijo Bosch–. Creo que ya se ha hecho antes.

–Todo se ha hecho antes, pero ¿qué te parece?

A Bosch lo salvó la campana. En el silencio que siguió a la pregunta de Said ambos oyeron que la secretaria hablaba con alguien en la sala adjunta. En ese momento el altavoz del escritorio de Said sonó y la secretaria dijo:

–La señorita Crowe está aquí. Le esperará en la sala de reuniones.

Bosch hizo una señal a Said.

–Gracias, Nuff –susurró–. Ya me ocupo yo.

–¿Estás seguro?

–Te avisaré si necesito ayuda.

Se volvió hacia la puerta del despacho, pero luego volvió al escritorio y extendió la mano.

–Puede que tenga que irme un poco deprisa, así que me despido ahora. Buena suerte con el proyecto. Suena a ganador.

Ambos hombres se estrecharon las manos.

–Sí, ya veremos –dijo Said.

Bosch salió del despacho, recorrió un corto pasillo y entró en la sala de reuniones. Había una mesa con sobre de cristal en el centro y una silla a cada lado. Annabelle Crowe estaba sentada en el lado opuesto a la puerta. Estaba mirando una foto en blanco y negro de ella misma cuando entró Bosch. Levantó la cabeza con una sonrisa reluciente y una dentadura perfecta. La sonrisa se mantuvo durante poco más de un segundo y luego se quebró como el barro al sol del desierto.

–¿Qué...? ¿Qué está haciendo aquí?

–Hola, Annabelle, ¿cómo está?

–Esto es una prueba... No puede...

–Sí, esto es una prueba. Le voy a hacer una prueba para el papel de testigo en un juicio por homicidio.

La mujer se levantó. Su foto y un currículum resbalaron desde la mesa hasta el suelo.

–No puede..., ¿qué está pasando aquí?

–Ya sabe qué está pasando. Se mudó sin dejar señas. Sus padres no iban a ayudarme y su agente tampoco, así que solo me quedaba la opción de montar una audición para llegar hasta usted. Ahora siéntese y hablaremos de dónde ha estado y por qué está huyendo del juicio.

–¿Entonces no hay ningún papel?

Bosch casi se rio. La chica todavía no lo había entendido.

–No, no hay ningún papel.

–¿Y no van a hacer un *remake* de *Chinatown*?

Esta vez Bosch se rio, pero no tardó en contenerse.

–Un día de estos lo harán, pero usted es demasiado joven para el papel y yo no soy Jake Gittes. Siéntese, por favor.

Bosch empezó a separar la silla que quedaba enfrente de la de la chica, pero ella se negó a sentarse. Parecía muy desorientada. Era una mujer joven y hermosa con una cara que muchas veces le proporcionaría aquello que buscaba. Pero no en esta ocasión.

–He dicho que se siente –repitió Bosch con severidad–. Tiene que entender algo, señorita Crowe. Ha violado la ley al no responder a la citación judicial para presentarse hoy. Eso significa que si quiero, puedo sencillamente detenerla y hablar de esto en comisaría. La alternativa es que nos sentemos aquí, ya que nos han dejado usar esta bonita sala, y hablemos de una manera civilizada. La elección es suya, Annabelle.

Ella se dejó caer en la silla. Su boca era una línea fina. El lápiz de labios que se había aplicado cuidadosamente para una sesión de cásting ya estaba empezando a resquebrajarse y difuminarse. Bosch la examinó un buen rato antes de empezar.

–¿Quién la ha amenazado, Annabelle? Ella lo miró con acritud.

–Mire –dijo–. Estaba asustada, ¿vale? Todavía lo estoy. David Storey es un hombre poderoso. Tiene a gente que da miedo detrás de él.

Bosch se inclinó sobre la mesa.

–¿Me está diciendo que él la amenazó? ¿Que ellos la amenazaron?

–No, no estoy diciendo eso. No hace falta que me amenacen. Sé cómo funciona este mundo.

Bosch volvió a apoyarse en el respaldo y la examinó con cuidado. Los ojos de ella se movían por toda la sala, pero nunca se posaban en él. El ruido del tráfico de Sunset se filtraba a través de la única ventana cerrada de la sala. En algún lugar del edificio se vació una cisterna. Ella finalmente miró a Bosch.

–¿Qué es lo que quiere?

–Quiero que testifique. Quiero que declare contra ese tipo. Por lo que trató de hacerle. Por Jody Krementz. Y por Alicia Lopez.

–¿Quién es Alicia Lopez?

–Otra mujer que encontramos. Ella no tuvo tanta suerte.

Bosch vio el desconcierto en el rostro de la joven. Estaba claro que veía el hecho de testificar como algo peligroso.

–Si testifico no volveré a trabajar. Y puede que sea peor.

–¿Quién le ha dicho eso?

Ella no respondió.

–¿Venga, quién? ¿Se lo han dicho ellos, su agente, quién?

Ella dudó un momento y luego negó con la cabeza, como si no pudiera creer que estaba hablando con Bosch.

–Estaba entrenándome en Crunch. Estaba haciendo *steps* y ese tipo se puso en la máquina de al lado a leer el periódico. Lo tenía doblado por el artículo que estaba leyendo. Y yo estaba pensando en mis cosas cuando él de pronto empezó a hablar. Nunca me miró. Se limitó a hablar mientras miraba el periódico. Dijo que el artículo que estaba leyendo era sobre el juicio a David Storey y cómo odiaría tener que testificar contra él. Dijo que una persona que hiciera eso no volvería a trabajar en esta ciudad.

Ella se detuvo, pero Bosch esperó y la examinó. Su angustia al relatar la historia parecía genuina. Estaba al borde de las lágrimas.

–Y yo... yo estaba tan asustada con él a mi lado que simplemente salí corriendo de la máquina hacia el vestuario. Me quedé allí una hora e incluso entonces seguía con miedo de que pudiera estar esperándome. Observándome.

Annabelle Crowe empezó a llorar. Bosch se levantó, salió de la sala y buscó en el baño del pasillo, donde encontró una caja de pañuelos de papel. Se la llevó consigo a la sala de reuniones y se la ofreció a Annabelle Crowe. Volvió a sentarse.

–¿Dónde está Crunch?

–Calle abajo. En Sunset y Crescent Heights.

Bosch asintió. Ya sabía dónde estaba, en el mismo complejo de tiendas y ocio en el que Jody Krementz había conocido a David Storey en un *coffee shop*. Se preguntó si habría alguna relación. Quizá Storey era socio de Crunch o tal vez pidió a un compañero de ejercicios que amenazara a Annabelle Crowe.

–¿Pudo ver al tipo?

–Sí, pero eso no importa. No sé quién era. No lo había visto antes ni he vuelto a verlo.

Bosch pensó en Rudy Tafero.

–¿Conoce al investigador del equipo de la defensa? ¿Un hombre llamado Rudy Tafero? ¿Era alto, pelo negro y con un buen bronceado? ¿Un hombre de buen ver?

–No sé quién es así, pero no era el hombre del otro día. Aquel tío era bajo y calvo. Llevaba gafas.

Bosch no identificó la descripción y decidió dejarlo estar por el momento. Tendría que informar a Langwiser y Kretzler de la amenaza. Quizá ellos quisieran comunicársela al juez Houghton. Tal vez pedirían a Bosch que fuera a Crunch y empezara a hacer preguntas para tratar de confirmar algo.

–¿Qué va a hacer entonces? –preguntó ella–. ¿Va a obligarme a testificar?

–No depende de mí. Los fiscales decidirán después de que les cuente lo que acaba de explicarme.

–¿Me cree?

Bosch vaciló un momento antes de asentir.

–Aun así tiene que presentarse. Se le entregó una citación judicial. Acuda allí mañana entre las doce y la una, y ellos le dirán lo que quieren hacer.

Bosch sabía que la harían testificar. No les importaría si la amenaza era real o no. Tenían que preocuparse por el caso y sacrificarían a Annabelle Crowe por David Storey. Un pez pequeño para atrapar a uno grande, así era el juego.

Bosch le pidió que vaciara el bolso. Miró entre sus cosas y encontró una dirección y un número de teléfono escrito. Era de un apartamento de Burbank. La joven reconoció que había puesto sus pertenencias en un guardamuebles y estaba viviendo en el apartamento, en espera de que concluyera el juicio.

–Voy a darle una oportunidad, Annabelle, y no la llevaré al calabozo esta noche. Pero la he encontrado esta vez y puedo volver a encontrarla. Si no se presenta mañana iré a buscarla. E irá derecha a la prisión de Sybil Brand, ¿entendido?

Ella asintió con la cabeza.

—¿Vendrá?

Ella volvió a asentir.

—Nunca tendría que haberme presentado.

Bosch asintió. En eso tenía razón.

—Ya es demasiado tarde —dijo—. Hizo lo que tenía que hacer. Ahora tiene que asumirlo. Es lo que tienen los juicios. Cuando uno decide ser valiente y dar la cara, ya no puede echarse atrás.

21

Art Pepper sonaba en el equipo de música y Bosch estaba hablando por teléfono con Janis Langwiser cuando alguien golpeó la puerta mosquitera. Salió al pasillo y vio a una figura mirando hacia adentro entre el desorden. Molesto por la intromisión, se acercó a la puerta y estaba a punto de cerrarla sin más cuando reconoció a Terry McCaleb. Todavía estaba escuchando a Langwiser echando humo por la posible manipulación de una testigo cuando encendió la luz de la entrada, abrió la puerta e invitó a entrar a McCaleb.

McCaleb hizo una señal para indicar que estaría callado hasta que Bosch acabara con la llamada. Bosch lo observó mientras entraba en la sala y luego salía a la terraza de atrás para ver las luces del paso de Cahuenga. Trató de concentrarse en lo que Langwiser estaba diciendo, pero sentía curiosidad por saber por qué McCaleb había subido hasta las colinas para verlo.

–Harry, ¿estás escuchando?

–Sí. ¿Qué es lo último que has dicho?

–He dicho que si crees que Houghton suspenderá el juicio si abrimos una investigación.

Bosch no necesitó pensar mucho para responder.

–Ni hablar. El espectáculo ha de continuar.

–Sí, es lo que suponía. Avisaré a Roger y veré qué quiere hacer. De todas formas es la menor de nuestras preocupaciones. En cuanto menciones a Alicia Lopez en el estrado, se va a liar una buena.

—Pensaba que ya habíamos ganado eso: Houghton dijo que...

—Eso no significa que Fowkkes no vaya a intentarlo de nuevo. Todavía no estamos a salvo.

Se produjo una pausa. No había demasiada seguridad en su voz.

—Bueno, te veo mañana, Harry.

—Muy bien, Janis. Hasta mañana.

Bosch colgó y dejó el teléfono en su lugar de la cocina. Cuando volvió a salir, McCaleb estaba en la sala, mirando los estantes de encima del equipo de música, en concreto a una fotografía enmarcada de su mujer.

—Terry, ¿qué pasa?

—Oye, Harry, perdóname por presentarme sin avisar. No tenía tu número de teléfono para llamarte antes.

—¿Cómo has encontrado el sitio? ¿Quieres una cerveza o algo? —Bosch señaló al pecho de él—. ¿Puedes tomar cerveza?

—Ahora sí. En realidad acaban de darme permiso. Puedo volver a beber. Con moderación. Una cerveza me va perfecto.

Bosch fue a la cocina. McCaleb continuó hablando desde la sala.

—Había estado aquí. ¿No te acuerdas?

Bosch salió con dos botellas abiertas de Anchor Steam y le pasó una a McCaleb.

—¿Quieres un vaso? ¿Cuándo estuviste aquí?

McCaleb cogió la botella.

—Cielo Azul. —Tomó un largo trago de la botella, contestando de esta forma la pregunta de Bosch acerca del vaso.

Bosch pensó en Cielo Azul y lo recordó. Se habían emborrachado en el porche, ambos reflexionando sobre un caso que era demasiado terrible para pensar en él en profundidad con una mente sobria. Recordó haberse sentido avergonzado al día siguiente, porque había perdido el control y no había dejado de preguntar con voz lenta de borracho: «¿Dónde está la mano de Dios? ¿Dónde está la mano de Dios?».

–Ah, sí –dijo Bosch–. Uno de mis mejores momentos existenciales.

–Sí. Aunque la casa es diferente ahora. ¿La vieja se fue colina abajo con el terremoto?

–Eso es. Zona catastrófica. Empecé de cero.

–Sí, no la reconocí. Subí aquí buscando la vieja casa, pero entonces vi el Shamu y supuse que no habría ningún otro poli en el barrio.

Bosch pensó en el coche blanco y negro aparcado en la cochera. No se había molestado en llevarlo a la comisaría para cambiarlo por su coche particular. Le ahorraría tiempo por la mañana al permitirle conducir directo al tribunal. El vehículo era un coche blanco y negro sin las luces de emergencia en el techo. Los detectives los usaban como parte de un programa concebido para que pareciera que había más policías en las calles de los que en realidad había.

McCaleb se acercó a Bosch y brindó botella contra botella.

–Por Cielo Azul –dijo.

–Sí –dijo Bosch.

Bebió de la botella. Estaba helada y deliciosa. Era su primera cerveza desde el inicio del juicio. Decidió no pasar de una, aunque McCaleb insistiera.

–¿Es tu ex? –preguntó McCaleb, señalando la foto de los estantes.

–Mi mujer. Todavía no es mi ex; al menos por lo que yo sé. Aunque supongo que va por ese camino.

Bosch miró el retrato de Eleanor Wish. Era la única foto que tenía de ella.

–Lástima.

–Sí. ¿Qué pasa, Terry? Tengo algunas cosas que repasar para...

–El juicio, ya sé. Lamento la intrusión. Sé que tiene que ser agotador. Solo hay un par de detalles sobre el caso Gunn que quiero aclarar. Pero también quería decirte algo. Quiero decir, explicártelo.

Sacó la billetera del bolsillo de atrás, la abrió y extrajo una foto. Se la pasó a Bosch. La foto había adoptado el contorno de la billetera. Mostraba a un bebé de pelo oscuro en brazos de una mujer de pelo oscuro.

–Es mi hija, Harry. Y mi mujer.

Bosch asintió y observó la foto. Tanto la madre como la hija tenían la piel y el cabello oscuros, y ambas eran muy bonitas. Y sin duda para McCaleb lo serían más todavía.

–Muy bonitas –dijo–. La nena parece recién nacida. ¡Tan pequeñita!

–Ahora tiene cuatro meses, pero la foto es de hace un mes. Da igual, olvidé decírtelo ayer en el almuerzo. La llamamos Cielo Azul.

La mirada de Bosch pasó de la foto a los ojos de McCaleb. Sostuvo la mirada un momento y asintió.

–Es bonito.

–Le dije a Graciela que quería llamarla así y le expliqué el motivo. A ella le pareció buena idea.

Bosch le devolvió la foto.

–Espero que algún día también se lo parezca a la niña.

–Yo también. Casi siempre la llamamos CiCi. Da igual, ¿recuerdas aquella noche aquí arriba que no parabas de preguntar sobre la mano de Dios y decías que ya no podías verla en nada? A mí me pasó lo mismo. Lo perdí. En este trabajo es difícil no hacerlo. Entonces... –Levantó la foto–. Está aquí otra vez. Volví a encontrar la mano de Dios. La veo en los ojos de CiCi.

Bosch se quedó mirando a McCaleb un rato antes de asentir.

–Me alegro por ti, Terry.

–O sea, no estoy tratando de..., vamos que no quiero convertirte ni nada por el estilo. Lo único que te estoy diciendo es que he encontrado eso que faltaba. Y no sé si tú sigues buscándolo... Solo quería decirte, bueno, que está ahí. No te rindas.

Bosch apartó la vista de McCaleb y miró por las puertas de cristal hacia la oscuridad.

–Estoy seguro de que para alguna gente es así.

Bosch apuró su botella y fue a la cocina para romper la promesa que se había hecho a sí mismo de tomarse solo una. Llamó a McCaleb para ver si quería una segunda cerveza, pero su visitante dijo que no. Al inclinarse en la nevera abierta se detuvo un momento para sentir la caricia del aire frío en el rostro. Pensó en lo que McCaleb acababa de decirle.

–¿Tú no crees que seas uno de ellos?

Bosch se incorporó de golpe al oír la voz de McCaleb, que estaba de pie en el umbral de la cocina.

–¿Qué?

–Has dicho que es así para alguna gente. ¿Tú crees que no formas parte de esa gente?

Bosch sacó una cerveza de la nevera y la colocó en el abridor montado en la pared. Destapó la botella y dio un buen trago antes de responder.

–¿Qué es esto, Terry, un concurso de preguntas y respuestas? ¿Estás pensando en hacerte cura o qué?

McCaleb sonrió y negó con la cabeza.

–Lo siento, Harry. Esto de ser padre primerizo... Supongo que se lo quiero contar al mundo. Eso es todo.

–Es bonito. ¿Ahora quieres hablar de Gunn?

–Claro.

–Salgamos a contemplar la noche.

Salieron a la terraza trasera y ambos admiraron la vista. La 101 era la cinta de luz habitual, una vena brillante que se abría camino entre las montañas. El cielo estaba claro, después de que la lluvia de la semana anterior hubiera limpiado la capa de contaminación. Bosch veía las luces del fondo del valle de San Fernando que se extendían hasta el horizonte. Más cerca de la casa, solo la oscuridad se sostenía en los arbustos de la colina. Le llegaba el olor a eucalipto; siempre era más intenso después de la lluvia.

McCaleb fue el primero en romper el silencio.

–Es un lugar bonito este, Harry. Un buen sitio. Supongo que odias tener que meterte en la plaga cada mañana.

Bosch miró a su invitado.

–No me importa siempre que tenga oportunidad de pescar a los peces gordos de cuando en cuando. A gente como David Storey. No me importa.

–¿Y los que se escapan? Como Gunn.

–Nadie se escapa, Terry. Si creyera que lo consiguen no podría hacer esto. Está claro que no podemos detenerlos a todos, pero yo creo en el círculo. En la noria.

Todo termina por volver a su sitio tarde o temprano. Puede que no vea la mano de Dios con tanta frecuencia como tú, pero creo en eso.

Bosch dejó la botella en la barandilla. Estaba vacía y aunque le apetecía otra sabía que tenía que echar el freno. Iba a necesitar la máxima lucidez en el juicio al día siguiente. Pensó en fumarse un cigarrillo y sabía que había un paquete entero en el armario de la cocina, pero decidió contenerse también en ese aspecto.

—Entonces supongo que lo que le pasó a Gunn es una confirmación de tu fe en la teoría de la noria.

Bosch no dijo nada durante un buen rato, solo miró las luces del valle.

—Sí —dijo al fin—. Supongo que sí.

Apartó la mirada y dio la espalda al valle. Se recostó en la barandilla y miró de nuevo a McCaleb.

—¿Bueno, y qué hay de Gunn? Pensaba que ayer te había dicho todo lo que había que decir. Tienes el expediente, ¿no?

McCaleb asintió.

—Probablemente me lo dijiste todo y sí que tengo el expediente. Pero me estaba preguntando si se te ocurrió algo más. Ya sabes, si nuestra conversación te hizo pensar en eso.

Bosch casi contuvo la risa y levantó la botella antes de recordar que estaba vacía.

—Venga, Terry, tío, estoy en medio de un juicio, he estado localizando a una testigo que se largó sin avisar. O sea, que dejé de pensar en tu investigación en el momento en que me levanté de la mesa en Cupid's. ¿Qué es exactamente lo que quieres de mí?

—Nada, Harry. No quiero nada de ti que no tengas. Solo pensé que valía la pena intentarlo. No sé. Estoy trabajando en esto y trato de encontrar algo. Pensé que quizá..., no te preocupes.

—Eres un tío raro, McCaleb. Ahora me estoy acordando de la forma en que solías mirar las fotos de la escena del crimen. ¿Quieres otra cerveza?

—Sí, ¿por qué no?

Bosch se agachó para recoger su botella y la de McCaleb. Quedaba al menos un tercio. Volvió a dejarla.

–Bueno, acábatela.

Entró a la casa y sacó otras dos cervezas de la nevera. Esta vez McCaleb estaba de pie en la sala cuando él salió de la cocina. Le pasó a Bosch su botella vacía, y este se preguntó por un momento si se la había acabado o la había vaciado desde la terraza. Se llevó la vacía a la cocina y cuando salió McCaleb estaba delante del equipo de música, mirando la caja del CD.

–¿Es esto lo que suena? –preguntó–. ¿*Art Pepper meets the Rhythm Section?*

Bosch se acercó.

–Sí. Art Pepper y la banda de Miles. Red Garland al piano, Paul Chambers al bajo, Philly Joe Jones a la batería. Lo grabaron aquí en Los Ángeles el 19 de enero del 57. Un día. Dicen que el corcho del saxo de Pepper estaba roto, pero no importaba. Tenía una oportunidad con estos tipos y le sacó todo el partido posible. Un día, una sesión, un clásico. Esa es la forma de hacerlo.

–¿Estos tipos estaban en la banda de Miles?

–En esa época sí.

McCaleb asintió. Bosch se acercó para mirar la tapa del CD que sostenía McCaleb.

–Sí, Art Pepper –dijo–. De pequeño no sabía quién era mi padre. Mi madre tenía un montón de discos de Pepper. Ella se pasaba por algunos de los clubes de jazz donde tocaba. Art era guapo. Para ser yonqui. Mira la foto. Yo me inventé la historia de que él era mi padre y que no estaba nunca en casa, porque siempre andaba de gira y grabando discos. Casi llegué a creérmelo. Después (quiero decir años después) leí un libro sobre él. Decía que era yonqui cuando le hicieron esa foto. Se pinchó en cuanto terminó de grabar y volvió a acostarse. McCaleb se fijó en la fotografía del CD. Un hombre atractivo recostado en un árbol con el saxo descansando en su brazo derecho.

—Bueno, podía tocar —dijo McCaleb.

—Sí, podía tocar —coincidió Bosch—. Era un genio con una jeringa en el brazo.

Bosch subió ligeramente el volumen. El tema era *Straight Life*, el sello de identidad de Pepper.

—¿Tú crees eso? —preguntó McCaleb.

—¿Qué, que era un genio? Sí, era un genio con el saxo.

—No, me refiero a si todo genio (músico, artista, incluso detective) tiene un defecto así. La jeringa en el brazo.

—Yo creo que todo el mundo tiene un defecto fatal, tanto si es un genio como si no.

Bosch subió más el volumen. McCaleb dejó la cerveza encima de uno de los altavoces del suelo. Bosch la levantó y se la devolvió. Limpió con la palma de la mano el cerco húmedo de la superficie de madera. McCaleb bajó la música.

—Venga, Harry, dame algo.

—¿De qué estás hablando?

—He subido hasta aquí. Dame algo sobre Gunn. Ya sé que no te importa, el círculo se completó y él no salió libre. Pero no me gusta la pinta que tiene esto. Este tipo (sea quien sea) sigue libre. Y va a volver a hacerlo. Seguro.

Bosch se encogió de hombros como si siguiera sin importarle el tema.

—Muy bien, te diré algo. Es poco sólido, pero vale la pena intentarlo. Cuando estaba en el calabozo, la noche anterior a que lo mataran y yo fui a verlo, también hablé con los hombres de la Metro que lo detuvieron por conducir borracho. Dijeron que le preguntaron dónde había estado bebiendo y él les dijo que salía de un sitio llamado

Nat's. Está en el bulevar, a una manzana de Musso's en la acera sur.

—Gracias, lo encontraré —dijo McCaleb con tono de no saber a qué venía la explicación—. ¿Cuál es la conexión?

—Bueno, mira, Nat's es el mismo sitio en el que estuvo bebiendo hace seis años. Es allí donde recogió a esa mujer a la que mató.

—Así que era un asiduo.

—Eso parece.

—Gracias, Harry. Lo comprobaré. ¿Cómo es que no se lo dijiste a Jaye Winston?

Bosch se encogió de hombros.

—Supongo que no pensé en ello y ella no me lo preguntó.

McCaleb estuvo a punto de volver a dejar la cerveza sobre el altavoz, pero al final se la devolvió a Bosch.

—Podría pasarme por ahí esta noche.

—No lo olvides.

—¿Olvidar qué?

—Si pillas al tipo que lo hizo felicítalo de mi parte.

McCaleb no respondió. Miró el lugar en el que se hallaban como si acabara de entrar.

—¿Puedo usar el baño?

—Al final del pasillo a la izquierda.

McCaleb se dirigió hacia allí mientras Bosch se llevaba las botellas a la cocina y las dejaba en el cubo para reciclar vidrio, junto con las otras. Abrió la nevera y vio que solo quedaba una botella del paquete de seis que había comprado al volver a casa después de engañar a Annabelle Crowe. Cerró la nevera cuando entró McCaleb.

—Esa pintura que tienes colgada en el pasillo es una locura —dijo.

—¿Qué? Ah, sí, a mí me gusta.

–¿Qué se supone que quiere decir?

–No lo sé, supongo que significa que la noria no deja de girar. Nadie se escapa.

McCaleb asintió.

–Supongo.

–¿Vas a ir a Nat's?

–Estaba pensando en eso. ¿Quieres venir?

Bosch consideró la propuesta, a pesar de que sabía que era una locura. Tenía que repasar la mitad del expediente para preparar lo que le quedaba de testificar por la mañana.

–No, será mejor que trabaje un poco por aquí y me prepare para mañana.

–Bueno, por cierto, ¿cómo ha ido hoy?

–De momento bien. Pero por ahora estamos jugando a *softball*. Mañana le toca batear a Reason y va a pegarle fuerte.

–Veré las noticias.

McCaleb se acercó y tendió la mano. Bosch se la estrechó.

–Ten cuidado.

–Tú también, Harry. Gracias por las cervezas.

Acompañó a McCaleb a la puerta y luego vio cómo subía al Cherokee aparcado en la calle. Arrancó a la primera y se alejó, dejando a Bosch de pie en el umbral iluminado.

Bosch cerró y apagó las luces de la sala. Dejó encendido el equipo de música. Se apagaría de manera automática al final del momento clásico de Art Pepper. No era muy tarde, pero Bosch estaba cansado de las presiones del día y por el alcohol que fluía por su sangre. Decidió irse a acostar y levantarse temprano para preparar su testimonio. Fue a la cocina y sacó la última botella de cerveza de la nevera.

De camino a su habitación se detuvo a mirar la pintura enmarcada a la que se había referido McCaleb. Era una reproducción del cuadro de Hieronymus Bosch titulado *El jardín de las delicias*. Lo tenía desde que era un niño. La superficie del cuadro estaba combada y arañada. Estaba en mal estado. Había sido Eleanor quien lo había sacado de la sala para ponerlo en el pasillo. No le gustaba que estuviera en el sitio en el que se sentaban cada noche. Bosch nunca entendió si era por lo que se representaba en el cuadro o porque la reproducción era vieja y estaba deteriorada.

Al mirar al paisaje de libertinaje y tormento humanos que describía el cuadro, Bosch pensó en volver a colocarlo en su lugar de la sala.

En su sueño, Bosch se movía a través de aguas oscuras, incapaz de verse las manos delante de su propio rostro. Sonó un timbre y él subió a la superficie desde la oscura profundidad.

Se despertó. La luz continuaba encendida, pero todo estaba en silencio. El equipo de música estaba apagado. Empezó a mirar su reloj cuando el teléfono sonó de nuevo y él lo agarró rápidamente de la mesilla de noche.

—¿Sí?

—Hola, Harry. Soy Kiz. Su antigua compañera.

—Kiz, ¿qué pasa?

—¿Estás bien? Tienes una voz...

—Estoy bien. Solo estaba..., estaba durmiendo.

Miró el reloj. Eran poco más de las diez.

—Lo siento, Harry. Pensé que estarías calentando motores, preparándote para mañana.

—Me levantaré temprano para eso.

—Bueno, lo has hecho muy bien hoy. Tenemos la tele encendida en la brigada. Todos están contigo.

—Apostaría. ¿Qué tal va todo por ahí?

—Va. En cierto modo es como volver a empezar. Tengo que demostrarles que sirvo.

—No te preocupes por ellos. Vas a pasar a esos tipos como si estuvieran parados. Lo mismo que hiciste conmigo.

—Harry..., tú eres el mejor. He aprendido de ti más de lo que nunca sabrás.

Bosch vaciló. Estaba conmovido de verdad por lo que ella acababa de decirle.

—Me gusta que me lo digas, Kiz. Deberías llamarme más a menudo.

Ella rio.

—Bueno, no te llamaba por eso. Le dije a una amiga que lo haría. Me recuerda mi época en el instituto, pero bueno, allá va. Hay alguien que está interesada en ti. Le dije que me enteraría de si volvías a estar disponible, no sé si me explico.

Bosch no tuvo ni que pensárselo antes de responder.

—Uf, no, Kiz, no lo estoy. Yo... todavía no voy a rendirme con Eleanor. Aún tengo la esperanza de que llame o aparezca y podamos solucionarlo. Ya sabes cómo es esto.

—Lo sé. Y está muy bien, Harry. Solo le dije que preguntaría, pero si cambias de opinión, es una buena mujer.

—¿La conozco?

—Sí, la conoces. Es Jaye Winston, de la oficina del sheriff. Estamos juntas en un grupo de mujeres. Polis sin porra. Esta noche hemos hablado de ti.

Bosch no dijo nada. Sentía un nudo en el estómago. No creía en las coincidencias.

—Harry, ¿estás ahí?

—Sí, estoy aquí. Estaba pensando en algo.

–Bueno, te dejo. Y oye, Jaye me pidió que no te dijera su nombre. Ya sabes, solo quería saber de ti y poner un anónimo. Para que la próxima vez que te la encuentres en el trabajo no resulte embarazoso. Así que yo no te he dicho nada, ¿vale?

–Sí. ¿Te hizo preguntas sobre mí?

–Algunas. Nada importante. Espero que no te importe. Le dije que había elegido bien. Le dije que si yo no fuera, bueno, como soy, yo también estaría interesada.

–Gracias, Kiz –dijo Bosch, pero su mente ya estaba en otra cosa.

–Bueno, ahora tengo que irme. Ya nos veremos. Dales duro mañana, ¿vale?

–Lo intentaré.

Kiz colgó y Bosch lentamente dejó el teléfono en su lugar. El nudo en el estómago se había hecho más duro. Empezó a pensar en la visita de McCaleb, en lo que le había preguntado y en lo que había dicho. Unas horas después Winston estaba haciendo preguntas sobre él.

Bosch no creía que se tratara de una coincidencia. Estaba claro que querían echarle el anzuelo. Lo estaban buscando por el asesinato de Edward Gunn. Y sabía que probablemente le había dado a McCaleb la suficiente cantidad de datos psicológicos para que creyera que iba por el buen camino.

Bosch vació la botella de cerveza que tenía en la mesilla de noche. El último trago estaba tibio y agrio. Sabía que no le quedaban más cervezas en la nevera, así que decidió encender un cigarrillo.

22

Nat's era un bar del tamaño de un vagón de ferrocarril, igual a un montón de antros de Hollywood. Durante las horas del día lo frecuentaban los alcohólicos, al anochecer las busconas y su clientela y más tarde la tribu del cuero negro y los tatuajes. Era el tipo de lugar donde más valía no pagar con una tarjeta de crédito oro.

McCaleb se había detenido a cenar en Musso's, porque su reloj biológico le exigía alimento antes de que se quedara sin pilas, de manera que no llegó a Nat's hasta después de las diez. Mientras se comía su pastel de pollo pensó en si merecía la pena ir al bar a hacer preguntas sobre Gunn, teniendo en cuenta que el consejo había partido del sospechoso. ¿Iba a indicar el sospechoso la dirección correcta al investigador? No parecía probable, pero McCaleb también tenía en cuenta que Bosch había bebido y que no era consciente de sus verdaderas intenciones durante su visita a la casa de la colina. El consejo bien podía ser válido y decidió que no había que descuidar ninguna parte de la investigación.

Al entrar tardó unos segundos en adaptar la vista a la luz escasa y de color rojizo. Cuando la estancia se hizo más clara vio que estaba medio vacía. Era el periodo tranquilo entre el grupo del anochecer y el de última hora. Dos mujeres –una blanca y una negra– sentadas a un extremo de la barra que recorría el lado izquierdo del bar lo miraron y McCaleb vio que los ojos de ellas leían la palabra «poli» al mismo tiempo que los suyos leían la palabra «putas». Le satisfizo secretamente comprobar que aún conservaba el *look*. Pasó al lado de ellas y continuó hasta el salón. Casi todos los reservados que se alineaban junto al lado derecho del local estaban llenos. Nadie se molestó en dedicarle una mirada.

McCaleb se acercó a la barra entre dos taburetes vacíos y señaló a una de las camareras.

En la máquina de discos de la parte de atrás estaba sonando un viejo tema de Bob Seger, *Night Moves*. La camarera se inclinó sobre la barra para tomar el pedido de McCaleb. La chica vestía un chaleco negro con botones sin camisa debajo. Tenía el pelo largo y negro y un arito dorado en la ceja izquierda.

–¿Qué quieres?

–Un poco de información.

McCaleb deslizó una foto de Edward Gunn sobre la barra. Era una instantánea de ocho por trece que estaba en los archivos que Winston le había dado. La camarera la miró un momento y se la devolvió.

–¿Qué pasa con él? Está muerto.

–¿Cómo lo sabes?

Ella se encogió de hombros.

–No lo sé. Corrió la voz, supongo. ¿Eres poli?

McCaleb asintió, bajó la voz para que la música la cubriera y dijo:

–Algo así.

La camarera se inclinó más todavía sobre la barra para oírlo. Esta posición abrió la parte superior del chaleco, exponiendo la mayor parte de su pechos pequeños pero redondos. Tenía un tatuaje de un corazón encadenado en alambre en el lado izquierdo. No se veía demasiado apetecible, parecía un moretón en una pera. McCaleb apartó la vista.

–Edward Gunn –dijo–. Era un asiduo, ¿no?

–Venía mucho.

McCaleb asintió. Su reconocimiento confirmaba el consejo de Bosch.

–¿Trabajaste la noche de fin de año?

Ella asintió.

–¿Sabes si vino esa noche?

La camarera negó con la cabeza.

–No lo recuerdo. Vino mucha gente la noche de fin de año. Hubo una fiesta. No sé si vino o no, aunque no me sorprendería. La gente entraba y salía.

McCaleb levantó la barbilla hacia el otro camarero, un latino que también llevaba un chaleco negro sin camisa debajo.

–¿Y él? ¿Crees que lo recordaría?

–No, porque empezó a trabajar la semana pasada. Lo metí yo.

Una tenue sonrisa iluminó el rostro de la chica. McCaleb no hizo caso. Empezó a sonar *Twisting the Night Away*. La versión de Rod Stewart.

–¿Conocías bien a Gunn?

Ella dejó escapar una risa.

–Cielo, este es el tipo de sitio donde a la gente no le gusta decir quiénes son o qué son. Que si lo conocía bien. Lo conocía, ¿vale? Ya te he dicho que venía por aquí, pero ni siquiera supe su nombre hasta que estuvo muerto. Alguien dijo que habían matado a Eddie Gunn y yo dije: «¿Quién coño es Eddie Gunn?». Tuvieron que describírmelo. El que siempre tomaba whisky con hielo y tenía manchas de pintura en el pelo. Entonces supe quién era Eddie Gunn.

McCaleb asintió. Buscó en el bolsillo interior de la chaqueta y sacó un recorte de periódico doblado. Lo puso sobre la barra. Ella se inclinó para mirar, mostrando otra panorámica de sus pechos. McCaleb pensó que lo hacía a propósito.

—Es ese poli, el del juicio, ¿no?

McCaleb no contestó. El diario estaba doblado para mostrar una foto de Harry Bosch que había salido esa mañana en el *Los Angeles Times* como anticipo del testimonio con el que se esperaba que se abriera el juicio a Storey. Era una imagen natural del detective Bosch de pie a la salida de la sala. Probablemente ni siquiera sabía que se la habían sacado.

—¿Lo has visto por aquí?

—Sí, viene por aquí. ¿Lo estás buscando?

McCaleb sintió que le subía un cosquilleo por la nuca.

—¿Cuándo viene?

—No lo sé, de vez en cuando. No diría que es un habitual, pero viene. Y nunca se queda mucho rato. Se toma algo y se va. Toma... —Levantó un dedo e inclinó la cabeza, mientras repasaba su archivo interior. Entonces bajó el dedo como marcándose un punto—. Ya está. Cerveza de botella. Siempre pide Anchor Steam, porque se olvida de que no tenemos; es demasiado cara, no la vendemos. Entonces se pide la mediana de siempre.

McCaleb estaba a punto de preguntar cuál era cuando ella contestó su pregunta no formulada.

—Rolling Rock.

Él asintió.

—¿Estuvo aquí en fin de año?

Ella negó con la cabeza.

—La misma respuesta. No me acuerdo. Hubo demasiada gente, demasiadas bebidas y ha pasado demasiado tiempo desde entonces.

McCaleb se guardó el recorte del diario.

—¿Tiene algún problema ese poli?

McCaleb sacudió la cabeza. Una de las mujeres del extremo de la barra picó el vaso vacío sobre la barra y llamó a la camarera.

—Eh, Miranda, aquí tienes clientes que pagan.

La camarera buscó con la mirada a su compañero. Se había marchado, aparentemente a la sala de atrás o al baño.

—Tengo trabajo —dijo.

McCaleb vio que se acercaba al final de la barra y preparaba dos vodkas con hielo para las prostitutas. Durante una pausa en la música, oyó que una de ellas le decía que parase de hablar con el poli para que se largara. Mientras Miranda volvía hacia donde estaba McCaleb, una de las putas le dijo en voz alta.

—Y deja de enseñarle el panorama o no se irá nunca.

McCaleb se hizo el sordo. Miranda suspiró como si estuviera cansada cuando llegó hasta él.

—No sé adónde ha ido Javier. No puedo quedarme toda la noche hablando contigo.

—Deja que te haga una última pregunta —dijo—. ¿Recuerdas haber visto alguna vez al poli con Eddie Gunn al mismo tiempo, juntos o por separado?

Ella pensó un momento y se inclinó hacia adelante.

—Puede que pasara, pero no lo recuerdo.

McCaleb asintió. Estaba convencido de que no iba a sacarle nada más. Se preguntó si debía dejar algo de dinero en la barra. Jamás había sido muy bueno en eso cuando era agente. Nunca sabía cuándo era apropiado y cuándo era insultante.

—¿Puedo preguntarte yo algo? —dijo Miranda.

—¿Qué?

—¿Te gusta lo que ves?

McCaleb sintió que se ponía colorado de inmediato.

—Has mirado bastante, así que pensaba que te lo podía preguntar.

Miró de reojo a las putas y compartió con ellas una sonrisa. Las tres estaban disfrutando con el sonrojo de McCaleb.

—Son muy bonitas —dijo mientras se alejaba de la barra dejando un billete de veinte dólares para ella—. Estoy seguro de que la gente viene por eso. Probablemente Eddie Gunn venía por eso.

Se encaminó hacia la puerta y ella le dijo en voz alta con palabras que lo siguieron hasta la salida.

—Entonces podrías volver y probar alguna vez, agente.

Al pasar por la puerta oyó que las putas chillaban y chocaban las palmas de las manos en alto.

McCaleb se sentó en el Cherokee enfrente de Nat's y trató de sacudirse la vergüenza. Se concentró en la información que había obtenido de la camarera. Gunn era un asiduo y pudo estar o no allí la última noche de su vida. En segundo lugar, conocía a Bosch como cliente. Él también pudo o no haber estado allí en la última noche de la vida de Gunn. El hecho de que esta información hubiera partido indirectamente de Bosch era desconcertante. De nuevo se preguntó por qué Bosch —si es que era el asesino de Gunn— le había dado una pista válida. ¿Se trataba de arrogancia, de la seguridad de que nunca sería considerado sospechoso y por tanto su nombre no iba a surgir durante el interrogatorio en el bar? ¿O podía existir una motivación psicológica más profunda? McCaleb sabía que muchos criminales cometían errores que aseguraban su detención, porque inconscientemente no deseaban que sus crímenes quedaran impunes. La teoría de la noria, pensó McCaleb. Quizá Bosch estaba asegurándose inconscientemente de que la rueda también giraría para él.

Abrió el móvil y comprobó la señal. Funcionaba. Llamó a Jaye Winston a su casa. Miró el reloj mientras sonaba el teléfono y consideró que no era demasiado tarde para llamar. Al cabo de cinco timbrazos ella respondió al fin.

–Soy yo. Tengo algo.

–Yo también, pero sigo al teléfono. ¿Puedo llamarte cuando termine?

–Sí, aquí estaré.

Colgó y se quedó sentado en el coche, esperando y reflexionando. Miró por el parabrisas cuando la prostituta blanca salió del bar con un hombre tocado con una gorra de béisbol con la visera hacia atrás. Encendieron sendos cigarrillos y se encaminaron calle abajo hacia un motel llamado Skylark.

Su teléfono sonó. Era Winston.

–Esto está cerrando, Terry. Me has convencido.

–¿Qué has descubierto?

–Primero tú. Has dicho que tenías algo.

–No, empieza tú. Lo que yo tengo es menor. Parece que tú has pescado algo grande.

–Muy bien, escucha esto. La madre de Harry Bosch era prostituta en Hollywood. La asesinaron cuando él era un niño. Y nunca encontraron al culpable. ¿Qué te parece esto como apuntalamiento psicológico, señor Perfilador?

McCaleb no respondió. El nuevo dato era contundente y proporcionaba muchas de las piezas que faltaban para la teoría sobre la que estaban trabajando. Miró a la puta y su cliente en la ventanilla de la oficina del motel. El tipo pagó en efectivo y le dieron una llave. Ambos abrieron una puerta de cristal.

–Gunn mata a una prostituta y sale impune –dijo Winston cuando él no respondió–. Lo mismo que pasó con su madre.

–¿Cómo lo has descubierto? –preguntó al fin McCaleb.

–Hice la llamada que te comenté ayer. A mi amiga Kiz. Me interesé por Bosch y le pregunté si sabía si él, bueno, si ya había superado lo de su divorcio. Me contó lo que sabía de él. El asunto sobre su madre al parecer surgió hace unos años en un juicio civil, cuando demandaron a Bosch por una muerte no justificada, el Fabricante de Muñecas, ¿lo recuerdas?

–Sí, la policía de Los Ángeles no nos llamó para ese caso. También era un tipo que asesinaba prostitutas. Bosch lo mató y el tío estaba desarmado.

–Hay una línea psicológica, un patrón de conducta.

–¿Qué pasó con Bosch después de que asesinaran a su madre?

–Kiz no lo sabía muy bien. Lo llamó un hombre de instituciones. Mataron a la madre cuando él tenía diez u once años. Después creció en orfanatos y con familias de acogida. Fue al ejército y más tarde entró en el departamento de policía. La cuestión es que este es el punto que nos faltaba. La razón que convirtió un caso sin importancia en algo que Bosch no iba a soltar.

McCaleb asintió para sí.

–Y aún hay más –dijo Winston–. He revisado todos los archivos acumulados, cosas sin relación que no puse en el expediente del asesinato. Miré la autopsia de la mujer que Gunn mató hace seis años. Por cierto, se llamaba Frances Weldon. Había algo que ahora parece significativo a la luz de lo que sabemos de Bosch. El examen del útero y las caderas mostraba que había tenido un hijo.

McCaleb sacudió la cabeza.

–Bosch no pudo saberlo. Empujó a su teniente por la ventana y estaba suspendido cuando se hizo la autopsia.

–Cierto. Pero pudo mirar los archivos del caso cuando volvió y probablemente lo hizo. Se habría enterado de que Gunn hizo a algún otro niño lo que le habían hecho a él. Lo ves, todo encaja. Hace ocho horas pensaba que estabas trepando a un árbol agarrándote de ramitas. Ahora creo que has dado en el clavo.

No le hacía sentirse bien haber dado en el clavo, pero comprendía la excitación de Winston. Cuando los casos se esclarecían la excitación podía oscurecer la realidad del crimen.

—¿Qué pasó con el niño de ella? —preguntó McCaleb.

—Ni idea. Probablemente lo dio en adopción en cuanto lo parió. Eso no importa. Lo que importa es lo que significaba para Bosch.

Winston tenía razón, pero a McCaleb no le gustaba ese cabo suelto.

—Volviendo a tu llamada a la antigua compañera de Bosch. ¿No va a llamarlo y contarle que has preguntado por él?

—Ya lo ha hecho.

—¿Esta noche?

—Sí, ahora mismo. La llamada en espera era ella contestándome. Pasa. Le dijo que aún mantenía la esperanza de que su mujer volviera.

—¿Le dijo que eras tú la que estaba interesada en él?

—Se supone que no.

—Pero probablemente lo hizo y eso podría significar que ahora ya sabe que lo estamos investigando.

—Eso es imposible. ¿Cómo?

—Yo he estado allí esta noche. He estado en su casa. Luego esa misma noche lo llaman hablándole de ti. Un hombre como Harry Bosch no cree en las coincidencias, Jaye.

—Bueno, ¿cómo lo has manejado cuando has estado allí arriba? —preguntó finalmente Winston.

—Como habíamos dicho. Quería más información de Gunn, pero desvié el tema para hablar de él. Por eso te llamaba. He descubierto algunas cosas interesantes. Nada que se pueda comparar a lo que tú me acabas de contar, pero son cosas que también encajan. Aunque si recibió la llamada sobre ti justo después de que yo me fuera... No sé.

–Dime qué has descubierto.

–Todo pequeños detalles. Tiene la foto de la mujer de la que se está separando bien visible en la sala de estar. He estado allí menos de una hora y el tío se ha bebido tres cervezas. Así que tenemos el síndrome del alcohol. Es sintomático de presiones internas. También habló de la teoría que él llama de la noria. Es parte de su sistema de creencias. Él no ve la mano de Dios en las cosas. Él ve la noria. Todo termina por volver a su lugar. Dijo que tipos como Gunn no salen impunes en realidad. Siempre hay algo que acaba con ellos. La noria. Utilicé algunas frases específicas para ver si generaba una reacción o desacuerdo. Llamé al mundo de más allá de su puerta la plaga. No me contradijo. Dijo que podía soportar la plaga siempre que pudiera tener oportunidades con los peces gordos. Es todo muy sutil, Jaye, pero está todo ahí. Tenía un cuadro de Bosch colgado en la pared del pasillo. *El jardín de las delicias*. Allí está nuestra lechuza.

–Bueno, lo llamaron así por ese pintor. Si yo me llamara Picasso también tendría un Picasso en la pared.

–Hice como si no lo hubiera visto nunca antes y le pregunté qué significaba. Me dijo que era la noria que giraba. Eso es lo que significaba para él.

–Pequeñas piezas que encajan.

–Aún queda mucho trabajo por hacer.

–Bueno, ¿sigues adelante o te retiras?

–De momento sigo adelante. Me quedaré esta noche, pero tengo una excursión de pesca el sábado. Tendré que volver para eso.

Ella no dijo nada.

–¿Tienes algo más? –preguntó McCaleb.

–Sí, casi lo olvidaba.

–¿Qué?

–La lechuza de Bird Barrier. La pagaron mediante un giro postal desde Correos. Cameron Riddell me dio el número y le ha seguido la pista. La compraron el 22 de diciembre en la oficina de correos de Wilcox y Hollywood. Está a cuatro manzanas de la comisaría en la que trabaja Bosch.

McCaleb negó con la cabeza.

–Las leyes de la física.

–¿Qué quieres decir?

–Para cada acción existe una reacción equivalente. Cuando miras hacia el abismo, el abismo te mira a ti. Ya conoces los clisés. Son clisés porque son ciertos. No puedes meterte en la oscuridad sin que la oscuridad se meta en ti y se lleve su parte. Bosch podría haberse metido demasiadas veces. Ha perdido el rumbo.

Se quedaron un rato en silencio después de dicho esto y luego hicieron planes para reunirse al día siguiente. Al colgar vio que la prostituta salía sola del Skylark y se encaminaba otra vez a Nat's. Llevaba una chaqueta tejana que se apretaba contra el cuerpo para protegerse del aire frío de la noche. Se arregló la peluca mientras se dirigía al bar donde conseguiría otro cliente.

Al mirarla y pensar en Bosch, McCaleb se acordó de todo lo que tenía y de lo afortunado que había sido en la vida. La escena le recordó que la suerte es algo que viene y se va. Hay que ganársela y luego guardarla con todo lo que tienes. Sabía que en ese momento no estaba haciéndolo. Estaba dejando cosas desprotegidas mientras se adentraba en la oscuridad.

23

El juicio se reanudó veinticinco minutos después de la hora fijada, las nueve en punto, debido al intento infructuoso de la acusación de conseguir una sanción para la defensa por intimidación a una testigo y un aplazamiento mientras las declaraciones de Annabelle Crowe eran investigadas a conciencia. El juez Houghton, sentado tras su escritorio de madera de cerezo, animó la investigación, pero afirmó que el juicio no se aplazaría por este motivo y decidió que no iba a aplicar sanciones a no ser que se encontraran pruebas que corroboraran las declaraciones de la testigo. Advirtió a los fiscales y a Bosch, quien había participado en la reunión a puerta cerrada para relatar su entrevista con Crowe, que no filtraran a la prensa ni una palabra de las acusaciones de la testigo.

Cinco minutos después fueron convocados a la sala y los miembros del jurado entraron y ocuparon sus dos filas de asientos. Bosch volvió al estrado de los testigos y el juez le recordó que continuaba bajo juramento. Janis Langwiser se acercó con su bloc.

—Bueno, detective Bosch, ayer lo dejamos con su conclusión de que la muerte de Jody Krementz fue calificada de homicidio. ¿Es así?

—Sí.

—Y esa conclusión no solo estaba basada en su investigación, sino también en la investigación y la autopsia llevadas a cabo por la oficina del forense, ¿cierto?

–Cierto.

–¿Podría decirle al jurado cómo procedió la investigación una vez establecido que se trataba de un homicidio?

Bosch se volvió en su asiento para mirar directamente a la tribuna del jurado mientras hablaba. El movimiento fue discordante. Tenía un dolor de cabeza punzante en el lado izquierdo, un dolor tan intenso que se preguntó si la gente podría ver cómo le palpitaba la sien.

–Bueno, mis dos compañeros (Jerry Edgar y Kizmin Rider) y yo empezamos a eminar, eh, a examinar las pruebas físicas que habíamos acumulado. También empezamos a llevar a cabo entrevistas en profundidad con aquellos que conocían a la víctima y que sabíamos que habían estado con ella en las últimas veinticuatro horas de su vida.

–Ha mencionado pruebas físicas. Por favor, explique al jurado qué pruebas físicas habían acumulado.

–En realidad no eran demasiadas. Había huellas dactilares en toda la casa que teníamos que examinar. Y también había fibras y pelos recogidos en o alrededor del cuerpo de la víctima.

J. Reason Fowkkes protestó antes de que Bosch pudiera continuar con su respuesta.

–Protesto. La expresión «en o alrededor» es vaga y engañosa.

–Señoría –rebatió Langwiser–. Creo que si el señor Fowkkes da al detective Bosch la oportunidad de acabar con su respuesta, no habrá nada vago ni engañoso. Pero interrumpir a un testigo a media respuesta para decir que la contestación es vaga y engañosa no es pertinente.

–Rechazada –dijo el juez Houghton antes de que Fowkkes pudiera replicar–. Deje que el testigo complete su respuesta y luego veremos lo vaga que es. Adelante, detective Bosch.

Bosch se aclaró la garganta.

–Iba a decir que varias muestras de vello púbico no...

–¿Cuántas son «varias»? Señoría –le interrumpió Fowkkes–, mi protesta es por la falta de precisión que este testigo está ofreciendo al jurado.

Bosch miró a Langwiser y notó que se estaba poniendo furiosa.

–Juez –dijo–, ¿podría indicarnos cuándo pueden presentarse objeciones? La defensa está interrumpiendo constantemente al testigo, porque sabe que estamos llegando a un terreno que es particularmente devastador para su...

–Señora Langwiser, este no es momento para las conclusiones –dijo el juez, cortándola–. Señor Fowkkes, a no ser que vea una injusticia flagrante, quiero que eleve las protestas antes de que hable el testigo o después de que haya completado al menos la frase.

–Señoría, las consecuencias son flagrantes aquí. La fiscalía trata de acabar con la vida de mi cliente solo porque sus puntos de vista morales son...

–¡Señor Fowkkes! –explotó el juez–. Lo de las conclusiones también iba por usted. ¿Podemos seguir adelante con el testimonio? –Se volvió hacia Bosch–. Detective, continúe. Y trate de ser un poco más preciso en sus respuestas.

Bosch miró a Langwiser y vio que cerraba los ojos un instante. La brusca advertencia del juez a Bosch era lo que Fowkkes había estado buscando, una insinuación al jurado de que podría haber vaguedad y quizá incluso confusión en las pruebas de la acusación. Fowkkes había provocado con éxito al juez para que diera la sensación de estar de acuerdo con sus objeciones.

Bosch miró a Fowkkes y lo vio sentado con los brazos cruzados y con expresión satisfecha, o incluso petulante. Volvió a mirar el expediente que tenía delante.

–¿Puedo consultar mis notas? –preguntó.

Le concedieron permiso. Bosch abrió la carpeta y buscó los informes de indicios. Volvió a comenzar, mirando el informe de pruebas del forense.

–Antes de la autopsia se pasó un cepillo para recoger indicios por el vello púbico de la víctima. Se recogieron de este modo ocho muestras de vello púbico que las posteriores pruebas de laboratorio revelaron que no pertenecían a la víctima. –Levantó la mirada hacia Langwiser.

–¿Las muestras eran de ocho personas diferentes?

–No, las pruebas de laboratorio los identificaron como procedentes de la misma persona.

–¿Y eso qué le indicó?

–Que probablemente la víctima había mantenido relaciones sexuales con alguien en el tiempo transcurrido entre la última vez que se duchó y el momento de su muerte.

Langwiser consultó sus notas.

–¿Se recogió alguna otra prueba en el cuerpo de la víctima o en la escena del crimen, detective?

Bosch pasó una página del expediente.

–Sí, un único cabello que medía seis centímetros estaba enredado en el cierre del collar de oro que la víctima llevaba en el cuello. El cierre estaba en la parte de atrás del cuello. Los análisis de laboratorio también determinaron que el cabello no pertenecía a la víctima.

–Volviendo un momento al vello púbico. ¿Había alguna otra indicación o prueba recogidas del cuerpo de la víctima o la escena del crimen que indicaran que había mantenido relaciones sexuales entre el momento de la ducha y su muerte?

–No, no las había. No se recogió semen en la vagina.

–¿Existe alguna contradicción entre esto y el descubrimiento de vello púbico?

—No hay conflicto. Era una simple indicación de que probablemente se utilizó un preservativo durante el acto sexual.

—De acuerdo. Continuemos, detective. Huellas. Ha mencionado que había huellas dactilares en la casa. Por favor, háblenos de esa área de la investigación.

Bosch pasó al informe de huellas que tenía en la carpeta.

—Se recogieron un total de sesenta y ocho huellas en el interior de la casa en la que fue hallada la víctima. Cincuenta y dos pertenecían a la propia víctima y a su compañera de piso. Se determinó que las dieciséis restantes habían sido dejadas por un total de siete personas.

—¿Y quiénes eran esas personas?

Bosch leyó la lista de nombres. A preguntas de Langwiser, el detective explicó quién era cada persona y cómo los detectives investigaron cuándo y en qué circunstancias habían estado en la casa. Eran amigos de las dos compañeras de piso, así como familiares, un antiguo novio y una cita anterior. La acusación sabía que la defensa intentaría tirar la casa por la ventana con las huellas, utilizándolas como pistas falsas para desviar al jurado de los hechos del caso. Así el testimonio avanzó lentamente mientras Bosch iba explicando tediosamente la localización y el origen de cada una de las huellas dactilares halladas e identificadas en la casa. Terminó con el testimonio acerca de un conjunto completo de huellas halladas en el cabezal de la cama en la que se había encontrado el cadáver. Tanto él como Langwiser sabían que esas eran las huellas de las que el abogado defensor trataría de sacar el máximo partido, de manera que la fiscal trató de limitar el daño potencial al revelarlas durante su interrogatorio al testigo.

–¿A qué distancia de la víctima se hallaron esas huellas?

Bosch consultó el informe.

–A setenta centímetros.

–¿En qué lugar del cabezal exactamente?

–En el lado de atrás, entre el cabezal y la pared.

–¿Había mucho espacio allí?

–Unos cinco centímetros.

–¿Cómo podía alguien dejar las huellas ahí?

Fowkkes protestó, argumentando que excedía la competencia de Bosch determinar cómo un juego de huellas iba a alguna parte, pero el juez autorizó la pregunta.

–Solo se me ocurren dos maneras –respondió Bosch–. O bien alguien las dejó cuando la cama no estaba tan pegada a la pared o una persona pasó los dedos por esa ranura y las dejó al agarrarse a ese cabezal.

Langwiser presentó una foto tomada por un técnico en huellas y la mostró al jurado.

–Para cumplir con esta última explicación que ha ofrecido, la persona tendría que estar tumbada en la cama, ¿no?

–Eso parece.

–¿Boca abajo?

–Sí.

Fowkkes se levantó para protestar, pero el juez la admitió antes de que el abogado pronunciara una sola palabra.

–Está yendo demasiado lejos con sus suposiciones, señora Langwiser. Continúe.

–Sí, señoría.

La fiscal consultó un momento sus notas.

–¿Esta huella en la cama de la víctima no le hizo pensar que la persona que la dejó podía ser un sospechoso?

–Inicialmente no. Es imposible determinar cuánto tiempo puede permanecer una huella en una localización específica. Además, tenemos el factor adicional de que sabíamos que la víctima no había sido asesinada en su cama, sino que había sido llevada a esa cama después de ser asesinada en otro lugar. Nos pareció que la localización de la huella no era un lugar que pudiera haber tocado el asesino cuando colocó el cuerpo en la cama.

–¿A quién pertenecían esas huellas?

–A un hombre llamado Allan Weiss, que se había citado con la señorita Krementz en tres ocasiones anteriormente, la última cita tres semanas antes de su muerte.

–¿Interrogó a Allan Weiss?

–Sí, lo hice. Junto con el detective Edgar.

–¿Reconoció haber estado alguna vez en la cama de la víctima?

–Sí, lo hizo. Dijo que se había acostado con ella en su última cita, tres semanas antes de la muerte de la señorita Krementz.

–¿Dijo que tocó el cabezal de la cama en el lugar en el que nos ha mostrado que se hallaron las huellas?

–Dijo que podría haberlo hecho, pero que no lo recordaba específicamente.

–¿Investigó las actividades de Allan Weiss en la noche de la muerte de Jody Krementz?

–Sí, lo hicimos. Tenía una coartada sólida.

–¿Y cuál era?

–Nos dijo que estuvo en Hawái, asistiendo a un seminario sobre inmobiliarias. Comprobamos los registros de la compañía aérea y el hotel y también hablamos con los organizadores del seminario. Confirmamos que estuvo allí.

Langwiser miró al juez Houghton y sugirió que ese sería un buen momento para el receso de la mañana. El juez dijo que era un poco pronto, pero aceptó la propuesta y solicitó al jurado que regresara en quince minutos.

Bosch sabía que Langwiser quería hacer un corte en ese momento, porque iba a pasar a preguntas sobre David Storey y quería que esa parte del testimonio de Bosch quedara claramente separada del resto. Al bajar del estrado y volver a la mesa de la acusación vio que Langwiser estaba hojeando algunos archivos. Ella le habló sin levantar la cabeza.

–¿Qué te pasa, Harry?

–¿A qué te refieres?

–No eres tajante como ayer. ¿Estás nervioso por algo?

–No, ¿y tú?

–Sí, por todo. Nos jugamos mucho.

–Seré más tajante.

–Hablo en serio, Harry.

–Yo también, Janis.

Entonces él se apartó de la mesa de la acusación y abandonó la sala.

Decidió tomar una taza de café en la cafetería del segundo piso, pero primero entró en uno de los lavabos situados junto a los ascensores y se echó agua en la cara. Se inclinó por completo sobre la pila, con cuidado de no salpicarse el traje. Oyó que se descargaba una cisterna y cuando se enderezó y miró al espejo vio que Rudy Tafero pasaba por detrás de él y se colocaba ante el lavabo más alejado. Bosch se inclinó de nuevo y se echó más agua. El frío en los ojos le sentó bien y alivió su dolor de cabeza.

–¿Qué tal es, Rudy? –preguntó sin mirar al otro hombre.

–¿Qué tal es qué, Harry?

–Ya sabes, estar del lado del diablo. ¿Duermes bien por la noche?

Bosch se acercó al dispensador de toallas de papel y arrancó varias para secarse las manos y la cara. Tafero también se acercó, arrancó una y empezó a secarse las manos.

–Es gracioso –dijo Tafero–. El único momento de mi vida en que tuve problemas para dormir fue cuando era poli. No sé por qué sería.

Arrugó la toalla y la tiró a la papelera. Sonrió a Bosch y luego salió. Bosch lo observó marcharse, mientras seguía secándose las manos.

24

Bosch sentía el efecto del café en la sangre. Estaba recobrando las energías. El dolor de cabeza iba desapareciendo. Estaba preparado. Iba a ser tal y como lo habían planeado, tal y como lo habían coreografiado. Se inclinó hacia el micrófono y esperó la pregunta.

–Detective Bosch –dijo Langwiser desde el atril–, ¿en algún momento de la investigación surgió el nombre de David Storey?

–Sí, casi inmediatamente. Jane Gilley, la compañera de piso de Jody Krementz, nos informó de que en la última noche de su vida Jody tuvo una cita con David Storey.

–¿En algún momento interrogó al señor Storey acerca de esa última noche?

–Sí, brevemente.

–¿Por qué brevemente, detective Bosch? Se trataba de un homicidio.

–El señor Storey lo eligió así. Intentamos en varias ocasiones hablar con él el viernes en que se descubrió el cadáver y también al día siguiente. Era difícil de localizar. Finalmente, por medio de su abogado, aceptó ser interrogado al día siguiente, es decir, el domingo, con la condición de que la entrevista se celebrara en su despacho de Archway Studios. Nosotros aceptamos a regañadientes, pero lo hicimos con espíritu de cooperación y porque necesitábamos hablar con él. En ese momento llevábamos dos días con el caso y aún no habíamos podido hablar con la última persona de la que sabíamos que había visto con vida a la víctima. Cuando llegamos a su despacho, el abogado personal del señor Storey, Jason Fleer, estaba allí. Empezamos a interrogar al señor Storey, pero en menos de cinco minutos su abogado dio por concluida la entrevista.

–¿La conversación que menciona fue grabada?

–Sí.

Langwiser presentó una moción para que se escuchara la cinta y esta fue admitida por el juez Houghton a pesar de la protesta de Fowkkes. Fowkkes había solicitado al juez que simplemente se permitiera a los miembros del jurado leer la trascripción de la breve entrevista. Sin embargo, Langwiser argumentó que no había tenido tiempo de comprobar su exactitud y que era importante que el jurado oyera el tono y la conducta de David Storey. El juez tomó la salomónica decisión de que se escuchara la cinta y que de todos modos se pasara el texto al jurado como ayuda. Animó a Bosch y al equipo de la defensa a ir leyendo para que pudieran comprobar la exactitud de la trascripción.

Bosch. Mi nombre es Hieronymus Bosch, del Departamento de Policía de Los Ángeles. Me acompañan mis compañeros, los detectives Jerry Edgar y Kizmin Rider. Hoy es 15 de octubre de 2000. Estamos entrevistando a David Storey en sus oficinas de Archway Studios en relación con el caso número cero cero ocho nueve siete. El señor Storey está acompañado por su abogado, Jason Fleer. Señor Storey, señor Fleer, ¿alguna pregunta antes de que empecemos?

Fleer. No hay preguntas.

Bosch. Ah, y, obviamente, estamos grabando esta declaración. Señor Storey, ¿conoce a una mujer llamada Jody Krementz, también conocida como Donatella Speers?

STOREY. Ya sabe la respuesta.

FLEER. David...

STOREY. Sí, la conozco. Estuve con ella el pasado jueves por la noche. Eso no significa que la matara.

FLEER. David, por favor, conteste solo a lo que te preguntan.

STOREY. Como quiera.

BOSCH. ¿Puedo continuar?

FLEER. Por supuesto, adelante.

STOREY. Por supuesto, por favor.

BOSCH. Ha dicho que estuvo con ella el jueves por la noche. ¿Era una cita?

STOREY. ¿Por qué hace preguntas de las que ya sabe la respuesta? Sí, era una cita, si quiere llamarlo así.

BOSCH. ¿Cómo lo llamaría usted?

STOREY. No importa.

(Pausa.)

BOSCH. ¿Podría decirnos en qué franja horaria estuvo con ella?

STOREY. La recogí a las siete y media, la dejé alrededor de medianoche.

BOSCH. ¿Entró en su casa cuando fue a recogerla?

STOREY. No. Se me hacía tarde y la llamé desde el móvil para decirle que me esperara fuera, porque no tenía tiempo para entrar. Creo que quería presentarme a su compañera de piso (seguro que también es actriz), pero no tenía tiempo.

BOSCH. De manera que cuando aparcó, ella ya estaba fuera.

STOREY. Eso es lo que he dicho.

BOSCH. Desde las siete y media hasta medianoche. Eso son cuatro horas y media.

STOREY. Es bueno en matemáticas. Me gusta eso en un detective.

FLEER. David, no alarguemos esto.

STOREY. Vale.

BOSCH. ¿Puede decirnos qué hizo durante el periodo que estuvo con Jody Krementz?

STOREY. Las tres pes. Peli, papeo y polvo.

BOSCH. ¿Disculpe?

STOREY. Fuimos al estreno de mi película, luego comimos algo en la recepción y después la llevé a mi casa y tuvimos relaciones sexuales. Sexo consentido, detective. Lo crea o no, es lo que la gente hace en las citas. Y no solo la gente de Hollywood. Pasa en todo este gran país nuestro. Es lo que lo hace grande.

BOSCH. Entiendo. ¿La acompañó a casa después de terminar?

STOREY. Lo hice. Soy un caballero.

BOSCH. ¿Entró en su casa en esta ocasión?

STOREY. No. Iba en bata, joder. Solo la llevé en coche hasta allí, ella bajó y se metió en su casa. Entonces yo volví a la mía. Lo que ocurrió después yo no lo sé. No estoy relacionado con esto de ninguna forma ni manera. Vosotros vais...

FLEER. David, por favor.

STOREY. ... de culo si por un puto momento creéis que...

FLEER. David, ¡basta! *(Pausa.)* Detective Bosch, creo que tenemos que parar esto.

BOSCH. Estamos en mitad de una entrevista y...

FLEER. David, ¿adónde va?

STOREY. Que les den. Me voy a fumar un cigarrillo.

BOSCH. El señor Storey acaba de salir del despacho.

FLEER. Creo que en este momento está ejerciendo los derechos que le garantiza la quinta enmienda. Esta entrevista ha concluido.

Se fue el sonido y Langwiser apagó la grabadora. Bosch se fijó en el jurado. Varios de sus miembros estaban mirando a Storey, cuya arrogancia se había percibido alta y clara en la cinta. Era un hecho importante, porque pronto iban a pedirle al jurado que creyera que Storey se había vanagloriado en privado de que había cometido el asesinato y de que iba a salir impune. Solo un hombre arrogante haría eso y la acusación tenía que demostrar que Storey no solo era un asesino, sino que también era arrogante al respecto.

–Muy bien –dijo Langwiser–. ¿Regresó el señor Storey para continuar la entrevista?

–No, no lo hizo –respondió Bosch–. Y nos pidieron que nos marcháramos.

–¿El hecho de que David Storey negara cualquier participación en el asesinato de Jody Krementz acabó con su interés en él?

–No. Teníamos la obligación de investigar el caso por completo y eso incluía o bien confirmarlo como sospechoso o bien descartarlo.

–¿Le resultó sospechoso el comportamiento del señor Storey durante la entrevista?

–Se refiere a su arrogancia. No, él...

Fowkkes saltó como un resorte para protestar.

–Señoría, lo que para un hombre es arrogancia es la seguridad en su inocencia de otro hombre. No hay...

–Tiene razón, señor Fowkkes –dijo Houghton.

El juez admitió la protesta, ordenó que no constara en acta la respuesta de Bosch y solicitó al jurado que no tuviera en cuenta el comentario.

–Su comportamiento durante la entrevista no fue motivo de sospecha –empezó Bosch de nuevo–. El hecho de que hubiera sido la última persona que vio con vida a la víctima motivó nuestra atención inmediata. Su falta de cooperación era sospechosa, pero en este punto manteníamos una actitud abierta respecto a todas las posibilidades. Entre mis compañeros y yo sumamos más de veinticinco años de experiencia en la investigación de asesinatos y sabemos que las cosas no siempre son lo que parecen.

−¿Por dónde continuó la investigación?

−Seguimos todas las vías de investigación. Una de esas vías era obviamente el señor Storey. Basándonos en su declaración de que él y la víctima habían ido a la casa del acusado en su cita, mis compañeros solicitaron una orden de registro en el Juzgado Municipal y obtuvieron autorización para registrar el domicilio de David Storey. Langwiser presentó la orden de registro al juez y fue registrada como prueba. La fiscal se llevó la orden al estrado. Bosch declaró entonces que el registro de la casa de Mulholland Drive se llevó a cabo a las seis de la mañana, dos días después de la primera entrevista con Storey.

−La orden de registro lo autorizaba a requisar cualquier indicio del asesinato de Jody Krementz y cualquier indicio de sus pertenencias o de su presencia en aquel lugar, ¿cierto?

−Cierto.

−¿Quién llevó a cabo el registro?

−Yo mismo, mis compañeros y dos hombres del equipo del forense. También llevábamos a un fotógrafo para que hiciera fotos y grabara en vídeo. En total éramos seis.

−¿Cuánto tiempo duró el registro?

−Aproximadamente siete horas.

−¿Estuvo presente el acusado durante el registro?

−La mayor parte del tiempo. En un momento dado tuvo que salir para asistir a una entrevista con un actor que dijo que no podía posponer. Estuvo fuera durante aproximadamente dos horas. Durante ese tiempo su abogado particular, el señor Fleer, permaneció en el domicilio y controló el registro. Nunca nos quedamos solos en la casa, si es eso lo que está preguntando.

Langwiser pasó las hojas de la orden de registro y fue hasta el final.

—Ahora bien, detective, cuando requisan algo durante un registro autorizado judicialmente tienen la obligación legal de hacer un inventario en el recibo de la orden, ¿cierto?

—Sí.

—Este recibo se archiva entonces junto con la orden, ¿es así?

—Así es.

—¿Puede decirnos entonces por qué este recibo está en blanco?

—No nos llevamos nada de la casa durante el registro.

—¿No encontraron nada que indicara que Jody Krementz había estado en la casa del señor Storey, tal y como él les había dicho?

—Nada.

—Este registro se llevo a cabo ¿cuántos días después de la noche en la que David Storey había llevado a su casa a la señorita Krementz y había mantenido relaciones sexuales con ella?

—Cinco días desde la noche del asesinato y dos días desde nuestra entrevista con el señor Storey.

—No halló nada que confirmara la declaración del señor Storey.

—Nada. El lugar estaba limpio.

Bosch sabía que la fiscal estaba tratando de que pareciera positivo algo negativo, tratando de dar a entender de alguna manera que el registro infructuoso era prueba de la culpabilidad de Storey.

–¿Calificaría el registro de infructuoso?

–No, no se trataba de tener éxito o no. Estábamos buscando pruebas que corroboraran la declaración del acusado, así como cualquier indicio de actos delictivos en relación con la señorita Krementz. No encontramos nada en la casa que lo indicara, pero algunas veces no se trata tanto de lo que se encuentra como de lo que no se encuentra.

–¿Podría explicar esto al jurado?

–Bueno, es cierto que no nos llevamos ninguna prueba de la casa, pero encontramos que faltaba algo que luego resultó importante para nosotros.

–¿Y qué era?

–Un libro. Faltaba un libro.

–¿Cómo sabe que faltaba si no estaba allí?

–En la sala de estar de la casa había una gran estantería de obra. Todos los estantes estaban llenos de libros. En un estante había un espacio (un hueco) donde había habido un libro que ya no estaba. No descubrimos de qué libro se trataba. No había libros sueltos en la casa. En ese momento era solo un detalle. Obviamente alguien se había llevado un libro y no lo había sustituido. Simplemente nos resultó curioso no poder determinar dónde estaba o qué libro era.

Langwiser presentó dos fotografías tomadas durante el registro. Houghton las aceptó pese a la protesta de rutina de Fowkkes. Las fotos mostraban la estantería en su totalidad y un primer plano del segundo estante con el hueco entre un libro titulado *El quinto horizonte* y *Print the Legend,* una biografía del director de cine John Ford.

–Así pues, detective –dijo Langwiser–, ha dicho que en ese momento no sabía si ese libro que faltaba tenía importancia para el caso, ¿es así?

–Así es.

–¿Lograron determinar posteriormente cuál era el libro que se llevaron del estante?

–Sí, lo hicimos.

Langwiser hizo una pausa. Bosch sabía lo que ella planeaba. El baile había sido coreografiado. El detective pensó que la fiscal era una buena narradora. Sabía cómo tensar el ambiente, mantener al público enganchado, llevarlo hasta el borde del precipicio y luego retroceder.

–Bueno, pongamos las cosas en orden –dijo ella–. Ya volveremos al libro. ¿Tuvo ocasión de hablar con el señor Storey el día del registro?

–Se mantuvo al teléfono casi todo el tiempo, pero hablamos cuando llamamos a la puerta por primera vez y anunciamos el registro. Y luego al final del día, cuando le dije que nos íbamos y que no nos llevábamos nada.

–Lo despertaron cuando llegaron a las seis de la mañana.

–Sí.

–¿Estaba solo en la casa?

–Sí.

–¿Los invitó a entrar?

–Al principio no. Protestó. Le dije que...

–Disculpe, detective, será más sencillo si lo mostramos. Ha dicho que había un videógrafo con ustedes. ¿Estaba grabando cuando llamaron a las seis de la mañana?

–Sí.

Langwiser presentó las mociones oportunas para exhibir el vídeo del registro. El juez lo admitió pese a la protesta de la defensa. Se introdujo en la sala una gran pantalla de televisión y se situó en el centro, enfrente del jurado. Después de que se solicitara a Bosch que identificara el vídeo, redujeron la intensidad de la iluminación de la sala y la cinta empezó a reproducirse.

La grabación empezaba con la cámara enfocando a Bosch y el resto del equipo policial ante la puerta roja de una casa. Bosch se identificó y dijo la dirección y el número del caso. Habló con voz calmada. Luego se volvió y golpeó la puerta. Anunció que era la policía y volvió a llamar. Esperaron. Bosch golpeó la puerta cada quince segundos hasta que finalmente abrieron a los dos minutos de la primera llamada. David Storey miró por el resquicio, despeinado y con ojos cansados.

–¿Qué? –preguntó.

–Traemos una orden de registro, señor Storey –dijo Bosch–. Nos autoriza a llevar a cabo un registro de esta propiedad.

–Joder, están de broma.

–No, señor, no es ninguna broma. ¿Puede apartarse y dejarnos entrar? Cuanto antes entremos, antes nos marcharemos.

–Voy a llamar a mi abogado.

Storey cerró la puerta con llave. Bosch inmediatamente subió el escalón y puso la cara en la jamba. Dijo en voz alta:

–Señor Storey, tiene diez minutos. Si no abre esta puerta a las 6.15, la echaremos abajo. Tenemos una orden de registro y vamos a ejecutarla.

Se volvió hacia la cámara e hizo la señal de cortar.

La cinta de vídeo saltó a otra toma de la puerta. El temporizador de la esquina inferior mostraba la hora: 6.13. La puerta se abrió y Storey retrocedió para dejar pasar al equipo policial. Parecía que se había peinado con la manos. Llevaba unos vaqueros negros y una camiseta blanca. Iba descalzo.

–Hagan lo que tengan que hacer y lárguense. Mi abogado viene hacia aquí y va a estar vigilándolos. Si rompen una sola cosa voy a meterles una demanda que se

van a cagar. Esta casa es de David Serrurier. Un solo ara-
ñazo en las paredes les costará el empleo. A todos ustedes.

–Tendremos cuidado, señor Storey –dijo Bosch mientras entraba.

El videógrafo fue el último en entrar en la casa. Storey miró a la cámara como si la viera por primera vez.

–Y dejen de enfocarme con esa mierda.

Hizo un movimiento y la cámara quedó enfocando el
techo. Seguía allí mientras las voces del videógrafo y
Storey se oían fuera de cámara.

–Eh, ¡no toque la cámara!

–¡Pues sáquemela de la cara!

–Muy bien, pero no toque la cámara.

La pantalla quedó en blanco y las luces de la sala volvieron a encenderse. Langwiser continuó con el interrogatorio.

–Detective Bosch, ¿tuvo usted o los miembros del
equipo más conversación con el señor Storey después de
esto?

–No durante el registro. Desde que llegó su abogado,
el señor Storey permaneció en su despacho. Cuando registramos el despacho se trasladó a su habitación. Antes
de que se fuera a su reunión le pregunté brevemente
acerca de eso y se marchó. Eso fue todo por lo que respecta al registro y mientras estuvimos dentro de la casa.

–¿Y qué ocurrió al final del día, siete horas más tarde,
cuando se hubo completado el registro? ¿Habló otra vez
con el acusado?

–Sí, hablé brevemente con él en la puerta de entrada.
Ya habíamos recogido y estábamos preparados para marcharnos. El abogado se había ido y yo estaba en el coche
con mis compañeros. Ya nos estábamos retirando cuando me di cuenta de que había olvidado darle al señor

Storey una copia de la orden de registro. La ley lo exige así. De modo que volví y llamé a la puerta.

—¿Abrió la puerta el señor Storey en persona?

—Sí, abrió después de que llamara con fuerza unas cuatro veces. Le di el recibo y le dije que era obligatorio.

—¿Le dijo él algo?

Fowkkes se levantó y protestó para que constara en acta, pero la cuestión ya se había tratado en las mociones y resoluciones previas al juicio. El juez escuchó la protesta para que constara en acta y la rechazó para que constara en acta. Langwiser repitió la pregunta.

—¿Puedo consultar mis notas?

—Por favor.

Bosch buscó las notas que había tomado en el coche justo después de la conversación.

—Primero dijo: «No ha encontrado ni una puta cosa, ¿verdad?». Y le dije que tenía razón, que no nos llevábamos nada. Entonces dijo: «Porque no había nada para llevarse». Yo asentí y estaba dándome la vuelta para irme cuando volvió a hablar. Dijo: «Eh, Bosch». Yo me volví, él se inclinó hacia mí y me dijo: «Nunca encontrará lo que está buscando». Yo dije: «Ah, ¿sí?, ¿y qué estoy buscando?». Él no me respondió, solo me miró y sonrió.

Después de una pausa, Langwiser preguntó:

—¿Eso fue todo?

—No. En ese momento me dio la sensación de que podía provocarle para que dijera algo más. Le dije: «Tú la mataste, ¿verdad?». Él siguió sonriendo y luego asintió lentamente. Y dijo: «Y no voy a pagar por eso». Dijo: «Soy un...».

—¡Mentira! Es un puto mentiroso.

Era Storey. Se había levantado y estaba señalando a Bosch. Fowkkes tenía la mano sobre él y estaba tratando de que se sentara. Un ayudante del sheriff que se había situado en una mesa detrás de la ocupada por la defensa se encaminaba hacia Storey.

—¡Que se siente el acusado! –gritó el juez al tiempo que descargaba el mazo.

—¡Es un puto mentiroso!

—Ayudante, ¡haga que se siente!

El ayudante del sheriff se acercó y puso las dos manos en los hombros de Storey y sin contemplaciones lo obligó a sentarse de nuevo en la silla. El juez señaló a otro ayudante la tribuna del jurado.

—Retiren al jurado.

Mientras los miembros del jurado eran rápidamente conducidos a la sala de deliberaciones, Storey continuó peleándose con el ayudante del sheriff y con Fowkkes. En cuanto los miembros del jurado hubieron salido, el acusado pareció reducir sus esfuerzos y se calmó. Bosch miró a los periodistas para ver si alguno había notado que la actuación de Storey había concluido en cuanto los miembros del jurado se perdieron de vista.

—¡Señor Storey! –gritó el juez, que se había puesto en pie–. No tolero ese comportamiento ni ese lenguaje en esta sala. Señor Fowkkes, si no es capaz de controlar a su cliente, lo hará mi gente. Un solo arrebato más y haré que el acusado se siente en esa silla atado y amordazado. ¿He sido claro en esto?

—Absolutamente, señoría. Pido dis...

—Esta es una norma de tolerancia cero. Un solo arrebato de ahora en adelante y le pondré grilletes. No me importa quién es ni qué amigos tiene.

—Sí, señoría. Lo hemos entendido.

—Voy a tomarme cinco minutos antes de empezar de nuevo.

El juez se levantó abruptamente y sus pisadas resonaron cuando bajó los tres escalones. Desapareció por una puerta hacia el pasillo trasero que conducía a sus oficinas. Bosch miró a Langwiser y los ojos de la fiscal delataban su regocijo por lo que acababa de suceder. Para Bosch había sido un intercambio. Por un lado, los miembros del jurado habían visto al acusado enfadado y fuera de control, posiblemente exhibiendo la misma rabia que lo había llevado al asesinato. Pero, por otro lado, estaba registrando su protesta por lo que le estaba sucediendo en la sala. Y eso podía provocar una respuesta de empatía en los jurados. Storey solo tenía que convencer a uno de ellos para salir por su propio pie.

Langwiser había previsto antes del juicio que llevarían a Storey a un arrebato de ira. Bosch había pensado que se equivocaba. Opinaba que Storey era demasiado frío y calculador. A no ser, claro está, que el arrebato hubiera sido un movimiento calculado. Storey se ganaba la vida dirigiendo personajes en escenas dramáticas. Bosch sabía que, llegado el momento, a él podrían utilizarlo como un actor de apoyo en una de esas escenas.

25

El juez regresó a la tribuna al cabo de dos minutos y Bosch se preguntó si se habría retirado a su despacho para ponerse una cartuchera bajo la toga. En cuanto tomó asiento, Houghton miró a la mesa de la defensa. Storey estaba sentado con la cara sombríamente baja hacia el cuaderno de dibujo que tenía delante.

–¿Estamos preparados? –preguntó el juez.

Todas las partes murmuraron que estaban listos. El juez hizo llamar al jurado y los doce entraron, la mayoría mirando directamente a Storey.

–Bueno, amigos, vamos a intentarlo otra vez –dijo el juez Houghton–. Las exclamaciones del acusado que han oído hace unos minutos no serán tenidas en cuenta. No constituyen prueba alguna, no son nada. Si el señor Storey quiere negar los cargos o cualquier otra cosa dicha sobre él en un testimonio, ya tendrá ocasión.

Bosch vio que los ojos de Langwiser bailaban. Los comentarios del juez eran la forma que él tenía de devolver el bofetón a la defensa. Estaba generando la expectación de que Storey testificaría en la fase de la defensa. Si no lo hacía, sería una decepción para el jurado.

El juez dio de nuevo la palabra a Langwiser, quien continuó con el interrogatorio de Bosch.

–Antes de que nos interrumpieran, estaba testificando acerca de su conversación con el acusado en la puerta de la casa de este.

–Sí.

–Ha citado al acusado diciendo «y no voy a pagar por eso», ¿es correcto?

–Sí, lo es.

–Y usted interpretó este comentario como referido a la muerte de Jody Krementz, ¿es así?

–De eso estábamos hablando. Sí.

–¿Dijo algo más después de eso?

–Sí.

Bosch hizo una pausa, preguntándose si Storey tendría otro arrebato. No lo tuvo.

–Dijo: «Soy un dios en esta ciudad, detective Bosch. Con los dioses no se juega».

Pasaron casi diez segundos de silencio hasta que el juez invitó a Langwiser a continuar.

–¿Qué hizo después de que el acusado hiciera esa declaración?

–Bueno, me quedé atónito. Me sorprendió que me dijera eso.

–No estaba grabando la conversación, ¿cierto?

–Cierto. Era solo una conversación en el umbral después de que llamara a la puerta.

–¿Qué sucedió después?

–Fui al coche e inmediatamente tomé estas notas de la conversación para apuntarlo al pie de la letra cuando lo tenía fresco. Expliqué a mis compañeros lo ocurrido y decidimos llamar a la oficina del fiscal del distrito para que nos aconsejara si la confesión que me había hecho nos daba causa probable para detener al señor Storey. Eh..., lo que ocurrió fue que ninguno de nosotros tenía señal en el móvil porque estábamos en las colinas. Abandonamos la casa y nos dirigimos hacia el cuartel de bomberos de Mulholland, al este de Laurel Canyon Boulevard. Pedimos que nos dejaran llamar por teléfono e hice esta llamada al fiscal.

—¿Y con quién habló?

—Con usted. Le expliqué el caso, lo que había sucedido durante el registro y lo que el señor Storey había dicho en la puerta. En ese punto se decidió continuar con la investigación y no se procedió a la detención.

—¿Estuvo de acuerdo con esa decisión?

—En ese momento no. Yo quería detenerlo.

—¿La confesión del señor Storey cambió la investigación?

—Centró el foco. El hombre había admitido ante mí que había cometido el crimen. Empezamos a investigarlo solo a él.

—¿Consideró la posibilidad de que la confesión fuera una simple bravuconada, que mientras usted estaba tratando de provocar al acusado, él lo estaba provocando a usted?

—Sí, la consideré. Pero en última instancia creí que había hecho esa declaración porque era cierto y porque en ese punto creía que su posición era invulnerable.

Se oyó un sonido agudo cuando Storey cortó la hoja superior de su bloc de dibujo. El director de cine arrugó el papel y lo lanzó por la mesa. La bola de papel golpeó una pantalla de ordenador y cayó al suelo.

—Gracias, detective —dijo Langwiser—. Acaba de decir que la decisión era seguir adelante con la investigación. ¿Puede decir al jurado qué supuso eso?

Bosch explicó que él y sus compañeros habían entrevistado a decenas de testigos que habían visto al acusado y la víctima en el estreno o en la recepción que siguió en una carpa de circo instalada en el aparcamiento contiguo a la sala de cine. También entrevistaron a decenas de otras personas que conocían a Storey o habían trabajado con él. Bosch reconoció que ninguna de esas entrevistas había aportado información importante a la investigación.

–Antes ha mencionado que durante el registro de la casa del acusado sintió curiosidad por la ausencia de un libro, ¿es así?

–En efecto.

Fowkkes protestó.

–No hay ninguna prueba de que faltara un libro. Había un hueco en el estante. Eso no significa que hubiera un libro allí.

Langwiser prometió que lo explicaría todo de inmediato y el juez rechazó la protesta.

–¿En algún momento determinó qué libro había estado en ese hueco en la estantería de la casa del acusado?

–Sí, en el curso de nuestra recopilación de información sobre el señor Storey, mi compañera, Kizmin Rider, que estaba al corriente del trabajo y la reputación profesional del acusado, recordó que había leído un artículo sobre él en una revista llamada *Architectural Digest*. Ella hizo una búsqueda en Internet y determinó que el número que recordaba era el de febrero del año pasado. Entonces pidió un ejemplar al editor. Lo que ella había recordado era que en el artículo había fotos del señor Storey en su casa. Ella se acordaba de las estanterías, porque es una ávida lectora y tenía curiosidad por conocer los libros que el director de cine guardaba en su biblioteca.

Langwiser presentó una moción para aportar la revista como su siguiente prueba. El juez lo aceptó y Langwiser se la pasó a Bosch en el estrado.

–¿Es esta la revista que recibió su compañera?

–Sí.

–¿Puede buscar el artículo sobre el acusado y describir la fotografía de la primera página de ese artículo?

Bosch pasó hasta un marcador puesto en la revista.

–Es una fotografía de David Storey sentado en el sofá de la sala de estar de su casa. A su izquierda están las estanterías.

–¿Puede leer los títulos de los lomos de los libros?

–Algunos. No todos están claros.

–Cuando recibió esta revista, ¿qué hizo con ella?

–Vimos que no todos los libros se veían con claridad. Contactamos con el editor de nuevo e intentamos que nos prestara el negativo de esta foto. Tratamos con el director de la revista, pero dijo que no permitiría sacar los negativos de la oficina. Mencionó una ley de los medios de comunicación y limitaciones de la libertad de prensa.

–¿Qué ocurrió después?

–El director dijo que incluso estaba dispuesto a recurrir una orden judicial. Llamamos a un letrado de la oficina del fiscal y él empezó a negociar con el abogado de la revista. El resultado fue que yo viajé a Nueva York y me permitieron el acceso al negativo en el laboratorio fotográfico de las oficinas de *Architectural Digest*.

–Para que conste en acta, ¿de qué fecha estamos hablando?

–Tomé el avión el 29 de octubre y me presenté en las oficinas de la revista a la mañana siguiente, el lunes 30 de octubre.

–¿Y qué hizo allí?

–Pedí al jefe del laboratorio fotográfico que ampliara la imagen de las estanterías.

Langwiser presentó dos fotografías ampliadas montadas sobre un cartón como su siguiente objeto de exposición. Después de que lo aprobaran tras rechazar el juez las protestas, Langwiser las puso en sendos caballetes enfrente de la tribuna del jurado. La primera imagen mostraba toda la biblioteca, mientras que la segunda era una ampliación de un estante. La imagen tenía mucho grano, pero podían leerse los títulos en los lomos de los volúmenes.

—Detective, ¿compararon estas fotos con las tomadas durante el registro de la casa del acusado?

—Sí, lo hicimos.

Langwiser solicitó permiso para instalar un tercer y un cuarto caballetes y poner ampliaciones de las fotografías de toda la estantería y del estante con el hueco para el libro faltante tomadas durante el registro. El juez lo aprobó. La fiscal pidió entonces a Bosch que bajara del estrado y utilizara un puntero para explicar lo que había descubierto durante el estudio comparativo. Para cualquiera que estuviera mirando las fotos resultaba obvio, pero Langwiser insistía en ir paso a paso con exasperante minuciosidad a fin de que ningún jurado se confundiera.

Bosch señaló con el puntero la foto que mostraba el hueco entre los libros. Luego cambió de caballete y señaló el libro que estaba en ese mismo lugar.

—Cuando registramos la casa el 17 de octubre no había ningún libro entre *El quinto horizonte* y *Print the Legend*. En esta foto, tomada diez meses antes, hay un libro entre *El quinto horizonte* y *Print the Legend*.

—¿Y cuál es el título de ese libro?

—*Víctimas de la noche*.

—De acuerdo, y buscaron en las fotos de la estantería completa que tenían del registro para ver si el libro *Víctimas de la noche* estaba en algún otro sitio.

Bosch señaló la ampliación de la foto de la estantería completa tomada el 17 de octubre.

—Lo hicimos. No está.

—¿Encontraron el libro en otro lugar de la casa?

—No.

—Gracias, detective. Puede regresar al estrado.

Langwiser presentó un ejemplar de *Víctimas de la noche* como prueba y se lo entregó a Bosch.

–¿Puede decirle al jurado qué es esto?

–Es un ejemplar de *Víctimas de la noche*.

–¿Es el libro que estaba en el estante del acusado cuando le hicieron la foto para el *Architectural Digest* en enero del año pasado?

–No, no lo es. Es otro ejemplar del mismo libro. Yo lo compré.

–¿Dónde?

–En un lugar llamado Mistery Bookstore en Westwood.

–¿Por qué lo compró allí?

–Lo estuve buscando y fue el único sitio donde lo tenían en existencias.

–¿Por qué era tan difícil de encontrar?

–El hombre de Mistery Bookstore me dijo que era una tirada pequeña de un editor pequeño.

–¿Leyó este libro?

–Algunas partes. Básicamente son fotografías de escenas de crímenes y accidentes poco usuales, ese tipo de cosas.

–¿Hay algo en ese libro que le llamara la atención por ser curioso o quizá en relación con el asesinato de Jody Krementz?

–Sí, hay una fotografía de una escena de muerte en la página setenta y tres que inmediatamente captó mi atención.

–Descríbala, por favor.

Bosch abrió el libro por la página señalada. Habló mientras miraba la fotografía a página entera del lado derecho del libro.

–Muestra a una mujer en una cama. Está muerta. Tiene un pañuelo atado alrededor del cuello y enrollado en uno de los barrotes del cabezal. Está desnuda de cintura para abajo. Tiene la mano izquierda entre las piernas y dos de los dedos en el interior de la vagina.

–¿Puede leer el pie de foto, por favor?

–Dice: «Muerte autoerótica: Esta mujer fue hallada muerta en su casa de Nueva Orleans, víctima de asfixia autoerótica. Se calcula que en todo el mundo mueren más de quinientas personas al año por este percance accidental». Langwiser solicitó y recibió permiso para colocar dos fotos ampliadas más en caballetes. Las colocó encima de dos de las fotos de las estanterías. La foto del cadáver de Jody Krementz en su cama y la de la página de *Víctimas de la noche* quedaron una al lado de la otra.

–Detective, ¿hizo una comparación entre la foto de la víctima de este caso, Jody Krementz, y la de la foto del libro?

–Sí, la hice. Y me parecieron muy similares.

–¿Le pareció que el cadáver de la señorita Krementz pudo haber sido colocado utilizando la foto del libro como modelo?

–Sí.

–¿Tuvo ocasión de preguntar al acusado qué ocurrió con su ejemplar del libro *Víctimas de la noche*?

–No, desde el día del registro de su casa, el señor Storey y sus abogados rechazaron repetidas peticiones de entrevista.

Langwiser asintió y miró al juez.

–Señoría, ¿puedo entregar estas imágenes al alguacil?

–Hágalo, por favor –respondió el juez.

Langwiser sacó del caballete las fotos de las dos mujeres muertas, pero antes las colocó enfrentadas, como las dos caras de un espejo que se cierra. Era solo un detalle, pero Bosch vio que los miembros del jurado se fijaron.

—Muy bien, detective Bosch —dijo Langwiser una vez retirados los caballetes—. ¿Hizo preguntas o alguna investigación adicional sobre muertes autoeróticas?

—Sí. Sabía que si este caso llegaba a juicio surgiría la cuestión de si se trataba de un homicidio o de una muerte simulada para que pareciera este tipo de accidente. También me llamó la atención el pie de foto. Francamente, me sorprendió la cifra de quinientas muertes anuales. Hice algunas averiguaciones con el FBI y descubrí que la cifra era precisa, si es que no se quedaba corta.

—¿Y esto le llevó a realizar alguna investigación más?

—Sí, a un nivel más local.

Como respuesta a preguntas de Langwiser, Bosch testificó que había buscado en los registros del forense muertes debidas a asfixia autoerótica. Su investigación se remontó cinco años.

—¿Y qué descubrió?

—En esos cinco años, dieciséis de las muertes calificadas como fallecimientos por percances accidentales se atribuyeron específicamente a la asfixia autoerótica.

—¿Y en cuántos de esos casos la víctima fue una mujer?

—Solamente en un caso.

—¿Estudió ese caso?

Fowkkes se había levantado con una protesta y en este caso solicitó deliberar en privado. El juez aceptó y los abogados se reunieron al lado de la tribuna. Bosch no podía oír la conversación entre murmullos, pero sabía que con toda seguridad Fowkkes trataba de parar su testimonio. Langwiser y Kretzler habían previsto que intentaría una vez más evitar cualquier mención de Alicia Lopez delante del jurado. Probablemente sería la decisión que marcaría el juicio, para ambas partes.

Después de cinco minutos de discusión susurrada, el juez envió a los abogados a sus lugares y dijo a los miembros del jurado que la cuestión planteada se prolongaría más de lo previsto. Suspendió la sesión durante otros quince minutos. Bosch regresó a la mesa de la acusación.

–¿Alguna novedad? –preguntó Bosch a Langwiser.

–No, el mismo argumento. Por alguna razón el juez quiere volver a oírlo. Deséanos suerte.

Los letrados y el juez se retiraron al despacho de Houghton a discutir la cuestión. Bosch se quedó en la mesa. Utilizó el móvil para escuchar los mensajes de su casa y de su despacho. Había un mensaje en el trabajo. Era de Terry McCaleb. Le daba las gracias por el consejo de la noche anterior. Decía que había conseguido información interesante en Nat's y que estarían en contacto. Bosch borró el mensaje y cerró el teléfono, preguntándose qué habría descubierto McCaleb.

Cuando los letrados regresaron a la sala por la puerta trasera, Bosch leyó la decisión del juez en los rostros. Fowkkes parecía adusto, con la mirada baja. Kretzler y Langwiser regresaron sonriendo.

Después de que los jurados regresaron, el juicio se reanudó y Langwiser fue directa a por el golpe final. Pidió al estenógrafo que leyera la pregunta que había motivado la protesta.

–¿Estudió ese caso? –leyó el estenógrafo.

–Aclaremos esto –dijo Langwiser–. No confundamos la cuestión. Detective, ¿cuál era el nombre de la fallecida en el otro caso femenino de los dieciséis encontrados en los archivos del forense?

–Alicia Lopez.

–¿Puede decirnos algo sobre ella?

–Tenía veinticuatro años y vivía en Culver City. Trabajaba de auxiliar administrativa para el vicepresidente de producción de Sony Pictures, también en Culver City. Fue encontrada muerta en su cama el 20 de mayo de 1998.

–¿Vivía sola?

–Sí.

–¿Cuáles fueron las circunstancias de su muerte?

–Fue hallada muerta en su cama por una compañera que se había preocupado al ver que después del fin de semana había faltado dos días al trabajo sin llamar por teléfono. El forense calculó que llevaba muerta tres o cuatro días cuando fue hallada. La descomposición del cadáver era importante.

–¿Señora Langwiser? –interrumpió el juez–. Se ha acordado que aportaría datos relacionando los casos rápidamente.

–Ya estoy, señoría. Gracias, detective, ¿hubo algo en este caso que le alertó o que llamó su atención?

–Varias cosas. Miré las fotos tomadas en la escena del crimen y, a pesar de que la descomposición era notable, advertí que la víctima de este caso estaba en una posición muy semejante a la de la víctima del caso que nos ocupa. También me fijé en que la ligadura utilizada en el caso Lopez se había hecho sin protección, lo cual coincidía con el presente caso. Asimismo sabía por nuestra investigación del señor Storey que en el momento de la muerte de la señorita Lopez, él estaba rodando una película para una empresa llamada Cold House Films, una compañía financiada en parte por Sony Pictures.

En el momento que siguió a su respuesta, Bosch advirtió que en la sala se había instalado un silencio y una calma no habituales. Nadie estaba susurrando en la galería ni aclarándose la garganta. Era como si todos –jurados, letrados, espectadores y periodistas– hubieran decidido contener la respiración al mismo tiempo. Bosch miró de reojo a la tribuna del jurado y vio que casi todos los miembros estaban mirando a la mesa de la defensa.

Bosch también miró hacia allí y vio a Storey, todavía con la cabeza baja, hirviendo de rabia en silencio.

–Detective, ¿hizo más averiguaciones sobre el caso Lopez?

–Sí, hablé con el detective del Departamento de Policía de Culver City que había llevado el caso. También hice preguntas sobre la señorita Lopez en Sony.

–¿Y qué descubrió de ella que pueda tener relación con el presente caso?

–Descubrí que en el momento de su muerte estaba actuando como enlace entre el estudio y la producción de la película que estaba dirigiendo David Storey.

–¿Recuerda el nombre de esa película?

–*El quinto horizonte*.

–¿Dónde se filmó?

–En Los Ángeles. Principalmente en Venice.

–¿Y en su papel de enlace, la señorita Lopez tuvo algún contacto directo con el señor Storey?

–Sí. Habló con él por teléfono o en persona todos los días que duró el rodaje.

De nuevo el silencio pareció atronador. Langwiser lo aprovechó al máximo antes de pasar a las conclusiones.

–Déjeme ver si tengo todo esto claro, detective. ¿Ha declarado que en los últimos cinco años en el condado de Los Ángeles solo hubo una mujer cuya muerte fue atribuida a asfixia autoerótica y que el presente caso relacionado con la muerte de Jody Krementz fue dispuesto para que pareciera una asfixia autoerótica?

–Protesto –terció Fowkkes–. Preguntado y respondido.

–Rechazada –dijo Houghton sin dar la palabra a Langwiser–. El testigo puede responder.

–Sí –dijo Bosch–. Es correcto.

–¿Y que las dos mujeres conocían al acusado, David Storey?

–En efecto.

–¿Y que las dos muertes mostraban similitudes con una fotografía de una muerte autoerótica incluida en un libro que se sabe que en un momento estuvo en la biblioteca de la casa del acusado?

–En efecto.

Bosch miró a Storey al decir esto, con la esperanza de que levantara la cabeza para que sus miradas se encontraran una vez más.

–¿Qué tenía que decir acerca de esto el Departamento de Policía de Culver City, detective Bosch?

–A raíz de mis preguntas reabrieron el caso, pero tienen dificultades.

–¿Por qué motivo?

–El caso es viejo y, como originalmente fue calificado de muerte accidental, no se guardan todos los informes en los archivos. Y puesto que el cadáver fue hallado en un avanzado estado de descomposición resulta difícil hacer observaciones definitivas y llegar a conclusiones. Y el cadáver no puede ser exhumado porque fue incinerado.

–¿Fue incinerado? ¿Por quién?

Fowkkes se levantó y protestó, pero el juez dijo que su objeción ya había sido escuchada y rechazada. Langwiser insistió a Bosch antes de que Fowkkes se hubiera vuelto a sentar.

–¿Por quién, detective Bosch?

–Por su familia, pero lo pagó..., la cremación, el servicio y todo lo demás fue pagado por David Storey como regalo en memoria de Alicia Lopez.

Langwiser pasó sonoramente una hoja de su bloc. Iba embalada y todo el mundo lo sabía. Era lo que los policías y fiscales, en una referencia surfista, llamaban coger la ola. Significaba que habían puesto el caso en un punto en que todo iba a la perfección y todo les envolvía en un glorioso equilibrio.

–¿Detective, como consecuencia de esta parte de la investigación llegó el momento en que una mujer llamada Annabelle Crowe acudió a verle?

–Sí, en el *Los Angeles Times* se publicó un artículo sobre la investigación en el que se aseguraba que David Storey era sospechoso. Annabelle Crowe leyó el artículo y se presentó.

–¿Y quién es ella?

–Es actriz. Vive en West Hollywood.

–¿Y qué relación tiene con este caso?

–Me contó que en una ocasión, el año pasado, había salido con David Storey y que él la estranguló mientras estaban manteniendo relaciones sexuales.

Fowkkes elevó otra protesta, en este caso ya sin la fuerza de las anteriores. De nuevo fue rechazada puesto que el testimonio había sido autorizado por el juez en las mociones previas.

–¿Dónde dijo la señorita Crowe que se produjo este incidente?

–En el domicilio del señor Storey en Mulholland Drive. Le pedí que me describiera la casa y lo hizo con mucha precisión. Había estado allí.

–¿No puede ser que viera el número del *Architectural Digest* que mostraba fotos de la casa del acusado?

–Describió con notable detalle zonas del dormitorio principal y el baño, que no aparecían en la revista.

–¿Qué le ocurrió a ella cuando el acusado la estranguló?

–Me dijo que se desmayó. Cuando se despertó, el señor Storey no estaba en la habitación. Se estaba duchando. Ella recogió su ropa y huyó de la casa.

Langwiser subrayó esta última afirmación con un largo silencio. Luego volvió a pasar hojas del bloc, miró a la mesa de la defensa y luego al juez Houghton.

–Señoría, he terminado con el detective Bosch por el momento.

26

McCaleb llegó a El Cochinito a las doce menos cuarto. No había estado en el restaurante de Silver Lake desde hacía cinco años, pero recordaba que el local no tenía más de una docena de mesas y normalmente se llenaban con rapidez a mediodía. Y con frecuencia las ocupaban policías, porque la comida era de calidad y barata. La experiencia de McCaleb era que los polis siempre sabían encontrar ese tipo de establecimientos entre los muchos restaurantes de una ciudad. Cuando viajaba por casos del FBI, siempre pedía a los agentes de calle locales que le recomendaran un restaurante, y casi nunca salía decepcionado.

Mientras esperaba a Winston estudió con atención el menú y anticipó el placer de la comida. En el último año su paladar había regresado para vengarse. Durante los primeros dieciocho meses después de la cirugía, había perdido el sentido del gusto. No le importaba lo que comía porque todo le sabía igual: soso. Incluso una fuerte dosis de salsa habanera en todo, desde los sándwiches a la pasta, solo le servía para registrar un mínimo cosquilleo en la lengua. Pero luego, lentamente, empezó a recuperar el sentido del gusto y se convirtió para él en un segundo renacimiento, después del que supuso el trasplante. Le encantaba todo lo que preparaba Graciela. Incluso le gustaba lo que preparaba él mismo; y eso a pesar de su ineptitud general con cualquier cosa que no fuera la barbacoa. Se comía todo con un gusto que nunca había tenido antes, ni siquiera previamente al trasplante. Un sándwich de gelatina y mantequilla de cacahuete en plena noche era algo que saboreaba en privado tanto como un viaje a la ciudad con Graciela para cenar en un restaurante de lujo como el Jozu de Melrose. La consecuencia era que había empezado a engordar, recuperando los más de diez kilos que había perdido mientras su corazón se debilitaba y esperaba la llegada de otro. Ya había vuelto a los ochenta kilos que pesaba antes de la enfermedad y por primera vez en cuatro años tenía que empezar a controlar la dieta. En su último chequeo cardiológico, su doctora había tomado nota y le había advertido que tenía que reducir su ingestión de calorías y grasas.

Pero no en ese almuerzo. Llevaba mucho tiempo esperando una oportunidad de acudir a El Cochinito. Años antes había pasado una buena temporada en Florida trabajando en un caso de asesinatos en serie, y lo único bueno que había sacado fue su pasión por la comida cubana. Cuando más adelante lo trasladaron a la oficina de campo de Los Ángeles le resultó difícil encontrar un restaurante cubano comparable a los lugares en los que había comido en Ybor City, cerca de Tampa. En un caso de Los Ángeles había conocido a un patrullero descendiente de cubanos. McCaleb le preguntó dónde iba a comer cuando buscaba auténtica comida casera. La respuesta del policía fue El Cochinito. Y McCaleb no tardó en convertirse en un habitual.

McCaleb decidió que estudiar el menú era una pérdida de tiempo, porque desde el principio sabía que iba a comer lechón asado con frijoles negros y arroz, con plátano frito y yuca como guarnición. Y no pensaba contárselo a su doctora. Lo único que deseaba era que Winston se apresurara y llegara a tiempo para poder pedir.

Apartó el menú y pensó en Harry Bosch. McCaleb se había pasado la mayor parte de la mañana en el barco, viendo el juicio por televisión. La actuación de Bosch en la tribuna de los testigos había sido destacada. La revelación de que Storey había estado relacionado con otra muerte había impactado a McCaleb y aparentemente también a la horda de periodistas. Durante las pausas, los periodistas del estudio habían estado fuera de sí ante la perspectiva de esta nueva carnaza. En determinado punto mostraron el pasillo de acceso a la sala, donde J. Reason Fowkkes estaba siendo bombardeado a preguntas sobre estas nuevas revelaciones. Fowkkes, probablemente por primera vez en su vida, no estaba haciendo declaraciones. A los comentaristas no les quedó otro remedio que especular acerca de esta nueva información y explicar el metódico, aunque rigurosamente apasionante, desfile organizado por la fiscalía.

Aun así, ver el caso solo causó inquietud en McCaleb. Le costaba mucho aceptar la idea de que el hombre al que veía tan capaz de describir los aspectos y movimientos de una difícil investigación era también el hombre al que estaba investigando, el hombre del que su instinto le decía que había cometido el mismo tipo de crimen que estaba persiguiendo.

A mediodía, la hora acordada de su cita, McCaleb salió de su ensimismamiento cuando vio entrar en el restaurante a Jaye Winston. La seguían dos hombres. Uno era negro y el otro blanco, y esa era la mejor manera de distinguirlos, porque ambos vestían trajes grises casi idénticos y corbatas granates. Antes de que llegaran a su mesa, McCaleb ya sabía que eran agentes del FBI.

Winston tenía cara de resignación.

–Terry –dijo antes de sentarse–, quiero presentarte a dos personas.

Señaló en primer lugar al agente negro.

—Él es Don Twilley y él Marcus Friedman. Los dos trabajan en el FBI.

Los tres apartaron las sillas y se sentaron. Friedman se sentó junto a McCaleb, Twilley enfrente. Nadie se estrechó la mano.

—Nunca he probado la comida cubana —dijo Twilley mientras levantaba un menú del servilletero—. ¿Se come bien aquí?

McCaleb lo miró.

—No, por eso me gusta venir.

Twilley levantó la vista del menú y sonrió.

—Ya sé, era una pregunta estúpida. —Miró de nuevo el menú y después a McCaleb—. ¿Sabes? He oído hablar mucho de ti, McCaleb. Eres una jodida leyenda en la oficina de campo. No por el corazón, sino por los casos. Me alegro de conocerte al fin.

McCaleb miró a Winston con cara de no saber qué demonios estaba ocurriendo.

—Terry, Marc y Don son de la sección de derechos civiles.

—¿Sí? Genial. ¿Y habéis venido desde la oficina para conocer a la leyenda viva y probar la comida cubana o hay algo más?

—Eh... —empezó Twilley.

—Terry, la mierda ha empezado a salpicar —dijo Winston—. Un periodista ha llamado a mi capitán esta mañana para preguntar si estábamos investigando a Harry Bosch como sospechoso en el caso Gunn.

McCaleb se reclinó en su asiento, impactado por la noticia. Estaba a punto de responder cuando se acercó el camarero.

—Denos un par de minutos —dijo Twilley al camarero con brusquedad, haciendo un gesto para que se marchara que molestó a McCaleb.

Winston continuó.

–Terry, antes de seguir adelante, tengo que preguntarte algo. ¿Has sido tú el que ha filtrado esto?

McCaleb negó con la cabeza con cara de asco.

–¿Estás de broma, Jaye? ¿Tú me estás preguntando esto a mí?

–Mira, lo único que sé es que no ha partido de mí. Y yo no se lo dije a nadie, ni al capitán Hitchens, ni siquiera a mi propio compañero, menos aún a un periodista.

–Bueno, pues no fui yo. Gracias por la pregunta.

McCaleb miró a Twilley y luego otra vez a Winston.

Le molestaba profundamente discutir con Jaye delante de ellos.

–¿Qué están haciendo ellos aquí? –preguntó. Luego, mirando a Twilley otra vez, agregó–: ¿Qué queréis?

–Van a asumir el caso, Terry –respondió Winston–. Y tú estás fuera.

McCaleb volvió a mirar a Winston. Abrió un poco la boca antes de darse cuenta de la cara que estaba poniendo y volvió a cerrarla.

–¿De qué estás hablando? ¿Que estoy fuera? Yo soy el único que está dentro. He estado trabajando en esto como...

–Ya lo sé, Terry. Pero ahora las cosas son distintas. Después de que el periodista llamó a Hitchens, tuve que contarle lo que estaba pasando, lo que estábamos haciendo. Le dio un síncope, y cuando se recuperó decidió que la mejor manera de manejarlo era llevar el caso al FBI.

–La sección de derechos civiles, Terry –dijo Twilley–. Investigar a polis es el pan nuestro de cada día. Podremos...

–Vete a la mierda, Twilley. No me vengas a mí con ese rollo. Yo estaba en el club, ¿te acuerdas? Sé cómo va la cosa. Vosotros llegáis, os aprovecháis de lo que he descubierto y paseáis a Bosch delante de las cámaras de camino a la cárcel.

–¿De eso se trata? –dijo Friedman–. ¿De llevarse los honores?

–No has de preocuparte por eso, Terry –dijo Twilley–. Podemos ponerte a ti delante de las cámaras si eso es lo que quieres.

–No es eso lo que quiero. Y no me llames Terry. No tienes ni puta idea de quién soy. –Bajó la mirada y sacudió la cabeza–. Joder, tenía ganas de volver a este sitio y ahora se me ha ido el hambre.

–Terry... –dijo Winston, pero no continuó.

–¿Qué, vas a decirme que esto está bien?

–No. No está ni bien ni mal. Es como es. Ahora la investigación es oficial. Tú no eres oficial. Sabías desde el principio que podía ocurrir esto.

McCaleb asintió a su pesar. Clavó los codos en la mesa y hundió la cara entre sus manos.

–¿Quién era ese periodista?

Al ver que Winston no respondía, dejó caer las manos y la miró directamente.

–¿Quién?

–Un tipo llamado Jack McEvoy. Trabaja para el *New Times*, un semanario gratuito al que le gusta tirar mierda.

–Ya sé lo que es.

–¿Conoces a McEvoy? –preguntó Twilley.

El móvil de McCaleb empezó a sonar. Estaba en el bolsillo de la chaqueta, que había colgado en la silla. Se enganchó en el bolsillo cuando trató de sacarlo. Se peleó con el aparato ansiosamente, porque supuso que era Graciela. Aparte de a Winston y a Buddy Lockridge, solo le había dado el número a Brass Doran, de Quantico, y el asunto con ella ya se había acabado.

Al final contestó después del quinto timbrazo.

–Eh, agente McCaleb, soy Jack McEvoy del *New Times*. ¿Tiene un par de minutos para hablar?

McCaleb miró a Twilley, al otro lado de la mesa, preguntándose si podía oír la voz del teléfono.

–La verdad es que no. Estoy en medio de algo. ¿Quién le ha dado este número?

–En Información de Catalina. Llamé al número y contestó su mujer. Ella me dio su móvil. ¿Hay algún problema?

–No, no hay problema. Pero no puedo hablar ahora.

–¿Cuándo podemos hablar? Es importante. Ha surgido algo de lo que me gustaría hablar...

–Vuelva a llamarme dentro de una hora.

McCaleb cerró el teléfono y lo dejó en la mesa. Lo miró, temiendo que McEvoy volviera a llamarlo de inmediato. Los periodistas eran así.

–Terry, ¿ocurre algo?

McCaleb miró a Winston.

–No pasa nada. Es por mi excursión de mañana. Querían saber cómo estaría el tiempo. –Miró a Twilley–. ¿Qué me habías preguntado?

–Si conoces a Jack McEvoy, el periodista que llamó al capitán Hitchens.

McCaleb hizo una pausa, mirando a Winston y luego otra vez a Twilley.

–Sí, lo conozco. Tú sabes que lo conozco.

–Es cierto, por el caso del Poeta. Tuviste una parte en eso.

–Muy pequeña.

–¿Cuándo fue la última vez que hablaste con McEvoy?

–Bueno, eso debió de ser, veamos..., eso tuvo que ser hace un par de días.

Winston se puso visiblemente tensa. McCaleb la miró.

–Tranquilízate, Jaye, ¿quieres? Me encontré a McEvoy en el juicio de Storey. Fui allí para hablar con

Bosch. McEvoy lo está cubriendo para el *New Times* y me saludó. No había hablado con él desde hacía cinco años. Y desde luego no le dije qué estaba haciendo ni en qué estaba trabajando. De hecho, cuando lo vi Bosch ni siquiera era sospechoso.

–Bueno, ¿te vio él con Bosch?

–Seguro que sí. Todos me vieron. Hay tanta prensa como con O. J. ¿Él mencionó mi nombre al capitán?

–Si lo hizo, Hitchens no me lo dijo.

–Bueno, entonces, si no fuiste tú ni fui yo, ¿de dónde más pudo venir la filtración?

–Eso es lo que te estamos preguntando –dijo Twilley–. Antes de meternos en el caso queremos conocer el terreno y saber quién está hablando con quién.

McCaleb no contestó. Empezaba a sentir claustrofobia. Entre la conversación y tener a Twilley delante y la gente de pie en el pequeño restaurante esperando mesa, estaba empezando a sentir que le faltaba el aire.

–¿Qué me dices de ese bar al que fuiste anoche? –preguntó Friedman.

McCaleb se reclinó y lo miró.

–¿Qué pasa con eso?

–Jaye nos ha contado lo que tú le contaste. Allí preguntaste específicamente por Bosch y Gunn, ¿no?

–Sí. ¿Y qué? ¿Crees que entonces la camarera saltó a por el teléfono para llamar al *New Times* y preguntar por Jack McEvoy? ¿Todo porque yo le enseñé una foto de Bosch? Dadme un descanso.

–Esta es una ciudad obsesionada con los medios. La gente está conectada. La gente vende historias e información constantemente.

McCaleb sacudió la cabeza, negándose a considerar la posibilidad de que la camarera del chaleco tuviera suficiente inteligencia para sacar conclusiones acerca de lo que él estaba haciendo y luego llamar a un periodista.

De repente cayó en la cuenta de quién tenía la inteligencia y la información para hacerlo. Buddy Lockridge. Y si había sido Buddy, casi podría decirse que había sido él mismo quien había filtrado la información. Sintió que empezaba a formársele sudor en el cuero cabelludo mientras pensaba en Buddy Lockridge escondido en la cubierta inferior mientras él construía su caso contra Bosch para Winston.

—¿Tomaste algo mientras estuviste en el bar? He oído que tomas un montón de pastillas cada día. Mezclar eso con alcohol..., ya sabes, por la boca muere el pez.

La pregunta la había formulado Twilley, pero McCaleb miró con severidad a Winston. Estaba picado por una sensación de traición por toda la situación y por cómo las cosas habían cambiado rápidamente. Pero antes de poder decir nada vio la disculpa en sus ojos y supo que ella quería que las cosas se llevaran de otro modo. Al final, McCaleb se dirigió a Twilley.

—¿Tú crees que a lo mejor mezclé demasiado alcohol y pastillas, Twilley? ¿Es eso? ¿Crees que me fui de la lengua en el bar?

—Yo no creo eso. Solo estaba preguntando, ¿vale? No hace falta que te pongas a la defensiva. Solo estoy tratando de averiguar cómo ese periodista sabe lo que sabe.

—Bueno, averígualo sin mí.

McCaleb apartó la silla para levantarse.

—Probad el lechón asado —dijo—. Es el mejor de la ciudad.

Cuando empezaba a ponerse en pie, Twilley se estiró y le sujetó por el brazo.

—Vamos, Terry, hablemos de esto —dijo.

—Terry, por favor —dijo Winston.

McCaleb se soltó y se levantó. Miró a Winston.

—Buena suerte con estos muchachos, Jaye. Probablemente la necesitarás.

Luego miró a Friedman y a Twilley.

—Y a vosotros que os den por culo.

Se abrió paso a través de la gente que esperaba y salió a la calle. Nadie lo siguió.

Se sentó en el Cherokee aparcado en Sunset y observó el restaurante mientras trataba de deshacerse de la rabia. En cierto modo, McCaleb sabía que Winston y su capitán habían tomado las medidas apropiadas, pero no le gustaba en absoluto que lo echaran de un caso que era suyo. Un caso era como un coche. Puedes conducirlo o te pueden llevar. O te pueden dejar en la cuneta e irse a toda marcha. McCaleb acababa de pasar de tener las manos en el volante a hacer autostop desde el arcén. Y eso dolía.

Empezó a pensar en Buddy Lockridge y en cómo iba a manejar la situación con él. Si confirmaba que había sido Buddy el que había hablado con McEvoy después de escuchar su conversación con Winston en el barco, iba a cortar todos los lazos que le unían a él. Socio o no, no iba a poder volver a trabajar con Buddy.

Se dio cuenta de que Buddy tenía el número de su móvil y podía haber sido quien se lo había dado a McEvoy. Sacó el teléfono y llamó a su casa. Contestó Graciela, porque el viernes era un día que trabajaba media jornada en la escuela.

—Graciela, ¿le has dado el número de mi móvil a alguien últimamente?

—Sí, a un periodista que me dijo que te conocía y que tenía que hablar contigo urgentemente. Jack algo, ¿por qué, pasa algo?

–No, no pasa nada. Solo lo estaba comprobando.

–¿Estás seguro?

McCaleb oyó que tenía una llamada en espera. Miró el reloj. Era la una menos diez. Se suponía que McEvoy no tenía que llamar hasta después de la una.

–Sí, estoy seguro –le dijo a Graciela–. Mira, tengo otra llamada. Llegaré al anochecer. Nos vemos entonces. Cambió a la otra llamada. Era McEvoy, quien le explicó que estaba en el juicio y tenía que volver a la una si no quería perder su valioso sitio. No podía esperar una hora entera para volverle a llamar.

–¿Podemos hablar ahora? –preguntó.

–¿Qué quiere?

–Necesito hablar con usted.

–Eso ya me lo ha dicho. ¿De qué?

–De Harry Bosch. Estoy trabajando en un artículo sobre...

–No sé nada del caso Storey. Solo lo que sale por la tele.

–No es por eso, es por el caso de Edward Gunn.

McCaleb no respondió. Sabía que eso era un error.

Bailar con un periodista sobre algo así solo podía traerle problemas. McEvoy llenó el silencio.

–¿Por eso quería hablar con Harry Bosch el otro día cuando lo vi? ¿Está trabajando en el caso Gunn?

–Escúcheme, puedo decirle sinceramente que no estoy trabajando en el caso de Edward Gunn, ¿de acuerdo?

Bien, pensó McCaleb, de momento no había mentido.

–¿Estaba trabajando en el caso para el departamento del sheriff?

–¿Puedo preguntarle algo? ¿Quién se lo ha dicho? ¿Quién le dijo que estaba trabajando en el caso?

–No puedo contestarle eso. Tengo que proteger mis fuentes. Si quiere darme información, también protegeré su identidad. Pero si descubro mis fuentes estoy perdido en este negocio.

–Bueno, le diré algo, Jack. No voy a hablar con usted a no ser que usted hable conmigo, ¿me entiende? Es una calle de doble sentido. Si quiere decirme quién le ha dicho eso sobre mí, hablaré con usted. De otro modo, no tenemos nada que decirnos.

Él esperó. McEvoy no dijo nada.

–Lo suponía.

Colgó el teléfono. Tanto si McEvoy había mencionado su nombre al capitán Hitchens como si no, estaba claro que estaba conectado a una línea de información fiable. Y de nuevo McCaleb lo redujo a una única persona además de él y Jaye Winston.

–¡Mierda! –dijo en voz alta en el coche.

Poco después de la una vio que Jaye Winston salía de El Cochinito. McCaleb estaba esperando la oportunidad de arrinconarla y hablar con ella a solas, quizá incluso hablarle de Lockridge, pero Twilley y Friedman la siguieron y los tres se metieron en el mismo coche. Un vehículo del FBI.

McCaleb vio cómo se internaban en el tráfico en dirección al centro. Él bajó del Cherokee y volvió a entrar en el restaurante. Estaba muerto de hambre. No había mesas disponibles, así que decidió llevarse algo y comerlo en el Cherokee.

La anciana que tomó el pedido levantó la cabeza y lo miró con unos tristes ojos castaños. Le dijo que había sido una semana de mucho trabajo y que acababa de terminarse el lechón asado.

27

John Reason sorprendió a los espectadores, el jurado y probablemente a la mayoría de los medios de comunicación cuando se reservó su interrogatorio de Bosch hasta que empezara el turno de la defensa, pero eso ya lo había previsto el equipo de la acusación. Si la estrategia de la defensa era matar al mensajero, el mensajero era Bosch y la mejor forma de derribarlo era durante la presentación del caso de la defensa. De ese modo, el ataque de Fowkkes a Bosch podría ser parte de un ataque orquestado contra toda la acusación a David Storey.

Después de la pausa del mediodía, durante la cual Bosch y los fiscales fueron implacablemente perseguidos por los periodistas con preguntas acerca del testimonio del detective, la acusación empezó a avanzar con rapidez gracias a la inercia obtenida en la sesión de la mañana. Kretzler y Langwiser se turnaron en el examen de una serie de testigos que permanecieron muy poco en la tribuna.

La primera fue Teresa Corazon, jefa de la oficina del forense. A preguntas de Kretzler, declaró acerca de sus descubrimientos durante la autopsia y fijó la hora de la muerte de Jody Krementz entre la medianoche y las dos de la mañana del viernes, 13 de octubre. También corroboró con su testimonio la rareza de las muertes por asfixia autoerótica en las que la víctima era una mujer.

Una vez más, Fowkkes se reservó el derecho a interrogar a la testigo durante la fase de la defensa del juicio.

Corazon bajó de la tribuna antes de transcurrida media hora.

Finalizado su testimonio –al menos durante la fase de la acusación–, ya no era vital para Bosch permanecer en la sala durante todo el transcurso del juicio. Mientras Langwiser llamaba al siguiente testigo –un técnico de laboratorio que identificaría los pelos hallados en el cadáver de la víctima como pertenecientes a Storey–, Bosch acompañó a Corazon a su coche. Ambos habían sido amantes muchos años antes, en lo que la cultura actual llamaría relaciones casuales. Pero aunque no había nada de amor, tampoco había nada de casual, al menos para Bosch. Según su opinión se trataba de dos personas que observaban a la muerte cada día y la ahuyentaban con el acto último de afirmación de la vida.

Corazon había roto la relación cuando la ascendieron a jefa de la oficina del forense. Desde entonces su contacto había sido estrictamente profesional, aunque el nuevo puesto de Corazon reducía el tiempo que pasaba en la sala de autopsias y Bosch no la veía con demasiada frecuencia. El caso de Jody Krementz era diferente. Corazon se había dado cuenta por instinto de que podría ser un caso que atrajera a los medios de comunicación y se había hecho cargo de la autopsia personalmente. Le había valido la pena. Su testimonio se vería en todo el país, e incluso en todo el mundo. Corazon era atractiva, lista, capacitada y concienzuda. Esa media hora en la tribuna sería como un anuncio de media hora para ofrecerse para empleos lucrativos como forense independiente o comentarista. En el tiempo que habían pasado juntos, Bosch había aprendido que Teresa Corazon siempre tenía la vista puesta en el siguiente paso.

La forense había aparcado en el garaje adjunto a las oficinas de la condicional, en la parte de atrás del complejo de justicia. Hablaron de banalidades –el clima, los intentos de Harry por dejar de fumar– hasta que Corazon sacó a relucir el caso.

–Parece que está yendo bien.

–De momento.

–No estaría mal ganar a uno de estos peces gordos para variar.

–Nada mal.

–He visto tu testimonio de esta mañana. Tenía la tele puesta en el despacho. Lo has hecho muy bien.

Bosch conocía su tono de voz y sabía que quería ir a parar a algún sitio.

–¿Pero?

–Pero pareces cansado. Y sabes que van a ir a por ti. En este tipo de caso si destrozan al poli destrozan el caso.

–O. J.

–Exacto. ¿Estás preparado?

–Eso creo.

–Bueno. Solo descansa.

–Es más fácil decirlo que hacerlo.

Mientras se aproximaban al garaje, Bosch miró hacia las oficinas de la condicional y vio que el personal se había reunido en la puerta con motivo de algún tipo de presentación. El grupo estaba de pie detrás de una pancarta colgada del tejado en la que se leía: «Bienvenida, Thelma». Un hombre de traje estaba entregando una placa a una voluminosa mujer que se apoyaba en un bastón.

–Ah..., es esa agente de la condicional –dijo Corazon–. Le dispararon el año pasado. Aquel pistolero de Las Vegas.

–Sí, sí –dijo Bosch al recordar el caso–. Ha vuelto. Se fijó en que no había ninguna cámara de televisión grabando el homenaje. Una mujer recibía un disparo en acto de servicio y luego conseguía volver al trabajo. Aparentemente no merecía la pena gastar cinta de vídeo en eso.

—Bienvenida —dijo Bosch.

El coche de Corazon estaba en la segunda planta. Era un Mercedes deportivo de un negro reluciente.

—Ya veo que el trabajo externo te está yendo bien —dijo Bosch.

Corazon asintió.

—En mi último contrato conseguí que me dieran cuatro semanas de licencia profesional. Y les estoy sacando provecho. Juicios, tele, ese tipo de cosas. También presenté un caso en esa serie de autopsias de la HBO. Lo pasarán el mes que viene.

—Teresa, antes de que nos demos cuenta vas a ser mundialmente famosa.

Ella sonrió, se acercó a él y le enderezó la corbata.

—Ya sé lo que opinas de eso, Harry. Está bien.

—Lo que piense yo no tiene importancia. ¿Eres feliz?

Ella asintió.

—Mucho.

—Entonces me alegro por ti. Será mejor que vuelva a entrar. Ya nos veremos, Teresa.

Ella de repente se puso de puntillas y lo besó en la mejilla. Hacía mucho tiempo que nadie lo besaba de ese modo.

—Espero que lo consigas, Harry.

—Sí, yo también.

Bosch bajó del ascensor y se dirigió a la sala del Departamento N. Vio un montón de gente agolpada ante el cordón de la puerta: personas que esperaban que quedara libre un asiento del público. Había unos cuantos periodistas cerca de la puerta abierta de la sala de prensa, pero todos los demás estaban en sus puestos, viendo el juicio.

–¿Detective Bosch?

Bosch se volvió. De pie ante un teléfono público estaba Jack McEvoy, el periodista al que había visto el día anterior. Se detuvo.

–Lo he visto salir y tenía la esperanza de atraparle.

–He de volver a entrar.

–Ya lo sé, solo quería decirle que es muy importante que hable con usted de algo. Cuanto antes mejor.

–¿De qué está hablando? ¿Qué es tan importante?

–Bueno, es sobre usted.

McEvoy se acercó más a Bosch para de este modo poder bajar la voz.

–¿Qué pasa conmigo?

–¿Sabe que el departamento del sheriff lo está investigando?

Bosch miró por el pasillo hacia la puerta de la sala y luego otra vez a McEvoy. El periodista estaba sacando lentamente un bloc y un bolígrafo. Estaba preparado para tomar notas.

–Espere un momento. –Bosch puso la mano en el bloc–. ¿De qué está hablando? ¿Qué investigación?

–Edward Gunn, ¿lo recuerda? Está muerto y usted es su sospechoso.

Bosch se quedó mirando al periodista y su boca se abrió ligeramente.

–Estaba pensando que tal vez quiera hacer comentarios sobre esto. Bueno, defenderse. Voy a escribir un artículo para la edición de la semana próxima y quería que tuviera la oportunidad de decir...

–No, sin comentarios. Tengo que volver a entrar.

Bosch se volvió y dio unos pasos hacia la sala, pero entonces se detuvo. Regresó hasta McEvoy, que estaba escribiendo en el bloc.

–¿Qué está escribiendo? Yo no he dicho nada.

—Ya lo sé. Eso es lo que estoy escribiendo. McEvoy levantó la mirada del bloc para mirarlo.

—Ha dicho la semana que viene –dijo Bosch–. ¿Cuándo se publica?

—El *New Times* sale a la calle todos los jueves por la mañana.

—Entonces, ¿hasta cuándo tengo tiempo si decido hablar con usted?

—Tiene hasta el miércoles por la mañana. Pero eso sería apurando al máximo. Ya no podría hacer mucho, más que poner algunas citas. El momento de hablar es ahora.

—¿Quién se lo ha dicho? ¿Quién es su fuente? McEvoy negó con la cabeza.

—No puedo hablar de mis fuentes con usted. De lo que quiero hablar es de sus alegaciones. ¿Mató a Edward Gunn? ¿Es usted una especie de ángel vengador? Eso es lo que ellos creen.

Bosch miró de arriba abajo al periodista antes de contestar finalmente.

—No cite esto, pero que le den por culo. ¿Me entiende? No sé si esto es alguna clase de farol, pero deje que le dé un consejo. Será mejor que se asegure de que está en lo cierto antes de escribir en ese periódico suyo. Un buen investigador siempre conoce las motivaciones de sus fuentes, lo llamamos tener un trolómetro. Será mejor que el suyo funcione bien. –Se volvió y entró rápidamente en la sala.

Langwiser acababa de terminar con el especialista en pelos cuando Bosch volvió a la sala. De nuevo Fowkkes se levantó y se reservó el derecho de volver a llamar al testigo durante la fase de la defensa.

Mientras el testigo pasaba por la puerta de detrás de la tribuna de los abogados, Bosch se deslizó junto a él y fue a ocupar su lugar en la mesa de la acusación. No miró ni dijo nada ni a Langwiser ni a Kretzler. Plegó los brazos y miró el bloc que había dejado en la mesa. Se dio cuenta de que había adoptado la misma postura que había visto a David Storey en la mesa de la defensa. La postura de un hombre culpable. Bosch bajó rápidamente las manos a su regazo y levantó la cabeza para ver el escudo del estado de California que colgaba de la pared, sobre la mesa del juez. Langwiser se levantó y llamó al siguiente testigo, un técnico en huellas dactilares. Su testimonio fue breve y corroboró un poco más el de Bosch. Fowkkes no lo interrogó. Después del técnico subió al estrado el agente de policía que había acudido en respuesta a la llamada de la compañera de piso de Krementz, y luego el sargento, que fue el siguiente en llegar.

Bosch apenas escuchó al testigo. No hubo nada nuevo en el testimonio y su mente corría en otra dirección. Estaba pensando en McEvoy y en el artículo en el que estaba trabajando el periodista. Sabía que tenía que informar a Langwiser y Kretzler, pero quería tiempo para pensar las cosas. Decidió esperar hasta después del fin de semana.

La compañera de piso de la víctima, Jane Gilley, fue el primer testigo que apareció que no formaba parte de la comunidad de las fuerzas del orden. Estaba llorosa y fue sincera en su testimonio, confirmando los detalles de la investigación ya revelados por Bosch, pero también añadiendo más detalles de información personal. Declaró que Jody Krementz estaba sumamente entusiasmada por la idea de salir con uno de los grandes nombres de Hollywood y explicó que ambas habían pasado el día anterior haciéndose la manicura y la pedicura y en la peluquería.

–Ella pagó también lo mío –declaró Gilley–. Fue un encanto.

El testimonio de Gilley puso una cara humana a lo que hasta entonces había sido un análisis casi aséptico de los profesionales del asesinato de las fuerzas del orden.

Cuando Langwiser concluyó con el interrogatorio de Gilley, Fowkkes por fin rompió su norma de actuación y anunció que quería formular algunas preguntas a la testigo. Se acercó al estrado sin ninguna nota. Cruzó las manos a la espalda y se inclinó ligeramente hacia el micrófono.

–Veamos, señorita Gilley, su compañera de piso era una mujer atractiva, ¿no es así?

–Sí, ella era hermosa.

–¿Y era popular? En otras palabras, ¿salía con muchos chicos?

Gilley asintió vacilante.

–Ella salía.

–Mucho, poco, ¿con qué frecuencia?

–Resulta difícil decirlo. Yo no era su secretaria social y además tengo novio.

–Ya veo. Entonces, tomemos, pongamos, las diez semanas anteriores a su muerte. ¿Cuántas de esas semanas pasaron sin que Jody tuviera una cita?

Langwiser se levantó y protestó.

–Señoría, esto es ridículo. No tiene nada que ver con la noche del 12 al 13 de octubre.

–Oh, señoría, yo creo que sí –contestó Fowkkes–. Y creo que la señora Langwiser lo sabe. Si me da un poco de cuerda, pronto podré atarlo.

Houghton desestimó la protesta y solicitó a Fowkkes que volviera a formular la pregunta.

–En las diez semanas anteriores a su muerte, ¿cuántas semanas pasaron sin que Jody Krementz tuviera una cita con un hombre?

–No lo sé. Puede que una o puede que ninguna.

–Puede que ninguna –repitió Fowkkes–. Y, señorita Gilley, ¿cuántas de esas semanas diría que su compañera de piso tuvo al menos dos citas?

Langwiser protestó de nuevo, pero la protesta volvió a ser desestimada.

–No conozco la respuesta –dijo Gilley–. Muchas.

–Muchas –repitió Fowkkes.

Langwiser se levantó y pidió al juez que advirtiera a Fowkkes que no repitiera la respuesta de la testigo a no ser en forma de pregunta. El juez así lo hizo y Fowkkes continuó como si no lo hubieran amonestado en absoluto.

–¿Eran esas citas con el mismo hombre?

–No, casi siempre eran distintos. Con algunos repetía.

–O sea que le gustaba tantear el terreno, ¿es así?

–Supongo.

–¿Eso es un sí o un no, señorita Gilley?

–Es un sí.

–Gracias. En las diez semanas previas a su muerte, semanas en las que ha dicho que con mucha frecuencia tuvo al menos dos citas, ¿con cuántos hombres diferentes se citó?

Gilley negó con la cabeza, exasperada.

–No tengo ni idea. No los conté. Además, ¿qué tiene eso que ver con...?

–Gracias, señorita Gilley. Le agradeceré que se limite a contestar las preguntas que le planteo.

El abogado esperó, ella no dijo nada.

–Veamos, ¿en alguna ocasión tuvo dificultades Jody cuando dejaba de salir con un hombre? ¿Cuando pasaba al siguiente?

–No sé a qué se refiere.

–Me refiero a si todos los hombres estaban contentos de no tener otra cita.

–Algunas veces se ponían furiosos cuando no quería volver a salir con ellos, pero nada importante.

–¿No hubo amenazas de violencia? ¿No tenía miedo de ninguno?

–No que a mí me contara.

–¿Le hablaba de todos los hombres con los que salía?

–No.

–Veamos, en estas fechas, ¿solía llevar hombres a la casa que ustedes dos compartían?

–A veces.

–¿Se quedaban a dormir?

–A veces, no lo sé.

–Usted muchas veces no estaba allí, ¿verdad?

–Sí, muchas veces me quedaba en casa de mi novio.

–¿Por qué?

Ella soltó una risita.

–Porque lo amo.

–Bueno, ¿alguna vez se quedaron juntos en la casa que compartía con Jody Krementz?

–No recuerdo que se haya quedado nunca.

–¿Por qué?

–Supongo que porque él vive solo y es más privado en su casa.

–¿No es cierto, señorita Gilley, que todas las semanas se quedaba varias noches en casa de su novio?

–Algunas veces, ¿y qué?

–Y que eso era porque se sentía a disgusto con la constante procesión de invitados a dormir de su compañera de piso.

Langwiser se levantó.

–Señoría, eso ni siquiera es una pregunta. Protesto por la forma y por el contenido. El estilo de vida de Jody Krementz no es lo que se está juzgando aquí. David Storey está acusado de su asesinato y no está bien que se permita a la defensa ir a por alguien que...

—Muy bien, señora Langwiser, es suficiente —dijo el juez Houghton. El juez miró a Fowkkes y añadió—: Señor Fowkkes, esta es toda la cuerda que pienso darle en este sentido. La señora Langwiser tiene razón. Quiero que progrese con esta testigo.

Fowkkes asintió. Bosch lo examinó. Era un actor perfecto. En su actitud era capaz de mostrar la frustración de un hombre al que apartan de una verdad oculta. Se preguntó si el jurado lo veía como una actuación.

—Muy bien, señoría —dijo Fowkkes, poniendo la frustración en la inflexión de su voz—. No tengo más preguntas para la testigo en este momento.

El juez levantó la sesión durante quince minutos. Bosch acompañó a Gilley entre los periodistas y bajó con ella en el ascensor hasta su coche. Le dijo que lo había hecho muy bien y que había manejado perfectamente la interpelación de Fowkkes. Luego se unió a Kretzler y Langwiser en la segunda planta de la oficina del fiscal, donde el equipo de la acusación había establecido una oficina provisional durante el juicio. En la sala había una pequeña cafetera que estaba llena a medias con el café del descanso de la mañana. No había suficiente tiempo para hacer otro, de modo que todos bebieron el café rancio mientras Kretzler y Langwiser evaluaban el progreso del día.

—Creo que les va a salir el tiro por la culata si siguen defendiéndose con que ella era una puta —dijo Langwiser—. Han de tener algo más.

—Solo intenta demostrar que había muchos hombres —dijo Kretzler—. Y que el asesino pudo ser cualquiera de ellos. La defensa de la escopeta. Disparas un montón de perdigones con la esperanza de que uno alcance el objetivo.

–Tampoco va a funcionar.

–Te diré una cosa, con John Reason reservándose el turno con todos esos testigos, estamos avanzando muy deprisa. Si sigue en este plan, nosotros terminaremos el martes o el miércoles.

–Bueno, estoy deseando ver qué es lo que tiene.

–Yo no –les interrumpió Bosch. Langwiser miró al detective.

–Vamos, Harry, ya has superado tormentas como esta antes.

–Sí, pero esta vez tengo un mal presagio.

–No te preocupes –dijo Kretzler–. Vamos a darles en el culo. Hemos cogido la ola y no la vamos a dejar.

Los tres juntaron sus tres vasos de plástico en un brindis.

El compañero de Bosch, Jerry Edgar, y su antigua compañera, Kizmin Rider, testificaron durante la sesión de la tarde. Los fiscales pidieron a ambos que recordaran los momentos posteriores al registro del domicilio de David Storey, cuando Bosch se metió en el coche y les explicó que Storey acababa de alardear de haber cometido el crimen. Su testimonio corroboró el de Bosch y actuaría como refuerzo contra el previsible asalto de la defensa sobre el carácter de Harry. Bosch también sabía que los fiscales esperaban obtener más credibilidad en el jurado, porque tanto Edgar como Rider eran negros. Cinco miembros del jurado y los dos suplentes eran negros y en un momento en que la veracidad de cualquier policía blanco de Los Ángeles estaba bajo sospecha para los jurados negros, tener a Edgar y Rider solidarizándose con Bosch era un plus.

Rider declaró en primer lugar y Fowkkes renunció a la interpelación. El testimonio de Edgar fue idéntico al de ella, pero a él le formularon algunas preguntas más porque había entregado la segunda orden de registro presentada en el caso, una orden judicial para obtener muestras de cabello y sangre de David Storey. La orden había sido aprobada y firmada por un juez mientras Bosch estaba en Nueva York siguiendo la pista del *Architectural Digest* y Rider estaba en unas vacaciones en Hawái planeadas antes del asesinato. Edgar, en compañía de un agente de patrulla, se había presentado una vez más con la orden en la puerta de la casa de Storey a las seis de la mañana. Testificó que Storey los hizo esperar fuera mientras contactaba con su abogado, que en ese momento ya era el abogado criminalista J. Reason Fowkkes.

Cuando Fowkkes fue informado de la situación le dijo a Storey que colaborara y el sospechoso fue llevado al Parker Center, donde una enfermera de laboratorio recogió muestras de su vello púbico, cabello y sangre.

–¿En algún momento del viaje o de la recogida de pruebas preguntó al acusado sobre el crimen? –preguntó Kretzler.

–No, no lo hice –respondió Edgar–. Antes de salir de su residencia me dio su teléfono y yo hablé con el señor Fowkkes. Me dijo que su cliente no quería ser interrogado ni, según sus propias palabras, hostigado en modo alguno. Así que básicamente viajamos en silencio, al menos por mi parte. Y tampoco hablamos en el Parker Center. Cuando terminamos, el señor Fowkkes estaba allí y acompañó al señor Storey a su casa.

–¿Hizo el señor Storey algún comentario no solicitado durante el tiempo que estuvo con usted?

–Solo uno.

–¿Y cuándo fue eso?

–En el coche, mientras íbamos al Parker Center.

–¿Y qué dijo?

–Iba mirando por la ventanilla y solo dijo: «Estáis jodidos si pensáis que voy a pringar por esto».

–¿Y este fragmento de conversación fue grabado?

–Sí.

–¿Por qué?

–Debido a su confesión anterior ante el detective Bosch, pensamos que existía la posibilidad de que continuara y realizara alguna declaración semejante. El día que cumplí con la orden de recogida de muestras de pelo y sangre, utilicé un coche de la brigada de narcóticos. Es un coche que utilizan para comprar droga y lleva un sistema de grabación incorporado.

–¿Ha traído la cinta de ese día, detective?

–Sí.

Kretzler presentó la cinta como prueba. Fowkkes protestó, argumentando que Edgar ya había testificado acerca de lo que se había dicho y que la prueba de audio era innecesaria. De nuevo el juez rechazó la protesta y la cinta se reprodujo. Kretzler inició la cinta mucho antes de la declaración de Storey, para que los miembros del jurado oyeran el rumor del motor del coche y el ruido del tráfico y supieran que Edgar no había violado los derechos del acusado preguntándole para provocar una respuesta.

Cuando la cinta llegó al comentario de Storey, el tono de arrogancia e incluso odio hacia los investigadores se percibió alto y claro.

Kretzler terminó el interrogatorio de Edgar con el deseo de que ese tono fuera lo último que escuchara el jurado antes del fin de semana.

Fowkkes, quizá apercibiéndose de la trampa, dijo que llevaría a cabo una breve interpelación. Procedió a plantear a Edgar una serie de preguntas inocuas que poco añadieron a favor de la defensa o en contra de la acusación. A las cuatro y media en punto, Fowkkes terminó su interpelación y el juez Houghton levantó la sesión hasta el lunes.

Cuando los periodistas salieron al pasillo, Bosch buscó con la mirada a McEvoy, pero no lo vio. Edgar y Rider, que se habían quedado después de su testimonio, se acercaron a él.

—Harry, ¿qué te parece si vamos a tomar algo? —dijo Rider.

—¿Qué tal si nos emborrachamos? —replicó Bosch.

28

Esperaron hasta las diez y media del sábado por la mañana a que llegaran clientes, pero no se presentó ninguno. McCaleb estaba sentado silenciosamente en la borda de popa, pensando en todo lo sucedido. Los clientes que no se presentaban, su despedida del caso, la reciente llamada telefónica de Jaye Winston, todo. Antes de que saliera de casa, Winston lo había llamado para disculparse por cómo habían ido las cosas el día anterior. Él fingió indiferencia y le dijo que se olvidara del asunto. Y siguió sin mencionar que Buddy Lockridge había oído la conversación que ambos habían mantenido en el barco dos días antes. Cuando Jaye le dijo que Twilley y Friedman habían decidido que sería mejor que devolviera las copias de toda la documentación relacionada con el caso, McCaleb le soltó que si la querían que vinieran a buscarla. Le dijo que lo esperaban para una salida de pesca y que tenía que irse. Se despidieron abruptamente y McCaleb colgó el teléfono.

Raymond estaba doblado sobre la popa, pescando con una caña con anzuelo de cucharilla que McCaleb le había comprado cuando se trasladaron a la isla. Estaba mirando a través del agua clara a las figuras en movimiento de los garibaldis naranjas que nadaban seis metros más abajo. Buddy Lockridge estaba sentado en la silla de pesca, leyendo la sección metropolitana del *Los Angeles Times*. Parecía tan relajado como una ola de verano. McCaleb todavía no lo había confrontado con su sospecha de que él había hecho la filtración. Había estado esperando el momento oportuno.

–Eh, Terror –dijo Lockridge–, ¿has visto este artículo del testimonio de Bosch ayer en el juzgado de Van Nuys?

–No.

–Tío, lo que están insinuando aquí es que este director de cine es un asesino en serie. Parece uno de tus viejos casos. Y el tipo que lo está señalando desde la tribuna de los testigos es un...

–Buddy, te he dicho que no hables de eso. ¿O has olvidado lo que te dije?

–Vale, lo siento. Solo estaba diciendo que si esto no es una paradoja, no sé lo que es.

–Muy bien. Déjalo así.

McCaleb consultó de nuevo el reloj. Los clientes deberían haber llegado a las diez. Se enderezó y fue a la puerta del salón.

–Haré algunas llamadas –dijo–. No quiero pasarme el día esperando a esta gente.

McCaleb abrió un cajón en la pequeña mesa de navegación del salón del barco y sacó la tabla donde sujetaba las reservas. Solo había dos hojas. La de ese día y una reserva para el sábado siguiente. Los meses de invierno eran flojos. Miró la información recogida en la hoja superior. No le sonaba, porque había sido Buddy quien había tomado la reserva. La excursión de pesca era con cuatro hombres de Long Beach. Se suponía que iban a viajar el viernes por la noche y que se hospedarían en el Zane Grey. Una excursión de pesca de cuatro horas –el sábado de diez a dos– y luego volvían a tomar el ferry a la ciudad. Buddy había anotado el número del domicilio del organizador y el nombre del hotel, y había recibido un depósito por la mitad del importe de la salida.

McCaleb miró la lista de hoteles y números de teléfono enganchada a la mesa de navegación y llamó primero al Zane Grey. No tardó en averiguar que no había nadie en el hotel con el nombre del organizador del grupo, el único nombre del que disponía McCaleb. Luego llamó al domicilio del hombre y se puso su esposa. Ella le dijo que su marido no estaba en casa.

–Bueno, estamos esperándolo en un barco aquí en Catalina. ¿Sabe si él y sus amigos están en camino?

Hubo una larga pausa.

–Señora, ¿sigue ahí?

–Ah, sí, sí. Es solo que ellos no van a ir a pescar hoy. Me dijeron que cancelaron la salida. Ahora están jugando al golf. Puedo darle el móvil de mi marido si quiere. Podría hablar con...

–No es necesario, señora. Que pase un buen día.

McCaleb cerró el móvil. Sabía exactamente lo que había sucedido. Ni él ni Buddy habían escuchado el servicio de contestador del número que figuraba en los anuncios de las excursiones publicados en varias guías y revistas de pesca. Llamó al número, introdujo el código y, ciertamente, tenía un mensaje esperándole desde el miércoles. El grupo cancelaba la excursión y decía que ya concertarían otra fecha más adelante.

–Sí, claro –dijo McCaleb.

Borró el mensaje y cerró el teléfono. Sintió ganas de lanzárselo a la cabeza de Buddy por la puerta corredera de cristal, pero trató de calmarse. Entró en la pequeña cocina y sacó de la nevera un brik de litro de zumo de naranja. Se lo llevó a la popa.

–No hay salida hoy –dijo antes de tomar un buen trago de zumo.

–¿Por qué no? –preguntó Raymond, visiblemente decepcionado.

McCaleb se limpió la boca en la manga de la camiseta.

—La cancelaron.

Lockridge levantó la vista del periódico y McCaleb lo fulminó con la mirada.

—Bueno, nos quedamos el depósito, ¿no? —preguntó Buddy—. Tomé un depósito de doscientos dólares en la Visa.

—No, no nos quedamos con el depósito porque cancelaron el miércoles. Supongo que los dos hemos estado demasiado ocupados para comprobar la línea tal y como se supone que hemos de hacer.

—Joder, es culpa mía.

—Buddy, delante del niño no. ¿Cuántas veces tengo que decírtelo?

—Lo siento, lo siento.

McCaleb continuó mirándolo. No había querido hablar de la filtración a McEvoy hasta después de la excursión de pesca, porque necesitaba la ayuda de Buddy para llevar una partida de pesca de cuatro hombres. Ya no importaba. Había llegado la hora.

—Raymond —dijo mientras seguía mirando a Lockridge—. ¿Aún quieres ganarte algo de dinero?

—Sip.

—Quieres decir que sí, ¿verdad?

—Sip, quiero decir que sí. Sí.

—Muy bien, entonces enrolla y engancha el sedal y empieza a entrar estas cañas y guárdalas en el estante. ¿Puedes hacerlo?

—Claro.

El chico rápidamente enrolló el sedal, sacó el cebo y lo tiró al agua. Colgó el anzuelo de uno de los ojetes de la caña y luego lo apoyó en la esquina de la popa, para llevárselo a casa. Le gustaba practicar su técnica de lanzamiento en la terraza trasera, lanzando un peso de goma de práctica al tejado y recogiéndolo de nuevo.

Raymond empezó a sacar las cañas para mar abierto de los soportes donde Buddy las había colocado en preparación para la excursión. De dos en dos se las llevó al salón y las puso en los estantes altos. Tenía que subirse en el sofá para hacerlo, pero era un sofá viejo que necesitaba urgentemente un tapizado y a McCaleb no le importaba.

—¿Pasa algo, Terror? —probó Buddy—. Solo es una salida, tío. Ya sabíamos que este mes iba a ser flojo.

—No es por la excursión, Bud.

—Entonces qué, ¿el caso?

McCaleb tomó un sorbito de zumo y dejó el brik en la borda.

—¿Te refieres al caso en el que ya no estoy?

—Supongo, no lo sé. ¿Ya no estás más? ¿Cuándo...?

—No, Buddy, ya no estoy. Y hay algo de lo que quiero hablar contigo.

Esperó a que Raymond llevara otro par de cañas al salón.

—¿Lees alguna ves el *New Times*, Buddy?

—Te refieres a ese semanario gratuito.

—Sí, ese semanario gratuito. El *New Times*, Buddy. Sale todos los jueves. Siempre hay una pila en la lavandería del puerto. En realidad no sé por qué te estoy preguntando esto. Sé que lees el *New Times*.

De repente, Lockridge bajó la mirada. Parecía alicaído por la culpa. Levantó una mano y se frotó la cara. La mantuvo sobre los ojos cuando habló.

—Terry, lo siento. Nunca pensé que te volvería a ti. ¿Qué ha pasado?

—¿Qué ocurre, tío Buddy? —Era Raymond, desde la puerta del salón.

–Raymond, ¿puedes meterte dentro y cerrar esa puerta durante unos minutos? –dijo McCaleb–. Pon la tele. Tengo que hablar con Buddy a solas.

El chico vaciló, sin dejar de mirar a Buddy, que se tapaba la cara.

–Por favor, Raymond. Y deja esto en la nevera.

El chico finalmente salió y cogió el brik de zumo de naranja. Volvió a entrar y cerró la puerta. McCaleb miró de nuevo a Lockridge.

–¿Cómo pudiste pensar que no me iba a llegar?

–No lo sé. Solo pensé que nadie lo sabría.

–Bueno, pues te equivocaste. Y eso me ha causado muchos problemas. Pero por encima de todo es una puta traición, Buddy. Sencillamente no puedo creer que puedas haber hecho una cosa así.

McCaleb miró a la puerta de cristal para asegurarse de que el niño no estaba escuchando. No había señal de Raymond. Seguramente habría bajado a uno de los camarotes. McCaleb se dio cuenta de que su respiración estaba alterada. Se había enfadado tanto que estaba hiperventilando. Tenía que acabar con eso y calmarse.

–¿Lo va a saber Graciela? –preguntó Buddy con voz suplicante.

–No lo sé. No importa lo que ella sabe. Lo que importa es que tenemos esta relación y tú vas y haces algo como esto a mis espaldas.

Lockridge seguía ocultando la cara tras los dedos.

–No imaginaba que significara tanto para ti, incluso si lo descubrías. No era gran cosa. Yo...

–No trates de mitigarlo o decirme si era poca cosa o no, ¿vale? Y no me hables con esa voz suplicante. Cállate.

McCaleb caminó hasta la popa. Dándole la espalda a Lockridge, miró a la colina situada sobre la zona comercial de la pequeña localidad. Veía su casa. Graciela estaba en la terraza, con el bebé en brazos. Ella lo saludó y luego levantó la mano de Cielo en un saludo infantil. McCaleb le devolvió el saludo.

–¿Qué quieres que haga? –dijo Buddy desde detrás de él. Tenía la voz más controlada–. ¿Qué quieres que diga? ¿Que no volveré a hacerlo? Bueno, no volveré a hacerlo.

McCaleb no se volvió. Continuó mirando a su mujer y a su hija.

–No importa que no vuelvas a hacerlo. El daño está hecho. Tengo que pensar en esto. Somos socios y amigos. O al menos lo éramos. Lo único que quiero ahora es que te vayas. Voy a entrar con Raymond. Coge la zódiac hasta el muelle. Vuelve en el ferry de esta noche. No quiero verte aquí, Buddy. Ahora no.

–¿Cómo vais a volver al muelle?

Era sin duda una pregunta desesperada con una respuesta obvia.

–Tomaré el taxi acuático.

–Tenemos una salida el sábado que viene. Es un grupo de cinco y...

–Ya me preocuparé por el sábado cuando llegue el momento. Puedo cancelarlo si tengo que hacerlo o pasarle los clientes a Jim Hall.

–Terry, ¿estás seguro de esto? Lo único que hice fue...

–Estoy seguro. Vamos, Buddy. No quiero continuar hablando.

McCaleb se volvió, pasó junto a Lockridge y caminó hasta la puerta del salón. La abrió y entró, luego corrió la puerta y la cerró tras él. No volvió a mirar a Buddy. Fue a la mesa de navegación y extrajo un sobre del cajón. Metió un billete de cinco dólares que sacó del bolsillo, lo cerró y escribió el nombre de Raymond.

–Eh, Raymond, ¿dónde estás? –llamó.

Para cenar comieron sándwiches de queso y chile. El chile era de Busy Bee. McCaleb lo había comprado en su camino desde el barco con Raymond.

McCaleb se sentó enfrente de su mujer, con Raymond a su izquierda y la niña a su derecha en una silla sujeta a la mesa. Estaban comiendo dentro, porque una niebla vespertina había envuelto la isla con un abrazo gélido. McCaleb permaneció en silencio y con aire taciturno durante la cena, igual que había estado todo el día. Al regresar a casa temprano, Graciela decidió mantener la distancia. Ella se llevó a Raymond de caminata al jardín botánico de Wrigley, en el cañón de Avalon. McCaleb se quedó con la niña, que estuvo haciendo alboroto la mayor parte del día. A él, de todos modos, no le importó. Le hacía pensar en otras cosas.

Al final, en la cena, dejaron de evitarse mutuamente. McCaleb había preparado los sándwiches, así que fue el último en sentarse. Apenas había empezado a comer cuando Graciela le preguntó cuál era el problema.

–Ninguno –dijo él–. Estoy bien.

–Raymond dijo que tú y Buddy habíais discutido.

–Puede que Raymond tenga que ocuparse de sus propios asuntos.

Miró al niño cuando dijo esto y Raymond bajó la mirada.

–Eso no es justo, Terry –dijo Graciela.

Ella tenía razón y McCaleb lo sabía. Estiró el brazo y acarició el pelo del chico. Era muy suave y a McCaleb le gustaba hacerlo. Esperaba que el gesto transmitiera sus excusas.

–Estoy fuera del caso porque Buddy lo filtró a un periodista.

–¿Qué?

–Encontramos (encontré) un sospechoso. Un poli. Buddy me oyó cuando explicaba a Jaye Winston lo que había descubierto. Se dio la vuelta y llamó a un periodista. El periodista empezó a hacer llamadas, y Jaye y su capitán creen que la filtración surgió de mí.

–Eso no tiene sentido. ¿Por qué iba a hacer eso Buddy?

–No lo sé. No me lo dijo. De hecho, sí me lo dijo. Dijo que no creía que me fuera a importar. O palabras por el estilo. Eso ha sido hoy en el barco.

Hizo un gesto hacia Raymond, con lo que quería decir que esa era la conversación tensa de la que había captado una parte y que había explicado a Graciela.

–Bueno, ¿has llamado a Jaye para decirle que fue él?

–No, eso no importa. Vino de mí. Fui lo bastante tonto para dejar que se quedara en el barco. ¿Podemos hablar de otra cosa? Estoy cansado de pensar en esto.

–Bueno, Terry, ¿de qué otra cosa quieres hablar?

McCaleb estaba en silencio. Ella también. Al cabo de un rato él empezó a reír.

–Ahora mismo no se me ocurre nada.

Graciela terminó dando un mordisco a su sándwich. McCaleb miró a Cielo, que estaba observando un globo azul y blanco atado a un hilo de su sillita y suspendido sobre ella. Intentaba alcanzarlo con sus manitas, pero no lo lograba. McCaleb vio que se estaba frustrando y comprendió la sensación.

–Raymond, cuéntale a tu padre lo que has visto hoy en los jardines –dijo Graciela.

Desde hacía poco ella había empezado a referirse a McCaleb como el padre de Raymond. Lo habían adoptado, pero McCaleb no quería presionar al chico para que lo llamara papá. Raymond solía llamarlo Terry.

–Hemos visto un zorro gris –dijo–. Estaba cazando en el cañón.

–Pensaba que los zorros cazaban de noche y dormían durante el día.

–Bueno, entonces alguien lo despertó, porque lo vimos. Era grande.

Graciela asintió, apoyando a Raymond.

–Muy bien –dijo McCaleb–. Lástima que no pudierais sacarle una foto.

Comieron en silencio durante unos minutos. Graciela usaba su servilleta para limpiar la baba de la barbilla de CiCi.

–Bueno –dijo McCaleb–, estoy seguro de que estás contenta de que esté fuera y las cosas vuelvan a la normalidad.

Graciela lo miró.

–Quiero que estés a salvo. Quiero que toda la familia esté unida y segura. Eso es lo que me hace feliz, Terry.

Él asintió y se terminó el sándwich. Ella continuó.

–Quiero que seas feliz, pero si eso significa trabajar en estos casos, entonces hay un conflicto entre tu bienestar personal y tu salud y el bienestar de esta familia.

–Bueno, no tienes que preocuparte más por eso. No creo que después de esto nadie venga a llamarme.

Se levantó para limpiar la mesa, pero antes de recoger los platos se inclinó hacia la silla de su hija y dobló el cable para que el globo azul y blanco quedara a su alcance.

–Se supone que no tiene que estar así –dijo Graciela.

McCaleb la miró.

–Sí.

29

McCaleb se quedó levantado hasta la madrugada con el bebé. Él y Graciela se turnaban cuidando a la niña por la noche para que al menos uno de los dos disfrutara de un sueño decente. Cielo parecía tener un reloj biológico que le exigía alimentarse cada hora. Cada vez que ella se despertaba, él le daba el biberón y la paseaba por la casa a oscuras. Le daba golpecitos en la espalda hasta que la escuchaba eructar y luego volvía a acostarla. Al cabo de una hora el proceso se repetía.

Después de cada ciclo, McCaleb caminaba por la casa y comprobaba las puertas. Era un hábito nervioso, una rutina. La casa, por estar en lo alto de la colina, estaba envuelta por la bruma. Mirando por las ventanas de atrás ni siquiera distinguía las luces del puerto. Se preguntó si la niebla se extendería por la bahía hasta el continente. La casa de Harry Bosch estaba en alto. Lo imaginó de pie ante su ventana, mirando también a la nada neblinosa.

Por la mañana, Graciela se hizo cargo del bebé y McCaleb, exhausto por la noche y todo lo demás, durmió hasta las once. Al levantarse vio la casa en calma. En camiseta y *shorts* recorrió el pasillo y vio que la cocina y la sala estaban vacías. Graciela había dejado una nota en la mesa de la cocina en la que decía que se había llevado a los niños a St. Catherine para la misa de las diez y luego al mercado. La nota añadía que volverían a mediodía.

McCaleb fue a la nevera y sacó la jarra de zumo de naranja. Se sirvió un vaso y luego cogió las llaves de la encimera y volvió al armarito del pasillo. Lo abrió y sacó una bolsita de plástico que contenía la dosis matinal de medicamentos que lo mantenían vivo. El primer día de cada mes, él y Graciela reunían cuidadosamente las dosis y las ponían en bolsas de plástico marcadas con las fechas y la indicación de si correspondían a la toma de la mañana o a la de la tarde. Eso era más sencillo que tener que abrir decenas de frascos de pastillas dos veces al día.

Se llevó la bolsa a la cocina y empezó a tomarse las pastillas de dos en dos o de tres en tres con tragos de zumo. Mientras seguía su rutina miró al puerto desde la ventana de la cocina. La bruma se había levantado. No estaba del todo claro, pero sí lo suficiente para ver el *Following Sea* y una lancha atada a la bovedilla.

Se acercó a uno de los cajones de la cocina y sacó los prismáticos que Graciela usaba cuando él estaba en el barco y entraba o salía del puerto. Salió a la terraza y se situó en la barandilla. Enfocó con los prismáticos. No había nadie en el puente de mando ni en la cubierta. No veía el interior, porque el cristal de la puerta corredera del salón tenía una película reflectante. Enfocó la lancha. Era de color verde apagado y tenía un motor de un caballo y medio fueraborda. La reconoció como una de las que alquilaban en el muelle.

McCaleb volvió a entrar y dejó los prismáticos en el mostrador mientras se guardaba las píldoras que le quedaban en la mano. Se las llevó al dormitorio junto con el zumo. Se las tomó con rapidez mientras se vestía. Sabía que Buddy Lockridge no habría alquilado una zódiac para ir al barco. Buddy conocía la de McCaleb y simplemente la habría tomado prestada.

Había alguna otra persona en su barco.

Tardó veinte minutos en bajar caminando hasta el muelle, porque Graciela se había llevado el cochecito de golf. Fue primero a la taquilla de alquiler de lanchas para averiguar quién había alquilado aquella, pero la ventana estaba cerrada y había un cartelito con la esfera de un reloj que decía que el taquillero no volvería hasta las doce y media. McCaleb miró su reloj. Eran las doce y diez. No podía esperar. Bajó la rampa hasta el muelle de las lanchas, se subió a su zódiac y arrancó el motor.

Mientras McCaleb avanzaba hacia el *Following Sea*, examinó las ventanas laterales del salón, pero seguía sin poder ver ningún movimiento ni indicación de que había alguien en el barco. Paró el motor de la zódiac cuando estaba a veinticinco metros y la lancha hinchable se deslizó en silencio el trecho restante. Desabrochó el bolsillo de su chubasquero y sacó la Glock 17, su arma de servicio de su época en el FBI.

La zódiac golpeó ligeramente en la popa junto a la lancha alquilada. McCaleb miró en primer lugar a la lancha, pero solo vio un chaleco salvavidas y un cojín flotador, nada que indicara quién había alquilado la barca. Subió a la bovedilla y mientras se agachaba detrás de la popa, ató la cuerda de la zódiac en una de las cornamusas. Miró por encima del espejo de popa, pero solo vio su reflejo en la puerta corredera. Sabía que tendría que acercarse a la puerta sin saber si había alguien esperándolo al otro lado.

Se agachó de nuevo y miró a su alrededor. Se preguntó si no debería retirarse y regresar con la patrulla portuaria, pero al cabo de un momento descartó esta idea. Miró a su casa en lo alto de la colina y luego se levantó e impulsó su cuerpo sobre el espejo de popa. Con la pistola baja y oculta detrás de la cadera se acercó a la puerta y examinó la cerradura. No había daño ni indicación de que hubiera sido forzada. Tiró de la maneta y la puerta se abrió. Estaba seguro de que la había cerrado el día anterior cuando se había ido con Raymond.

McCaleb entró. El salón estaba vacío y no había signo de intrusión o robo. Cerró la puerta tras él y escuchó. El barco estaba en silencio. Se oía el sonido del agua en las superficies exteriores y eso era todo. Su mirada se movió hacia los escalones que conducían a los camarotes de la cubierta inferior y la proa. Avanzó en esa dirección, llevando la pistola ante él.

En el segundo de los cuatro escalones, McCaleb pisó una tabla quebrada que protestó bajo su peso. Se quedó parado y escuchó en espera de una respuesta. Solo hubo silencio y el sonido incesante del agua en el casco del barco. Al final de la escalera había un corto pasillo con tres puertas. Justo enfrente estaba el camarote de proa, que había sido convertido en despacho y almacén de los archivos de McCaleb. A la derecha estaba el camarote principal. A la izquierda, el lavabo.

La puerta del camarote principal estaba cerrada y McCaleb no recordaba si la había dejado así al abandonar el barco veinticuatro horas antes. La puerta del lavabo estaba abierta de par en par y enganchada a la pared interior para que no se porteara cuando el barco se movía. La puerta del despacho estaba entreabierta y oscilaba levemente con el movimiento del barco.

Había una luz encendida en el interior y McCaleb sabía que era la luz de encima del escritorio, que estaba instalado en la cama inferior de una litera situada a la izquierda de la puerta. McCaleb decidió inspeccionar primero el lavabo, después el despacho y por último el camarote principal. Mientras se aproximaba al lavabo percibió el olor a humo de cigarrillo.

El lavabo estaba vacío y además era demasiado pequeño para ser utilizado como escondite. Al volverse hacia la puerta del despacho y levantar el arma se elevó una voz desde el interior.

–Pasa, Terry.

Reconoció la voz. Con precaución dio un paso adelante y utilizó su mano libre para empujar la puerta. Mantuvo la pistola levantada.

La puerta se abrió de golpe y Harry Bosch estaba sentado en el escritorio, con el cuerpo en una postura relajada, recostado y mirando a la puerta. Tenía las dos manos a la vista. No llevaba nada en ellas, salvo un cigarrillo encendido entre dos dedos de la mano derecha. McCaleb entró lentamente en la pequeña estancia, todavía apuntando a Bosch con la pistola.

–¿Vas a dispararme? ¿Quieres ser mi acusador y mi ejecutor?

–Esto es allanamiento de morada.

–Entonces estamos empatados.

–¿De qué estás hablando?

–¿Cómo llamas tú al numerito de la otra noche en mi casa? «Harry, tengo un par de preguntas más sobre el caso.» Solo que nunca me preguntaste nada de Gunn, ¿verdad? En vez de hacerlo, miraste la foto de mi mujer y me preguntaste por mi matrimonio, y también por la pintura del pasillo y te bebiste mi cerveza y, ah, sí, me hablaste de que habías encontrado a Dios en los ojos azules de tu hija. ¿Cómo llamas a eso, Terry?

Bosch giró la silla con suma tranquilidad y miró al escritorio por encima del hombro. McCaleb miró más allá de él y observó que su portátil estaba encendido. Bosch había abierto el archivo que contenía sus notas para el perfil que iba a preparar hasta que todo había cambiado el día anterior. Lamentó no haberlo protegido con una contraseña.

–A mí me parece allanamiento de morada –dijo Bosch, con los ojos en la pantalla–. O algo peor.

En la nueva postura de Bosch la cazadora de cuero que llevaba se abrió y McCaleb vio la pistola en la cartuchera de la cadera. Él continuó con el arma preparada.

Bosch volvió a mirar a McCaleb.

–Todavía no he tenido tiempo de mirar todo esto. Parece que hay un montón de notas y análisis. Probablemente todo de primera, conociéndote. Pero, de alguna manera, de algún modo, te has equivocado. Yo no soy el hombre que buscas, McCaleb.

McCaleb se deslizó lentamente en la cama inferior de la otra litera. Sostuvo el arma con un poco menos de precisión. Sentía que Bosch no constituía un peligro inmediato. Si hubiera querido podría haberle tendido una trampa cuando había entrado.

–No tendrías que estar aquí, Harry. No tendrías que estar hablando conmigo.

–Ya sé, todo lo que diga podrá ser utilizado en mi contra ante un tribunal. Pero ¿con quién voy a hablar? Tú me has cargado con esto y quiero que me descargues.

–Bueno, es demasiado tarde. Me han apartado del caso. Y no querrás saber quién se ha hecho cargo de él.

Bosch se limitó a mirarlo y esperar.

–La división de derechos civiles del FBI. ¿Creías que asuntos internos era una pesadilla? Esta gente vive y respira por una sola cosa, cortar cabelleras. Y una cabellera del Departamento de Policía de Los Ángeles es un tesoro.

–¿Cómo ha sido eso? ¿Por el periodista?

McCaleb asintió.

–Supongo que eso significa que también ha hablado contigo.

–Lo intentó ayer. –Bosch miró en torno a sí, se fijó en el cigarrillo que tenía en la mano y se lo puso en la boca–. ¿Te importa que fume?

–Ya lo has hecho.

Bosch sacó un mechero de la cazadora y encendió el cigarrillo. Sacó la papelera de debajo del escritorio para usarla como cenicero.

–Parece que no puedo dejarlo.

–Personalidad adictiva. Una cualidad buena y mala en un detective.

–Sí, lo que tú digas. –Dio una calada–. Nos conocemos desde hace, ¿cuánto?, ¿diez?, ¿doce años?

–Más o menos.

–Hemos trabajado en casos juntos y tú no trabajas con alguien en un caso sin tomarle en cierto modo la medida. ¿Me explico?

McCaleb no respondió. Bosch sacudió la ceniza en el borde de la papelera.

–¿Y sabes qué me molesta, más incluso que la acusación misma? Que venga de ti. Me molesta cómo y por qué has podido pensar eso. Ya sabes, ¿qué clase de medida tomaste de mí que te ha permitido dar este salto?

McCaleb hizo un gesto con ambas manos como para decir que la respuesta era obvia.

–La gente cambia. Si hay algo que aprendí en mi profesión es que cualquiera de nosotros es capaz de cualquier cosa si se dan las circunstancias adecuadas, las presiones correctas, los motivos precisos, el momento justo.

–Todo eso son chorradas psicológicas. No...

La frase de Bosch se desvaneció. Volvió a mirar al ordenador portátil y los papeles desparramados por el escritorio. Señaló la pantalla del portátil con el cigarrillo.

–Hablas de oscuridad, de algo más oscuro que la noche.

–¿Y?

–Cuando estuve en Vietnam... –Dio una profunda calada al cigarrillo y exhaló, echando la cabeza hacia atrás y soltando el humo hacia el techo–. Me pusieron en los túneles y, déjame que te diga, si quieres oscuridad, aquello era oscuridad. Allá abajo a veces no podías ver tu puta mano a menos de diez centímetros de la cara. Estaba tan oscuro que te dolían los ojos de intentar ver algo. Cualquier cosa.

Dio otra larga calada al cigarrillo. McCaleb examinó los ojos de Bosch, inexpresivos, perdidos en el recuerdo. De repente, volvió. Se agachó, apagó el cigarrillo a medio consumir en el borde interior de la papelera y lo tiró.

–Esta es mi forma de dejar de fumar. Me fumo esta porquería de mentolados y nunca más de medio cigarrillo cada vez. He bajado a un paquete a la semana.

–No va a funcionar.

–Ya lo sé.

Levantó la cara hacia McCaleb y sonrió torciendo la boca a modo de disculpa. Sus ojos volvieron a cambiar rápidamente y retomó su relato.

–Y algunas veces de repente no estaba tan oscuro en los túneles. De alguna manera, había la suficiente luz para conocer el camino. Y la cuestión es que nunca supe de dónde venía. Estaba como atrapada allí abajo con el resto de nosotros. Mis compañeros y yo la llamábamos luz perdida. Estaba perdida, pero nosotros la encontrábamos.

McCaleb esperó, pero Bosch no dijo nada más.

–¿Qué me estás diciendo, Harry?

–Que se te pasó algo. Yo no sé dónde está, pero se te pasó algo.

Sostuvo la mirada a McCaleb con sus ojos oscuros. Se inclinó de nuevo hacia el escritorio y levantó la pila de documentos de Jaye Winston. Los tiró por la pequeña sala hasta el regazo de McCaleb. Este no hizo ningún movimiento para cogerlos y se esparcieron por el suelo.

–Vuelve a mirar. Se te pasó algo, y yo fui el resultado de la suma de lo que viste. Vuelve y encuentra la pieza que falta. Eso cambiará la suma.

–Ya te he dicho que estoy fuera.

–Yo vuelvo a meterte dentro.

Lo dijo con un tono de permanencia, como si no le dejara elección a McCaleb.

–Tienes hasta el miércoles. Esa es la fecha tope del periodista. Tienes que parar ese artículo con la verdad. Si no lo haces, ya sabes lo que J. Reason Fowkkes hará con él.

Se quedaron sentados en silencio durante un buen rato, mirándose el uno al otro. McCaleb se había encontrado y había hablado con decenas de asesinos en serie en su época en el FBI. Pocos de ellos admitieron sus crímenes. Bosch no era diferente, pero la intensidad con la que lo miraba sin pestañear era algo que McCaleb nunca había visto antes en ningún hombre, ni culpable ni inocente.

–Storey ha matado a dos mujeres, y esas son solo las que conocemos. Él es el monstruo al que te has pasado la vida persiguiendo, McCaleb. Y ahora..., y ahora le estás dando la llave que abre la puerta de su jaula. Si sale, volverá a hacerlo. Conoces a los que son como él. Sabes que lo hará.

McCaleb no podía competir con los ojos de Bosch. Bajó la mirada a la pistola que sostenía.

–¿Qué te hizo pensar que te escucharía, que haría esto? –preguntó.

–Te he dicho que tomas la medida de alguien. Yo he tomado la tuya, McCaleb. Tú lo harás. O el monstruo al que liberarás te acechará durante el resto de tu vida. Si Dios está en los ojos de tu hija, ¿cómo vas a poder volver a mirarla?

McCaleb asintió de manera inconsciente e inmediatamente se preguntó qué estaba haciendo.

–Recuerdo que una vez me dijiste algo –dijo Bosch–. Dijiste que Dios está en los detalles y el diablo también. Querías decir que la persona que estás buscando suele estar ahí mismo, enfrente de nosotros, escondiendo constantemente los detalles. Yo siempre recuerdo eso. Todavía me ayuda.

McCaleb asintió otra vez. Bajó la vista a los documentos del suelo.

–Escucha, Harry, has de saberlo. Estaba convencido de esto cuando se lo llevé a Jaye. No estoy seguro de que pueda verlo de otra forma. Si quieres ayuda, probablemente yo no soy la persona adecuada.

Bosch negó con la cabeza y sonrió.

–Por eso precisamente eres la persona adecuada. Si tú puedes convencerte, el mundo puede convencerse.

–Sí, ¿dónde estuviste en Nochevieja? Por qué no empezamos por ahí.

Bosch se encogió de hombros.

–En casa.

–¿Solo?

Bosch volvió a encogerse de hombros y no respondió. Se levantó para irse. Metió las manos en los bolsillos de la cazadora. Pasó por la estrecha puerta y luego subió la escalera hasta el salón. McCaleb lo siguió, esta vez con la pistola a un costado.

Bosch abrió la puerta corredera con el hombro. Al salir al puente de mando, miró hacia la catedral de la colina. Luego miró a McCaleb.

–¿Así que toda esa charla en mi casa acerca de encontrar la mano de Dios era una mentira? ¿Técnicas de investigación o algo así? ¿Una declaración pensada para obtener una respuesta que encajara en un perfil?

McCaleb negó con la cabeza.

—No, ninguna mentira.

—Bien. Tenía la esperanza de que no lo fuera.

Bosch pasó por encima del espejo de popa hasta la bovedilla. Desató su lancha alquilada, se subió y se sentó en el banco de atrás. Antes de poner en marcha el motor, miró una vez más a McCaleb y señaló la parte de atrás del barco.

—*Following Sea.* ¿Qué significa?

—Mi padre le puso el nombre al barco. Era suyo. Se refiere a la ola que te viene por detrás, que te da antes de que la veas venir. Creo que le puso el nombre al barco como una especie de advertencia. Ya sabes, cúbrete siempre las espaldas.

Bosch asintió.

Se quedaron un momento en silencio. Bosch puso la mano en el tirador del motor, pero no lo puso en marcha.

—¿Conoces la historia de este lugar, Terry? Me refiero a antes de que llegaran los misioneros.

—No, ¿tú sí?

—Un poco. De niño me gustaba leer libros de historia. Lo que hubiera en la biblioteca. Me gustaba la historia local, de Los Ángeles sobre todo, y de California. Simplemente me lo pasaba bien leyendo. Una vez hicimos un viaje aquí desde el orfanato. Así que leí algo sobre la isla.

McCaleb asintió.

—Los indios que vivían aquí (los gabrielinos) adoraban al sol —dijo Bosch—. Los misioneros llegaron y cambiaron todo eso; de hecho fueron ellos quienes los llamaron gabrielinos. Ellos se llamaban de otra manera, pero no me acuerdo. Pero antes de que todo eso ocurriera ellos estaban aquí y adoraban al sol. Era tan importante para la vida de la isla que supongo que creyeron que tenía que ser un dios.

McCaleb se fijó en los ojos de Bosch barriendo el puerto.

—Y los indios del continente —continuó Bosch— pensaban que los de aquí eran brujos feroces que podían controlar el tiempo y las olas mediante su adoración y los sacrificios a su Dios. Lo que quiero decir es que tenían que ser feroces y fuertes para poder cruzar la bahía y vender sus vasijas y pieles de foca en el continente.

McCaleb examinó a Bosch, tratando de captar el mensaje que sin duda el detective quería mandarle.

—¿Qué estás diciendo, Harry?

Bosch se encogió de hombros.

—No lo sé. Supongo que la gente encuentra a Dios donde necesita que esté. En el sol, en los ojos de un bebé..., en un nuevo corazón.

Miró a McCaleb, con los ojos tan oscuros e inescrutables como los de la lechuza pintada.

—Y alguna gente —empezó McCaleb— encuentra la salvación en la verdad, en la justicia, en la honradez.

Esta vez Bosch asintió y ofreció de nuevo su sonrisa torcida.

—Eso suena bien.

Se volvió y puso en marcha el motor a la primera. Luego saludó ostensiblemente a McCaleb y se alejó, orientando la embarcación alquilada hacia el muelle. Desconocedor de la etiqueta del puerto, cortó por el carril entre las boyas no usadas. No miró atrás. McCaleb no dejó de mirarlo en todo el camino. Un hombre completamente solo en el agua en una vieja lancha de madera. Y en ese pensamiento surgió una pregunta. ¿Estaba pensando en Bosch o en sí mismo?

30

En el transbordador de regreso, Bosch se compró una Coca-Cola en el puesto y confío en que calmara su estómago y le ahorrara el mareo. Preguntó a uno de los camareros cuál era el mejor lugar para viajar en el barco y lo enviaron a uno de los asientos de en medio en la parte interior. Se sentó y bebió un poco de Coca-Cola, luego sacó del bolsillo de la cazadora las hojas dobladas que había impreso en el despacho de McCaleb.

Había impreso dos archivos antes de ver a McCaleb aproximarse en la zódiac. Uno se llamaba «Perfil de la escena», y el otro, «Perfil del sujeto». Los había doblado en su cazadora y había desconectado la impresora portátil del ordenador antes de que McCaleb entrara en el barco. Solo había tenido tiempo de verlos por encima en el ordenador y esta vez empezó a leerlos a conciencia.

Empezó por el perfil de la escena. Constaba de una sola página. Estaba incompleto y parecía una simple lista de las notas e impresiones de McCaleb al ver el vídeo de la escena del crimen.

Aun así, le dio una idea de cómo trabajaba McCaleb. Mostraba el modo en que sus observaciones de la escena se transformaban en observaciones sobre un sospechoso.

ESCENA

1. Ligadura
2. Desnudo
3. Herida en la cabeza
4. Cinta/mordaza – «¿Cave?»
5. ¿Cubo?
6. Lechuza – ¿observando?

_____

altamente organizado
minucioso con los detalles
declaración – la <u>escena</u> es una declaración
estuvo allí – ¿observó? (¿lechuza?)

exposición = humillación de la víctima
          = odio a la víctima, desprecio

cubo – ¿remordimiento?

asesino – <u>conocimiento previo</u> de la víctima conocimiento personal – interacción previa odio personal
asesino en su círculo

¿cuál es la declaración?

Bosch releyó la página y luego pensó en ello. Aunque no tenía un conocimiento completo de la escena del crimen a partir de la cual habían sido tomadas las notas de McCaleb, estaba impresionado por los saltos lógicos que había hecho el ex agente del FBI. Había bajado cuidadosamente la escalera hasta llegar al punto en el que había concluido que el asesino de Gunn era alguien al que la víctima conocía, que era alguien que podía encontrarse en el perímetro que rodeaba la existencia de Gunn. Esta era una importante distinción a hacer en cualquier caso. Las prioridades de la investigación solían establecerse sobre la determinación de si el sospechoso al que se buscaba se había cruzado con la víctima solo en el punto del asesinato o también antes. La interpretación de McCaleb de los matices de la escena era que de algún modo Gunn conocía a su asesino, que existía un preludio a este final y fatal cruce de asesino y víctima.

La segunda página continuaba con la lista de notas que Bosch supuso que McCaleb planeaba convertir en un perfil desarrollado. Mientras lo leía cayó en la cuenta de que algunas de las agrupaciones de palabras eran frases que McCaleb había tomado de él.

SOSPECHOSO

Bosch:
institucional – orfanato, Vietnam, policía
outsider – alienación
obsesivo-compulsivo
ojos – perdidos, pérdida
hombre en misión – ángel vengador
la noria siempre gira – nadie escapa
todo termina por volver al mismo lugar

alcohol
divorcio – ¿mujer? ¿por qué?
alienación/obsesión
madre
casos
sistema judicial – «mentira»
portadores de la plaga
¿culpa?

Harry = Hieronymus
lechuza = mal
mal = Gunn
muerte del mal = detonante

pinturas – demonios – diablos – mal
oscuridad y luz – el filo
castigo
madre – justicia – Gunn
mano de Dios – policía – Bosch
castigo = trabajo de Dios

Más oscuro que la noche = Bosch

Bosch no sabía bien cómo interpretar las notas. Su mirada estaba clavada en la última línea y la leyó repetidamente, inseguro de lo que McCaleb estaba diciendo de él.

Al cabo de un rato, dobló cuidadosamente la página y se quedó un buen rato sentado sin moverse. Le parecía surrealista estar sentado en el barco, después de haber intentado interpretar las notas de otra persona y sus razones por las que debía ser considerado sospechoso de asesinato. Empezó a sentirse mal y se dio cuenta de que se estaba mareando. Se tragó lo que le quedaba de Coca-Cola y se levantó, volviendo a poner las hojas en el bolsillo de la cazadora.

Bosch se dirigió hacia la proa del barco y empujó la pesada puerta. El aire frío le golpeó de inmediato. Ya atisbaba la desdibujada silueta del continente en la distancia. Mantuvo la vista en el horizonte y respiró profundamente. En unos minutos empezó a sentirse mejor.

31

McCaleb se quedó un buen rato sentado en el viejo sofá del salón, pensando en su encuentro con Bosch. Era la primera vez, en su larga experiencia de investigador, que un sospechoso de asesinato acudía a él para solicitarle ayuda. Tenía que decidir si se trataba del acto de un hombre desesperado o bien de un hombre sincero. O, posiblemente, algo más. ¿Qué habría pasado si McCaleb no se hubiera fijado en la lancha alquilada y acudido al barco? ¿Lo habría esperado Bosch?

Bajó al camarote de proa y miró los documentos esparcidos por el suelo. Se preguntó si Bosch los había arrojado intencionadamente al suelo para que se mezclaran. ¿Se había llevado algo?

Fue al escritorio y examinó su portátil. No estaba conectado a la impresora, pero sabía que eso no significaba nada. Cerró el archivo que aparecía en la pantalla y abrió el gestor de impresión. Hizo clic en las tareas recientes y vio que se habían impreso dos archivos ese día: los perfiles de la escena del crimen y del sospechoso. Bosch se los había llevado.

McCaleb se imaginó a Bosch volviendo a cruzar en el *Catalina Express*, sentado solo y leyendo lo que McCaleb había escrito acerca de él. Le hizo sentirse incómodo.

No creía que ningún sospechoso del que había hecho un perfil lo hubiera leído.

Trató de olvidar esta idea y ocupar su mente en otra cosa. Resbaló desde la silla hasta quedar de rodillas y empezó a recoger los informes del expediente, colocándolos en una pila bien cuadrada antes de preocuparse por volver a ordenarlos.

Una vez recogido todo, se sentó al escritorio, con los informes en una pila perfecta delante de él. McCaleb sacó una hoja en blanco de un cajón y escribió con el rotulador negro grueso que utilizaba para etiquetar las cajas de cartón que contenían sus archivos.

HAS OLVIDADO ALGO

Cortó un trozo de celo y enganchó la página en la pared de detrás del escritorio. Se la quedó mirando un buen rato. Todo lo que Bosch le había dicho se resumía en esa frase. Ahora tenía que determinar si era verdad, si era posible. O si se trataba de la última manipulación de un hombre desesperado.

Oyó sonar su teléfono móvil. Estaba en el bolsillo de la chaqueta, que había dejado en el sofá del salón. Subió rápidamente las escaleras y agarró la chaqueta. Cuando metió la mano en el bolsillo, esta se encontró con su pistola. Entonces probó en el otro bolsillo y cogió el teléfono. Era Graciela.

—Estamos en casa —dijo—. Pensaba que estarías aquí. He pensado que podríamos ir a comer a El Encanto.

—Eh...

McCaleb no quería abandonar el despacho ni sus pensamientos sobre Bosch, pero la última semana había tensado su relación con Graciela. Necesitaba hablar con ella de eso, de que veía que las cosas estaban cambiando.

—Mira —dijo por fin—, estoy acabando unas cosas. ¿Por qué no te adelantas tú con los niños y nos encontramos allí? –Miró el reloj. Era la una menos cuarto–. ¿A la una y media te va bien?

–Bueno –dijo ella abruptamente–. ¿Qué cosas estás acabando?

–Oh, solo... estoy cerrando esta historia para Jaye.

–Creía que me habías dicho que estabas fuera del caso.

–Y lo estoy, pero tengo aquí todos los documentos y quería escribir mi..., bueno, cerrar esto.

–No te retrases, Terry.

Graciela lo dijo en un tono que daba a entender que podía perderse algo más que un almuerzo si lo hacía.

–No lo haré. Os veo allí.

Cerró el teléfono y volvió al despacho. Miró otra vez su reloj. Tenía media hora antes de coger la zódiac y volver al muelle. El Encanto estaba a unos cinco minutos a pie desde el embarcadero. Era uno de los pocos restaurantes que permanecían abiertos durante los meses de invierno.

Se sentó y empezó a poner en orden la pila de documentos de la investigación. No era un trabajo difícil. Cada página tenía la fecha estampada en la esquina superior derecha, pero McCaleb se detuvo casi en cuanto empezó. Miró el mensaje que acababa de pegar en la pared. Decidió que si iba a buscar algo que no había visto antes, algo que se le había pasado por alto, tenía que abordar la información desde otro ángulo. No iba a poner los documentos en orden, sino que los leería en el orden casual en que habían quedado. Haciéndolo de este modo evitaría pensar en el flujo de la investigación y en cómo un paso seguía al anterior. Simplemente tendría cada informe para considerarlo como una pieza de un puzle. Era un truco de bobos, pero ya lo había utilizado antes en casos del FBI. En algunas ocasiones surgía algo nuevo, algo que antes se le había pasado.

Volvió a mirar el reloj y empezó con el informe de encima de la pila. Era el protocolo de la autopsia.

32

McCaleb caminó con brío hasta los escalones de la entrada de El Encanto. Vio su cochecito de golf aparcado junto al bordillo. La mayoría de los cochecitos de la isla parecían iguales, pero él podía identificar el suyo por el asiento infantil con el almohadón blanco y rosa. Graciela todavía estaba allí.

Subió los escalones y la camarera, que lo reconoció, le señaló la mesa donde estaba sentada su familia. Se apresuró y apartó la silla de al lado de Graciela. Estaban a punto de terminar. Se fijó en que la camarera ya había dejado la cuenta en la mesa.

–Lo siento, me he retrasado.

Cogió un nacho del cesto que estaba en el centro de la mesa y lo rebañó en los boles de salsa y guacamole antes de metérselo en la boca. Graciela miró el reloj y luego lo fulminó con sus ojos castaños. McCaleb encajó el golpe y se preparó para el siguiente, que sin duda estaba al caer.

–No puedo quedarme.

Ella dejó caer sonoramente el tenedor en su plato. Había terminado.

–Terry...

–Ya lo sé, ya lo sé. Pero ha surgido algo. Tengo que ir a Los Ángeles esta noche.

–¿Qué puede haber surgido? Estás apartado del caso. Es domingo. La gente está viendo fútbol americano, no corriendo por ahí tratando de resolver asesinatos sin que nadie se lo haya pedido.

Graciela señaló una televisión instalada en la esquina superior de la sala. Tres presentadores de cuello grueso estaban sentados ante una mesa con un campo de fútbol americano tras ellos. McCaleb sabía que el partido de ese día determinaría los finalistas de la Super Bowl. No le importaba en absoluto, aunque de pronto recordó que había prometido a Raymond que verían juntos al menos uno de los partidos.

—Sí que me lo han pedido, Graciela.

—¿De qué estás hablando? Me dijiste que te habían echado del caso.

Le contó que había descubierto a Bosch en su barco esa mañana y lo que le había pedido que hiciera.

—¿Y no le dijiste a Jaye que probablemente fue él quien lo hizo?

McCaleb asintió.

—¿Cómo sabía dónde vivías?

—No lo sabía. Conocía el barco, no dónde vivimos. No has de preocuparte por eso.

—Pues creo que lo hago. Terry, estás yendo demasiado lejos con esto y estás completamente ciego de los peligros para ti y para tu familia. Yo creo que...

—¿De verdad? Yo creo...

Se detuvo, buscó en su bolsillo y sacó dos monedas de veinticinco centavos. Se volvió hacia Raymond.

—Raymond, ¿has terminado de comer?

—Sip.

—¿Quieres decir que sí?

—Sí.

—Vale, toma esto y ve a jugar a las máquinas del bar. El niño cogió las monedas.

—Puedes irte.

Raymond bajó de la silla vacilantemente y luego corrió hacia la sala adjunta, donde había videojuegos a los que ya había jugado antes. Eligió uno que McCaleb sabía que era el Pac-Man y se sentó. McCaleb lo veía desde su posición.

McCaleb volvió a mirar a Graciela, que tenía el bolso en el regazo y estaba sacando dinero para pagar la cuenta.

–Graciela, olvídate de eso y mírame.

Ella terminó con el dinero y se guardó el monedero en el bolso. Luego lo miró.

–Hemos de irnos. CiCi tiene que dormir la siesta.

La niña estaba en su gandulita en la mesa, agarrando con una manita el globo azul y blanco.

–Está bien. Puede dormir ahí mismo. Escúchame un momento.

Él esperó y ella puso cara de resignación.

–Muy bien, di lo que tengas que decir y luego yo he de irme.

McCaleb se volvió y se acercó a Graciela para que nadie más oyera lo que iba a decirle. Se fijó en el borde de una de las orejas de ella que asomaba entre el cabello.

–Vamos a tener un buen problema, ¿no?

Graciela asintió e inmediatamente las lágrimas empezaron a resbalar por sus mejillas. Era como si el hecho de que él pronunciara las palabras en voz alta hubiera derribado el fino mecanismo de defensa que había construido para protegerse a sí misma y a su matrimonio. McCaleb sacó la servilleta que no había utilizado del servilletero de plata y se la dio. Luego puso la mano en la nuca de ella, la atrajo hacia sí y la besó en la mejilla. Por encima de la cabeza de su mujer, vio que Raymond los observaba con cara de asustado.

–Ya hemos hablado de esto, Graci –empezó–. Se te ha metido en la cabeza que no podemos tener nuestra casa y nuestra familia y todo lo demás si esto es lo que yo hago. El problema está en la palabra «si». Ese es el error. Porque no hay ningún «si». No es si yo hago esto. Esto es lo que yo hago. Y he ido demasiado lejos intentando negarlo, tratando de convencerme a mí mismo de otra cosa.

Graciela derramó más lágrimas y continuó tapándose la cara con la servilleta. Lloraba en silencio, pero McCaleb estaba seguro de que la gente del restaurante se había percatado y los estaba observando a ellos en lugar de la televisión. Se fijó en Raymond y vio que el niño había vuelto a centrarse en el videojuego.

—Ya lo sé –pudo decir Graciela.

A McCaleb le sorprendió que lo admitiera y lo tomó como una buena señal.

—Entonces, ¿qué hemos de hacer? No estoy hablando solamente de este caso. Me refiero a de ahora en adelante. ¿Qué hacemos? Graci, estoy cansado de tratar de ser lo que no soy y de no hacer caso de lo que tengo dentro, de lo que realmente soy. Me ha hecho falta este caso para darme cuenta y admitirlo.

Ella no dijo nada, McCaleb tampoco esperaba que lo hiciera.

—Sabes que te quiero a ti y a los niños. Esa no es la cuestión. Creo que puedo tener las dos cosas, y tú crees que no. Has tomado esa postura de una cosa o la otra y no me parece acertada. Ni justa.

Sabía que sus palabras estaban hiriendo a su mujer. Estaba trazando una línea. Uno de los dos tendría que ceder y estaba diciendo que no iba a ser él.

—Oye, pensemos en esto. Este no es un buen sitio para hablar. Lo que voy a hacer es terminar mi trabajo en este caso y luego nos sentaremos para hablar del futuro. ¿Te parece bien?

Ella asintió lentamente, pero no lo miró.

—Haz lo que tengas que hacer —dijo en un tono que McCaleb sabía que le haría sentir eternamente culpable—. Solo espero que seas prudente.

McCaleb se inclinó hacia ella y la besó otra vez.

—Tengo mucho aquí contigo para no serlo.

McCaleb se levantó y rodeó la mesa hasta donde estaba la niña. La besó en la cabeza y luego le soltó el cinturón y la levantó en brazos.

—La llevaré hasta el coche —dijo McCaleb—. ¿Por qué no vas tú con Raymond?

Llevó a la niña hasta el cochecito de golf y la sentó en el asiento de seguridad. Puso la sillita en el portamaletas. Graciela llegó con Raymond al cabo de unos minutos. Tenía los ojos hinchados de llorar. McCaleb puso la mano en el hombro de Raymond y lo acompañó hasta el asiento del pasajero.

—Raymond, vas a tener que ver el segundo partido sin mí. Tengo trabajo que hacer.

—Puedo acompañarte. Te ayudaré.

—No, no es una excursión de pesca.

—Ya sé, pero de todas formas puedo ayudarte. McCaleb sabía que Graciela lo estaba mirando y sintió la culpa como el sol en la espalda.

—Gracias, pero quizá la próxima vez, Raymond. Ponte el cinturón.

Una vez que el niño se hubo abrochado el cinturón, McCaleb se apartó del coche eléctrico. Miró a Graciela, que ya no lo estaba mirando a él.

—Bueno —dijo McCaleb—. Volveré en cuanto pueda. Y llevaré el móvil por si queréis llamarme.

Graciela no le contestó. Arrancó y se dirigió hacia Marilla Avenue. McCaleb miró a su familia hasta que se perdieron de vista.

33

En el camino de regreso al muelle sonó su teléfono móvil. Era Jaye Winston que le devolvía la llamada. Estaba hablando en voz muy baja y explicó que telefoneaba desde la casa de su madre. A McCaleb le costaba entenderla, de manera que se sentó en uno de los bancos que había en el paseo del casino. Se inclinó hacia adelante con los codos en las rodillas, una mano sosteniendo el móvil y la otra agarrada a la muñeca.

—Se nos pasó algo —dijo McCaleb—. Se me pasó algo.

—Terry, ¿de qué estás hablando?

—En el expediente. En el registro de detenciones de Gunn. Era...

—Terry, ¿qué estás haciendo? Estás fuera del caso.

—¿Quién lo dice, el FBI? Yo ya no trabajo en el FBI, Jaye.

—Pues lo digo yo. No quiero que sigas adelante con...

—Tampoco trabajo para ti, Jaye, ¿recuerdas? Hubo un largo silencio.

—Terry, no sé qué estás haciendo, pero tienes que parar. No tienes ninguna autoridad, ningún papel en este caso. Si esos Twilley y Friedman descubren que sigues husmeando en esto pueden detenerte por interferir con la justicia. Y sabes que son de los que lo harían.

—¿Quieres un papel? Tengo un papel.

—¿Qué? Te retiré mi autorización ayer. No puedes utilizarme en esto.

McCaleb dudó, pero decidió decírselo.

–Tengo un papel. Supongo que podrías decir que trabajo para el acusado.

Esta vez el silencio de Winston fue más largo todavía. Al final habló muy lentamente.

–¿Me estás diciendo que has ido a ver a Bosch?

–No. Vino él. Se ha presentado en mi barco esta mañana. Tenía razón con lo de la coincidencia de la otra noche; primero yo visitándolo en su casa y luego la llamada de su compañera hablándole de ti. Él sacó sus conclusiones. El periodista del *New Times* también lo llamó. Supo lo que estaba pasando sin que yo tuviera que decírselo. Pero nada de eso importa. Lo que importa es que creo que me precipité con Bosch. Se me pasó algo, y ahora no estoy seguro. Existe la posibilidad de que esto sea una trampa.

–Te ha convencido.

–No, me he convencido yo mismo.

Se oyeron voces de fondo y Winston le dijo a McCaleb que esperara. Oyó entonces voces ahogadas con una mano sobre el micrófono. Parecía que discutían. McCaleb se levantó y continuó caminando hacia el muelle. Winston volvió a la línea al cabo de unos segundos.

–Lo siento –dijo–. No es un buen momento.

–¿Podemos vernos mañana por la mañana?

–¿De qué estás hablando? –dijo Winston casi gritando–. Acabas de decirme que estás trabajando para el sospechoso de una investigación. No voy a reunirme contigo. ¿Cómo coño crees que se vería eso? Espera un momento.

Oyó su voz ahogada disculpándose por el lenguaje con alguien. Entonces volvió a la línea.

–Tengo que colgar.

–Mira, a mí no me importa lo que parezca. A mí me interesa la verdad y pensaba que a ti también. Si no quieres verme, no nos veamos. Yo también tengo que colgar.

—Terry, espera.

McCaleb escuchó, pero ella no dijo nada. Le pareció que algo la distraía.

—¿Qué, Jaye?

—¿Qué es eso que dices que se nos pasó por alto?

—Estaba en el expediente de la última detención de Gunn. Supongo que después de que Bosch te dijera que había hablado con él en el calabozo pediste todo el registro. Solo lo miré por encima la primera vez que estudié el expediente.

—Yo saqué los registros —dijo ella a la defensiva—. Pasó la noche del 30 de diciembre en la comisaría de Hollywood. Fue allí donde lo vio Bosch.

—Y salió después de pagar la fianza por la mañana. A las siete y media.

—Sí. ¿Y? ¿Qué quieres decir?

—Mira quién le pagó la fianza.

—Terry, estoy en casa de mis padres. No tengo...

—De acuerdo, perdona. La fianza la depositó Rudy Tafero.

Silencio. McCaleb estaba en el muelle. Caminó hasta la pasarela que conducía al embarcadero de las lanchas y se apoyó en la barandilla. Volvió a colocar su mano libre sobre el móvil.

—De acuerdo, lo sacó Rudy Tafero —dijo Winston—. Supongo que tendrá licencia para depositar fianzas. ¿Qué significa eso?

—No has estado viendo la tele. Tienes razón, Tafero tiene licencia (al menos puso un número de licencia en el informe de la fianza), pero también es detective privado y consultor de seguridad. Y, escucha esto, trabaja para David Storey.

Winston no dijo nada, pero McCaleb la oyó respirar en el teléfono.

—Terry, creo que será mejor que te calmes. Estás interpretando demasiado.

—No existen las coincidencias, Jaye.

—¿Qué coincidencias? El tipo tiene licencia para depositar fianzas. Es lo que hace, sacar a gente de la cárcel. Te apuesto una caja de dónuts a que tiene el despacho enfrente de la comisaría de Hollywood, como todos. Probablemente saca uno de cada tres borrachos o una de cada cuatro prostitutas del calabozo.

—No crees que sea tan simple y lo sabes.

—No me digas lo que yo creo.

—Esto pasó cuando él estaba preparando el caso de Storey. ¿Por qué iba a ir Tafero y firmar la fianza él mismo?

—Porque puede que no tenga ningún empleado y, como te he dicho, quizá lo único que tiene que hacer es cruzar la calle.

—No me lo creo. Y hay algo más. En los papeles pone que Gunn utilizó su única llamada a las tres de la mañana del 31 de diciembre. El número está en la ficha: llamó a su hermana a Long Beach.

—De acuerdo, ¿y qué? Eso ya lo sabíamos.

—Yo la he llamado hoy y le he preguntado si telefoneó a un fiador para él. Me dijo que no. Me dijo que estaba cansada de recibir llamadas en plena noche y pagarle fianzas. Le dijo que esta vez era cosa suya.

—Así que fue con Tafero. ¿Qué pasa?

—¿Cómo lo encontró? Ya había hecho su llamada.

Winston no tenía respuesta. Ambos permanecieron un rato en silencio. McCaleb miró hacia el puerto. El taxi acuático amarillo avanzaba con lentitud por uno de los carriles, sin ningún pasajero a bordo. Hombres solos en sus barcos, pensó McCaleb.

–¿Qué vas a hacer? –preguntó finalmente Winston–. ¿Adónde vas a ir con esto?

–Voy a volver a Los Ángeles esta noche. Podemos vernos por la mañana.

–¿Cuándo? ¿Dónde? –El tono de su voz revelaba que estaba molesta ante la perspectiva del encuentro.

–A las siete y media, enfrente de la comisaría de Hollywood.

Hubo una pausa y luego Winston dijo:

–Un momento, un momento. No puedo hacer esto. Si Hitchens se entera, será el final. Me mandará a Palmdale y me pasaré el resto de mi carrera desenterrando huesos en el desierto.

McCaleb ya estaba preparado para la protesta.

–Has dicho que los tipos del FBI quieren que les devuelva el expediente, ¿no? Nos encontramos y yo lo llevaré. ¿Qué va a decir Hitchens de eso?

Se produjo un silencio mientras Winston consideraba la propuesta.

–Vale, eso funcionará. Allí estaré.

34

Cuando Bosch llegó a casa esa tarde, se encontró con que la luz del contestador automático parpadeaba. Apretó el botón y escuchó dos mensajes, uno de cada fiscal del caso Storey. Decidió llamar primero a Langwiser. Mientras marcaba el número, se preguntó qué urgencia podía haber causado que los dos miembros del equipo de la fiscalía lo llamaran. Pensó que tal vez los agentes del FBI mencionados por McCaleb habían contactado con ellos. O el periodista.

—¿Qué pasa? —preguntó cuando Langwiser contestó—. Si me habéis llamado los dos supongo que será algo gordo y malo.

—¿Harry? ¿Cómo estás?

—Pasando. ¿Qué estáis cocinando vosotros dos?

—Tiene gracia que lo menciones. Roger está de camino y yo tengo que preparar la cena. Vamos a repasar el testimonio de Annabelle Crowe ante el jurado de acusación una vez más. ¿Quieres pasarte?

Bosch sabía que la fiscal vivía en Agua Dulce, a una hora de coche en dirección norte.

—Uh, me he pasado el día conduciendo. He ido a Long Beach y he vuelto. ¿Crees que es imprescindible que vaya?

—Es totalmente opcional. Es solo que no quería dejarte fuera. Pero no te he llamado por eso.

—¿Y por qué has llamado?

Bosch estaba en la cocina, metiendo un paquete de seis Anchor Steam en la nevera. Sacó una botella y cerró la puerta.

—Roger y yo hemos estado hablando de esto todo el fin de semana. También hemos tratado el tema con Alice Short.

Alice Short era la fiscal que estaba a cargo de los grandes casos. La jefa de ambos. Sonaba como si hubieran contactado con ellos por el caso Gunn.

—¿De qué habéis estado hablando? —preguntó Bosch.

Metió la botella en el abridor y tiró de ella para sacar el tapón.

—Bueno, creemos que el caso ha ido de primera. Lo tenemos todo atado, de hecho está a prueba de bombas, Harry, y vamos a apretar el gatillo mañana.

Bosch se quedó un momento en silencio, tratando de descifrar toda la jerga balística.

—¿Estás diciendo que vas a concluir mañana?

—Eso creemos. Probablemente vamos a volver a hablarlo esta noche, pero tenemos la bendición de Alice y Roger cree que es el movimiento correcto. Lo que haremos será un poco de limpieza por la mañana y luego sacaremos a Annabelle Crowe después de comer. Acabaremos con ella: un testimonio humano. Sí, cerraremos con ella.

Bosch estaba sin palabras. Podía ser un buen movimiento desde el punto de vista de la acusación, pero eso daría a J. Reason Fowkkes el control de la situación a partir del martes.

—Harry, ¿qué te parece?

Tomó un largo trago de cerveza. No estaba muy fría, porque había estado un buen rato en el coche.

—Creo que solo tienes una bala —dijo, continuando con el símil armamentístico—. Será mejor que os lo penséis bien esta noche mientras preparas la pasta. No tendrás una segunda oportunidad para construir el caso.

–Ya lo sabemos, Harry. ¿Y cómo sabes que estaba haciendo pasta?

Bosch percibió la sonrisa en su voz.

–Pura suerte.

–Bueno, no te preocupes, lo pensaremos bien. Ya lo hemos hecho.

Ella hizo una pausa, dándole la oportunidad de responder, pero Bosch guardó silencio.

–En el caso de que vayamos por este camino, ¿cómo está la cosa con Crowe?

–Está preparada.

–¿Puedes contactar con ella esta noche?

–No hay problema. Le diré que esté allí mañana a mediodía.

–Gracias, Harry. Nos vemos por la mañana.

Colgaron. Bosch se quedó pensando. Se preguntó si debería llamar a McCaleb y contarle lo que estaba ocurriendo. Decidió esperar. Entró en la sala de estar y encendió el equipo de música. El CD de Art Pepper seguía en el equipo. La música no tardó en llenar la sala.

35

McCaleb estaba recostado en el Cherokee, que había estacionado enfrente de la comisaría de Hollywood, cuando Winston aparcó un BMW Z3. Cuando salió vio que McCaleb se fijaba en su coche.

–Se me hacía tarde, así que no he tenido tiempo de coger un coche oficial.

–Me gusta tu coche. Ya sabes lo que dicen en Los Ángeles, eres lo que conduces.

–No empieces a hacerme un perfil psicológico, Terry. Es demasiado temprano, joder. ¿Dónde están las carpetas y la cinta?

McCaleb se fijó en su lenguaje procaz, pero se abstuvo de hacer comentarios al respecto. Rodeó el Cherokee y abrió la puerta de la derecha para sacar las carpetas y la cinta. Le pasó el material a Winston y ella lo llevó al BMW. McCaleb cerró con llave su vehículo, mirando al suelo del asiento trasero, donde el diario de la mañana cubría una caja de Kinko. Antes de su cita con la detective había pasado por la copistería de Sunset, abierta las veinticuatro horas, y había fotocopiado todos los documentos. La cinta de vídeo había sido un problema, porque no conocía ningún lugar donde las copiaran al momento. Así que simplemente había comprado una cinta virgen en el Rite-Aid de al lado del puerto y la había puesto en la caja que Winston le había dado. Suponía que ella no comprobaría que le había devuelto la cinta correcta.

Cuando Winston volvió de su coche, McCaleb le señaló con la barbilla el otro lado de la calle.

–Creo que te debo una caja de dónuts.

Ella miró. En la acera de enfrente de la comisaría de la calle Wilcox había un edificio de dos plantas venido a menos que albergaba unos cuantos despachos de operaciones de fianzas con números de teléfono anunciados en cada ventana en neón barato, quizá para ayudar a futuros clientes a memorizar el número desde el asiento trasero de los coches patrulla. El local de en medio tenía un cartel pintado encima de la ventana: «Fianzas Valentino».

–¿Cuál? –preguntó Winston.

–Valentino. De Rudy *Valentino* Tafero. Lo llamaban así cuando trabajaba de este lado de la calle.

McCaleb examinó de nuevo el pequeño local y negó con la cabeza.

–Todavía no entiendo cómo llegaron a conocerse un fiador con anuncio de neón y David Storey.

–Hollywood no es más que basura de la calle con dinero. Bueno, ¿qué estamos haciendo aquí? No tengo mucho tiempo.

–¿Has traído tu placa?

Ella lo miró con cara de pocos amigos y él le explicó lo que quería hacer. Subieron las escaleras y entraron en la comisaría. En el mostrador de la entrada, Winston mostró su placa y preguntó por el sargento de guardia de la mañana. Un hombre con galones de sargento en la manga del uniforme y el nombre Zucker escrito en la placa identificativa salió de la pequeña oficina. Winston volvió a mostrar su placa y se presentó a sí misma y luego a McCaleb como su asociado. Zucker juntó sus pobladas cejas, pero no preguntó qué significaba asociado.

–Estamos trabajando en un caso de homicidio del día de Año Nuevo. La víctima pasó la noche anterior a su muerte en el cala...

–Edward Gunn.

–Exacto. ¿Lo conocía?

–Estuvo aquí unas cuantas veces. Y por supuesto he oído que ya no volverá.

–Necesitamos hablar con el responsable del calabozo en el turno de mañana.

–Bueno, supongo que ese soy yo. No tenemos una tarea específica. Aquí te toca lo que te toca. ¿Qué quiere saber?

McCaleb sacó unas fotocopias del bolsillo de su chaqueta y las puso en el mostrador. Se fijó en la mirada de Winston, pero no hizo caso.

–Nos interesa saber cómo pagó la fianza –dijo.

Zucker pasó las páginas para poder leerlo. Puso el dedo sobre la firma de Rudy Tafero.

–Aquí lo pone. Rudy Tafero. Tiene un despacho aquí enfrente. Vino y depositó la fianza.

–¿Alguien lo llamó?

–Sí, el tipo. Gunn.

McCaleb tamborileó con el dedo en la copia del documento de la fianza.

–Aquí dice que marcó este número cuando hizo uso de su llamada. Es el número de su hermana.

–Entonces ella debió de llamar a Rudy.

–¿Nadie tiene una segunda llamada?

–No, aquí estamos siempre tan ocupados que pueden dar gracias si pueden hacer una.

McCaleb asintió. Dobló las fotocopias y ya estaba a punto de guardárselas otra vez en el bolsillo cuando Winston se las quitó de las manos.

–Me las guardaré yo –dijo, y se las metió en el bolsillo de atrás de sus vaqueros negros. Entonces se dirigió al sargento–. Sargento Zucker, usted no será uno de esos chicos simpáticos que llamarían a Rudy Tafero, porque él había estado en el departamento, y le diría que tenía un posible cliente en el calabozo, ¿verdad?

Zucker la miró un momento, impertérrito.

–Es muy importante, sargento. Si no nos lo dice, podría volverse contra usted.

El rostro del sargento dibujo una sonrisa exenta de humor.

–No, yo no soy uno de esos chicos simpáticos –dijo Zucker– y no tengo a ninguno de esos chicos en el turno de mañana. Y ya que hablo del turno, el mío acaba de terminar, lo que significa que ya no tengo que estar aquí hablando con ustedes. Que pasen un buen día. –Empezó a alejarse del mostrador.

–Una última cosa –dijo Winston rápidamente.

Zucker se volvió hacia ella.

–¿Fue usted quien llamó a Harry Bosch y le dijo que Gunn estaba en el calabozo?

Zucker asintió.

–Tengo un requerimiento permanente suyo. Cada vez que traían a Gunn, Bosch quería saberlo. Él venía y hablaba con el tipo, trataba de que le dijera algo de aquel viejo caso. Bosch no se rendía.

–Dice aquí que Gunn no entró hasta las dos y media –dijo McCaleb–. ¿Llamó a Bosch en plena noche?

–Eso era parte del acuerdo. A Bosch no le importaba la hora que fuera. Y, por cierto, el procedimiento era que yo lo llamaba al busca y él llamaba.

–¿Y fue eso lo que sucedió esa noche?

–Sí, llamé a Bosch al busca y Bosch llamó. Le dije que teníamos otra vez a Gunn y él vino y trató de hablar con él. Yo intenté explicarle que sería mejor que esperara hasta la mañana porque el tipo estaba como una cuba (me refiero a Gunn), pero Harry vino de todos modos. ¿Por qué hacen tantas preguntas sobre Harry Bosch?

Winston no contestó, de modo que McCaleb intervino.

—No estamos preguntando sobre Bosch, estamos preguntando sobre Gunn.

—Bueno, eso es todo lo que sé. ¿Puedo irme a casa? Ha sido un día muy largo.

—Todos lo son, ¿no? —dijo Winston—. Gracias, sargento.

McCaleb y Winston se alejaron del mostrador y bajaron las escaleras que conducían a la calle.

—¿Qué te parece? —preguntó Winston.

—Creo que dice la verdad, pero, ¿sabes qué?, mejor miremos un rato el aparcamiento de empleados.

—¿Por qué?

—Dame ese capricho. A ver qué coche tiene el sargento.

—Me estás haciendo perder el tiempo, Terry.

De todas formas se metieron en el Cherokee de McCaleb y dieron la vuelta a la manzana hasta que llegaron a la entrada del aparcamiento para empleados de la comisaría de Hollywood. McCaleb aparcó a cincuenta metros, delante de una boca de incendios. Ajustó el retrovisor para poder ver los coches que salían del aparcamiento. Se sentaron y esperaron un par de minutos hasta que Winston habló.

—Si somos lo que conducimos, ¿tú qué eres?

McCaleb sonrió.

—Supongo que soy el último superviviente de una raza o algo así.

McCaleb la miró y luego miró por el retrovisor.

—Sí, ¿y qué me dices de esta capa de polvo? ¿En qué...?

—Aquí viene. Creo que es él.

McCaleb vio un coche que salía y doblaba hacia donde estaban ellos.

–Viene hacia aquí.

Ninguno de los dos se movió. El coche se acercó y se detuvo a su lado. McCaleb miró disimuladamente y se encontró con los ojos de Zucker. El policía bajó la ventanilla del pasajero. McCaleb no tuvo más remedio que bajar la suya.

–Está aparcado delante de una boca de incendios, detective. Que no le pongan una multa.

McCaleb asintió. Zucker lo saludó con dos dedos y se alejó. McCaleb se fijó en que conducía un Crown Victoria con parachoques y ruedas de serie. Era un coche patrulla de segunda mano, de los que se compraban en una subasta por cuatrocientos dólares más ochenta y nueve con noventa y cinco por la pintura.

–¿No parecemos un par de gilipollas? –dijo Winston.

–Sí.

–Entonces, ¿cuál es tu teoría sobre ese coche?

–O es un hombre honrado o lleva el cacharro porque no quiere que lo vean con el Porsche. –Hizo una pausa–. O con el Zeta Tres. –Se volvió hacia ella y sonrió.

–Muy gracioso, Terry. ¿Y ahora qué? No tengo todo el día. Y se supone que tengo que encontrarme con tus colegas del FBI esta mañana.

–No me abandones. ¡Y no son mis colegas!

Arrancó el Cherokee y se alejó del bordillo.

–¿De verdad te parece que este coche está sucio? –preguntó.

36

La oficina de correos de Wilcox era un edificio de la época de la Segunda Guerra Mundial, con techos muy altos y murales con escenas bucólicas de hermandad y buenas obras en la parte superior de las paredes. Al entrar, McCaleb se fijó en los murales, pero no por su valor artístico o su mérito filosófico. Contó tres pequeñas cámaras instaladas encima de las zonas públicas de la oficina. Se las señaló a Winston. Tenían una oportunidad.

Esperaron en la cola y cuando les llegó el turno, Winston mostró su placa y preguntó por el oficial de seguridad de guardia. Los dirigieron a una puerta situada junto a una fila de máquinas expendedoras y esperaron casi cinco minutos antes de que la puerta se abriera. Un hombre negro de baja estatura los miró.

—¿Señor Lucas? —preguntó Winston.

—El mismo —dijo con una sonrisa.

Winston mostró la placa otra vez y presentó a McCaleb solo por su nombre. De camino, McCaleb le había dicho que lo de llamarlo «asociado» no estaba funcionando.

—Estamos trabajando en la investigación de un homicidio, señor Lucas, y una de las pruebas importantes es un giro postal que se hizo desde aquí y probablemente se recibió aquí el 22 de diciembre.

—¿El 22? Eso es justo en el mogollón de Navidad.

–Eso es, señor.

Winston miró a McCaleb.

–Hemos visto las cámaras en las paredes, señor Lucas –dijo ella–. Estamos interesados en saber si tiene una cinta de vídeo del 22.

–Cinta de vídeo –dijo Lucas, como si no supiera de qué estaban hablando.

–Usted es el agente de seguridad, ¿no? –dijo Winston con impaciencia.

–Sí, soy el agente de seguridad. Me encargo de las cámaras.

–¿Puede mostrarnos su sistema de vigilancia, señor Lucas? –preguntó McCaleb en un tono más amable.

–Sí, claro. En cuanto me traigan una autorización se lo mostraré todo.

–¿Y dónde y cuándo conseguiremos la autorización? –preguntó Winston.

–En Regional, en el centro.

–¿Hay alguna persona concreta con la que podamos hablar? Estamos investigando un homicidio. El tiempo es esencial.

–Tendrían que hablar con el señor Preechnar, es inspector postal.

–¿Le importa que vayamos a su despacho y llamemos al señor Preechnar juntos? –preguntó McCaleb–. Nos ahorraría mucho tiempo y el señor Preechnar podría hablar directamente con usted.

Lucas se lo pensó un momento y decidió que era una buena idea. Asintió.

–Veamos qué se puede hacer.

Lucas abrió la puerta y los condujo a través de un laberinto de inmensas cestas de correo hasta un cuchitril de oficina con dos escritorios apretados. En uno de los escritorios había un monitor de vídeo con la pantalla dividida en cuatro partes con diferentes tomas de la zona pública de la oficina de correos. McCaleb se dio cuenta de que había una cámara que no había visto durante su inspección previa.

Lucas pasó el dedo por una lista de números de teléfono enganchada en la mesa e hizo la llamada. Cuando se puso en contacto con su supervisor, le explicó la situación y le pasó el teléfono a Winston. Ella repitió su explicación y devolvió el teléfono a Lucas. Este miró a McCaleb e hizo un gesto afirmativo con la cabeza. Tenían la aprobación.

—Muy bien —dijo Lucas después de colgar—. Veamos qué tenemos aquí.

Sacó un aro con llaves que llevaba colgado del cinturón. Fue hasta el otro lado del despacho y abrió un armario que estaba lleno de videograbadores y cuatro estantes con cintas de vídeo marcadas con los números del uno al treinta y uno en cada estante. En el suelo había dos cajas con cintas de vídeo vírgenes.

McCaleb vio todo eso y de repente se dio cuenta de que era 22 de enero; había transcurrido exactamente un mes desde la fecha del giro postal.

—Señor Lucas, pare las máquinas —dijo.

—No puedo hacer eso. Las máquinas no pueden parar. Si está abierto, las cintas han de grabar.

—No lo entiende. El día que queremos es el 22 de diciembre. Estamos grabando encima del día que queremos mirar.

—Calma, detective McCallan. Tengo que explicarle cómo funciona esto.

McCaleb no se molestó en corregir el error con su apellido. No había tiempo.

—Entonces, dese prisa, por favor.

McCaleb miró su reloj. Eran las ocho y cuarenta y ocho. La oficina de correos llevaba cuarenta y ocho minutos abierta y eso suponía que cuarenta y ocho minutos de la cinta del 22 de diciembre habían sido borrados al grabarse encima lo del día.

Lucas empezó a explicar el procedimiento de grabación. Había un videograbador para cada una de las cuatro cámaras y se ponía una cinta en cada uno de ellos al empezar el día. Se grababan treinta fotogramas por minuto, lo cual permitía que una cinta sirviera para todo el día. La cinta de un día en concreto se guardaba durante un mes y se reutilizaba si no era reservada antes por una investigación del servicio de inspección postal.

—Tenemos un montón de artistas del timo y todo lo que usted quiera. Ya sabe lo que es Hollywood. Acabamos con un montón de cintas reservadas. Los inspectores vienen y se las llevan o se las enviamos nosotros.

—Lo entendemos, señor Lucas —dijo Winston con una nota de urgencia en la voz al tiempo que aparentemente llegaba a la misma conclusión que McCaleb—. Puede parar las máquinas y reemplazar las cintas. Estamos grabando encima de lo que puede ser una prueba muy valiosa.

—Ahora mismo —dijo Lucas.

Sin embargo, procedió a buscar en la caja de cintas vírgenes y sacó cuatro de ellas. Entonces despegó las etiquetas de un rollo y las pegó en las cintas. Se sacó un bolígrafo de detrás de la oreja y escribió la fecha y algún tipo de código en las etiquetas. Finalmente, empezó a sacar las cintas de los equipos y a sustituirlas por las nuevas.

—Ahora, ¿cómo quieren hacer esto? Estas cintas son propiedad de correos. No van a salir de estas instalaciones. Puedo instalar una tele con vídeo incorporado en este escritorio.

—¿Está seguro de que no podemos llevárnoslas durante un día? —dijo Winston—. Podríamos devolvérselas a las...

–No sin una orden judicial. Es lo que me ha dicho el señor Preechnar y es lo que voy a hacer.

–Supongo que no nos queda elección –dijo Winston, mirando a McCaleb y negando con la cabeza por la frustración.

Mientras Lucas iba a buscar la tele, McCaleb y Winston decidieron que él se quedaría viendo la cinta mientras Winston iba a la oficina para asistir a una reunión a las once con Twilley y Friedman. Dijo que no mencionaría la nueva investigación de McCaleb ni la posibilidad de que su anterior interés en Harry Bosch fuera un error. Ella devolvería las copias del expediente y la cinta de vídeo.

–Ya sé que no crees en las coincidencias, pero es lo único que tienes por el momento, Terry. Si descubres algo en la cinta se lo llevaré al capitán y mandaremos al cuerno a Twilley y Friedman. Pero hasta que lo tengas... Yo sigo en la picota y necesito algo más que una coincidencia para mirar a otro sitio que no sea Bosch.

–¿Qué hay de la llamada a Tafero?

–¿Qué llamada?

–De algún modo supo que Gunn estaba en el calabozo y él fue a pagarle la fianza para que lo pudieran matar esa noche y cargárselo a Bosch.

–No sé nada de la llamada... Si no fue Zucker, probablemente fue algún otro de la comisaría con el que tiene un acuerdo. Y el resto de lo que has dicho es simple especulación si no hay ningún hecho que lo respalde.

–Creo que...

–Basta, Terry. No quiero oírlo hasta que tengas algo que lo sustente. Me voy a trabajar.

Como si le hubieran dado pie, Lucas entró empujando un carrito con una televisión pequeña encima.

–Prepararé esto –dijo.

–Señor Lucas, tengo una cita –dijo Winston–. Mi colega va a mirar las cintas. Gracias por su cooperación.

–Me alegro de resultar útil, señora. Winston miró a McCaleb.

–Llámame.

–¿Quieres que te acerque a tu coche?

–No, iré caminando.

McCaleb asintió.

–Buena suerte –dijo ella.

McCaleb asintió de nuevo. Ella ya le había dicho lo mismo en una ocasión en un caso que no había resultado demasiado feliz.

37

Langwiser y Kretzler explicaron a Bosch que iban a seguir adelante con el plan de concluir la fase de la acusación al final del día.

–Lo tenemos –dijo Kretzler, sonriendo y disfrutando de la descarga de adrenalina que acompañaba a la decisión de apretar el gatillo–. Hoy tendremos a Hendricks y Crowe. Tenemos todo lo que necesitamos.

–Salvo el móvil –dijo Bosch.

–El móvil no va a ser importante cuando el crimen es tan obviamente el trabajo de un psicópata –dijo Langwiser–. Estos jurados no van a retirarse a su sala al final del día y decir: «Sí, pero ¿cuál es el móvil?». Van a decir que este tío es un hijo de puta y...

Bajó la voz hasta un susurro cuando el juez entró en la sala por la puerta situada detrás del estrado.

–... vamos a sacarlo de la circulación.

El juez llamó al jurado y al cabo de unos minutos los fiscales estaban llamando a sus últimos testigos del juicio. Los tres primeros testigos eran gente del negocio del cine que habían asistido a la fiesta del estreno en la noche de la muerte de Jody Krementz. Todos declararon que habían visto a David Storey en el estreno y la fiesta que siguió con una mujer que identificaron como la misma que aparecía en las fotos, es decir, Jody Krementz. El cuarto testigo, un guionista llamado Brent Wiggan, testificó que había abandonado la fiesta unos minutos antes de medianoche y que había esperado al aparcacoches al lado de David Storey y una mujer a la que también identificó como Jody Krementz.

–¿Cómo está tan seguro de que solo faltaban unos minutos para la medianoche, señor Wiggan? –preguntó Kretzler–. Al fin y al cabo, era una fiesta. ¿Estaba mirando el reloj?

–Haga las preguntas de una en una, señor Kretzler –prorrumpió el juez.

–Disculpe, señoría. ¿Por qué está tan seguro de que faltaban pocos minutos para medianoche, señor Wiggan?

–Porque efectivamente estaba mirando el reloj –dijo Wiggan–. Mi reloj. Yo escribo por las noches. Soy más productivo entre las doce de la noche y las seis de la mañana. Así que estaba mirando el reloj, porque sabía que tenía que volver a casa antes de medianoche o me retrasaría en mi trabajo.

–¿Esto también implica que no bebió alcohol durante la fiesta?

–Exactamente. No bebí porque no quería cansarme ni que se resintiera mi creatividad. La gente normalmente no bebe antes de ir a trabajar en un banco o de pilotar un avión; bueno, supongo que la mayoría no lo hace.

Hizo una pausa hasta que remitieron las risitas ahogadas. El juez parecía enfadado, pero no dijo nada. Wiggan, en cambio, estaba disfrutando de su momento. Bosch empezó a sentirse incómodo.

–Yo no bebo antes de trabajar –continuó al fin Wiggan–. Escribir es un arte, pero también es un trabajo, y yo lo trato como tal.

–Así pues, ¿recuerda perfectamente que reconoció a David Storey y su acompañante pocos minutos antes de las doce?

—Absolutamente.

—Y a David Storey ya lo conocía personalmente de antes, ¿es así?

—Así es, desde hace varios años.

—¿Ha trabajado alguna vez con David Storey en el proyecto de una película?

—No, pero no por no haberlo intentado.

Wiggan sonrió con arrepentimiento. Esta parte del testimonio, incluido el comentario de desaprobación de sí mismo, había sido cuidadosamente planeado por Kretzler con anterioridad. Tenía que limitar el potencial daño al testimonio de Wiggan llevándolo personalmente a los puntos débiles.

—¿Qué quiere decir con eso, señor Wiggan?

—Oh, diría que en los últimos cinco años he llevado proyectos de películas a David directamente o a gente de su productora seis o siete veces. Nunca me compró ninguno. —Se encogió de hombros en un gesto avergonzado.

—¿Diría que eso creó un sentimiento de animosidad entre ustedes dos?

—No, en absoluto; al menos no por mi parte. Así es como funcionan las cosas en Hollywood. Uno va lanzando el anzuelo una y otra vez y al final alguien lo muerde. Aunque ayuda ser un poco insensible a las críticas. —Sonrió y miró al jurado.

A Bosch se le estaban poniendo los pelos de punta. Esperaba que Kretzler terminara antes de que el jurado perdiera interés.

—Gracias, eso es todo, señor Wiggan —dijo Kretzler, que al parecer había percibido las mismas vibraciones que Bosch.

El rostro de Wiggan pareció apagarse al darse cuenta de que su momento estaba concluyendo. Pero entonces

Fowkkes, que había renunciado a interrogar a los tres testigos anteriores del día, se levantó y subió al estrado.

–Buenos días, señor Wiggan.

–Buenos días.

Wiggan levantó las cejas, desconcertado.

–Solo unas preguntas. ¿Podría enumerar para el jurado los títulos de las películas cuyos guiones ha escrito y que se han producido?

–Bueno..., hasta el momento, no se ha hecho nada. Tengo algunas opciones y creo que unos pocos...

–Entiendo. ¿Le sorprendería saber que en los últimos cuatro años ha presentado propuestas al señor Storey en un total de veintinueve ocasiones, todas ellas rechazadas?

Wiggan se ruborizó.

–Bueno, yo..., supongo que podría ser cierto. En realidad..., no lo sé. No llevo un registro de los guiones rechazados, como aparentemente hace el señor Storey.

Hizo esta última afirmación en un tono agresivo, y Bosch casi no pudo contener un gesto de dolor. No había nada peor que un testigo en el estrado que es cazado en una mentira y entonces se pone a la defensiva. Bosch miró a los doce. Varios de los jurados no estaban mirando al testigo, una señal de que se sentían tan incómodos como él mismo.

Fowkkes se decidió a dar la puntilla.

–El acusado lo rechazó en veintinueve ocasiones y aun así dice al jurado que no siente animadversión hacia él. ¿Es correcto, señor?

–Así son los negocios en Hollywood. Pregúntele a quien quiera.

–Bueno, señor Wiggan, se lo estoy preguntando a usted. ¿Le está diciendo a este jurado que no le desea nada malo a este hombre cuando es la misma persona que de manera constante y reiterada le ha dicho que su trabajo no es lo bastante bueno?

Wiggan casi masculló la respuesta junto al micrófono.

—Sí, eso es cierto.

—Bien, es usted mejor persona que yo, señor Wiggan —dijo Fowkkes—. Gracias, señoría. Nada más por el momento.

Bosch sintió que buena parte del aire escapaba del globo de la acusación. Con cuatro preguntas y en menos de dos minutos, Fowkkes había puesto en entredicho la credibilidad de Wiggan. Y lo que era absolutamente perfecto en la habilidosa cirugía del abogado defensor era que había poco que Kretzler pudiera hacer para resucitar al testigo. Al menos el fiscal sabía que era mejor no intentarlo para no hacer más grande el agujero. Despidió al testigo y el juez levantó la sesión durante quince minutos.

Después de que hubo salido el jurado y el público empezó a abrirse paso, Kretzler se inclinó sobre Langwiser para susurrarle a Bosch.

—Deberíamos haber sabido que este tipo iba a explotar —dijo malhumorado.

Bosch se limitó a mirar en torno a sí para asegurarse de que no había periodistas cerca. Se inclinó hacia Kretzler.

—Probablemente tiene razón —dijo—, pero hace seis meses era usted quien decía que investigaría a Wiggan. Era responsabilidad suya, no mía. Me voy a tomar café.

Bosch se levantó y dejó a los dos fiscales allí sentados.

Después del descanso, los fiscales decidieron que necesitaban volver con fuerza inmediatamente después del contrainterrogatorio de Wiggan. Abandonaron la idea de presentar a otro testigo para que testificara que había visto a Storey y la víctima juntos en el estreno y Langwiser llamó al estrado al técnico de seguridad llamado Jamal Hendricks.

Bosch acompañó a Hendricks desde el vestíbulo. Era un hombre negro que llevaba pantalones azules y un uniforme azul claro, con el nombre de pila bordado encima de un bolsillo y el emblema de Lighthouse Security encima del otro. Pensaba ir a trabajar después de testificar.

Al pasar por el primer juego de puertas a la sala, Bosch preguntó a Hendricks en un susurro si estaba nervioso.

—No, es pan comido —replicó Hendricks.

En el estrado, Langwiser presentó a Hendricks como un técnico de la compañía de seguridad para el hogar. Luego pasó específicamente a su trabajo en el sistema de seguridad de la casa de David Storey. Hendricks dijo que ocho meses antes había instalado un sistema de lujo Millennium 21 en la casa de Mulholland.

—¿Podría decirnos algunas de las características del sistema de lujo Millennium Twenty-one?

—Bueno, es lo mejor de la gama. Tiene de todo. Sensor y operación a distancia, software de reconocimiento de voz, sensor automático de emisión, un programa interno..., lo que usted quiera, el sistema del señor Storey lo tenía todo.

—¿Qué es un programa interno?

—En esencia es un programa de grabación de operaciones. Te permite saber qué puertas o ventanas se han abierto o cerrado, qué códigos personales se usaron y yo qué sé qué más. Mantiene un registro de todo el sistema. Básicamente se utiliza en aplicaciones comerciales e industriales, pero el señor Storey quería un sistema comercial y venía incluido.

–¿De manera que él no solicitó específicamente el programa interno?

–No sé nada de eso. Yo no vendo el sistema, solo lo instalo.

–Pero ¿él podría haber tenido el sistema sin saberlo?

–Supongo que todo es posible.

–¿En algún momento el detective Bosch llamó a Lighthouse Security y pidió que un técnico se reuniera con él en el domicilio del señor Storey?

–Sí, hizo la llamada y me avisaron a mí, porque yo había instalado el sistema. Me reuní con él en la casa. Eso fue después de la detención del señor Storey. Ya estaba en prisión.

–¿Cuándo fue exactamente?

–El 11 de noviembre.

–¿Qué le pidió el detective Bosch que hiciera?

–Bueno, primero me mostró una orden de registro que le permitía recoger información del chip del sistema.

–¿Y usted le ayudó con eso?

–Sí, descargué el archivo de datos del programa y lo imprimí para él.

En primer lugar Langwiser presentó como prueba la orden judicial –la tercera de la investigación–, luego presentó el informe impreso que había mencionado Hendricks.

–El detective Bosch estaba interesado en los registros internos de la noche del 12 al 13 de octubre, ¿no es así, señor Hendricks?

–Exacto.

–¿Puede mirar este informe y leer las entradas y salidas del periodo?

Hendricks examinó el papel durante varios segundos antes de hablar.

–Bueno, dice que la puerta interior que conduce al garaje se abrió y el sistema de alarma se activó por la voz del señor Storey a las diecinueve cero nueve del día 12. Luego no ocurrió nada hasta el día siguiente, el 13. A las cero doce la alarma se desactivó por la voz del señor Storey y la puerta interior del garaje se abrió otra vez. Entonces volvió a activar la alarma cuando estuvo en la casa.

Hendricks examinó la hoja antes de seguir adelante.

–El sistema permaneció activado hasta las tres diecinueve, cuando se apagó la alarma. La puerta interior del garaje se abrió entonces y el sistema de alarma se conectó una vez más por medio de la voz del señor Storey. Luego, cuarenta y dos minutos más tarde, a las cuatro cero uno, la alarma fue desconectada por la voz del señor Storey, la puerta del garaje se abrió y el sistema de alarma se conectó de nuevo. No hubo ninguna otra actividad hasta las once de la mañana, cuando la alarma fue desconectada por la voz de Betilda Lockett.

–¿Sabe usted quién es Betilda Lockett?

–Sí, cuando instalamos la alarma preparé el programa de aceptación de su voz. Es la secretaria ejecutiva del señor Storey.

Langwiser solicitó permiso para preparar un caballete con una pizarra que mostraba las horas y las actividades según lo testificado por Hendricks. Se aprobó tras la protesta de rigor y Bosch ayudó a Langwiser a prepararlo. El pizarrón tenía dos columnas en las que se mostraba el registro de la activación de la alarma de la casa y el uso de la puerta entre la casa y el garaje.

	ALARMA	INTERIOR PUERTA DEL GARAJE
12-10 19.09	activada por D. Storey	abierta / cerrada
13-10 0.12	desactivada por D. Storey	abierta / cerrada
13-10 0.12	activada por D. Storey	
13-10 3.19	desactivada por D. Storey	abierta / cerrada
13-10 3.19	activada por D. Storey	
13-10 4.01	desactivada por D. Storey	abierta / cerrada
13-10 4.01	activada por D. Storey	

Langwiser continuó con el interrogatorio de Hendricks.

–¿Esta tabla refleja de manera precisa su testimonio acerca del sistema de alarma en la casa de David Storey durante la noche del 12 al 13 de octubre?

El técnico examinó cuidadosamente la pizarra y entonces asintió.

–¿Quiere decir que sí?

–Sí.

–Gracias. Y puesto que estas actividades se produjeron con el reconocimiento de la voz de David Storey, ¿está diciendo al jurado que este es el registro de las idas y venidas de David Storey durante el periodo en cuestión?

Fowkkes protestó, argumentando que la pregunta asumía hechos que no habían sido probados. Houghton admitió la protesta y pidió a Langwiser que la reformulara o hiciera otra pregunta. Puesto que ya había transmitido al jurado lo que quería, pasó a otra cosa.

–Señor Hendricks, si yo tuviera una grabación de la voz de David Storey, ¿podría utilizarla en el micrófono del sistema Millenium Twenty-one y recibir el permiso para activar y desactivar la alarma?

–No. Tiene dos mecanismos de seguridad. Hay que utilizar la contraseña que reconoce el ordenador y decir la fecha. Así que para que el sistema acepte la orden hace falta voz, contraseña y la fecha correcta.

–¿Cuál era la contraseña de David Storey?

–No lo sé. Es privada. El sistema está programado para que el propietario pueda cambiar su contraseña siempre que quiera.

Langwiser miró el pizarrón. Se levantó, cogió un señalador de la repisa del caballete y lo utilizó para indicar las entradas y salidas de las tres diecinueve y las cuatro y un minuto.

–¿Puede decir a partir de estos datos si alguien con la voz del señor Storey salió de la casa a las tres y diecinueve minutos y volvió a las cuatro y un minuto, o si fue al revés, si alguien entró a las tres y diecinueve y se marchó a las cuatro y un minuto?

–Sí, puedo.

–¿Cómo es eso?

–El sistema también registra qué emisores se utilizan para activar y desactivar el sistema. En esta casa, los emisores están instalados a ambos lados de las tres puertas; es decir, la puerta de la calle, la puerta al garaje y una de las puertas de la terraza de atrás. Los transmisores están en la parte de dentro y en la de fuera de cada puerta. El programa interno registra cuál se utilizó.

–¿Puede mirar el informe impreso del sistema del señor Storey que tenía antes y decirnos qué transmisores se utilizaron en las entradas y salidas de las tres diecinueve y las cuatro y un minuto?

Hendricks consultó sus papeles antes de contestar.

–Eh, sí. A las tres y diecinueve se utilizó el transmisor exterior, eso significa que había alguien en el garaje cuando activaron la alarma en la casa. Después, a las cuatro y un minuto el mismo transmisor exterior se utilizó para desactivar la alarma. La puerta se abrió y se cerró y luego volvió a conectarse la alarma desde dentro.

–Entonces alguien entró en la casa a las cuatro y un minuto, ¿es eso lo que está diciendo?

–Sí, eso es.

–Y el sistema informático registró a esa persona como David Storey, ¿es así?

–Identificó su voz, sí.

–¿Y esta persona también tendría que haber utilizado la contraseña del señor Storey y decir la fecha correcta?

–Sí, eso es.

Langwiser anunció que no tenía más preguntas. Fowkkes dijo al juez que deseaba hacer un breve interrogatorio al testigo. Saltó al estrado y miró a Hendricks.

–Señor Hendricks, ¿cuánto tiempo hace que trabaja para Lighthouse?

–El mes que viene hará tres años.

–¿Entonces usted era empleado de Lighthouse el 1 de enero del año pasado, durante lo que se llamó el desafío del efecto dos mil?

–Sí –respondió Hendricks, vacilante.

–¿Puede decirnos qué pasó con muchos de los clientes de Lighthouse ese día?

–Eh, tuvimos algunos problemas.

–¿Algunos problemas, señor Hendricks?

–Hubo fallos de sistema.

–¿En qué sistema en concreto?

–Los Millenium Two tuvieron un fallo de sistema, pero fue menor. Pudimos...

–¿A cuántos clientes con Millenium Two de la zona de Los Ángeles afectó?

–A todos, pero localizamos el *bug* y...

–Eso es todo, señor. Gracias.

–... lo arreglamos.

–Señor Hendricks –rugió el juez–. Ya basta. El jurado no tendrá en cuenta esta última afirmación.

El juez miró a Langwiser.

–¿Más preguntas, señora Langwiser?

Langwiser dijo que haría unas cuantas preguntas rápidas. Bosch había descubierto los problemas del efecto dos mil y había informado a los fiscales, quienes habían confiado en que la defensa no los descubriera.

–Señor Hendricks, ¿Lighthouse solucionó el *bug* que infectó los sistemas después del efecto dos mil?

–Sí, lo hicimos inmediatamente.

–¿Pudo afectar de algún modo a los datos recogidos del sistema del acusado diez meses después del efecto dos mil?

–En absoluto. El problema se solucionó. El sistema fue reparado.

Langwiser dijo que no tenía más preguntas para el testigo y se sentó. Entonces se levantó Fowkkes para interpelar.

–El *bug* que fue reparado, señor Hendricks, fue el *bug* del que tenían noticia, ¿verdad? Hendricks lo miró desconcertado.

–Sí, ese fue el que causó el problema.

–Lo que está diciendo es que solo conocen estos *bugs* cuando causan un problema.

–Eh, normalmente.

–De manera que podría haber habido un *bug* de programa en el sistema de seguridad del señor Storey y no habrían sabido de él hasta que creara un problema, ¿verdad?

Hendricks se encogió de hombros.

–Todo es posible.

Fowkkes se sentó y el juez preguntó a Langwiser si tenía más preguntas. La fiscal vaciló un momento, pero terminó diciendo que no haría más preguntas. Houghton despidió a Hendricks, y propuso un descanso para el almuerzo.

—Nuestro próximo testigo será muy breve, señoría. Me gustaría que testificara antes del receso. Queremos concentrarnos en un solo testigo durante la sesión de tarde.

—Muy bien, adelante.

—Llamamos de nuevo al detective Bosch.

Bosch se levantó y subió al estrado de los testigos, con el expediente del asesinato. En esta ocasión no tocó el micrófono. Se acomodó y el juez le recordó que continuaba bajo juramento.

—Detective Bosch —empezó Langwiser—. ¿En un punto de su investigación del asesinato de Jody Krementz le pidieron que fuera en coche desde la casa del acusado a la de Jody Krementz y regresara de nuevo?

—Sí, usted me lo pidió.

—¿Y usted lo hizo?

—Sí.

—¿Cuándo?

—El 16 de noviembre, a las tres y diecinueve de la mañana.

—¿Cronometró el trayecto?

—Sí, en ambos sentidos.

—¿Y puede decirnos esos tiempos? Puede consultar sus notas si lo desea.

Bosch abrió la carpeta por una página previamente marcada. Se tomó un momento para examinar sus anotaciones, aunque conocía la respuesta de memoria.

—De la casa del señor Storey a la de Jody Krementz tardé once minutos y veintidós segundos, respetando los límites de velocidad. Al regresar tardé once minutos y cuarenta y ocho segundos. En total veintitrés minutos y diez segundos.

—Gracias, detective.

Eso era todo. Fowkkes renunció a interrogar a Bosch, reservándose el derecho de llamarlo al estrado durante la fase de la defensa. El juez Houghton levantó la sesión para el almuerzo y la atestada sala empezó a vaciarse.

Bosch estaba abriéndose camino entre la maraña de letrados, espectadores y periodistas en el pasillo y buscando a Annabelle Crowe cuando una mano le sujetó el brazo con fuerza desde atrás. Se volvió y vio el rostro de un hombre negro que no reconoció. Otro hombre, este blanco, se les acercó. Los dos hombres llevaban trajes grises casi idénticos y Bosch supo que eran del FBI antes de que el primero pronunciara una palabra.

—Detective Bosch, soy el agente especial Twilley del FBI. Él es el agente especial Friedman. ¿Podemos hablar en privado en alguna parte?

38

Tardó tres horas en revisar cuidadosamente la cinta de vídeo. Después de terminar, lo único que tenía McCaleb era una multa de aparcamiento. Tafero no había aparecido en el vídeo de la oficina de correos en el día en que se efectuó el giro. Y tampoco Harry Bosch. Le atormentaba pensar en los cuarenta y ocho minutos que habían sido grabados encima antes de su llegada a la oficina con Winston. Si hubieran ido primero a la oficina de correos y después a la comisaría de Hollywood, quizá en ese momento tendrían al asesino en vídeo. Esos cuarenta y ocho minutos podían marcar la diferencia en el caso, la diferencia entre poder salvar a Bosch o condenarlo.

McCaleb estaba pensando en posibles escenarios cuando llegó al Cherokee y se encontró con una multa bajo el limpiaparabrisas. Maldijo, la sacó y la miró. Había estado tan absorto mirando la cinta que olvidó que había aparcado en una zona de estacionamiento limitado a quince minutos, delante de la oficina de correos. La multa iba a costarle cuarenta dólares, y eso dolía. Con las pocas excursiones de pesca que conseguían en los meses invernales, su familia había estado viviendo de la pequeña paga de Graciela y de su pensión del FBI. No les quedaba mucho margen con los gastos de los dos niños. Esto, sumado a la cancelación del sábado, les haría daño.

Volvió a poner la multa en el mismo sitio y empezó a caminar por la acera. Decidió que quería ir a Fianzas Valentino, aunque sabía que probablemente Rudy Tafero estaría en el juicio de Van Nuys. Quería seguir con su norma de ver al sospechoso en su ambiente. Podía ser que el sospechoso no estuviera presente, pero vería el entorno en el que se sentía seguro.

Mientras caminaba, sacó el teléfono móvil y llamó a Jaye Winston, pero le salió el contestador. Colgó sin dejar mensaje y la llamó al busca. Había andado cuatro manzanas, y estaba casi en Fianzas Valentino, cuando ella lo llamó.

—No tengo nada —informó.

—¿Nada?

—Ni Tafero ni Bosch.

—¡Mierda!

—Tuvo que ser en los cuarenta y ocho minutos que nos faltan.

—Tendríamos que...

—Haber ido antes a la oficina de correos. Ya lo sé, es culpa mía. Lo único que he conseguido es una multa de aparcamiento.

—Lo siento, Terry.

—Al menos me ha dado una idea. Fue justo antes de Navidad y estaba repleto. Si aparcó en una zona de quince minutos puede que se pasara de tiempo mientras esperaba en la cola. En esta ciudad los urbanos son como nazis. Acechan en las sombras. Siempre hay una posibilidad de que le pusieran una multa. Habría que comprobarlo.

—¿El Hijo de Sam?

—Sí.

Ella se estaba refiriendo al asesino en serie de Nueva York al que lograron detener en los setenta por una multa de aparcamiento.

—Lo intentaré. Veré qué puedo hacer. ¿Qué vas a hacer tú?

–Voy a pasarme por Fianzas Valentino.

–¿Tafero está allí?

–Probablemente esté en el juicio. Después iré allí para ver si puedo hablar con Bosch de todo esto.

–Será mejor que tengas cuidado. Tus colegas del FBI han dicho que iban a verlo en el almuerzo. Puede que sigan allí cuando llegues.

–¿Qué esperan, que Bosch quede impresionado con sus trajes y confiese?

–No lo sé. Algo así. Querían presionarle. Abrir el expediente y encontrar contradicciones. Ya sabes, las trampas de rutina.

–Harry Bosch no es rutina. Están perdiendo el tiempo.

–Lo sé, y se lo he dicho. Pero a los agentes del FBI no se les puede discutir nada, ya lo sabes.

McCaleb sonrió.

–Eh, si resulta que la cosa va al revés y detenemos a Tafero, quiero que el sheriff me pague esta multa.

–No estás trabajando para mí, estás trabajando para Bosch, ¿recuerdas? Que te pague él la multa. El sheriff solo paga los crepes.

–Vale, tengo que colgar.

–Llámame.

Se guardó el teléfono en el bolsillo del impermeable y abrió la puerta de cristal de Fianzas Valentino.

Era una salita blanca con un sofá y un mostrador. A McCaleb le recordó la recepción de un motel. Había un calendario en la pared con una foto de la playa de Puerto Vallarta. Un hombre estaba sentado con la cabeza baja, detrás del mostrador, haciendo un crucigrama, y a su espalda había una puerta cerrada que probablemente conducía a un despacho. McCaleb sonrió y empezó a rodear con determinación el mostrador antes incluso de que el hombre levantara la vista.

–¿Rudy? Vamos, Rudy, sal de ahí.

El hombre levantó la cabeza cuando McCaleb pasó a su lado y abrió la puerta. Entró en un despacho cuyo tamaño era más del doble que el de la sala de espera.

–¿Rudy?

El hombre del mostrador entró justo detrás.

–Eh, hombre, ¿qué está haciendo?

McCaleb se volvió, examinando la estancia.

–Estoy buscando a Rudy. ¿Dónde está?

–No está aquí, y ahora si hace...

–Me dijo que estaría aquí, que no tenía que ir al juicio hasta más tarde.

Examinando el despacho, McCaleb vio que la pared del fondo estaba cubierta de fotos enmarcadas. Dio un paso más hacia allí. La mayoría eran fotos de Tafero con famosos por los que había depositado una fianza, o para los que había trabajado como consultor de seguridad. Algunas de las fotos eran claramente de los días en que trabajaba de policía, al otro lado de la calle.

–Perdone, ¿quién es usted?

McCaleb miró al hombre como si lo acabara de insultar. Podía ser el hermano menor de Tafero. El mismo pelo y ojos negros, con aspecto de duro atractivo.

–Soy un amigo. Terry. Trabajábamos juntos cuando Rudy estaba al otro lado de la calle.

McCaleb señaló una foto de grupo de la pared en la que se veían varios hombres con traje y unas pocas mujeres de pie delante de la fachada de ladrillos de la comisaría de Hollywood. La brigada de detectives. McCaleb vio a Harry Bosch y Rudy Tafero en la fila de atrás. Bosch tenía la cara ligeramente girada, llevaba un cigarrillo en la boca y el humo le oscurecía parcialmente el rostro.

El hombre se volvió y empezó a examinar la foto. McCaleb aprovechó para echar otro vistazo al despacho.

La estancia estaba cuidadosamente dispuesta con un escritorio a la izquierda y una zona para sentarse a la derecha, con dos sofás pequeños y una alfombra oriental. Se acercó al escritorio para mirar una carpeta situada en el centro del cartapacio, pero aunque tenía un par de dedos de grosor, no había nada escrito en la pestaña.

—¡Qué cojones, aquí no sale!

—Sí —dijo McCaleb sin volver la cara del escritorio—. Estaba fumando. No se me ve la cara.

Había un archivador lleno de carpetas a la derecha. McCaleb inclinó la cabeza en un ángulo adecuado para leer las pestañas. Reconoció algunos nombres de actores y gente del espectáculo, pero ninguno estaba relacionado con su investigación.

—Y un cuerno, tío, ese es Harry Bosch.

—¿En serio? ¿Conoces a Harry?

El hombre no respondió. McCaleb se volvió. El hombre lo estaba mirando enfadado, con ojos de sospecha. Por primera vez se fijó en que sostenía una porra a un costado.

—Déjame ver. —Se acercó y miró la foto enmarcada—. ¿Sabes que tienes razón?, es Harry. Debe de ser la del año anterior en la que salgo yo. Cuando sacaron esta estaba trabajando de incógnito y no pude salir en la foto.

McCaleb dio un paso hacia la puerta con aire despreocupado, aunque interiormente se preparaba para recibir un porrazo en la cabeza.

—Solo dile que he estado aquí, ¿vale? Dile que ha pasado Terry.

Llegó hasta la puerta, pero una última foto enmarcada llamó su atención. Se veía a Tafero junto a otro hombre y entre los dos sostenían una placa de madera pulida. La foto era antigua, Tafero aparentaba diez años menos. Tenía los ojos más brillantes y su sonrisa parecía auténtica. La placa de la foto estaba colgada de la pared, junto a la foto. McCaleb se acercó y leyó la chapa de latón enganchada en la parte inferior.

RUDY TAFERO

DETECTIVE DEL MES EN HOLLYWOOD

FEBRERO 1995

Miró de nuevo hacia la foto y pasó a la sala de espera.

–¿Terry qué? –dijo el hombre mientras McCaleb cruzaba el umbral.

McCaleb caminó hasta la puerta de la calle antes de volverse.

–Solo dile que era Terry, el infiltrado.

Salió de la oficina y caminó de nuevo hacia la calle, sin mirar atrás.

McCaleb se sentó en su coche, enfrente de la oficina de correos. Se sentía incómodo, como siempre que sabía que la respuesta estaba a su alcance, pero no lograba verla. Su instinto le decía que estaba siguiendo la pista buena. Tafero, el detective privado que ocultaba sus tratos con lo más selecto de Hollywood detrás de un chiringuito de fianzas, era la llave. Pero McCaleb todavía no había encontrado la puerta.

Se dio cuenta de que tenía mucha hambre. Arrancó el coche y pensó en un lugar para comer. Estaba a pocas manzanas de Musso's, pero había comido allí hacía muy poco. Se preguntó si servirían comida en Nat's, aunque supuso que si lo hacían sería peligroso para el estómago. Decidió conducir hasta el In 'n Out de Sunset y pedir comida para llevar.

Mientras daba cuenta de una hamburguesa en el Cherokee inclinado sobre el envase, su móvil sonó. Dejó la hamburguesa en la caja, se limpió las manos con una servilleta y abrió el móvil.

—Eres un genio.

Era Jaye Winston.

—¿Qué?

—Multaron el Mercedes de Tafero. Un cuatrocientos treinta CLK negro. Estaba en la zona de quince minutos, justo delante de la oficina de correos. La multa se la pusieron a las ocho y diecinueve del día 22. Todavía no la ha abonado. Tiene hasta hoy a las cinco; si no, le requerirán el pago.

McCaleb se quedó reflexionando en silencio. Sentía que las sinapsis nerviosas se disparaban como una cadena de fichas de dominó por su columna vertebral. La multa suponía un cambio radical. No probaba absolutamente nada, pero le decía que estaba en el buen camino. Y en ocasiones saber que estabas en el buen camino era mejor que tener la prueba.

Sus pensamientos saltaron a su visita al despacho de Tafero y las fotografías que había visto.

—Eh, Jaye, ¿has podido ver algo del caso de Bosch con su antiguo teniente?

—No tuve que ir a buscarlo. Twilley y Friedman ya tenían un archivo sobre eso hoy. El teniente Harvey Pounds. Alguien lo mató unas cuatro semanas después del altercado con Bosch acerca de Gunn. Bosch era un posible sospechoso por el resentimiento, pero parece que lo consideraron inocente, al menos el Departamento de Policía de Los Ángeles. El caso está abierto, pero inactivo. El FBI se lo miró de lejos y también ha mantenido el caso abierto. Hoy Twilley me ha dicho que hay gente en el departamento que cree que Bosch fue descartado muy pronto.

—Ah, y supongo que a Twilley le encanta.

–Sí. Ya tenía a Bosch marcado. Cree que lo de Gunn es solo la punta del iceberg.

McCaleb negó con la cabeza, pero inmediatamente siguió adelante. No podía entretenerse en las debilidades y motivaciones de otros. Había mucho en lo que pensar y mucho que planear con la investigación que tenía entre manos.

–Por cierto, ¿tienes una copia de la multa? –preguntó.

–Todavía no. Lo he hecho todo por teléfono, pero la mandarán por fax. La cuestión es que tú y yo sabemos lo que significa, pero dista mucho de ser la prueba de nada.

–Ya lo sé, pero será un buen anzuelo cuando llegue el momento.

–¿Cuando llegue el momento para qué?

–Para hacer nuestra función. Usaremos a Tafero para llegar a Storey. Ya sabes que es allí adonde apunta.

–¿Usaremos? Ya lo has planeado todo, ¿verdad, Terry?

–No del todo, pero estoy en ello.

No quería discutir con Winston acerca de su papel en la investigación.

–Oye, se me está enfriando la comida –dijo.

–Bueno, perdona. Sigue comiendo.

–Llámame después. Iré a ver a Bosch más tarde. ¿Sabes algo de Twilley y Friedman?

–Creo que todavía están con él.

–Muy bien. Te llamaré después.

Cerró el teléfono, salió del coche y llevó la caja de la hamburguesa a una papelera. Luego volvió a entrar en el Cherokee y arrancó. En su camino de regreso a la oficina de correos de Wilcox abrió todas las ventanillas para que se fuera el olor a comida grasienta.

39

Annabelle Crowe caminó hasta la tribuna de los testigos, concitando todas las miradas de la sala. Era una mujer despampanante, aunque había cierta torpeza en sus movimientos. Esta combinación la hacía parecer joven y vieja al mismo tiempo e incluso más atractiva. Langwiser se ocuparía del interrogatorio. Esperó a que Crowe se sentara antes de romper el encanto en la sala y subir al estrado.

Bosch apenas se había fijado en la entrada de la última testigo de la fiscalía. Se sentó en la mesa de la acusación con la vista baja, sumido en sus pensamientos de la visita de los dos agentes del FBI. Los había calado rápidamente. Habían olido sangre en el agua y sabía que si lo detenían por el caso Gunn el seguimiento mediático que obtendrían no tendría fin. Esperaba que dieran el paso en cualquier momento.

Langwiser procedió con rapidez con una serie de preguntas generales a Crowe, estableciendo que era una actriz neófita en cuyo currículum constaban unos pocos papeles y anuncios, así como una única frase en una película que todavía no se había estrenado. Su historia parecía confirmar las dificultades de tener éxito en Hollywood: una belleza despampanante en una ciudad llena de mujeres hermosas. Todavía vivía gracias al dinero que le enviaban sus padres desde Albuquerque.

Langwiser pasó a la parte importante del testimonio: Annabelle Crowe había tenido una cita con David Storey la noche del 14 de abril del año anterior. Tras una breve descripción de la cena y las bebidas que la pareja tomó en Dan Tana's, en West Hollywood, Langwiser pasó a la última parte de la velada, cuando Annabelle acompañó a Storey a la casa que el director de cine tenía en Mulholland.

Crowe declaró que ella y Storey compartieron una jarra entera de margaritas en la terraza trasera de la casa antes de ir al dormitorio de Storey.

–¿Y fue usted voluntariamente, señorita Crowe?

–Sí.

–¿Tuvo relaciones sexuales con el acusado?

–Sí.

–¿Y fue una relación mutuamente consentida?

–Sí.

–¿Ocurrió algo inusual durante esa relación sexual con el acusado?

–Sí, empezó a estrangularme.

–Empezó a estrangularla. ¿Cómo ocurrió eso?

–Bueno, supongo que cerré los ojos un momento y sentí que él estaba cambiando de posición. Él estaba encima de mí y yo noté que deslizaba la mano por detrás de la nuca y de algún modo me levantó la cabeza de la almohada. Entonces sentí que deslizaba algo... –Se detuvo y se tapó la boca con la mano, mientras trataba de mantener la compostura.

–Tómese su tiempo, señorita Crowe.

Daba la impresión de que la testigo estaba conteniendo las lágrimas. Al final dejó caer la mano y cogió el vaso de agua. Tomó un sorbo y miró a Langwiser, con una determinación renovada.

–Sentí que deslizaba algo por encima de mi cabeza. Abrí los ojos y lo vi apretando una corbata en torno a mi cuello. –Se detuvo y tomó otro trago de agua.

–¿Podría describir esa corbata?

–Tenía un dibujo de diamantes azules sobre un campo granate. La recuerdo perfectamente.

–¿Qué ocurrió cuando el acusado apretó con fuerza la corbata en torno a su cuello?

–¡Me estaba estrangulando! –replicó Crowe estridentemente, como si la pregunta fuera estúpida y la respuesta obvia–. Me estaba estrangulando. Y no paraba de... moverse dentro de mí... y yo traté de resistirme, pero era demasiado fuerte para mí.

–¿Dijo él algo en ese momento?

–No paraba de decir «tengo que hacerlo, tengo que hacerlo» y gemía y no dejaba de tener sexo conmigo. Tenía los dientes apretados y yo...

Ella se detuvo de nuevo y esta vez lágrimas sueltas se deslizaron por sus mejillas, una poco después de la otra. Langwiser se acercó a la mesa de la acusación y sacó una caja de pañuelos de papel. La levantó y dijo:

–Señoría, ¿da usted su permiso?

El juez le permitió que se acercara a la testigo con los clínex. Langwiser los entregó y luego volvió al estrado. La sala estaba en silencio, salvo por los sonidos del llanto de la testigo. Langwiser rompió el momento.

–Señorita Crowe, ¿necesita un descanso?

–No, estoy bien. Gracias.

–¿Se desmayó cuando el acusado trató de estrangularla?

–Sí.

–¿Qué es lo siguiente que recuerda?

–Me desperté en su cama.

–¿Y él estaba allí?

–No, pero oí que corría agua en la ducha. En el cuarto de baño de al lado del dormitorio.

–¿Qué hizo usted?

–Me levanté para vestirme. Quería irme antes de que él saliera de la ducha.

–¿Su ropa estaba donde la había dejado?

–No. La encontré en una bolsa (como una bolsa de supermercado) junto a la puerta de la habitación. Me puse la ropa interior.

–¿Llevaba bolso esa noche?

–Sí. También estaba en la bolsa, pero estaba abierto. Miré y vi que él me había quitado las llaves. Entonces...

Fowkkes protestó, diciendo que la testigo asumía hechos no probados y el juez admitió la protesta.

–¿Vio al acusado llevarse las llaves de su bolso? –preguntó Langwiser.

–Bueno, no. Pero estaban en mi bolso y yo no las saqué.

–De acuerdo, entonces alguien (alguien a quien usted no vio porque estaba inconsciente en la cama) sacó las llaves, ¿es correcto?

–Sí.

–Bien, ¿dónde encontró las llaves después de darse cuenta de que no estaban en su bolso?

–Estaban en el escritorio de él, junto a las suyas.

–¿Terminó de vestirse y se fue?

–De hecho, estaba tan asustada que solo cogí mi ropa, mis llaves y mi bolso y salí corriendo de allí. Terminé de vestirme fuera. Y luego eché a correr por la calle.

–¿Cómo llegó a su casa?

–Me cansé de correr, así que continué un buen rato caminando por Mulholland hasta que llegué a un parque de bomberos con un teléfono público enfrente. Lo usé para pedir un taxi y entonces volví a casa.

–¿Llamó a la policía cuando llegó a su casa?

–Eh..., no.

–¿Por qué no, señorita Crowe?

–Bueno, por dos cosas. Cuando llegué a casa, David estaba dejando un mensaje en mi contestador y yo cogí el teléfono. Él se disculpó y me dijo que se había dejado llevar. Me dijo que pensó que estrangularme iba a aumentar mi satisfacción sexual.

–¿Lo creyó?

–No lo sé. Estaba confundida.

–¿Le preguntó por qué había puesto su ropa en una bolsa?

–Sí. Dijo que pensaba que iba a tener que llevarme al hospital si no me despertaba antes de que saliera de la ducha.

–¿No le preguntó por qué creía que tenía que ducharse antes de llevar al hospital a una mujer que estaba inconsciente en su cama?

–No le pregunté eso.

–¿Le preguntó por qué no avisó a una ambulancia?

–No, no pensé en eso.

–¿Cuál era la otra razón por la cual no llamó a la policía?

La testigo se miró las manos, que tenía entrelazadas en el regazo.

–Bueno, estaba avergonzada. Después de que él llamara, ya no estaba segura de lo que había ocurrido. No sabía si había intentado matarme o estaba... tratando de satisfacerme más. No lo sé. Siempre se oye hablar de la gente de Hollywood y el sexo extraño. Pensé que a lo mejor yo era..., no lo sé, un poco mojigata.

Mantuvo la cabeza baja y otras dos lágrimas resbalaron por sus mejillas. Bosch vio que una gota caía en el cuello de su blusa de chifón y dejaba una mancha húmeda. Langwiser continuó con voz muy suave.

–¿Cuándo contactó con la policía en relación con lo sucedido aquella noche entre usted y el acusado?

Annabelle Crowe respondió en un tono todavía más suave.

—Cuando leí que había sido detenido porque había matado a Jody Krementz de la misma forma.

—¿Habló entonces con el detective Bosch?

Ella asintió.

—Sí. Y supe que si... si hubiera llamado a la policía esa noche, quizá seguiría...

No terminó la frase. Sacó unos pañuelos de papel de la caja y rompió a llorar con fuerza. Langwiser comunicó al juez. que había terminado con su interrogatorio. Fowkkes dijo que interpelaría a la testigo y propuso que se hiciera una pausa para que Annabelle Crowe pudiera recobrar la compostura. Al juez Houghton le pareció una buena idea y ordenó una pausa de quince minutos. Bosch se quedó en la sala mirando a Annabelle Crowe mientras esta acababa con la caja de pañuelos. Cuando hubo terminado, su cara ya no era tan hermosa. Estaba deformada y roja, y se le habían formado bolsas en los ojos. Bosch pensó que había sido muy convincente, pero todavía no se había enfrentado a Fowkkes. Su comportamiento durante la interpelación determinaría si el jurado iba a creer algo de lo que había dicho o no.

Cuando Langwiser volvió a entrar le dijo a Bosch que había alguien en la puerta que quería hablar con él.

—¿Quién es?

—No se lo he preguntado. Solo he oído que hablaba con los ayudantes mientras yo entraba. No le van a dejar pasar.

—¿Llevaba traje? ¿Un tipo negro?

—No, ropa de calle. Un chubasquero.

—Vigila a Annabelle, y será mejor que busques otra caja de clínex.

Bosch se levantó y fue hasta las puertas de la sala, abriéndose paso entre la gente que volvía a entrar una vez finalizado el descanso. En un momento se vio cara a cara con Rudy Tafero. Bosch se movió hacia la derecha para pasar por su lado, pero Tafero dio un paso a la izquierda. Bailaron hacia adelante y hacia atrás un par de veces y Tafero sonrió abiertamente. Al final Bosch se detuvo y no se movió hasta que Tafero pasó a su lado.

En el pasillo no vio a nadie conocido. Entonces Terry McCaleb salió del servicio de caballeros y ambos hombres se saludaron con la cabeza. Bosch se acercó a una de las barandillas que había enfrente del ventanal con vistas a la plaza de abajo. McCaleb se acercó también.

—Tengo dos minutos antes de volver a entrar.

—Solo quiero saber si podemos hablar hoy después del juicio. Están pasando cosas y necesito hablar contigo.

—Ya sé que están pasando cosas. Hoy se han presentado aquí dos agentes.

—¿Qué les has dicho?

—Que se fueran a tomar por el culo. Se han puesto furiosos.

—Los agentes federales no se toman muy bien ese tipo de lenguaje, deberías saberlo, Bosch.

—Bueno, soy lento en aprender.

—¿Nos vemos después?

—Estaré por aquí. A menos que Fowkkes se cargue a esta testigo. Si es así, no sé, mi equipo tendrá que retirarse a algún sitio a lamerse las heridas.

—Muy bien, entonces estaré por aquí. Lo veré en la tele.

—Hasta luego.

Bosch volvió a entrar en la sala, preguntándose con qué se habría encontrado McCaleb tan pronto. El jurado había vuelto a entrar y el juez estaba dándole a Fowkkes el permiso para empezar. El abogado defensor esperó educadamente mientras Bosch pasaba a su lado hacia la mesa de la acusación. Entonces empezó.

—Bien, señorita Crowe, ¿actuar es su ocupación a tiempo completo?

—Sí.

—¿Ha estado actuando aquí hoy?

Langwiser protestó de inmediato, acusando enojadamente a Fowkkes de acosar a la testigo. Bosch pensó que su reacción había sido un poco extrema, pero sabía que estaba mandando a Fowkkes el mensaje de que iba a defender a su testigo con uñas y dientes. El juez no admitió la protesta, aduciendo que Fowkkes estaba dentro de sus límites al interpelar a una testigo hostil a su cliente.

—No, no estoy actuando —respondió Crowe con energía.

Fowkkes asintió.

—Ha declarado usted que lleva tres años en Hollywood.

—Sí.

—Ha mencionado cinco trabajos remunerados. ¿Algo más?

—Todavía no.

Fowkkes asintió.

—Es bueno no perder las esperanzas. Es muy difícil empezar, ¿no?

—Sí, muy difícil, muy desalentador.

—Pero ahora mismo está en la tele, ¿no?

Ella vaciló un momento y en su rostro se reflejó que se había dado cuenta de que había caído en la trampa.

—Y usted también —dijo ella.

Bosch casi sonrió. Era la mejor respuesta que podía haber dado.

—Hablemos de este... incidente que supuestamente ocurrió entre usted y el señor Storey —dijo Fowkkes—. Este incidente es, de hecho, algo que tramó a partir de los artículos de prensa que siguieron a la detención de David Storey, ¿es así?

—No, no es así. Él intentó matarme.

—Eso dice usted.

Langwiser se levantó para protestar, pero antes de que lo hiciera el juez advirtió a Fowkkes que se guardara ese tipo de comentarios. El abogado defensor siguió adelante.

—Después de que el señor Storey supuestamente la estrangulara hasta el punto de dejarla inconsciente, ¿le salió algún moretón en el cuello?

—Sí, tuve un moretón durante casi una semana. Tuve que quedarme en casa, sin poder ir a ninguna prueba.

—¿Y tomó fotografías del moretón para documentar su existencia?

—No, no lo hice.

—Pero mostró el moretón a su agente y sus amigas, ¿no?

—No.

—¿Y por qué?

—Porque no pensaba que llegara a esto, a tener que intentar probar lo que él hizo. Solo quería que se me fuera y no quería que nadie lo supiera.

—Así que solo tenemos su palabra respecto al moretón, ¿es cierto?

—Sí.

—De la misma manera que solo tenemos su palabra respecto al supuesto incidente, ¿cierto?

—Él trató de matarme.

—Y usted ha declarado que cuando llegó a casa esa noche David Storey estaba en ese mismo momento dejando un mensaje en su contestador, ¿es así?

—Exactamente.

—Y usted levantó el teléfono; contestó la llamada del hombre que según ha dicho había intentado matarla. ¿Es así como sucedió?

Fowkkes hizo un gesto como para coger un teléfono y mantuvo la mano levantada hasta que ella contestó.

–Sí.

–Y usted guardó el mensaje de la cinta para documentar sus palabras y lo que le había sucedido, ¿es así?

–No, grabé encima. Por error.

–Por error. ¿Quiere decir que lo dejó en la máquina y al final se grabó otro mensaje encima?

–Sí, no quería, pero me olvidé y se grabó encima.

–¿Quiere decir que olvidó que alguien había intentado matarla y grabó encima?

–No, no olvidé que intentó matarme. Eso no lo olvidaré nunca.

–De manera que por lo que respecta a esta grabación, solo tenemos su palabra, ¿es así?

–Así es.

Había cierta medida de desafío en la voz de la joven, pero de un modo que a Bosch le pareció lastimero. Era como gritar «Vete a la mierda» al lado de un motor de reacción. Bosch sintió que Crowe estaba a punto de ser lanzada a ese motor y despedazada.

–Así pues, ha declarado que en parte la mantienen sus padres y que ha ganado algún dinero como actriz. ¿Tiene usted alguna otra fuente de ingresos de la que no nos haya hablado?

–Bueno..., la verdad es que no. Mi abuela me envía dinero, pero no con mucha frecuencia.

–¿Algo más?

–No que yo recuerde.

–¿Recibe dinero de hombres en alguna ocasión, señorita Crowe?

Langwiser protestó y el juez llamó a los letrados a un aparte. Bosch no dejó de mirar a Annabelle Crowe mientras los abogados hablaban en susurros. Examinó su rostro. Todavía quedaba una pincelada del desafío, pero el miedo estaba ganando terreno. Ella sabía lo que se le venía encima. Bosch supo que Fowkkes tenía algo legítimo, algo que iba a hacer daño a la testigo y por añadidura al caso.

Cuando se terminó el aparte, Kretzler y Langwiser volvieron a sus asientos en la mesa de la acusación. Kretzler se inclinó por encima de Bosch.

—Estamos jodidos —murmuró—. Tiene cuatro hombres que testificarán que le han pagado a cambio de sexo. ¿Cómo es que no lo sabíamos?

Bosch no respondió. Le habían asignado a él que la investigara. La había interrogado en profundidad acerca de su vida privada y había utilizado sus huellas dactilares por si había sido detenida. Ni sus respuestas ni el ordenador revelaron nada. Si nunca la habían detenido por prostitución y había negado ante Bosch cualquier comportamiento delictivo, no había mucho más que pudiera hacer.

De regreso en el estrado, Fowkkes reformuló la pregunta.

—Señorita Crowe, ¿ha recibido en alguna ocasión dinero de hombres a cambio de sexo?

—No, en absoluto. Eso es una mentira.

—¿Conoce a un hombre llamado Andre Snow?

—Sí, lo conozco.

—Si él tuviera que testificar bajo juramento que le pagó por mantener relaciones sexuales, ¿estaría mintiendo?

—Sí.

Fowkkes citó otros tres nombres y se repitió el mismo proceso. Crowe reconoció que los conocía, pero negó haberles vendido sexo en alguna ocasión.

—Entonces, ¿en alguna ocasión ha recibido dinero de estos hombres sin que fuera a cambio de sexo? –preguntó Fowkkes en un fingido tono de exasperación.

—Sí, en alguna ocasión. Pero no tuvo nada que ver con si teníamos sexo o no.

—¿Entonces con qué tenía que ver?

—Querían ayudarme. Yo los considero amigos.

—¿Ha tenido alguna vez relaciones sexuales con ellos?

Annabelle Crowe se miró las manos y negó con la cabeza.

—¿Está diciendo que no, señorita Crowe?

—Estoy diciendo que no tuve relaciones sexuales con ellos cada vez que me dieron dinero. Y que no me dieron dinero cada vez que teníamos relaciones. Una cosa no tiene nada que ver con la otra. Está haciendo que parezca una cosa que no es.

—Yo solo estoy haciendo preguntas, señorita Crowe. Esa es mi obligación y la suya es decirle al jurado la verdad.

Después de una larga pausa, Fowkkes afirmó que no tenía más preguntas.

Bosch se dio cuenta de que había estado sujetando los brazos de la silla con tanta fuerza que tenía los nudillos blancos y estaba entumecido. Se frotó las manos y trató de tranquilizarse, pero no lo consiguió. Sabía que Fowkkes era un maestro, un artista del corte. Era breve y preciso y tan devastador como un estilete. Bosch se dio cuenta de que su malestar no era solo por la posición desamparada y la humillación pública de Annabelle Crowe, sino por su propia posición. Sabía que el estilete iba a dirigirse a él a continuación.

40

Se metieron en un reservado de Nat's después de que la camarera con el tatuaje del corazón encadenado en alambre de espino les diera las botellas de Rolling Rock. Mientras sacaba las botellas de la nevera y las abría, la mujer no hizo mención alguna a la visita de McCaleb de la otra noche para hacer preguntas sobre el hombre con el que había regresado. Era temprano y en el local solo había un par de grupos de tipos duros en la barra y reunidos en el reservado del fondo. En la máquina de discos Bruce Springsteen cantaba «Está oscuro en el filo de la ciudad...».

McCaleb estudió a Bosch. Pensó que tenía aspecto de estar preocupado por algo, probablemente por el juicio. El último testimonio había acabado como mucho en empate. Bien en el interrogatorio, mal en la interpelación. El tipo de testigo que no usas si tienes elección.

—Parece que no os ha ido muy bien con la testigo.

Bosch asintió.

—Es culpa mía. Tendría que haberlo visto venir. La miré y pensé que era tan guapa que no podía... Simplemente la creí.

—Te entiendo.

—Es la última vez que me fío de una cara.

—Todavía parece que lo lleváis bien. ¿Qué más tenéis?

Bosch esbozó una sonrisita.

—Esto es todo. Iban a concluir hoy, pero decidieron esperar hasta mañana para que Fowkkes no tuviera la noche para prepararse. Pero ya hemos disparado todas las balas. A partir de mañana veremos qué es lo que tienen ellos.

McCaleb observó que Bosch se bebía casi media botella de un trago. Decidió pasar a las preguntas que de verdad le interesaban mientras Bosch seguía sereno.

—Bueno, háblame de Rudy Tafero.

Bosch se encogió de hombros en un gesto de ambivalencia.

—¿Qué pasa con él?

—No lo sé. ¿Lo conoces bien? ¿Lo conocías bien?

—Bueno, lo conocía cuando estaba en nuestro equipo. Trabajamos juntos en la brigada de detectives de Hollywood durante cinco años. Después, entregó la placa, cogió su pensión de veinte años y se instaló al otro lado de la calle. Empezó a trabajar sacando del calabozo a los que nosotros metíamos en el calabozo.

—Cuando estabais los dos en Hollywood, ¿teníais mucha relación?

—No sé qué quiere decir relación. No éramos amigos, ni nos tomábamos las copas juntos, él trabajaba en robos y yo en homicidios. ¿Por qué me preguntas tanto por él? ¿Qué tiene que ver él con...?

Se detuvo y miró a McCaleb, los engranajes obviamente girando en su mente. Rod Stewart estaba cantando *Twisting the Night Away*.

—¿Me estás tomando el pelo? —preguntó Bosch al fin—. ¿Estás investigando a...?

—Déjame hacerte algunas preguntas —lo interrumpió McCaleb—. Después haz tú las tuyas.

Bosch se acabó la botella y la levantó hasta que la camarera lo vio.

—No hay servicio de mesas, chicos —gritó—. Lo siento.

—Mierda —dijo Bosch.

Salió deslizándose del reservado y se acercó a la barra. Regresó con otras cuatro Rocks, aunque McCaleb apenas había empezado con la primera de las suyas.

—Pregunta —dijo Bosch.

—¿Por qué no teníais mucha relación?

Bosch apoyó los codos en la mesa y sostuvo una botella llena con ambas manos. Miró fuera del reservado y luego a McCaleb.

—Hace cinco o diez años había dos grupos en el FBI, y hasta cierto punto pasaba lo mismo en el departamento. Era como los santos y los pecadores, dos grupos distintos.

—¿Los nacidos de nuevo y los que no habían visto la luz?

—Algo así.

McCaleb lo recordó. Hacía una década había sido bien conocido en los círculos de los cuerpos de seguridad locales que un grupo en el Departamento de Policía de Los Ángeles conocido como los «nacidos de nuevo» tenía miembros en puestos clave y prevalecía en los ascensos y la elección de destinos. Los miembros del grupo —varios cientos de agentes de todos los rangos— pertenecían a una iglesia del valle de San Fernando, donde el subdirector del departamento al frente de las operaciones era un predicador lego. Los oficiales ambiciosos se unieron en tropel a la iglesia, con la esperanza de impresionar al subdirector y mejorar sus perspectivas laborales. El grado de espiritualidad implícito estaba en entredicho. Pero cuando el subdirector pronunciaba su sermón todos los domingos durante el servicio de las once, la iglesia estaba llena hasta los topes de polis fuera de servicio con una mirada fervorosa fijada en el púlpito. McCaleb había oído en una ocasión una anécdota acerca de la alarma de un coche que sonó en el aparcamiento de la iglesia durante el servicio de las once. El desafortunado yonqui que estaba hurgando en la guantera del vehículo pronto se vio apuntado por un centenar de pistolas empuñadas por policías fuera de servicio.

—Supongo que tú eras de los pecadores, Harry.

Bosch sonrió y asintió.

—Por supuesto.

—Y Tafero estaba con los santos.

—Sí, y también nuestro teniente de entonces, un petimetre llamado Harvey Pounds. Él y Tafero tenían su iglesita montada y por eso eran inseparables. Supongo que cualquiera que estuviera con Pounds, fuera por la iglesia o no, no era alguien hacia el que yo iba a gravitar, no sé si me explico. Y ellos no iban a gravitar hacia mí.

McCaleb asintió. Sabía más de lo que dejaba entrever.

—Pounds fue el tipo que estropeó el caso Gunn —dijo—. El que empujaste por la ventana.

—El mismo.

Bosch bajó la cabeza y la sacudió en una actitud de autodesprecio.

—¿Estaba Tafero allí aquel día?

—¿Tafero? No lo sé, es probable.

—Bueno, ¿no hubo una investigación de asuntos internos con informes de testigos?

—Sí, pero yo no la miré. O sea, empujé al tío por la ventana delante de toda la brigada. No iba a negarlo.

—Y después al cabo de…, ¿qué fue, más o menos un mes?, Pounds apareció muerto en un túnel en las colinas.

—En Griffith Park, sí.

—Y el caso sigue abierto…

Bosch asintió.

—Técnicamente.

—Eso ya lo habías dicho. ¿Qué significa?

—Significa que está abierto, pero que nadie está trabajando en él. El departamento tiene una clasificación especial para esos casos, casos que no quieren tocar. Es lo que llaman cerrado por circunstancias distintas a la detención.

—¿Y tú conoces esas circunstancias?

Bosch se terminó su segunda botella, la apartó hacia un lado y cogió otra que tenía delante.

—No estás bebiendo —dijo.

—Tú estás bebiendo por los dos. ¿Conoces esas circunstancias?

Bosch se inclinó hacia adelante.

—Escucha, voy a decirte algo que muy poca gente sabe, ¿de acuerdo?

McCaleb asintió. Sabía que era mejor no hacer preguntas en ese momento. Dejaría que Bosch se lo contara.

—Me suspendieron por esa historia de la ventana. Cuando me cansé de dar vueltas en mi casa mirando las paredes, empecé la investigación de un viejo caso, un caso de asesinato. Iba por libre y terminé siguiendo una pista a ciegas que conducía a gente muy poderosa. Pero en ese momento yo no tenía placa, no tenía posición. Así que hice varias llamadas utilizando el nombre de Pounds. Ya sabes, estaba tratando de ocultar lo que estaba haciendo.

—Si el departamento descubría que estabas trabajando en un caso estando suspendido, las cosas habrían empeorado para ti.

—Exactamente. Así que usé su nombre cuando hice lo que pensé que eran llamadas inocuas de rutina. Pero entonces, una noche, alguien llamó a Pounds y le dijo que tenía algo para él, información urgente. Él acudió a la cita. Solo. Luego lo encontraron en aquel túnel.

Lo habían golpeado de una forma muy fea. Como si lo hubieran torturado. Solo que él no podía responder a las preguntas, porque era el tipo equivocado. Yo era el que había utilizado su nombre. Era a mí a quien querían.

Bosch dejó caer la barbilla sobre el pecho y se quedó un buen rato en silencio.

—Lo mataron por mi culpa —dijo sin levantar la mirada—. El tipo era un capullo de primera, pero lo mataron por mi culpa.

Bosch levantó la cabeza de repente y bebió de la botella. McCaleb vio que sus ojos eran oscuros y brillantes. Parecía cansado.

—¿Era esto lo que querías saber, Terry? ¿Esto te ayuda?

McCaleb asintió.

—¿Qué sabía Tafero de todo esto?

—Nada.

—¿Podría haber pensado que fuiste tú quien llamó a Pounds aquella noche?

—Quizá. Hubo gente que lo creyó, y probablemente todavía lo cree. Pero ¿qué significa eso? ¿Qué tiene que ver con Gunn?

McCaleb tomó su primer largo trago de cerveza. Estaba helada y sintió el frío en el pecho. Dejó la botella en la mesa y decidió que era el momento de ofrecerle algo a cambio a Bosch.

—Necesito saber de Tafero, porque necesito conocer sus razones, sus motivos. No tengo ninguna prueba de nada (todavía), pero creo que Tafero mató a Gunn. Lo hizo por Storey. Te tendió una trampa.

—Dios...

—Una trampa casi perfecta. La escena del crimen está relacionada con el pintor Hieronymus Bosch, el pintor está relacionado contigo porque se llamaba igual que tú, y por último tú estás relacionado con Gunn. ¿Y sabes cuándo tuvo Storey la idea?

Bosch negó con la cabeza. Estaba demasiado aturdido para hablar.

–El día que intentaste interrogarlo en su despacho. Pasaste la cinta en el juicio la semana pasada. Te identificaste con tu nombre completo.

–Siempre lo hago. Yo...

–Entonces él contactó con Tafero, y Tafero encontró la víctima perfecta. Gunn, un hombre que se había escapado de ti y de un cargo de asesinato hace seis años.

Bosch levantó ligeramente la botella y volvió a dejarla sobre la mesa.

–Creo que era un plan doble –continuó McCaleb–. Si tenían suerte, la conexión se haría con rapidez y tú te enfrentarías a una acusación de asesinato antes incluso de que empezara el juicio de Storey. Si eso no ocurría, recurrían al plan B. Todavía lo tendrían para aplastarte en el juicio. Si te destruyen a ti, destruyen el caso. Fowkkes ya se encargó de esta mujer hoy y arremetió contra algunos testigos más. ¿En qué más se sostiene el caso? En ti, Harry. Sabían que se resumiría en ti.

Bosch volvió ligeramente la cabeza y sus ojos parecieron ponerse en blanco mientras miraba la superficie arañada de la mesa y sopesaba lo que McCaleb le había dicho.

–Necesitaba conocer tu historia con Tafero –dijo McCaleb–. Porque esa es una pregunta; ¿por qué lo hizo? Sí, probablemente por dinero y por un buen enganche con Storey si sale libre, pero tiene que haber algo más. Y creo que acabas de decirme lo que era. Probablemente te odia desde hace mucho tiempo.

Bosch levantó la mirada de la mesa y miró directamente a McCaleb.

–Es una venganza.

McCaleb asintió.

–Por Pounds. Y a menos que consigamos la prueba, podría funcionar.

Bosch guardó silencio. Bajó la mirada hacia la mesa. McCaleb lo vio cansado y derrotado.

–¿Todavía quieres estrecharle la mano? –preguntó McCaleb.

Bosch levantó la mirada.

–Lo siento, Harry, ha sido un golpe bajo.

Bosch bajó la cabeza y se encogió de hombros.

–Me lo merezco. Bueno, dime qué es lo que tienes.

–No demasiado. Pero tenías razón. Se me pasó algo. Tafero depositó la fianza de Gunn el día de Nochevieja. Creo que el plan era matarlo esa noche, montar el escenario y dejar que las cosas siguieran su curso. La conexión de Hieronymus Bosch surgiría, o a través de Jaye Winston o por una investigación del PDCV, y te convertirías en el sospechoso natural. Pero entonces Gunn se emborrachó. –Levantó la botella e hizo una señal hacia la barra–. Y luego lo detuvieron por conducir borracho cuando volvía a casa. Tafero tuvo que sacarlo para poder seguir adelante con el plan. Para poder matarlo. Esa fianza es la única conexión directa que tenemos.

Bosch asintió. McCaleb sabía que había entendido la jugada.

–Ellos lo filtraron al periodista –dijo Bosch–. Una vez que saliera en la prensa, podrían saltar sobre la noticia y usarla, actuar como si fuera una novedad para ellos, como si estuvieran detrás de la curva cuando en realidad estaban doblando la maldita curva.

McCaleb asintió, vacilante. No mencionó la confesión de Buddy Lockridge, porque complicaba la hipótesis en la que estaban trabajando.

–¿Qué? –preguntó Bosch.

—Nada, solo estaba pensando.

—¿No tienes nada más que el nombre de Tafero en el pago de la fianza?

—Y una multa de aparcamiento. Eso es todo por el momento.

McCaleb describió detalladamente sus visitas de esa mañana a Fianzas Valentino y a la oficina de correos y cómo el hecho de haber llegado cuarenta y ocho minutos tarde podría significar la diferencia para poder exculpar a Bosch y detener a Tafero.

Bosch torció el gesto y levantó su botella, pero otra vez volvió a dejarla en la mesa sin beber.

—La multa lo sitúa en la oficina de correos —dijo McCaleb.

—Eso no es nada. Tiene el despacho a cinco manzanas. Puede decir que es el único aparcamiento que encontró. Puede decir que le prestó el coche a otra persona. No es nada.

McCaleb no quería concentrarse en lo que no tenían. Quería añadir piezas que faltaban.

—Escucha, el sargento de guardia de la mañana nos dijo que tenías un requerimiento permanente para que te avisaran cada vez que Gunn entraba en el calabozo. ¿Es posible que Tafero lo supiera de cuando estaba en la brigada o de alguna otra forma?

—Puede ser. No era ningún secreto. Estaba trabajando con Gunn y algún día iba a quebrarlo.

—Por cierto, ¿qué aspecto tenía Pounds?

Bosch lo miró perplejo.

—¿Bajo, ancho y calvo, con bigote?

Bosch asintió y estaba a punto de hacer una pregunta cuando McCaleb la respondió.

—Su foto está en la pared del despacho de Tafero. Pounds le está dando la placa de detective del mes. Apuesto a que a ti no te dieron ninguna, Harry.

—No con Pounds haciendo la elección.

McCaleb levantó la mirada y vio que Jaye Winston había entrado en el bar. Llevaba un maletín. McCaleb la saludó con la cabeza y ella se encaminó al reservado, andando con los hombros erguidos como si estuviera avanzando cuidadosamente por un vertedero.

McCaleb salió y ella se sentó a su lado.

—Bonito sitio.

—Harry —dijo McCaleb—. Creo que ya conoces a Jaye Winston.

Bosch y Winston cruzaron una mirada.

—Lo primero —dijo Winston—, siento esa historia con Kiz. Espero que...

—Hacemos lo que tenemos que hacer —dijo Bosch—. ¿Quieres tomar algo? No vienen a las mesas.

—No lo esperaba. Makers's Mark con hielo, si tienen.

—Terry, ¿tú estás servido?

—Sí.

Bosch salió para ir a buscar las bebidas. Winston se volvió para mirar a McCaleb.

—¿Cómo va esto?

—Pequeñas piezas, aquí y allá.

—¿Cómo se lo está tomando?

—Diría que no muy mal, teniendo en cuenta lo que se le puede venir encima. ¿Y a ti qué tal?

Ella sonrió de un modo que McCaleb sabía que quería decir que había encontrado algo.

—Te he traído la foto y un par más de... piezas interesantes.

Bosch dejó la copa de Winston delante de ella y ocupó su lugar en el reservado.

—Se rio cuando le dije Maker's Mark —dijo—. Esto es el garrafón de la casa.

—Genial, gracias.

Winston apartó el vaso a un costado y puso el maletín sobre la mesa. Lo abrió, sacó una carpeta y luego cerró el maletín y volvió a dejarlo en el suelo. McCaleb se fijó en Bosch, que observaba a la detective del sheriff con cara de expectación.

Winston abrió la carpeta y tendió a McCaleb una foto de trece por dieciocho de Rudy Tafero.

–Es de su licencia para depositar fianzas. De hace once meses.

Entonces se fijó en una página de notas.

–Fui al calabozo del condado y saqué todo lo que había sobre Storey. Lo tuvieron allí hasta que lo trasladaron a la prisión de Van Nuys para el juicio. Durante su estancia en la cárcel del condado recibió diecinueve visitas de Tafero. Las primeras doce visitas fueron durante las primeras tres semanas que pasó allí. En ese mismo periodo, Fowkkes solo lo visitó cuatro veces y la secretaria ejecutiva de Storey, una mujer llamada Betilda Lockett, lo visitó seis veces. Eso es todo. Se veía más con su investigador que con sus abogados.

–Fue entonces cuando lo planearon –dijo McCaleb.

Ella asintió y volvió a sonreír de la misma manera.

–¿Qué? –preguntó McCaleb.

–Me guardo lo mejor para el final.

Volvió a colocar el maletín sobre la mesa y lo abrió.

–La prisión conserva los registros de todas las propiedades y posesiones de los internos, pertenencias que trajeron consigo, cosas que les entregaron sus visitantes después de ser aprobadas. Según una anotación en los registros de Storey, se permitió a su ayudante, Betilda Lockett, que le diera un libro en la segunda de sus seis visitas. Según el informe de propiedad, era uno llamado *El arte de la oscuridad*. Fui a la librería del centro y lo pedí.

Sacó del maletín un libro grande y pesado con una cubierta de tela azul. Empezó a abrirlo sobre la mesa. Había un post-it amarillo sobresaliendo como marcador.

–Es un estudio de artistas que utilizaron la oscuridad como parte vital de su medio visual, según la introducción.

–Tiene un capítulo bastante largo dedicado a Hieronymus Bosch, con ilustraciones.

McCaleb levantó la botella vacía y la hizo chocar con el vaso de Winston, que todavía no había tocado. Entonces se inclinó hacia adelante, junto con Bosch, para mirar las páginas.

–Precioso –dijo.

Winston pasó las páginas. Las ilustraciones del libro incluían todas las pinturas de Bosch de las que podían rastrearse piezas de la escena del crimen: *La extracción de la piedra de la locura*; *Los siete pecados capitales*, con el ojo de Dios; *El Juicio Final* y *El jardín de las delicias*.

–Lo planeó allí mismo, desde la celda –se maravilló McCaleb.

–Eso parece –dijo Winston.

Ambos miraron a Bosch, que estaba asintiendo con la cabeza de un modo casi imperceptible.

–Ahora es tu turno, Harry –dijo McCaleb.

Bosch parecía perplejo.

–¿Mi turno de qué?

–De tener buena suerte.

McCaleb le entregó la foto de Tafero y señaló a la camarera. Bosch salió y se acercó a la barra con la foto.

–Todavía nos falta algo sólido –dijo Winston mientras ambos miraban a Bosch preguntando a la camarera por la foto–. Tenemos algunas piezas, pero eso es todo.

–Lo sé –dijo McCaleb. No podía oír la conversación de la barra porque la música estaba demasiado alta. Van Morrison cantaba: «La noche salvaje está cayendo».

Bosch saludó a la camarera y regresó al reservado.

—Lo reconoce: bebe Kahlúa y otros licores de crema. Pero no recuerda haberlo visto con Gunn.

McCaleb se encogió de hombros en un gesto que significaba que no era gran cosa.

—Valía la pena intentarlo.

—Sabes adónde nos lleva esto, ¿verdad? —dijo Bosch, paseando su mirada de McCaleb a Winston y otra vez a McCaleb—. Vas a tener que hacer un juego. Va a ser la única forma. Y va a tener que ser una buena trampa, porque me juego el cuello.

McCaleb asintió.

—Lo sabemos —dijo.

—¿Cuándo? Me estoy quedando sin tiempo.

McCaleb miró a Winston. Era su turno.

—Pronto —dijo ella—. Tal vez mañana. Aún no he llevado esto a mi oficina. Tengo que convencer a mi capitán, porque lo último que sabe es que habían echado a Terry y que yo estaba investigándote ti con el FBI. También tengo que conseguir un fiscal, porque cuando nos movamos tendremos que hacerlo rápido. Si todo funciona, creo que detendremos a Tafero para interrogarlo y haremos la función.

Bosch miró la mesa con una sonrisa compungida. Jugueteó con una botella.

—Me he encontrado con estos tipos hoy. Los agentes.

—Lo sé. No les has convencido de tu inocencia, precisamente. Han vuelto cabreadísimos.

Bosch levantó la mirada.

—Bueno, ¿qué necesitáis de mí?

—Necesitamos que te quedes tranquilo —dijo Winston—. Te informaremos de lo de mañana por la noche.

Bosch asintió.

—Solo hay una cosa —dijo McCaleb—. Las fotos del juicio, ¿tienes acceso a ellas?

–Durante el juicio sí. De lo contrario las tiene el alguacil. ¿Por qué?

–Porque es obvio que Storey tenía un conocimiento previo del pintor Hieronymus Bosch. Tuvo que reconocer tu nombre durante el interrogatorio y saber lo que podía hacer con él. Así que estoy pensando que ese libro que le llevó su ayudante a la celda era suyo. Le pidió que se lo llevara.

Bosch asintió.

–La foto de la estantería.

McCaleb asintió.

–Eso es.

–Te diré algo. –Bosch echó un vistazo alrededor–. ¿Hemos acabado?

–Hemos acabado –dijo Winston–. Estaremos en contacto.

La detective salió del reservado, seguida por Bosch y McCaleb. Dejaron dos cervezas y un whisky con hielo sin tocar en la mesa. En la puerta, McCaleb miró hacia atrás y vio una pareja de tipos duros yendo a por el tesoro. En la máquina de discos John Fogerty estaba cantando: «Está saliendo una luna siniestra...».

41

El frío del mar se le metía hasta los huesos. McCaleb hundió las manos en los bolsillos del chubasquero y escondió el cuello todo lo que pudo mientras avanzaba cuidadosamente por la rampa del puerto deportivo de Cabrillo.

Aunque tenía la barbilla baja, sus ojos estaban alerta, examinando los muelles en busca de un movimiento inusual. Nada captó su atención. Miró el velero de Buddy Lockridge al pasar por al lado. A pesar de los trastos –tablas de surf, bicicletas, hornillo de gas, un kayak y equipamiento de lo más diverso– que llenaban la cubierta, vio que las luces del camarote estaban encendidas. Caminó silenciosamente sobre las planchas de madera. Decidió que tanto si Buddy estaba despierto como si no era demasiado tarde. Además, estaba demasiado cansado y tenía demasiado frío para tratar con su supuesto socio. Aun así, mientras se aproximaba al *Following Sea*, no pudo evitar pensar en el cabo suelto de su actual hipótesis del caso. En el bar, Bosch había estado acertado al deducir que alguien del campo de Storey había tenido que filtrar la historia de la investigación de Gunn al *New Times*. McCaleb sabía que la única manera de que la teoría se sostuviera era que Tafero, o quizá Fowkkes, o incluso Storey desde la prisión, fueran la fuente de Jack McEvoy. El problema era que Buddy Lockridge había dicho a McCaleb que había filtrado la información al semanario sensacionalista.

La única forma de que la teoría funcionara, o así lo veía McCaleb, era que tanto Buddy como alguien del grupo de la defensa de Storey hubieran filtrado la misma información a la misma fuente, y esto, por supuesto, era una coincidencia que incluso alguien que creyera en ellas tendría problemas para aceptarla.

McCaleb trató de sacarse esta idea de la cabeza por el momento. Llegó al barco, miró de nuevo en torno a sí y subió al puente de mando. Abrió la puerta corredera, entró y encendió las luces. Decidió que por la mañana iría a ver a Buddy y le preguntaría más cuidadosamente qué había hecho y con quién había hablado.

Cerró la puerta y puso las llaves y la cinta de vídeo en la mesa de navegación. Fue inmediatamente a la cocina y se sirvió un vaso largo de zumo de naranja. Entonces apagó las luces de la cubierta superior y se llevó el zumo a la cubierta inferior, donde fue al lavabo y empezó rápidamente con su ritual vespertino. Mientras tragaba las pastillas con el zumo de naranja se miró a sí mismo en el espejo de encima del lavabo. Pensó en el aspecto de Bosch, con el cansancio claramente marcado en sus ojos. McCaleb se preguntó si él tendría el mismo aspecto en unos años, después de unos pocos casos más.

Cuando terminó con su rutina médica, se desnudó y se dio una ducha rápida. El agua salía helada, porque el calentador estaba apagado desde que había cruzado el día anterior.

Temblando, fue al camarote principal y se puso unos *shorts* y una camiseta gruesa. Estaba cansado, pero en cuanto se metió en la cama decidió que debía escribir unas notas sobre sus ideas acerca de cómo Jaye Winston debería llevar la trampa contra Tafero. Se estiró hasta el cajón inferior de la mesilla de noche, donde guardaba bolígrafos y cuadernos. Al abrirlo, McCaleb vio un periódico doblado y arrugado en el pequeño espacio del cajón. Lo sacó, lo desdobló y vio que era el ejemplar de la semana anterior del *New Times*. Las hojas habían sido dobladas, de modo que McCaleb se encontró mirando una página llena de anuncios de pequeño formato bajo un encabezamiento que decía «Masajes».

McCaleb se levantó rápidamente y fue a buscar el chubasquero, que había dejado sobre una silla. Sacó el teléfono móvil del bolsillo y volvió a la cama. Aunque había estado llevando el móvil durante los últimos días, por lo general lo dejaba cargándose en el barco. Lo pagaba con fondos de las excursiones de pesca y lo asignaba a los gastos del negocio. Lo utilizaban los clientes en las salidas en barco y también Buddy Lockridge para confirmar las reservas y autorizar los pagos por tarjeta de crédito.

El teléfono tenía una pantallita digital con un menú deslizable. McCaleb abrió el registro de llamadas y empezó a revisar los últimos cien números marcados. La mayoría de los números los identificó y descartó con rapidez. Pero cada vez que no reconocía un número lo comparaba con los números de la parte inferior de los anuncios de la página de masajes. El cuarto que no reconoció coincidía con uno de los del diario. Era de una mujer que se anunciaba como «belleza exótica japonesa-hawaiana» llamada Leilani. Su anuncio decía que estaba especializada en un «servicio completo de relajación» y no pertenecía a ninguna agencia de masajistas.

McCaleb cerró el teléfono y se levantó de la cama otra vez. Empezó a ponerse unos pantalones de chándal, mientras trataba de recordar qué se había dicho exactamente cuando había acusado a Buddy Lockridge de filtrar la información del caso al *New Times*.

Cuando estuvo vestido, McCaleb se dio cuenta de que nunca había acusado específicamente a Buddy de filtrar información al periódico. En cuanto había mencionado al *New Times*, Buddy había empezado a disculparse. McCaleb entendió de pronto que las disculpas y la vergüenza podían deberse al hecho de haber utilizado el *Following Sea* la semana anterior, cuando estuvo en el puerto, como punto de cita con la masajista. Eso explicaba por qué Buddy le había preguntado si iba a contarle a Graciela lo que había hecho.

McCaleb miró su reloj. Eran las once y diez. Cogió el periódico y fue a la superestructura. No quería esperar hasta la mañana para confirmarlo. Supuso que Buddy había usado el *Following Sea* para citarse con la mujer, porque su propio barco era demasiado pequeño y parecía una imponente ratonera flotante. No había camarote principal; solo un espacio abierto que estaba tan lleno de trastos como la cubierta superior. Si Buddy tenía a su disposición el *Following Sea*, lo habría usado.

En el salón no se preocupó en encender las luces. Se inclinó sobre el sofá y miró por la ventana hacia la izquierda. El barco de Buddy, el *Double Down*, estaba a cuatro amarres de distancia y vio que las luces del camarote seguían encendidas. Buddy todavía estaba despierto, a no ser que se hubiera quedado dormido con las luces encendidas.

McCaleb se acercó a la corredera y estaba a punto de abrirla cuando se dio cuenta de que ya estaba ligeramente entreabierta. Comprendió que había alguien en el barco, alguien que probablemente había entrado mientras él se estaba duchando y no podía oír la puerta ni sentir el peso añadido en el barco. Rápidamente abrió del todo la puerta en un intento por escapar. Ya estaba saliendo cuando lo agarraron por detrás. Un brazo pasó por encima de su hombro y se cerró en torno al cuello. El brazo se dobló por el codo y el cuello de McCaleb quedó aprisionado en la uve que formaba. El otro antebrazo de su agresor completó el triángulo por la parte de atrás. La presa se cerró como una tenaza por ambos lados del cuello, comprimiéndole las arterias carótidas que llevaban sangre oxigenada al cerebro. McCaleb tenía un conocimiento casi clínico de lo que le estaba sucediendo. Estaba atrapado en un estrangulamiento de manual. Empezó a debatirse. Levantó los brazos y trató de hundir los dedos bajo el antebrazo y los bíceps que le comprimían el cuello, pero fue inútil. Ya empezaba a debilitarse.

Fue arrastrado desde la puerta hacia la oscuridad del salón. Estiró la mano izquierda hacia el punto donde la mano derecha de su agresor agarraba el antebrazo izquierdo: el punto débil del triángulo. Pero no tenía punto de apoyo para hacer palanca y estaba perdiendo fuerza rápidamente. Trató de gritar. Quizá Buddy podría oírlo. Pero había perdido la voz y no pudo emitir sonido alguno.

Recordó otra medida defensiva. Levantó la pierna derecha y, con las últimas fuerzas que pudo reunir, la lanzó hacia abajo con el talón hacia el pie de su atacante. Falló. Su pie golpeó el suelo ineficazmente y su agresor dio otro paso hacia atrás, tirando con fuerza de McCaleb y desequilibrándolo de forma que no podía volver a intentar liberarse con una patada.

McCaleb estaba perdiendo la consciencia rápidamente. Su visión de las luces del puerto a través de la puerta del salón comenzaba a llenarse de una oscuridad envuelta por una silueta rojiza. Sus últimos pensamientos fueron que estaba preso en una llave de estrangulamiento clásica, como las que enseñaban en las academias de policía de todo el país hasta que resultaron muchas muertes de ella.

Pronto se desvaneció incluso esa idea. La oscuridad avanzó e hizo presa en él.

42

McCaleb se despertó con un tremendo dolor muscular en los hombros y los muslos. Cuando abrió los ojos se dio cuenta de que estaba tumbado boca abajo en la cama del camarote principal. Tenía la cabeza apoyada en el colchón sobre la mejilla izquierda, y estaba mirando el cabezal. Tardó un momento antes de recordar que iba a visitar a Buddy Lockridge cuando le habían atacado por detrás.

Recuperó la consciencia por completo y trató de relajar sus músculos doloridos, pero se dio cuenta de que no podía moverse. Tenía las muñecas atadas tras la espalda y las piernas estaban dobladas hacia atrás por las rodillas y sostenidas en esa posición por la mano de alguien.

Levantó la cabeza del colchón y trató de volverse, pero no logró el ángulo adecuado. Se derrumbó de nuevo sobre el colchón y giró la cabeza hacia la izquierda. Consiguió levantarse una vez más, y al volverse vio a Rudy Tafero, de pie junto a la cama, sonriéndole. Con una mano enguantada sostenía los pies de McCaleb, que estaban atados por los tobillos y doblados hacia los muslos.

McCaleb lo entendió todo. Se dio cuenta de que estaba desnudo y atado, y que lo mantenían en la misma postura en la que había visto el cadáver de Edward Gunn. La posición fetal invertida del cuadro de Hieronymus Bosch. El frío del terror explotó en su pecho. Instintivamente flexionó los músculos de las piernas. Tafero ya estaba preparado. Sus pies apenas se movieron, pero oyó tres clics detrás de su cabeza y se dio cuenta de la ligadura en torno al cuello.

–Tranquilo –dijo Tafero–. Tranquilo, todavía no. McCaleb detuvo su movimiento. Tafero continuó presionándole los tobillos hacia abajo, hacia la parte posterior de sus muslos.

–Ya has visto el montaje antes –dijo Tafero con total naturalidad–. Este es un poco diferente. He unido unas cuantas bridas, como las que cualquier policía de Los Ángeles lleva en el maletero de su coche.

McCaleb captó el mensaje. Las bridas de plástico se inventaron para sujetar cables, pero resultaban útiles para las agencias del orden que se enfrentaban a revueltas sociales ocasionales y a la necesidad de realizar detenciones masivas. Un policía podía llevar un juego de esposas, pero cientos de bridas. Bastaba con rodear con ellas las muñecas y pasar el extremo por el cierre: las minúsculas muescas de la cinta de plástico saltan y se cierran cuando se tensan. El único modo de quitárselas es cortarlas. McCaleb comprendió que los clics que acababa de oír eran de una brida cerrándose en torno a su cuello.

–Así que ten cuidado –dijo Tafero–. Quédate bien quieto.

McCaleb apoyó la cara en el colchón. Su mente corría en busca de una vía de escape. Pensó que si podía entablar conversación con Tafero, quizá conseguiría ganar un poco de tiempo, pero ¿tiempo para qué?

–¿Cómo me encontraste? –dijo en el colchón.

–Fue sencillo. Mi hermano te siguió desde la tienda y apuntó tu matrícula. Deberías mirar a tu alrededor más a menudo, para asegurarte de que no te siguen.

–Lo recordaré.

Entendió el plan. Parecería que el asesino de Gunn había matado a McCaleb cuando este se había acercado demasiado. Volvió la cabeza de nuevo para poder ver a Tafero.

–No va a funcionar, Tafero –dijo–. La gente lo sabe. No se van a creer que ha sido Bosch.

Tafero le sonrió.

–¿Te refieres a Jaye Winston? No te preocupes por ella. Voy a hacerle una visita cuando termine contigo. Ochenta y ocho cero uno, Willoughby, apartamento seis, West Hollywood. También fue fácil de encontrar.

Levantó la mano que tenía libre y movió los dedos como si estuviera tocando el piano o escribiendo a máquina.

–Deja que tus dedos caminen por el registro de votantes: lo tengo en CD-ROM. Está registrada como demócrata, no es broma. Una poli de homicidios que vota a los demócratas. Uno nunca deja de asombrarse.

–Hay más gente. El FBI está trabajando en esto. Tú...

–Van detrás de Bosch, no de mí. Los he visto hoy en el juzgado.

Se inclinó y tocó una de las bridas que había unido desde las piernas hasta el cuello de McCaleb.

–Y estoy seguro de que esto les va a ayudar a ir directamente a por el detective Bosch.

Sonrió ante la genialidad de su propio plan. Y McCaleb sabía que su argumento era sensato. Twilley y Friedman irían tras Bosch como un par de perros persiguiéndose alrededor de un coche.

–Ahora quédate quieto.

Tafero soltó los pies de McCaleb y se situó fuera de su campo visual. McCaleb se esforzó por mantener sus piernas sin doblarse. Casi inmediatamente sintió que los músculos empezaban a arder. Sabía que no tenía fuerzas para resistir durante mucho tiempo.

–Por favor...

Tafero volvió a aparecer en su campo visual. Sostenía con ambas manos una lechuza de plástico y mostraba una encantadora sonrisa.

—La saqué de uno de los barcos del muelle. Está un poco desgastada, pero servirá. Tendré que encontrar otra para Winston.

Miró por el camarote como si buscara un buen lugar para colocar la lechuza. La dejó en un estante situado encima del buró, miró hacia McCaleb una vez y ajustó la posición de la estatuilla de plástico para que observara directamente a su víctima.

—Perfecto —dijo.

McCaleb cerró los ojos. Sentía los músculos temblando por la tensión. En su mente se forjó una imagen de su hija. La niña estaba en sus brazos, lo miraba por encima del biberón y le decía que no se preocupara ni tuviera miedo. Eso lo calmó. Se concentró en el rostro de la niña y, de algún modo, pensó que incluso podía oler su cabello. Sintió que las lágrimas le resbalaban por las mejillas y las piernas empezaron a ceder. Oyó el clic de las bridas y...

Tafero le agarró las piernas y las sostuvo.

—Todavía no.

Algo duro golpeó la cabeza de McCaleb y sonó en el colchón junto a él. Volvió la cara y al abrir los ojos vio que se trataba de la cinta de vídeo que le había pedido a Lucas, el guardia de seguridad. Miró el membrete del servicio de correos en el adhesivo que Lucas había puesto en la cinta.

—Espero que no te importe, pero mientras estabas sin sentido he estado chafardeando esto. No he visto nada. Está en blanco. ¿Por qué?

McCaleb sintió una punzada de esperanza. Se dio cuenta de que el único motivo por el que todavía no estaba muerto era la cinta de vídeo. Tafero la había encontrado y eso había planteado demasiadas preguntas. Era una oportunidad. McCaleb trató de pensar en una forma de sacar partido de ella. No era más que una cinta virgen. Habían planeado utilizarla como cebo en la trampa contra Tafero. Formaba parte del escenario. Pensaban enseñársela y decirle que lo tenían en vídeo enviando el giro postal. Pero no le mostrarían las imágenes. McCaleb pensó que todavía podría usarla, pero al revés.

Tafero presionó con fuerza en sus tobillos, tanto que casi le tocaron las nalgas. McCaleb gimió por la tensión en sus músculos y Tafero alivió la presión.

–Te he hecho una pregunta, hijo de puta. ¡Responde!

–No hay nada. Es virgen.

–Claro. La etiqueta dice «22 de diciembre. Vigilancia de Wilcox», ¿por qué está en blanco?

Volvió a incrementar la presión sobre los muslos de McCaleb, pero no hasta el punto de unos momentos antes.

–Vale, te diré la verdad. Te lo diré.

McCaleb inspiró hondo y trató de relajarse. En el momento en que su cuerpo quedó en calma, cuando el aire llenó sus pulmones, pensó que había detectado un movimiento del barco que no se correspondía con el ritmo del suave sube y baja de las olas del puerto. Alguien había entrado en el barco. Solo podía pensar en Buddy Lockridge. Y si era él lo más probable era que estuviera caminando hacia su perdición. McCaleb empezó a hablar rápidamente y en voz alta, con la esperanza de que su voz alertara a Lockridge.

–Es solo un cebo, nada más. Íbamos a tenderte una trampa, a decirte que te teníamos en vídeo pagando el giro postal por la compra de la lechuza. El plan era que delataras a Storey. Sabemos que lo planeó desde la celda. Tú solo seguías órdenes. Quieren a Storey mucho más que a ti. Yo iba a...

–Basta, cállate.

McCaleb estaba en silencio. Se preguntó si Tafero se habría dado cuenta del movimiento inusual del barco o si había oído algo, pero entonces vio que levantaba la cinta de la cama. Comprendió que Tafero estaba pensando. Después de un largo silencio, Tafero habló por fin.

–Creo que es una puta mentira, McCaleb. Creo que esta cinta es de uno de esos sistemas de vigilancia multiplex y que no se ve en un vídeo VHS normal.

De no haber sido porque le dolían todos los músculos del cuerpo, McCaleb habría sonreído. Tenía a Tafero. Se hallaba en una posición desesperada, atado de pies y manos en la cama, pero estaba jugando con su captor. Tafero se estaba replanteando su propio plan.

–¿Quién más tiene copias? –preguntó Tafero.

McCaleb no respondió. Empezó a pensar que se había equivocado con el movimiento del barco. Había pasado demasiado tiempo. No había nadie más a bordo.

Tafero golpeó con fuerza a McCaleb en la nuca con la cinta.

–He dicho que quién más tiene copias.

Había un tono nuevo en el timbre de su voz. Una parte de la seguridad había sido sustituida por otra equivalente de miedo a que hubiera un fallo en su plan perfecto.

–Jódete –dijo McCaleb–. Haz conmigo lo que tengas que hacer. De todos modos, pronto te enterarás de quién tiene copias.

Tafero empujó las piernas de McCaleb hacia abajo y se inclinó sobre él. McCaleb sentía su aliento cerca de la oreja.

–Escúchame tú, hijo de...

Se produjo un repentino ruido detrás de McCaleb.

–Ni se te ocurra moverte –gritó una voz.

En el mismo instante, Tafero se levantó y soltó las piernas de McCaleb. La repentina liberación de la presión junto con el sonido discordante hicieron que McCaleb se sobresaltara y flexionara los músculos involuntariamente. Oyó el sonido de las bridas en distintas partes de su ligadura. En una reacción en cadena, la brida que tenía en el cuello se tensó y se cerró. Trató de levantar las piernas, pero era demasiado tarde, la brida le estrangulaba. No tenía aire. Abrió la boca, pero no pudo emitir ningún sonido.

43

Harry Bosch estaba de pie en el umbral del camarote de la cubierta inferior y apuntaba con su pistola a Rudy Tafero. Sus ojos se abrieron como platos cuando vio toda la estancia. Terry McCaleb estaba desnudo sobre la cama, con los brazos y las piernas atados tras él. Bosch vio que varias bridas habían sido unidas y usadas para atar muñecas y tobillos, mientras que otra ristra iba desde los tobillos y por debajo de las muñecas para rodear el cuello. El rostro de McCaleb quedaba fuera de su campo visual, pero vio que el plástico se le estaba clavando en el cuello y que tenía la piel amoratada. Se estaba estrangulando.

—Date la vuelta —le gritó a Tafero—. Contra la pared.

—Necesita ayuda, Bosch. Tú...

—He dicho contra la pared. Ahora.

Alzó el arma hasta el pecho de Tafero para que cumpliera la orden. Tafero levantó las manos y empezó a volverse hacia la pared.

—Vale, vale.

En cuanto Tafero se hubo dado la vuelta, Bosch avanzó con rapidez y empujó al hombretón contra la pared. Miró a McCaleb. Ya le veía la cara. Se estaba poniendo cada vez más rojo. Tenía los ojos saliéndose de sus órbitas. Su boca estaba abierta en una desesperada pero inútil búsqueda de aire.

Bosch apretó el cañón de la pistola contra la espalda de Tafero y lo cacheó en busca de un arma. Sacó una pistola del cinturón de Tafero y retrocedió. Volvió a mirar a McCaleb y supo que no tenía tiempo. El problema era controlar a Tafero y llegar a McCaleb para liberarlo. De repente supo lo que tenía que hacer. Retrocedió y agarró las dos pistolas juntas por el cañón. Las levantó por encima de su cabeza y golpeó violentamente la nuca de Tafero con las culatas de las dos armas. El hombretón se desplomó hacia adelante, cayendo de cara contra los paneles de madera de la pared y luego deslizándose hasta quedar inmóvil en el suelo.

Bosch se volvió, dejó las dos pistolas en la cama y rápidamente sacó sus llaves.

—Aguanta, aguanta.

Buscó desesperadamente con los dedos hasta sacar la hoja del cortaplumas que llevaba unido al llavero. Alcanzó la brida de plástico que estrangulaba el cuello de McCaleb, pero no consiguió colocar los dedos por debajo. Empujó a McCaleb de lado y rápidamente pasó los dedos bajo la brida de la parte anterior del cuello. Deslizó la hoja del cortaplumas y logró cortar la brida, aunque desgarrando la piel de McCaleb con la punta de la navaja.

De la garganta de McCaleb brotó un horrible sonido cuando entró aire en sus pulmones y trató de hablar al mismo tiempo. Las palabras eran ininteligibles, perdidas en la instintiva urgencia por captar oxígeno.

—Cállate y respira —gritó Bosch—. Solo respira. Con cada inspiración de McCaleb se oía un sensacional sonido interior. Bosch vio una vibrante línea roja que recorría la circunferencia del cuello del ex agente. Tocó suavemente el cuello de McCaleb, tratando de percibir un posible daño en la tráquea, la laringe o las arterias. McCaleb volvió la cabeza bruscamente en el colchón y trató de moverse.

—Desátame.

Las palabras le hicieron toser violentamente y todo su cuerpo se agitó por el trauma.

Bosch utilizó el cuchillo para soltarle las manos y luego los tobillos. Vio las marcas rojas de la ligadura en las cuatro extremidades. Cortó todas las bridas y las lanzó al suelo. Miró en torno a sí y vio el pantalón del chándal y la camiseta en el suelo. Los recogió y los tiró a la cama. McCaleb se estaba volviendo lentamente para mirarlo, con el rostro todavía colorado.

—Me has... me has salvado...

—No hables.

Se oyó un gemido en el suelo y Bosch vio que Tafero empezaba a moverse, al tiempo que comenzaba a recuperar la conciencia. Se acercó y colocó una pierna a cada lado del cuerpo de Tafero. Se sacó las esposas del cinturón, se inclinó y tiró violentamente de los brazos del expolicía para esposarlo a la espalda. Mientras trabajaba hablaba con McCaleb.

—Si quieres deshacerte de este cabrón, átalo a un ancla y tíralo por la borda, por mí está bien. Ni siquiera pestañearé.

McCaleb no respondió. Estaba tratando de sentarse. Después de esposarlo, Bosch se irguió y miró a Tafero, quien había abierto los ojos.

—Quédate quieto, capullo. Y acostúmbrate a las esposas. Estás detenido por asesinato, intento de asesinato y conspiración general para ser un capullo. Creo que conoces tus derechos, pero hazte un favor a ti mismo y no digas nada hasta que saque la tarjeta y te la lea.

En cuanto terminó de hablar, Bosch oyó un sonido procedente del pasillo. En ese instante se dio cuenta de que alguien había utilizado sus palabras como cobertura para acercarse a la puerta.

Todo pareció caer en una claridad en cámara lenta. Bosch se llevó instintivamente la mano a la cadera, pero se dio cuenta de que su pistola no estaba allí. La había dejado en la cama. Cuando empezó a volverse vio a McCaleb incorporándose, todavía desnudo, y apuntando ya una de las pistolas hacia el umbral.

Los ojos de Bosch siguieron el cañón del arma hacia la puerta. Un hombre se estaba impulsando hacia allí, agachado, sosteniendo una pistola con las dos manos. Estaba apuntando a Bosch. Hubo un disparo y la madera saltó de la jamba de la puerta. El hombre se estremeció y entrecerró los ojos. Se recuperó e intentó alzar de nuevo el cañón de su arma. Se produjo otro disparo, y otro más. El sonido fue ensordecedor en los confines de la habitación con paneles de madera. Bosch vio que una bala impactaba en la madera y que otras dos alcanzaban al hombre en el pecho, empujando su cuerpo hasta la pared del pasillo. El hombre se desplomó en el suelo, pero seguía siendo visible desde la habitación.

–No –gritó Tafero desde el suelo–. Jesse, ¡no!

El herido todavía se movía, pero tenía dificultades motoras. Con una mano levantó de nuevo el arma e hizo un lamentable intento de apuntarla hacia Bosch.

Sonó otro disparo y Bosch vio cómo la mejilla del hombre estallaba salpicando sangre. La cabeza retrocedió hasta la pared que tenía detrás y se quedó inmóvil.

–No –volvió a gritar Tafero.

Y luego hubo silencio.

Bosch miró a la cama. McCaleb todavía sostenía la pistola apuntada hacia la puerta. Una nube de pólvora azul se levantaba en el centro del camarote. El aire olía acre y a pólvora quemada.

Bosch cogió su pistola de la cama y salió al pasillo. Se agachó junto al hombre, pero no tuvo necesidad de tocarlo para saber que estaba muerto. Durante el tiroteo había creído reconocerlo como el hermano pequeño de Tafero, que trabajaba con él en la oficina de fianzas. Ahora la mayor parte de su cara había desaparecido.

Bosch se levantó y fue al baño para coger papel higiénico, que luego utilizó para soltar el arma de la mano del cadáver. La llevó hasta el camarote principal y la dejó en la mesilla. La pistola que McCaleb había usado estaba sobre el colchón. McCaleb se levantó en el otro lado de la cama. Se había puesto los pantalones del chándal y se estaba poniendo la camiseta. Cuando pasó la cabeza por el cuello de la prenda, miró a Bosch.

Ambos hombres se sostuvieron la mirada unos segundos. Se habían salvado la vida el uno al otro. Bosch finalmente asintió con la cabeza.

Tafero se sentó, con la espalda apoyada en la pared. Le había manado sangre de la nariz y había bajado por ambos lados de la boca; parecía un grotesco bigote de Fu-Manchú. Bosch supuso que se había roto la nariz al darse de cara contra la pared. El expolicía se sentó contra la pared, mirando horrorizado a través del umbral al cuerpo del pasillo.

Bosch utilizó el papel higiénico para levantar la pistola de la cama y la dejó en la otra mesilla de noche. Entonces sacó un móvil del bolsillo y marcó un número.

Mientras esperaba que se estableciera la conexión miró a Tafero.

–Has conseguido que mataran a tu hermano, Rudy –dijo–. Eso está muy mal.

Tafero bajó la mirada y rompió a llorar.

La llamada de Bosch fue contestada desde la central. Dio el teléfono del puerto y dijo que iba a necesitar un equipo de homicidios. También pidió un equipo del forense y técnicos de la División de Investigaciones Científicas, y advirtió al oficial al teléfono que hiciera todas las comunicaciones sin utilizar la radio. No quería que la prensa se enterara gracias a un escáner de la policía hasta que fuera el momento adecuado.

Cerró el teléfono y lo levantó para que McCaleb lo viera.

–¿Quieres una ambulancia? Tendría que verte un médico.

–Estoy bien.

–Tu garganta parece...

–He dicho que estoy bien.

Bosch asintió.

–Tú mismo.

Rodeó la cama y se quedó de pie ante Tafero.

–Voy a meterlo en el coche.

Levantó a Tafero y lo empujó por la puerta. Al pasar junto al cadáver de su hermano en el pasillo, Tafero dejó escapar un lamento animalesco. A Bosch le sorprendió que un sonido semejante pudiera salir de un hombre tan grande.

–Sí, es una pena –dijo Bosch con una nota de compasión en su voz–. El chico tenía un gran futuro ayudándote a matar gente y a sacar gente de la cárcel. –Empujó a Tafero hacia la escalera que conducía al salón.

Al subir por la pasarela hasta el aparcamiento, Bosch vio a un hombre de pie en la cubierta de un velero lleno de balsas, tablas de surf y otros trastos. El hombre miró a Bosch y luego a Tafero y de nuevo a Bosch. Tenía los ojos muy abiertos y estaba claro que lo había reconocido, probablemente por haber visto el juicio por televisión.

–Eh, he oído los disparos. ¿Está bien Terry?

–Va a estar bien.

–¿Puedo ir a hablar con él?

–Mejor no. La policía está en camino. Deje que se ocupen ellos.

–Eh, usted es Bosch, ¿no? ¿Del juicio?

–Sí, soy Bosch.

El hombre no dijo nada más. Bosch continuó caminando con Tafero.

Cuando Bosch regresó al barco unos minutos más tarde, McCaleb estaba en la cocina, tomándose un vaso de zumo de naranja. Detrás de él, bajo las escaleras, se veían las piernas extendidas del cadáver.

–Un vecino de ahí fuera ha preguntado por ti. McCaleb asintió.

–Buddy.

Fue todo lo que dijo.

Bosch miró por la ventana hacia el aparcamiento. Le pareció oír las sirenas en la distancia, pero pensó que podía ser el viento gastándole bromas.

–Estarán aquí de un momento a otro –dijo–. ¿Cómo va la garganta? Espero que puedas hablar, porque vas a tener que dar un montón de explicaciones.

–Estoy bien. ¿Por qué estabas aquí, Harry?

Bosch dejó las llaves en la encimera. Tardó un buen rato en responder.

–Supongo que he intuido que podrías necesitarme.

–¿Cómo es eso?

–Has irrumpido en la oficina del hermano esta mañana. He supuesto que podría haber leído la matrícula o encontrado una forma de seguirte hasta aquí.

McCaleb lo miró fijamente.

–¿Y cómo es que has visto a Rudy pero no a su hermano?

–No, yo solo vine hasta aquí y di una vuelta en el coche. Vi el viejo Lincoln de Rudy aparcado allí arriba y me imaginé que estaba pasando algo. Nunca había visto a su herma-no pequeño; seguramente estaba escondido vigilando.

–Creo que estaría en los muelles buscando una le-chuza en algún barco para usarla en casa de Winston. Esta noche estaban improvisando.

Bosch asintió.

–De todos modos, cuando vi la puerta de tu barco abierta decidí mirar. Pensé que la noche era demasiado fría y que tú eras un tipo cuidadoso para dormir con la puerta abierta así.

McCaleb asintió.

Bosch oyó el inconfundible sonido de las sirenas que se aproximaban y miró por la ventana y a través de los muelles hasta el aparcamiento. Dos coches patrulla en-traron y se detuvieron junto a su coche, en cuya parte de atrás estaba encerrado Tafero. Apagaron las sirenas, pero dejaron las luces azules centelleando.

–Será mejor que vaya a reunirme con los chicos de uniforme –dijo.

44

Durante la mayor parte de la noche estuvieron separados. Los interrogaron y los volvieron a interrogar. Después los interrogadores cambiaron de sala y oyeron las mismas preguntas de diferentes bocas. Cinco horas después de los disparos en el *Following Sea*, las puertas se abrieron y McCaleb y Bosch salieron al pasillo del Parker Center. Bosch se acercó a McCaleb.

–¿Estás bien?

–Cansado.

–Sí.

McCaleb vio que Bosch se ponía un cigarrillo entre los labios, pero no lo encendía.

–Voy a ir a la oficina del sheriff –dijo Bosch–. No me lo quiero perder.

McCaleb asintió.

–Nos vemos allí.

Estaban de pie el uno al lado del otro detrás del vidrio unidireccional, junto al videógrafo. McCaleb estaba lo suficientemente cerca de Bosch para oler su cigarrillo mentolado y la colonia. Mientras conducía detrás de él hacia Whittier había visto que Bosch sacaba un frasco de la guantera del coche y se echaba colonia. Desde su posición, McCaleb distinguía el tenue reflejo del rostro de Bosch en el cristal y se dio cuenta de que estaba mirando lo que sucedía en la sala contigua.

Al otro lado del cristal había una mesa de conferencias con Rufy Tafero sentado junto a un abogado de oficio llamado Arnold Prince. Tafero llevaba esparadrapo en la nariz y algodón en ambos orificios. Le habían dado seis puntos en la coronilla, pero quedaban ocultos por el pelo. El personal sanitario lo había atendido en el puerto deportivo de Cabrillo.

Enfrente de Tafero estaba sentada Jaye Winston, y a la derecha de la detective, Alice Short, de la oficina del fiscal del distrito. A su izquierda estaban el subdirector del Departamento de Policía de Los Ángeles, Irvin Irving, y Donald Twilley, del FBI. Todas las agencias del orden remotamente involucradas en el caso se habían pasado las primeras horas de la mañana disputándose la mejor posición para tomar ventaja en lo que todos sabían ya que sería un caso grande. Eran las seis y media de la mañana y había llegado la hora de interrogar al sospechoso.

Se había decidido que Winston llevaría el interrogatorio, porque había sido su caso desde el principio, mientras que los otros tres observaban y estaban a disposición de Winston si ella quería consejo. La detective del sheriff empezó diciendo la fecha, hora e identidades de los presentes en la sala. A continuación leyó a Tafero sus derechos constitucionales y le hizo firmar un formulario. Su abogado afirmó que Tafero no iba a hacer ninguna declaración en ese momento.

–Muy bien –dijo Winston, con los ojos fijos en Tafero–. No hace falta que diga nada. Quiero hablarle yo a él. Quiero que se haga una idea de a qué se enfrenta. No me gustaría que nadie se lamente de que no ha entendido que esta es la única oportunidad para cooperar que se le va a ofrecer.

Winston miró el expediente que tenía delante y lo abrió. McCaleb reconoció la hoja superior como un formulario de la fiscalía.

–Señor Tafero –empezó Winston–, quiero que sepa que esta mañana le estamos acusando del asesinato en primer grado de Edward Gunn el uno de enero de este año, del intento de asesinato de Terrell McCaleb en el día de hoy, y del asesinato de Jesse Tafero, también en el día de hoy. Sé que conoce la ley, pero estoy obligada a explicarle este último cargo. La muerte de su hermano ocurrió durante la comisión de un delito. Por tanto, de acuerdo con la ley de California, es usted responsable de su muerte.

Ella esperó un segundo, mirando a los ojos aparentemente sin vida de Tafero. Continuó con la lectura de los cargos.

–Además, debería saber que la oficina del fiscal del distrito ha acordado presentar un agravante de circunstancias especiales en relación con el asesinato de Edward Gunn, en concreto, el de asesinato por encargo. El añadido de circunstancias especiales lo convertirá en un caso de pena de muerte. ¿Alice?

Alice Short se inclinó hacia adelante. Era una mujer menuda y atractiva de casi cuarenta años, con una mirada cautivadora. Era la encargada de la acusación en los juicios mayores. Había mucho poder en un cuerpo tan pequeño, especialmente si se contrastaba con el tamaño del hombre que estaba sentado frente a ella.

–Señor Tafero, ha sido usted policía durante veinte años –dijo ella–. Conoce mejor que nadie la gravedad de sus actos. No recuerdo ningún otro caso que pida a gritos la pena de muerte tanto como este. La solicitaremos al jurado y no me cabe duda de que la conseguiremos.

Finalizada la parte ensayada de su papel, Short se apoyó de nuevo en su silla y cedió el turno a Winston. Se produjo un largo silencio mientras Winston miraba a

Tafero y esperaba que él volviera a mirarla. Al final, el expolicía levantó los ojos.

–Señor Tafero, ha estado en salas como esta en la posición contraria a la que ocupa ahora. No creo que pudiéramos engañarle ni aunque tuviéramos un año para prepararnos. Así que sin trucos. Solo la oferta. Una oferta puntual que se rescindirá en cuanto salgamos de esta sala. Se resume en esto.

Tafero había vuelto a bajar la mirada a la mesa. Winston se inclinó hacia adelante y levantó la cabeza.

–¿Quiere vivir o quiere correr el riesgo con el jurado? Es así de sencillo. Y antes de que conteste, hay varias cosas a considerar. Primera, el jurado verá pruebas fotográficas de lo que hizo con Edward Gunn. Segundo, van a escuchar a Terry McCaleb describir qué sintió al estar tan indefenso y darse cuenta de que se estaba estrangulando hasta morir. ¿Sabe?, normalmente no entro en cosas así, pero le doy menos de una hora de deliberaciones. Apuesto a que será uno de los veredictos de pena de muerte más rápidos que jamás se hayan dictado en el estado de California.

Winston se echó hacia atrás y cerró el expediente. McCaleb se sorprendió asintiendo. La detective lo estaba haciendo francamente bien.

–Queremos a la persona que le encargó el asesinato –dijo Winston–. Queremos pruebas físicas que lo relacionen con el caso Gunn. Tengo la impresión de que alguien como usted toma precauciones antes de llevar a cabo semejante montaje. Sea lo que sea, lo queremos.

Ella miró a Short y la fiscal asintió: su manera de decirle que lo estaba haciendo bien.

Pasó casi medio minuto. Al final, Tafero se volvió a su abogado y estaba a punto de susurrarle una pregunta cuando miró de nuevo a Winston.

–A la mierda. Lo preguntaré yo. Sin reconocer nada en absoluto, ¿qué pasa si se olvidan de las circunstancias especiales? ¿A qué me enfrento?

Winston inmediatamente se echó a reír y negó con la cabeza. McCaleb sonrió.

–¿Está bromeando? –preguntó Winston–. ¿Que a qué se enfrenta? Tío, te van a enterrar en cemento y acero. A eso es a lo que te enfrentas. No vas a volver a ver nunca más la luz del día. Con trato o sin trato, eso es un hecho y no es negociable.

El abogado de Tafero se aclaró la garganta.

–Señora Winston, esto no es una forma profesional de...

–Me importa una mierda la forma. Este hombre es un asesino. No es diferente a un asesino a sueldo, salvo..., no, es peor. Usó su placa y eso lo hace todavía más despreciable. Así que esto es lo que haremos por su cliente, señor Prince. Lo declararemos culpable del asesinato de Edward Gunn y del intento de asesinato de Terry McCaleb. Cadena perpetua sin posibilidad de revisión en los dos casos. No es negociable. No le acusaremos del asesinato de su hermano. Quizá eso le ayude a soportarlo mejor. A mí me da igual. Lo que importa es que entienda que su vida como la entendía hasta ahora ha terminado. Está acabado. Y puede ir al corredor de la muerte o a una prisión de alta seguridad, una de dos, y no va a salir.

Ella miró su reloj.

–Tienen cinco minutos antes de que nos vayamos. Si no quieren el trato, está bien, los llevaremos a los dos a juicio. Lo de Storey puede ser más complicado, pero no hay ninguna duda con el señor Tafero. Alice va a tener fiscales llamando a su puerta, enviándole flores y bombones. Todos los días va a ser San Valentín, o San Valentino. Este caso es una invitación a ser fiscal del año.

Prince colocó en la mesa un maletín delgado y deslizó en él su bloc. No había escrito ni una sola palabra.

—Gracias por su tiempo —dijo—. Creo que lo que vamos a hacer es solicitar una vista de fianza y partir de ahí.

Retiró la silla y se levantó.

Tafero alzó lentamente la cabeza y miró a Winston, con los ojos muy enrojecidos a consecuencia de la hemorragia nasal.

—Fue idea suya hacer que pareciera un cuadro —dijo—. Fue idea de David Storey.

Hubo un momento de silencio a causa del asombro y entonces el abogado defensor se sentó pesadamente y cerró los ojos como si le acabaran de golpear.

—Señor Tafero —dijo Prince—. Le aconsejo firmemente que...

—Cállate —bramó Tafero—. Capullo, no eres tú el que se enfrenta a la aguja.

Miró a Winston.

—Aceptaré el trato, siempre y cuando no me acusen de la muerte de mi hermano.

Winston asintió.

Tafero se volvió hacia Short, levantó el índice y esperó. Ella asintió.

—Trato hecho —dijo.

—Una cosa —dijo Winston con rapidez—. No vamos a aceptar tu palabra contra la suya. ¿Qué más tienes?

Tafero la miró y una débil sonrisa asomó a su rostro.

En la sala exterior, Bosch se acercó más al cristal. McCaleb vio su reflejo con mayor claridad. Miraba sin parpadear.

—Tengo imágenes —dijo Tafero.

Winston se sujetó el pelo detrás de la oreja y entrecerró los ojos. Se inclinó por encima de la mesa.

–¿Imágenes? ¿Quieres decir fotografías? ¿Fotografías de qué?

Tafero negó con la cabeza.

–No, dibujos. Hacía dibujos para mí cuando estábamos en la sala de visitas del abogado en la prisión. Dibujos de cómo quería que se viera la escena. Para que fuera como el cuadro.

McCaleb cerró las manos a sus costados.

–¿Dónde están los dibujos? –preguntó Winston.

Tafero sonrió de nuevo.

–Caja de seguridad del City National Bank, en Sunset y Doheny. La llave está en el llavero que tenía en el bolsillo.

Bosch levantó las manos y las palmeó por encima de su cabeza.

–¡Bang! –exclamó en voz lo bastante alta para que Tafero se volviera hacia el cristal.

–Por favor –susurró el videógrafo–. Estamos grabando.

Bosch abrió la puerta y salió. McCaleb lo siguió. Bosch se volvió y lo miró.

–Storey va a caer –dijo McCaleb–. El monstruo volverá a la oscuridad de la que salió.

Se miraron el uno al otro en silencio durante un momento, hasta que Bosch apartó la mirada.

–Tengo que irme –dijo.

–¿Adónde?

–He de prepararme para el juicio.

Se volvió y empezó a cruzar la sala desierta de la brigada de homicidios del departamento del sheriff. McCaleb vio que golpeaba un escritorio con el puño y luego lo alzaba en el aire.

McCaleb volvió a la antesala y observó que el interrogatorio continuaba. Tafero estaba explicando a los reunidos que David Storey había pedido que el asesinato de Edward Gunn se cometiera el primer día del año.

McCaleb escuchó un rato y luego pensó en algo. Salió de la sala de observación y se metió en la sala de la brigada. Los detectives empezaban a llegar para empezar su jornada. Se acercó a un escritorio vacío y arrancó una hoja de un bloc. Escribió: «Pregunta por el Lincoln». Dobló la hoja y se la llevó a la puerta de la sala de interrogatorios.

Golpeó y después de un momento, Alice Short abrió la puerta. McCaleb le pasó la nota doblada.

–Dele esto a Jaye Winston antes de que termine el interrogatorio –susurró.

Ella asintió y cerró la puerta. McCaleb volvió a la sala de observación para mirar.

45

Recién duchado y afeitado, Bosch salió del ascensor y se dirigió hacia las puertas de la sala del Departamento N. Caminó con paso resuelto. Se sentía como el auténtico príncipe de la ciudad. Apenas había dado unos pasos cuando se le acercó McEvoy, que surgió de una salita como un coyote que hubiera estado esperando agazapado en una cueva a su confiada presa. Pero nada podía mellar la resolución de Bosch. Sonrió cuando el periodista lo alcanzó.

—Detective Bosch, ¿ha pensado en lo que hablamos? Tengo que empezar a escribir mi artículo hoy.

Bosch no aminoró el paso. Sabía que en cuanto entrara en la sala no tendrían mucho tiempo.

—Rudy Tafero —dijo.

—¿Perdón?

—Él era su fuente. Rudy Tafero. Lo he averiguado esta mañana.

—Detective, le he dicho que no puedo revelar...

—Sí, ya lo sé. Pero, mire, soy yo el que lo está revelando. De todos modos, no importa.

—¿Por qué no?

Bosch se detuvo de repente. McEvoy dio unos pasos más y retrocedió.

—¿Por qué no? —preguntó de nuevo.

—Hoy es su día de suerte, Jack. Tengo dos buenos soplos para usted.

–De acuerdo, ¿qué?

McEvoy empezó a sacar un bloc del bolsillo trasero. Bosch le colocó una mano en el antebrazo y lo detuvo.

–No lo saque, los otros periodistas lo verán y creerán que le estoy contando algo.

Hizo un ademán hacia la puerta abierta de la sala donde estaban los medios de comunicación. Había un puñado de periodistas merodeando en espera de que se iniciara la sesión.

–Entonces vendrán y tendré que decírselo a ellos.

McEvoy dejó el bloc en su sitio.

–De acuerdo, ¿cuáles son los soplos?

–En primer lugar, esa historia es una puta mierda. De hecho, esta mañana han detenido a su fuente y lo han acusado del asesinato de Edward Gunn y del intento de asesinato de Terry McCaleb.

–¿Qué? Él...

–Espere, déjeme hablar. No tengo todo el día. Hizo una pausa y McEvoy asintió con la cabeza.

–Sí, han detenido a Rudy. Él mató a Gunn. El plan era cargármelo a mí y divulgarlo durante la fase de la defensa del caso.

–¿Está diciendo que Storey era parte de...?

–Exactamente. Lo cual me lleva al soplo número dos. Y esto es que yo que usted estaría en esa sala hoy mucho antes de que entre el juez y empiece. ¿Ve a esos tipos que están allí de pie? Se lo van a perder, Jack. Usted no querrá ser como ellos.

Bosch lo dejó allí. Hizo una señal al ayudante de la sala y le dejaron entrar.

Dos ayudantes estaban conduciendo a David Storey a su lugar en la mesa de la defensa cuando Bosch entró en la sala. Fowkkes ya estaba allí y Langwiser y Kretzler estaban sentados en la mesa de la acusación. Bosch miró su reloj mientras entraba en la sala. Tenía alrededor de quince minutos antes de que el juez se sentara en el estrado y llamara al jurado.

Se acercó a la mesa de la acusación, pero se quedó de pie. Se inclinó y apoyó las palmas de ambas manos en la mesa mientras miraba a los dos fiscales.

—Harry, ¿estás preparado? —empezó Langwiser—. Hoy es el gran día.

—Hoy es el gran día, pero no por lo que tú crees. Vosotros aceptaríais un trato, ¿no? Si se carga con Jody Krementz y Alicia Lopez, no buscaríais pena de muerte, ¿no?

Ambos lo miraron con los ojos en blanco por la confusión.

—Vamos, no tenemos mucho tiempo antes de que salga el juez. ¿Que os parece si entro ahí y en cinco minutos os traigo dos asesinatos en primer grado? La familia de Alicia Lopez os lo agradecerá. Les dijisteis que no teníais posibilidades.

—Harry, ¿de qué estás hablando? —dijo Langwiser—. Propusimos un trato. Dos veces. Y Fowkkes se negó dos veces.

—Y no tenemos pruebas sobre Lopez —añadió Kretzler—. Tú lo sabes, el jurado de acusación la sobreseyó. Nadie...

—Escuchad, ¿queréis un trato o no? Creo que puedo entrar ahí y conseguirlo. He detenido a Rudy Tafero por asesinato esta mañana. Era un montaje orquestado por Storey para cargármelo a mí. Les salió el tiro por la culata y Tafero ha aceptado un trato. Está hablando.

—¡Dios santo! —exclamó Kretzler.

Lo dijo en voz demasiado alta. Bosch se volvió y miró a la mesa de la defensa. Tanto Fowkkes como Storey los estaban mirando. Justo detrás de la mesa de la defensa vio a McEvoy sentándose en la silla de la tribuna de prensa que quedaba más cerca de los fiscales. Todavía no había entrado ningún otro periodista.

—Harry, ¿de qué estás hablando? —dijo Langwiser—. ¿Qué asesinato?

Bosch no atendió a las preguntas.

—Dejadme ir allí —dijo Bosch—. Quiero mirar a Storey a los ojos cuando se lo diga.

Kretzler y Langwiser cruzaron una mirada. Langwiser encogió los hombros e hizo un ademán de exasperación con las manos.

—Vale la pena. Solo guardábamos la pena de muerte como un as en la manga.

—Entonces, de acuerdo —dijo Bosch—. Mirad a ver si el alguacil puede ganarme algo de tiempo con el juez. Bosch rodeó la mesa de la defensa y se quedó de pie delante, de manera que podía ver tanto a Fowkkes como a Storey. Fowkkes estaba escribiendo algo en un bloc. Bosch se aclaró la garganta y, al cabo de unos momentos, el abogado de la defensa levantó la mirada, lentamente.

—¿Sí, detective? ¿No debería estar en su mesa preparándose para...?

—¿Dónde está Rudy Tafero? —Bosch miró a Storey mientras lo preguntaba.

Fowkkes miró a su espalda hacia el asiento contiguo a la barandilla en el que solía sentarse Tafero durante las sesiones.

—Estoy seguro de que está en camino —dijo—. Aún faltan unos minutos.

Bosch sonrió.

—¿En camino? Sí, está en camino. En camino al Super Max de Corcoran o quizá al de Pelican Cove, si tiene suerte. La verdad es que no me gustaría ser un expolicía cumpliendo condena en Corcoran.

Fowkkes no pareció impresionado.

–Detective, no sé de qué está hablando. Estoy intentando preparar la estrategia de la defensa, porque creo que la acusación va a plegar sus tiendas hoy. De manera que si no le importa…

Bosch miró a Storey cuando respondió.

–No hay ninguna estrategia. No hay defensa. Rudy Tafero ha sido detenido esta mañana. Se le acusa de asesinato e intento de asesinato. Estoy seguro de que su cliente podrá contárselo todo, letrado. Eso si es que no lo sabe ya.

Fowkkes se levantó abruptamente como si fuera a hacer una protesta.

–Señor, es altamente irregular que venga a la mesa de la defensa y…

–Ha llegado a un acuerdo hace un par de horas. Está tirando de la manta.

De nuevo Bosch no hizo caso de Fowkkes y miró a Storey.

–Así que este es el trato. Tienen cinco minutos para acercarse a Langwiser y Kretzler y acordar declararse culpable de asesinato en primer grado de Krementz y Lopez.

–Esto es ridículo. Voy a quejarme ante el juez. Esta vez Bosch miró a Fowkkes.

–Hágalo, pero eso no va a cambiar las cosas. Cinco minutos.

Bosch se alejó, pero fue hacia la mesa del alguacil, enfrente de la tribuna del juez. Las fotos exhibidas en el juicio estaban apiladas en una mesa auxiliar. Bosch las revisó hasta que encontró la ampliación que buscaba. La sacó y se la llevó a la mesa de la defensa. Fowkkes seguía de pie, pero inclinándose para que Storey pudiera susurrarle algo al oído. Bosch dejó el póster que contenía la instantánea de la biblioteca de la casa de Storey sobre la mesa. Señaló con el dedo dos de los libros del estante superior. Los títulos de los lomos eran claramente legibles. Uno se titulaba *El arte de la oscuridad* y el otro simplemente *Bosch*.

—Aquí mismo tenemos su conocimiento previo. Dejó la foto en la mesa de la defensa y empezó a caminar hacia la de la acusación. Pero solo había dado dos pasos cuando retrocedió y apoyó las palmas de las manos en la mesa de la defensa. Miró directamente a Storey. Habló en una voz que sabía que era lo bastante alta para que McEvoy lo oyera desde la tribuna de la prensa.

—¿Sabe cuál fue su gran error, David?

—No —dijo Storey con un tono despectivo—. ¿Por qué no me lo cuenta?

Fowkkes agarró de inmediato el brazo de su cliente para silenciarlo.

—Dibujar la escena para Tafero —dijo Bosch—. Lo que él hizo fue ir y poner esos bonitos dibujos que hizo en una caja de seguridad del City National. Sabía que podrían serle útiles y no se equivocó. Los ha usado esta mañana para salvarse de la pena de muerte. ¿Qué va a usar usted?

Bosch detectó un revelador titubeo en los ojos de Storey. En ese momento Bosch supo que todo había terminado, porque Storey sabía que había terminado.

Bosch se enderezó y miró casualmente a su reloj, y luego a Fowkkes.

—Quedan tres minutos, señor Fowkkes. La vida de su cliente está en juego.

Bosch regresó a la mesa de la defensa y se sentó. Kretzler y Langwiser se inclinaron hacia él y le susurraron urgentemente preguntas, pero Bosch no les atendió.

—Veamos lo que ocurre.

En los siguientes cinco minutos no miró ni una sola vez a la mesa de la defensa. Oía palabras ahogadas y susurros, pero no distinguía ninguno de ellos. La sala se llenó de espectadores y miembros de los medios de comunicación.

Ninguna novedad de la mesa de la defensa.

A las nueve en punto, la puerta situada detrás del estrado se abrió y el juez Houghton subió los escalones hasta su lugar. Tomó asiento y miró a las mesas de la acusación y la defensa.

—Señoras y señores, ¿estamos preparados para que entre el jurado?

—Sí, señoría —dijo Kretzler.

—No hubo respuesta alguna de la mesa de la defensa. Houghton miró hacia allá, con una sonrisa de curiosidad en el rostro.

—¿Señor Fowkkes? ¿Puedo hacer entrar al jurado?

Bosch se reclinó para mirar más allá de Langwiser y Kretzler a la mesa de la defensa. Fowkkes estaba repantigado en la silla, en una postura que no había exhibido en la sala antes. Tenía un codo sobre el brazo de la silla y la mano levantada. Estaba jugueteando con un boli y parecía sumido en sus depresivos pensamientos. Su cliente estaba sentado rígido a su lado, mirando hacia adelante.

—¿Señor Fowkkes? Estoy esperando una respuesta.

Fowkkes finalmente alzó la mirada hacia el juez y muy lentamente se levantó del asiento y se acercó al magistrado.

—Señoría, ¿podemos acercarnos en un aparte un momento?

El juez miró entre curioso e irritado. Había sido rutina del juicio someter todas las peticiones no públicas a las ocho y media para poder argumentarlas en privado sin restar tiempo de sala.

—¿No puede tratarse en juicio público, señor Fowkkes?

—No, señoría. No en este momento.

—Muy bien. Suban.

Houghton hizo señas a los letrados para que subieran. Lo hizo con las dos manos, como si estuviera guiando a un camión en marcha atrás.

Los letrados se aproximaron al costado del estrado y se apiñaron en torno al juez. Desde su ángulo, Bosch veía las caras de todos ellos y no necesitaba oír lo que se estaba hablando entre susurros. Fowkkes estaba lívido y después de dichas unas palabras Kretzler y Langwiser parecieron crecer en estatura. Langwiser incluso miró de reojo a Bosch y él leyó el mensaje de la victoria en sus ojos.

Bosch se volvió y miró al acusado. Esperó y David Storey giró lentamente la cabeza y sus miradas conectaron una última vez. Bosch no sonrió. No parpadeó. No hizo otra cosa que sostener la mirada. Al final, fue Storey quien desvió la vista y la fijó en las manos que tenía en su regazo. Bosch sintió una sensación vibrante en su cuero cabelludo. La había sentido antes, en ocasiones en que había atisbado el rostro normalmente oculto de un monstruo.

El aparte se rompió y los dos fiscales regresaron rápidamente a la mesa, con la excitación claramente visible en su andar y sus rostros. En cambio, J. Reason Fowkkes caminó lentamente hasta la mesa de la defensa. Langwiser agarró a Bosch por el hombro mientras se sentaba.

—Ha aceptado —susurró con excitación—. Krementz y Lopez. ¿Cuando fuiste allí dijiste sentencias consecutivas o concurrentes?

—No dije nada.

—Vale. Hemos acordado en concurrentes, pero vamos a concretarlo a puerta cerrada. Necesitamos acusar formalmente a Storey de lo de Lopez. ¿Quieres entrar y hacer la detención?

—Como quieras.

Bosch sabía que era solo una formalidad legal, porque Storey ya estaba bajo custodia.

—Te lo mereces, Harry. Queremos que estés presente.

—Bien.

El juez golpeó una vez con el mazo y atrajo la atención de la sala. Todos los periodistas se habían inclinado hacia adelante en la tribuna de prensa. Sabían que algo importante iba a ocurrir.

—Haremos una pausa hasta las diez en punto —anunció el juez—. Ahora veré a las partes en privado.

Houghton se levantó y rápidamente bajó los tres escalones hasta la puerta trasera antes de que el ayudante tuviera tiempo de decir: «En pie».

46

McCaleb permaneció alejado del *Following Sea* incluso después de que el último detective y técnico forense hubieron terminado su trabajo en el barco. Desde primera hora de la tarde hasta que anocheció, el barco se mantuvo vigilado por periodistas y equipos de televisión. Los disparos producidos a bordo sumados a la detención de Tafero y la inesperada declaración de culpabilidad de David Storey habían convertido el barco en la imagen central de unos acontecimientos que se habían desarrollado con rapidez durante el día. Todos los canales locales y nacionales grababan sus reportajes en el puerto, con el *Following Sea* y su cinta policial amarilla extendida por la puerta del salón sirviendo de telón de fondo.

McCaleb se escondió durante la mayor parte de la tarde en el barco de Buddy Lockridge, permaneciendo bajo cubierta y poniéndose uno de los sombreros de pescador de Buddy si asomaba la cabeza por la escotilla para ver lo que sucedía fuera. Los dos habían vuelto a hablarse. Poco después de que los agentes del sheriff se fueran, y llegando al puerto antes que los medios de comunicación, McCaleb había buscado a Buddy y se había disculpado por haber pensado que su socio en las excursiones de pesca había filtrado la investigación. Buddy se disculpó a su vez por haber utilizado el *Following Sea* –y el camarote de McCaleb– como punto de encuentro con masajistas eróticas. McCaleb acordó decirle a Graciela que se había equivocado en que la filtración hubiera surgido de Buddy y también aceptó no mencionar a las masajistas. Buddy había explicado que no quería que Graciela lo tuviera en peor concepto del que probablemente ya lo tenía.

Mientras se escondían en el barco, estuvieron mirando la tele de doce pulgadas y permanecieron al corriente de los acontecimientos del día. Channel 9, que había estado cubriendo en directo el juicio de Storey, seguía siendo la cadena más informada, con noticias en directo desde el juzgado de Van Nuys y el Star Center del sheriff.

McCaleb se había quedado asombrado y sobrecogido por los sucesos del día. David Storey, de repente, se había declarado culpable en Van Nuys de dos asesinatos, al tiempo que era acusado en el tribunal central de Los Ángeles de conspiración en el caso Gunn. El director de cine había evitado la pena capital en los primeros casos, pero todavía podía enfrentarse a ella en el caso Gunn si no llegaba a algún otro acuerdo con los fiscales.

Jaye Winston había sido la protagonista de la conferencia de prensa televisada desde el Star Center. Ella respondió las preguntas de los periodistas después de que el sheriff, flanqueado por los mandamases del Departamento de Policía de Los Ángeles y el FBI, leyera una declaración anunciando los sucesos del día desde el punto de vista de la investigación. El nombre de McCaleb se mencionó en numerosas ocasiones en la explicación de la investigación y el tiroteo subsiguiente a bordo del *Following Sea*. Winston también lo mencionó al final de la conferencia de prensa, cuando le expresó su agradecimiento, diciendo que había sido su trabajo voluntario en el caso lo que había permitido resolverlo.

Bosch también fue mencionado y destacado, pero no participó en las conferencias de prensa. Después de los veredictos de culpabilidad de Storey en Van Nuys, Bosch y los letrados involucrados en el caso fueron empujados por la multitud hasta las puertas de la sala. Sin embargo, McCaleb había visto a Bosch en un canal, abriéndose paso entre los periodistas y cámaras y negándose a hacer declaraciones mientras avanzaba hacia una salida de incendios y desaparecía por la escalera.

El único periodista que contactó con McCaleb fue Jack McEvoy, que todavía tenía su número de móvil. McCaleb habló brevemente con él, pero rehusó hacer comentarios acerca de lo sucedido en el camarote principal del *Following Sea* y sobre el hecho de que había estado a punto de morir. Sus ideas al respecto eran demasiado personales y no pensaba compartirlas nunca con un periodista.

McCaleb también había hablado con Graciela, llamándola para informarle de los acontecimientos antes de que los viera en las noticias. Le dijo que probablemente no volvería a casa hasta el día siguiente, porque estaba seguro de que los periodistas continuarían vigilando el barco hasta bastante después de que anocheciera. Ella dijo que estaba contenta de que todo hubiera terminado y regresara a casa. McCaleb sintió que todavía había un elevado grado de tensión en la voz de su mujer y sabía que eso era algo que tendría que afrontar cuando llegara a la isla. Más tarde, McCaleb logró salir del barco de Buddy sin ser visto cuando la turba de la prensa estaba distraída con la actividad en el aparcamiento del puerto deportivo. Una grúa del Departamento de Policía de Los Ángeles estaba llevándose el viejo Lincoln Continental que los hermanos Tafero habían usado la noche anterior, cuando habían ido al puerto deportivo con la intención de matar a McCaleb. Mientras el equipo de noticias grababa y observaba la mundana tarea de enganchar un coche y arrastrarlo con la grúa, McCaleb consiguió llegar a su Cherokee sin ser visto. Puso en marcha el coche y se alejó del aparcamiento antes de que saliera la grúa y sin que lo siguiera ni un solo periodista.

Estaba completamente oscuro cuando llegó a la casa de Bosch. La puerta principal se hallaba abierta, como la vez anterior. La puerta mosquitera estaba en su lugar. McCaleb dio un golpe en el marco de madera y miró a través del desorden hacia la oscuridad de la casa. Había una única luz –la luz de lectura– en la sala de estar. Oía la música y pensó que era el mismo CD de Art Pepper que había estado sonando durante su última visita. Pero no vio a Bosch.

McCaleb desvió la mirada de la puerta para observar la calle y, cuando se volvió de nuevo, se sorprendió al ver a Bosch de pie ante la mosquitera. Bosch descorrió el pestillo y abrió la puerta mosquitera. Llevaba el mismo traje que McCaleb le había visto en las noticias y sostenía una botella de Anchor Steam a un costado.

–Terry, pasa. He pensado que sería algún periodista. Me saca de quicio cuando vienen a casa. Tendría que haber algún sitio al que no puedan ir.

–Sí, sé a qué te refieres. Han rodeado el barco. He tenido que huir.

McCaleb pasó junto a Bosch en el recibidor y entró en la sala.

–Entonces, periodistas al margen, ¿cómo va, Harry?

–Nunca he estado mejor. Ha sido un buen día para nuestro lado. ¿Cómo está ese cuello?

–Duele un montón, pero estoy vivo.

–Sí, eso es lo importante. ¿Quieres una cerveza?

–Eh, eso estaría bien.

Mientras Bosch traía la cerveza, McCaleb salió a la terraza trasera.

Bosch tenía las luces apagadas, lo cual hacía que las de la ciudad parecieran más brillantes en la distancia. McCaleb oía el sonido omnipresente de la autovía en el fondo del paso. Los reflectores atravesaban el cielo desde tres puntos diferentes del fondo del valle de San Fernando. Bosch salió y ofreció una cerveza a su visitante.

–Sin vaso, ¿no?

–Sin vaso.

Ambos contemplaron la noche y bebieron en silencio durante un rato. McCaleb pensó en cómo decir lo que quería decir. Todavía estaba trabajando en ello.

–Lo último que estaban haciendo antes de irme fue llevarse el coche de Tafero –dijo al cabo de un rato.

Bosch asintió.

–¿Y el barco? ¿Han acabado con él?

–Sí, han terminado.

–¿Es un caos? Siempre lo dejan todo hecho un desastre.

–Probablemente. No he estado dentro. Me preocuparé por eso mañana.

Bosch asintió. McCaleb echó un buen trago a su cerveza y dejó la botella en la barandilla. Había tomado demasiada. Se atragantó.

–¿Estás bien? –preguntó Bosch.

–Sí, bien. –Se limpió la boca con el dorso de la mano–. Harry, he venido para decirte que no voy a seguir siendo amigo tuyo.

Bosch se echó a reír, pero luego se detuvo.

–¿Qué?

McCaleb lo miró. Los ojos de Bosch seguían atravesando la oscuridad. Habían captado una manchita de luz reflejada de algún lugar y McCaleb vio los dos puntitos fijos en él.

–Deberías haberte quedado un poco más esta mañana cuando Jaye interrogaba a Tafero.

–No tenía tiempo.

–Le preguntó por el Lincoln y Tafero dijo que era su coche camuflado. Explicó que lo usaba en trabajos en los que quería que no hubiera ninguna posibilidad de dejar una pista. Llevaba matrículas robadas. Y el registro es falso.

–Tiene sentido que un tipo como ese tenga un coche para el trabajo sucio.

–No lo entiendes, ¿verdad?

Bosch se había terminado su cerveza. Estaba inclinado con los codos apoyados en la barandilla. Estaba despegando la etiqueta de la botella y tirando los trocitos de papel a la oscuridad que se abría debajo.

–No, no lo entiendo, Terry. ¿Por qué no me explicas de qué estás hablando?

McCaleb levantó su cerveza, pero volvió a dejarla sin beber.

–Su coche auténtico, el que usa todos los días, es un Mercedes cuatrocientos treinta CLK. A ese fue al que multaron por aparcar ante la oficina de correos cuando envió el giro postal.

–Vale, el tío tenía dos coches. Su coche secreto y el que mostraba. ¿Qué significa eso?

–Significa que tú sabías algo que no tendrías que haber sabido.

–¿De qué estás hablando? ¿Saber qué?

–Anoche te pregunté por qué habías venido a mi barco. Tú me dijiste que habías visto el Lincoln de Tafero y que sabías que algo iba mal. ¿Cómo sabías que el Lincoln era suyo?

Bosch se quedó en silencio un momento. Miró hacia la noche y asintió con la cabeza.

—Te salvé la vida –dijo.

—Y yo a ti.

—Entonces estamos en paz. Déjalo así, Terry. McCaleb negó con la cabeza. Sentía que tenía un nudo en el estómago y una opresión en el pecho que amenazaba su nuevo corazón.

—Creo que conocías ese Lincoln y eso supone un problema para mí, porque habías vigilado a Tafero antes. Quizá la noche en que usó el Lincoln. Quizá la noche que estaba vigilando a Gunn y preparando el asesinato. Quizá la noche del asesinato. Me salvaste la vida porque sabías algo, Harry.

McCaleb se quedó un momento callado, dándole a Bosch la oportunidad de decir algo en su defensa.

—Son muchos quizás, Terry.

—Sí, muchos quizás y una corazonada. Mi corazonada es que de alguna manera sabías o supusiste, cuando Tafero se conectó con Storey, que ellos irían a por ti en el juicio. Así que vigilaste a Tafero y lo viste apuntando a Gunn. Sabías lo que iba a pasar y dejaste que pasara.

McCaleb tomó otro largo trago de cerveza y volvió a dejar la botella en la barandilla.

—Un juego peligroso, Harry. Casi lo consiguieron. Aunque supongo que si yo no hubiera aparecido te habrías buscado alguna manera de volvérselo contra ellos.

Bosch continuó mirando hacia la oscuridad y no dijo nada.

—Lo único que espero es que no fueras tú quien le sopló a Tafero que Gunn estaba en el calabozo aquella noche. Dime que tú no hiciste la llamada, Harry. Dime que no lo ayudaste a sacarlo para que pudiera matarlo así.

De nuevo Bosch no dijo nada. McCaleb asintió.

—Quieres estrechar la mano de alguien, Harry. Estréchate la tuya.

Bosch dejó caer la mirada hacia la oscuridad que se extendía bajo la terraza. McCaleb lo miró de cerca y observó que lentamente negaba con la cabeza.

—Hacemos lo que tenemos que hacer —dijo Bosch con voz pausada—. A veces hay elección. Otras veces no hay elección, solo necesidad. Ves que las cosas van a ocurrir y sabes que están mal, pero de algún modo también están bien.

Se quedó en silencio un largo rato y McCaleb aguardó.

—Yo no hice esa llamada —dijo Bosch. Se volvió y miró a McCaleb.

McCaleb vio de nuevo los puntos de luz brillante en sus ojos oscuros.

—Tres personas (tres monstruos) han caído.

—Pero no de esa forma. Nosotros no lo hacemos de esa forma.

Bosch asintió.

—¿Qué me dices de tu parte, Terry? Avasallando al hermanito en la oficina. Como si no supieras que eso iba a poner en marcha algo de mierda. Tú pusiste en marcha la acción con ese pequeño movimiento, y lo sabes.

McCaleb sintió que se ruborizaba ante la mirada de Bosch. No respondió. No sabía qué decir.

—Tú tenías tu propio plan, Terry. ¿Así que cuál es la diferencia?

—¿La diferencia? Si no ves la diferencia es que has caído completamente. Estás perdido.

—Sí, bueno, quizá estoy perdido y quizá me he encontrado. Tengo que pensar en eso. Mientras tanto, por qué no te vas a tu casa. Vuelve a tu isla con tu hijita. Escóndete detrás de lo que crees que ves en sus ojos. Finge que el mundo no es como tú sabes que es.

McCaleb asintió. Ya había dicho lo que quería decir. Se alejó de la barandilla, dejando su cerveza, y caminó hacia la puerta de la casa. Sin embargo, Bosch le disparó con más palabras cuando entró.

–¿Crees que llamarla como a una niña a la que nadie quiso y por la que nadie se preocupó puede ayudar a aquella niña perdida? Bueno, estás equivocado, tío. Vuelve a casa y sigue soñando.

McCaleb vaciló en el umbral y miró hacia atrás.

–Adiós, Harry.

–Sí, adiós.

McCaleb recorrió la casa. Al pasar la silla de lectura donde la luz estaba encendida, vio la impresión del perfil que había hecho de Bosch en el brazo del sillón. Continuó caminando. Cuando llegó a la puerta de la calle la cerró tras de sí.

47

Bosch estaba de pie con los brazos cruzados sobre la barandilla y la cabeza baja. Pensaba en las palabras de McCaleb, tanto en las pronunciadas como en las impresas. Eran como fragmentos de metralla que le lastimaban. Sintió un profundo desgarro en su recubrimiento interior. Era como si algo de dentro lo hubiera agarrado y lo arrastrara a un agujero negro, sentía que estaba implosionando hacia la nada.

–¿Qué he hecho? –susurró–. ¿Qué he hecho?

Se enderezó y vio la botella en la barandilla, sin etiqueta. La agarró y la lanzó a la oscuridad, todo lo lejos que pudo. Observó su trayectoria, capaz de seguir su vuelo, porque la luz de la luna se reflejaba en el cristal marrón. La botella explotó entre la maleza de la colina rocosa.

Vio la cerveza a medio terminar de McCaleb y la agarró. Tiró el brazo hacia atrás con la intención de lanzar esta botella hasta la autopista. Entonces se detuvo. Dejó la botella de nuevo en la barandilla y entró en la casa.

Agarró el perfil impreso que estaba en el brazo del sillón y empezó a rasgar las páginas. Fue a la cocina, abrió el grifo y puso los pedacitos de papel en el fregadero. Conectó la trituradora y tiró los papelitos por el tubo.

Esperó hasta que supo por el sonido que el papel había quedado reducido a nada. Apagó la trituradora y se limitó a mirar el agua que corría por el fregadero.

Lentamente, levantó la vista y miró a través de la ventana de la cocina hacia el paso de Cahuenga. Las luces de Hollywood brillaban, reflejo de las estrellas de todas las galaxias. Pensó en toda la maldad que había ahí fuera. Una ciudad con más cosas malas que buenas. Un lugar donde la tierra podría levantarse bajo tus pies y tragarte hacia la oscuridad. Una ciudad de luz perdida. Su ciudad. La ciudad de la segunda oportunidad.

Bosch asintió y se dobló. Cerró los ojos, puso las manos bajo el agua y se las llevó a la cara. El agua estaba fría, vigorizante, como pensaba que debería ser todo bautismo, el inicio de una segunda oportunidad.

Todavía olía a pólvora quemada. McCaleb estaba de pie en el camarote principal y miró en torno a sí. Había guantes de goma y otros desperdicios esparcidos por el suelo. Había polvo negro para tomar huellas dactilares por todas partes, encima de cada objeto. La puerta de la sala había desaparecido y lo mismo había ocurrido con la jamba, arrancada de la pared. En el pasillo habían quitado un panel entero. McCaleb se acercó y miró el suelo donde el hermano pequeño de Tafero había muerto a consecuencia de las balas que él había disparado. La sangre se había secado y mancharía de modo permanente los listones del suelo. Siempre estaría allí para recordárselo. Al mirar la sangre, recordó los disparos que había efectuado; las imágenes de su mente se movían a velocidad mucho más lenta que la real. Pensó en lo que Bosch le había dicho en la terraza, lo de dejar que el hermano pequeño lo siguiera. Reflexionó sobre su propia culpabilidad. ¿Acaso su culpa era menor que la de Bosch? Ambos habían puesto las cosas en movimiento. Por cada acción hay una reacción equivalente. No te metes en la oscuridad sin que la oscuridad se meta en ti.

–Hacemos lo que tenemos que hacer –dijo.

Subió al salón y miró al aparcamiento a través de la puerta de cristal. Los periodistas seguían allí, en sus furgonetas. Se había colado en el barco sin que lo vieran. Había aparcado su Cherokee en el otro extremo del puerto deportivo y había tomado prestada una lancha de alguien para llegar hasta el *Following Sea*. Luego había trepado a bordo y se había introducido sin ser visto.

Se fijó en que las furgonetas tenían las torres de microondas preparadas y que cada uno de los equipos estaba listo para el informe de las once. Los ángulos de las cámaras estaban dispuestos de manera que el *Following Sea* apareciera una vez más en todas las tomas. McCaleb sonrió y abrió el móvil. Pulsó un número de marcado rápido y contestó Buddy Lockridge.

–Buddy, soy yo. Escucha, estoy en el barco y me voy a casa. Quiero que me hagas un favor.

–¿Vas a irte esta noche? ¿Estás seguro?

–Sí, esto es lo que quiero que hagas. Cuando oigas que enciendo el Pentas, vienes y me desatas. Hazlo deprisa. Yo haré el resto.

–¿Quieres que te acompañe?

–No, estaré bien. Coge un *Express* el viernes. Tenemos salida el sábado por la mañana.

–Vale, Terror. He oído en la radio que el mar está en calma esta noche y que no hay niebla. Pero ten cuidado.

McCaleb cerró el teléfono y fue a la puerta del salón.

La mayoría de los periodistas y sus equipos estaban ensimismados y no miraban al barco, porque ya se habían asegurado de que estaba vacío. McCaleb abrió la puerta corredera y salió, volvió a cerrarla y subió rápidamente al puente de mando. Descorrió la cortina de plástico que cerraba el puente y se metió. Se aseguró de que los dos aceleradores estaban en punto muerto, conectó el estárter y metió la llave de contacto.

Al girar la llave, el motor de arranque empezó a quejarse ruidosamente. Mirando hacia atrás por la cortina de plástico vio que todos los periodistas se habían vuelto hacia el barco. Los motores giraron por fin y McCaleb empujó la palanca del acelerador, revolucionando los motores para un arranque rápido. Miró hacia atrás y vio que Buddy venía por el muelle hacia la popa del barco. Un par de periodistas corrían por la pasarela hacia el muelle que tenían detrás.

Buddy soltó rápidamente los dos cabos de la cornamusa y los lanzó al puente de mando. Sin perder un segundo fue hacia el muelle lateral para alcanzar el cabo de proa. McCaleb lo perdió de vista, pero entonces lo oyó gritar.

–¡Listo!

McCaleb quitó el punto muerto y sacó el barco de su atraque. Al girar hacia el carril principal miró hacia atrás y vio a Buddy de pie en el muelle lateral y a los periodistas detrás de él.

Una vez que estuvo lejos de las cámaras, descorrió las cortinas y las sacó. Soplaba aire frío en el puente de mando. McCaleb avistó las luces intermitentes de las boyas y puso el barco en su camino. Miró hacia adelante, más allá de las boyas, hacia la oscuridad. No vio nada. Conectó el Raytheon y vio ante él lo que sus ojos no podían distinguir. La isla estaba allí, en la pantalla del radar.

Diez minutos más tarde, después de que hubo traspasado la línea del puerto, McCaleb sacó el teléfono de la chaqueta y llamó a su casa. Sabía que era demasiado tarde y que se arriesgaba a despertar a los niños. Graciela respondió con una nota de urgencia en su susurro.

–Perdona, soy yo.

–Terry, ¿estás bien?

–Ahora sí. Voy hacia casa.

–¿Estás cruzando de noche?

McCaleb pensó un momento en la pregunta.

–No me pasará nada. Puedo ver en la oscuridad.

Graciela no dijo nada. Tenía una habilidad especial para saber cuándo su marido estaba diciendo algo y hablando de otra cosa distinta.

–Enciende la luz de la terraza –dijo él–. La buscaré cuando esté cerca.

Cerró el teléfono y aceleró los motores. La proa empezó a levantarse y luego se niveló. McCaleb pasó la última boya, veinte metros a su izquierda. Estaba en camino. Una luna creciente estaba en lo alto del cielo y proyectaba una estela resplandeciente de plata líquida para que él la siguiera hasta su hogar. Se aferró con fuerza al timón y pensó en el momento en que había pensado que realmente iba a morir. Recordó cómo la imagen de su hija había acudido a reconfortarle. Las lágrimas empezaron a correr por sus mejillas. Pronto la brisa marina las secó en su rostro.

Agradecimientos

El autor quiere mencionar con gratitud la ayuda de muchas personas durante la redacción de este libro. Entre ellas John Houghton, Jerry Hooten, Cameron Riddell, Dawson Carr, Terrill Lankford, Linda Connelly, Mary Lavelle y Susan Connelly.

Por las palabras de apoyo y la inspiración justo cuando las necesitaba, doy las gracias a Sarah Crichton, Philip Spitzer, Scott Eyman, Ed Thomas, Steve Stilwell, Josh Meyer, John Sacret Young y Kathy Lingg.

El autor está en deuda con Jane Davis por su excelente gestión de www.michaelconnelly.com. A Gerald Petievich y Robert Crais les debo mi agradecimiento por su excelente consejo profesional estúpidamente desaprovechado –hasta el momento– por el autor.

Este libro, como los que lo precedieron, no existirían de forma publicable sin los esfuerzos de su editor, Michael Pietsch, y su correctora, Betty Power, así como de todo el equipo de Little, Brown and Company.

Y todo este trabajo se habría malogrado de no haber sido por los esfuerzos de muchos libreros que pusieron las historias en manos de los lectores. Gracias.

Por último, mi especial agradecimiento a Raymond Chandler por inspirarme el título de esta novela. Al describir en 1950 el tiempo y el lugar desde el que pintó sus primeros relatos criminales, Chandler escribió: «Las calles estaban oscuras con algo más que la noche».

A veces todavía lo están.

MICHAEL CONNELLY
Los Ángeles